Nur ein einziger Augenblick

© Fred Elcheshen

Holly Kennedy, geboren 1963 in Edson, Kanada, hat viele Jahre als Vertriebs- und Marketingchefin einer Computerfirma gearbeitet, bevor sie sich entschied, Schriftstellerin zu werden. *Nur ein einziger Augenblick* ist ihr erster Roman. Die Autorin lebt zusammen mit ihrem Mann und ihren beiden Söhnen in Winnipeg, Kanada.

HOLLY
KENNEDY

Nur ein einziger Augenblick

ROMAN

Aus dem Amerikanischen von Mechtild Sandberg-Ciletti

Weltbild

Besuchen Sie uns im Internet:
www.weltbild.de

Genehmigte Lizenzausgabe für Verlagsgruppe Weltbild GmbH,
Steinerne Furt, 86167 Augsburg
 Erschienen im Marion von Schröder Verlag.
Übersetzung: Mechtild Sandberg-Ciletti
Umschlaggestaltung: Atelier Seidel, Neuötting
Umschlagmotiv: Zefa Visual Media, Düsseldorf
Gesamtherstellung: Freiburger Graphische Betriebe
GmbH & Co. KG, Bebelstraße 11, 79108 Freiburg
Printed in Germany
ISBN 3-8289-7609-3

2008 2007 2006 2005
Die letzte Jahreszahl gibt die aktuelle Lizenzausgabe an.

Für meinen Mann Rick,
der mich ermuntert und ermutigt hat,
meinen Lebenstraum zu verwirklichen.
Dieser erste Roman ist für dich …

Die schlimmsten Fehler macht man in der Absicht,
einen Fehler gutzumachen.
JEAN PAUL

Juli 2002
Barrington Hills, Illinois

Wie soll ich meinem Mann sagen, dass ich ihn jahrelang belogen habe? Kenly schloss die Augen und rieb sich den Nasenrücken. Ihr wurde elend, wenn sie nur daran dachte. Die Frage begleitete sie seit fünfzehn Jahren – so oft gedacht und doch niemals ausgesprochen. Jetzt aber, draußen auf der Terrasse ans Geländer gelehnt, räusperte sie sich und sprach die Worte in die Stille des Morgens. Leise, jedoch kraftvoll genug, um ihr Gewicht auf der Zunge zu fühlen. Und laut genug, um bei ihrem Vernehmen den Blick zu senken und unruhig von einem Fuß auf den anderen zu treten. Tiefe Scham überflutete Kenly, und während sie mutlos die Schultern sinken ließ, flüsterte ihr eine feige Stimme in ihrem Innern das Naheliegende zu: Du brauchst es ja nicht zu tun.

Die Ellbogen aufs Terrassengeländer gestützt, legte Kenly das Kinn in die Hände und flüsterte: »Doch, ich muss.«

Fast jeden Morgen stand sie hier mit ihrem Kaffee und wartete auf den flüchtigen Augenblick, wenn über dem See die Nacht und der Tag einander begegneten und dann weiterwanderten. Es war Kenlys liebste Tageszeit. Am Wasserrand kräuselte sich der Morgendunst, am Himmel verblasste der Mond, und die aufsteigende Sonne warf ihr Licht durch die Bäume in den Garten. Heute jedoch achtete sie nicht auf das Schauspiel. Sie dachte nur daran, dass sich durch ihr Geständnis alles zwischen ihnen ändern, dass vielleicht sogar ihre Ehe daran zerbrechen würde. Doch wenn sie es ihm heute nicht sagte, würde sie es niemals tun, das wusste sie.

Sie seufzte. Hinter ihren Augen saß vom vielen Weinen in der letzten Nacht ein dumpfer Schmerz, der nicht verging. Zwei Stunden Fahrt vom Flughafen nach Hause, und in dieser Zeit ein unablässiges Abwägen desselben Für und Wider, mit dem sie sich seit Jahren herumschlug. Am Ende stand die Erkenntnis, dass dieser Schritt ungeheuren Mut verlangte.

Wenigstens waren sie heute Morgen allein. Connor nahm an einem Fußballturnier teil, und sogar Motley hatte ein Einsehen und forderte ausnahmsweise nicht den gewohnten Morgenlauf am See. Er begnügte sich damit, den dicken alten Kater anzukläffen, der es sich auf dem Dach des Geräteschuppens bequem gemacht hatte.

Im Haus wurde eine Schranktür zugeschlagen. Kenly richtete sich auf und wappnete sich innerlich gegen das, was ihr bevorstand. Connors Rollerblades lehnten an einem Liegestuhl, daneben lag achtlos hingeworfen sein Lieblingssweatshirt. Der Duft von frisch gemähtem Gras hing in der Luft, und von dem sicheren Platz im Geäst einer Eiche aus beschimpfte ein graues Eichhörnchen Motley. Das alles nahm Kenly wahr, während sie still auf der Terrasse stand, aber gerade angesichts dieses Vertrauten und Alltäglichen verspürte sie eine plötzliche Schwäche.

Sie zog den Gürtel ihres Bademantels fester zu, bevor sie die Terrassentür aufschob und mit tief in die

Taschen gedrückten Händen ins Haus trat. Als sie Ross mit der Kaffeetasse in der Hand am Küchentisch sitzen sah, wo er mit gerunzelter Stirn die *Chicago Tribune* las, biss sie sich auf die Unterlippe.

Ross hob den Kopf und lächelte. »Guten Morgen!«

Kenlys Kehle war trocken, und sie bekam kaum Luft. Da sie ihrer Stimme nicht traute, drückte sie nur kurz Ross' Schulter und durchquerte die Küche. Das Blechkästchen stand neben Ross' Laptop auf der Arbeitsplatte, dort, wo sie es am Abend zurückgelassen hatte. Halb hoffte sie, es würde ihm auffallen und er würde fragen, was es sei. Doch diesen Gefallen tat er ihr nicht.

Das hätte mir die Sache leichter gemacht, dachte sie. Dieses Geständnis abzulegen, das unser gemeinsames Leben zerstören wird. Das Geständnis, das eine Erklärung dafür sein soll, warum ich damals ein solcher Feigling war. Das ihm zeigen wird, dass ich nicht der Mensch bin, für den er mich hält.

Kenly nahm das Kästchen an sich und setzte sich Ross gegenüber auf den Stuhl. Sie war entschlossen, ohne Umschweife zur Sache zu kommen, und so beugte sie sich langsam über den Tisch und öffnete den Mund. Sie schloss ihn jedoch gleich wieder, als sie sah, dass Ross die Zeitung faltete, aufstand und im Stehen den letzten Schluck Kaffee trank.

Nervös machte sie sich am Deckel des Kästchens zu schaffen. Sie sollte es öffnen und es ihm zeigen – mit ihm über den Inhalt sprechen, ihm erklären, wie sich alles zugetragen hatte. Stattdessen sah sie schweigend zu, wie Ross einen Hefter aus seinem Aktenkoffer nahm, ihn aufmerksam durchblätterte und wieder zurück in den Koffer steckte.

»Bis heute Abend, Schatz.« Er neigte sich zu ihr hinunter, umfasste ihr Kinn und hob ihr Gesicht an, um sie zu küssen.

Ihre Stimme gehorchte ihr nicht, und während er schon wieder von ihr wegtrat, konnte sie nur daran denken, wie gern sie mit ihm zusammen alt werden wollte – selbst jetzt noch, nach so vielen Jahren Ehe. Sie wollte die Hand heben, um seine Aufmerksamkeit zu gewinnen, aber auch die gehorchte ihr nicht, sondern blieb bewegungslos in ihrem Schoß liegen.

In diesem Moment klingelte Ross' Handy, und er nahm den Anruf an. Schon auf dem Weg aus der Küche klopfte er alle seine Taschen ab. Wie gut ich dich kenne, dachte Kenly und deutete auf seine Schlüssel, die auf der Arbeitsplatte lagen. Er lachte, schnappte sich die Schlüssel und sagte auf dem Weg hinaus lautlos: Ich liebe dich.

Ein paar Minuten später schloss sich polternd das Garagentor, und Kenly hörte seinen Landrover zur Straße hinausfahren. Dann war Stille.

Sie stellte das Blechkästchen auf den Tisch und schob es von sich weg. Den Tränen nahe bettete sie den Kopf in ihre verschränkten Arme. Nichts wünschte sie sich in diesem Moment sehnlicher, als dass er zurückkäme, sie bei der Hand nähme und in ihr gemeinsames Schlafzimmer führte. Dass er sie auf jene erregende, unbeirrte Art auskleidete – so typisch für ihn, wenn er mit ihr schlafen wollte. Kenly wünschte sich, seine Küsse in ihrem Nacken zu spüren, wenn er seine Arme um sie schlang und sie gleich darauf in den herrlichsten Rausch stürzte, den sie kannte. Aber noch mehr wünschte sie sich, ihn sagen zu hören, dass er sie liebte und dass sie das alles schon durchstehen würden.

Auf der Heimfahrt am vergangenen Abend hatte sie in Barrington angehalten, um noch Milch einzukaufen. Als sie ihren Sicherheitsgurt löste, sah sie einen Mann und eine Frau, die gerade im Begriff waren, das

Lebensmittelgeschäft zu betreten. Der Mann hatte seine Hand leicht im Rücken seiner Frau liegen, und als er sich zu ihr hinunterneigte und ihr etwas zuflüsterte, errötete sie und gab ihm einen scherzhaften Klaps. Daraufhin schlang er seinen Arm um ihre Taille und drückte sie lächelnd an sich, bevor sie beide im Innern des Ladens verschwanden.

Kenly schluckte, als sie jetzt an diese kleine Szene dachte. Sie wusste, dass gerade *das* ihr am meisten fehlen würde: die Intimität, die entsteht, wenn man solch banale Dinge des Alltags wie Einkaufen gemeinsam erledigt, all diese lästigen Kleinigkeiten, die einen als Paar zusammenschweißen und häufig nur als notwendiges Übel angesehen werden. Kleinigkeiten, die für die meisten Menschen nichts mit Intimität zu tun haben, bis sie ihnen verloren gehen.

Motley stürmte zur Terrassentür herein, stieß Kenly unter dem Tisch an und riss sie so aus den quälenden Überlegungen darüber, wie dies alles enden würde. Sie sah zu ihm hinunter und kraulte ihm die Ohren.

»Noch fünf Minuten, Mot, dann laufen wir los, okay?«

Sie streckte die Beine aus, schloss die Augen und wandte ein paarmal langsam den Kopf hin und her, um sich zu entspannen. Zum zweiten Mal dann an diesem Morgen räusperte sie sich und sprach die Worte aus: »Ross, ich muss dir etwas sagen, was ich dir schon vor Jahren hätte sagen müssen …«

1

18 Jahre vorher

Kenly steckte mitten in den Jahresabschlussprüfungen an der Highschool in Kalispel, Montana, als ihr Leben wieder einmal in die Brüche ging. Sie lebten jetzt genau neun Monate und vier Tage hier, Kenly hatte auf dem Kalender in ihrem Zimmer jeden Tag gewissenhaft abgehakt. Ein Rekord war es zwar nicht, aber sie hatte es doch als gutes Zeichen gewertet, vielleicht dafür, dass sie dieses Mal so lange bleiben würden, bis sie ihren Abschluss an der Highschool gemacht hatte.

Kenly lag gerade in dem heruntergekommenen Wohnzimmer auf dem Sofa und lernte, als sie draußen auf dem Gartenweg viel früher als sonst den schweren Schritt ihres Vaters hörte. Stirnrunzelnd sah sie auf ihre Uhr. Sie hatten einen festen Tagesablauf, und dass er jetzt schon auftauchte, stimmte nicht damit überein. Ihr Vater pflegte jeden Morgen anderthalb Kilometer bis zur Schule zu fahren und verschwand bereits im Lehrerzimmer, bevor sich Kenly überhaupt aus dem Bett gewälzt hatte. Und am Ende des Tages kam sie stets mindestens eine Stunde vor ihm nach Hause.

Sie versuchte den Anflug von Beunruhigung zu verdrängen. Bestimmt war seine letzte Klasse einfach auf einem Schulausflug, sodass er früher frei hatte. Als er schließlich die Fliegengittertür aufstieß und seine Aktentasche zu Boden warf, versuchte sie sich einzureden, ihr Gefühl, dass sich die Atmosphäre im Zimmer schlagartig änderte und ihr Vater es vermied, sie anzusehen, sei nichts als Einbildung.

Als er die Tür wieder zuzog und ihr am Schluss einen ruckartigen Stoß versetzte, damit sie ganz schloss, flitzte Kenlys Katze Mokka panisch unter das Sofa.

»Blödes Vieh«, schimpfte Kenlys Vater, während er aus seiner Jacke schlüpfte und sich auf den Weg in die Küche machte.

Kenly kaute auf dem Eiswürfel aus ihrem Glas herum und starrte finster auf seinen Rücken. Sie hatte Mokka vor einem halben Jahr unter der Treppe ihres Reihenhauses entdeckt und mit einem Stemmeisen mehrere Bretter herausbrechen und dann durch das welke Gras darunter robben müssen, um sie einzufangen – ein ausgezehrtes, halb verhungertes Tier, so nervös wie jemand, der zehn Tassen Mokka getrunken hat. Daher stammte der Name. Mittlerweile folgte die Katze Kenly wie ein Schatten, aber wenn sich Kenlys Vater blicken ließ, verwandelte sie sich augenblicklich in ein Nervenbündel.

Kenly legte einen Finger auf die Stelle in ihrem Lehrbuch, bei der sie gerade angekommen war, räusperte sich und rief: »Ich hatte einen ganz guten Tag, danke! Und selbst?«

Er brummte etwas Unverständliches und kam dann mit einem Drink in der Hand und der betretenen Miene eines Verkehrssünders, der gerade auf frischer Tat ertappt worden ist, ins Wohnzimmer. Die Hemdsärmel hatte er aufgerollt, der Knoten seiner Krawatte hatte sich gelöst.

»Was ist los?«, erkundigte sich Kenly. »Musstest du einen von deinen Schülern rauswerfen, weil er im Unterricht geschnarcht hat?«

Zerstreut zog ihr Vater die Augenbrauen hoch und griff nach der Fernbedienung des Fernsehgeräts. »So ähnlich, ja.«

Er zappte durch die Programme, stellte sein Glas ab und begann sich demonstrativ die Schulter zu reiben. Mit dem Handballen massierte er sie langsam und kräftig durch, als könne er Kenly so glauben machen, er tränke, weil er nach einem harten Unterrichtstag Schmerzen hatte – und nicht etwa, weil er, wie sie beide wussten, ohne Alkohol kaum existieren konnte.

Angeekelt senkte Kenly den Blick wieder auf ihr Lehrbuch. Sie hasste es, wenn er versuchte, ihr etwas vorzumachen, und quittierte es normalerweise mit einer sarkastischen Bemerkung. Doch heute hielt sie den Mund.

»Matheprüfung?«, fragte er.

Sie nickte, ohne den Kopf zu heben.

Er schaltete den Fernsehapparat aus und ging den Flur hinunter zu seinem Zimmer. Sie hörte das verräterische Quietschen der Schranktür und wusste, dass er nach der Flasche Wodka suchte, die er auf dem obersten Bord hinter den Koffern versteckt hatte und von der er glaubte, sie wisse nichts davon. Kenly schluckte, rieb sich die Schläfen und widmete sich wieder ihrem Buch. Mit den Fingern einer Hand krabbelte sie auf dem Fußboden, um Mokka unter dem Sofa hervorzulocken.

Es war fünf Uhr, als Kenly draußen ein Geräusch hörte. Sie richtete sich auf, blickte aus dem Fenster und sah eine langbeinige, rothaarige Frau die Treppe vor dem Haus heraufkommen. Sie bekamen fast nie Besuch, schon gar nicht von Leuten, die so resolut und amtlich wirkten. Sie wusste sofort, dass etwas nicht stimmte. Stirnrunzelnd stand sie vom Sofa auf, aber da kam ihr Vater schon durch den Flur und drängte sich, nicht mehr ganz sicher auf den Beinen, an ihr vorbei. Als er die Tür öffnete und Kenly den Ausdruck der Entschlossenheit im Gesicht der Rothaarigen sah, wusste sie, dass die Begegnung zwischen den beiden auf nichts Gutes hinauslaufen würde.

»Hal-loo!« Kenlys Vater musterte die Frau anzüglich von oben bis unten, dann formte er mit vier Fingern einen Guckkasten und sah mit einem schiefen Grinsen hindurch. »Na, das ist doch mal ein schöner Anblick!«

Kenly packte ihn am Arm, aber er schüttelte sie ab. Gegen die Tür zurücktaumelnd, forderte er die Besucherin mit theatralischer Geste auf einzutreten.

Die Rothaarige rührte sich nicht von der Stelle.

»Mr Alister?«

Er zog ein Päckchen Zigaretten aus der Hemdtasche, zündete sich die letzte an und ließ die leere Packung zu Boden fallen. »Nennen Sie mich doch Steve.«

Die Frau kräuselte die Lippen und reichte ihm einen Umschlag. »Okay, Steve, das ist für Sie.«

Einen Moment lang verdunkelte sich sein Gesicht, dann verzog er grinsend den Mund, sog tief an seiner Zigarette und blies den Rauch über ihren Kopf hinweg in die Luft.

Kenly wartete einen Wimpernschlag lang, ehe sie an ihm vorbeigriff und den Umschlag an sich nahm. Mit einem höflichen Nicken in Richtung der Rothaarigen schloss sie die Haustür. Ihr Vater neigte schon unter normalen Umständen dazu, andere zu provozieren, aber wenn er getrunken hatte, gab es meistens überhaupt kein Halten mehr.

Ihre Hand zitterte, als sie ihm den Umschlag gab. »Was hat das zu bedeuten?«

Er antwortete nicht, riss nur das Kuvert auf und las das Schreiben durch, während sie auf ihre Hände hinunterblickte und bereits ahnte, was er als Nächstes sagen würde.

Und schließlich kam es. »Es war sowieso Zeit für einen Tapetenwechsel.«

»Das kann nicht dein Ernst sein!«

»Eine Veränderung ist manchmal sehr gesund.«

Doch am Zittern seiner Hand erkannte Kenly, dass er nicht aus Überzeugung sprach. Ihm graute genauso sehr wie ihr vor einem Umzug. Das nervöse Flackern in seinem Blick verriet ihr, dass er wieder einmal gefeuert worden war. Ein vertrautes Gefühl der Panik stieg in Kenly auf. Das wäre dann ihr fünfter Umzug in weniger als drei Jahren.

»Ich will nicht schon wieder umziehen!«

»Nun werd nicht gleich hysterisch.«

Sie beugte sich vor und versuchte es noch einmal. »Aber es ist immer so schwer, neue Freunde zu finden.«

»Das wird schon klappen.«

»Du hörst mir überhaupt nicht zu, Dad!«

Er sah sie an und fixierte sie, bis sie sich abwandte. »Kenly, ich höre dir zu, aber das ändert nichts an der Tatsache, dass wir umziehen.«

Ihr Blick schweifte durch die Küche und blieb an einem Stapel Kartons hängen, den sie vor Wochen an der Hintertür abgestellt hatte. Kenly hatte ihren Vater gebeten, sie in den Geräteschuppen zu bringen. Die Kartons enthielten lauter Sachen, die sie nicht täglich brauchten: Der eine war voll gestopft mit Fotoalben, ein anderer mit ausrangiertem Campingzubehör, und im letzten lag neben einem Beutel voller Ölfarben gut eingewickelt das Töpferzeug ihrer Mutter. Nun würden die Kartons in ein anderes Haus in einem anderen Ort gebracht werden müssen, wo niemand sie kannte und sie wieder von vorn anfangen mussten. Eine neue Adresse, eine neue Telefonnummer, ein neuer Anfang. Wie so viele Male zuvor.

Kenlys Hoffnungen zerplatzten wie Seifenblasen, als sie sich die Realität klar machte. Sie stürzte aus der Küche in den Flur. Dort blieb sie stehen und drückte sich mit dem Rücken an die Wand. Umziehen hieß wieder ganz von vorn anfangen. Sie hätte heulen können bei dem Gedanken. Sie wollte in die Küche zurücklaufen und ihren Vater fragen, warum. Warum er immer wieder rausflog. Warum er so viel trank. Warum ihm offenbar alles scheißegal war.

Großmama Alister sagte oft, früher habe es ihm Spaß gemacht zu unterrichten, aber das war Jahre her, damals hatte Kenlys Mutter noch gelebt. Mittlerweile wollte man ihren Vater an guten Schulen nicht mehr haben, und kaum hatte er irgendwo in einem kleinen Nest einen Job gefunden, wurde ihm aus irgendwelchen Gründen wieder gekündigt.

»Er hat den Verlust deiner Mutter nie verwunden«, pflegte Kenlys Großmutter zu seiner Verteidigung zu sagen.

Kenly seufzte, als sie sich jetzt eingestand, dass sie die Zeichen sehr wohl wahrgenommen, aber beharrlich ignoriert hatte. In der letzten Woche hatte sich ihr Vater zweimal krankgemeldet, und einmal hatte abends Großmama angerufen, weil er nicht wie verabredet gekommen war, um sie nach Missoula zu fahren. Das allein hätte genügen müssen, um bei Kenly sämtliche Alarmglocken schrillen zu lassen. Eine von Großmamas Freundinnen hatte zwei Karten für das George-Strait-Konzert gewonnen und dazu eine Einladung zu einem persönlichen Zusammentreffen mit dem Künstler nach dem Konzert. Großmama war zwar schon achtundsiebzig, aber sie hatte das große Ereignis kaum erwarten können. Ihrer Meinung nach war George der aufregendste Country-Sänger auf der Welt, und sie hatte monatelang von nichts anderem als diesem Konzertbesuch geredet.

Doch dann hatte Kenlys Vater auf dem Sofa gelegen und seinen Rausch ausgeschlafen, während ihre Großmutter am anderen Ende des Telefons schluchzte. So herzzerreißend, dass Kenly es nicht fertig brachte, ihr die Wahrheit zu sagen, sondern lieber log.

»Er ist genauso enttäuscht wie du, Großmama. Unser blödes Auto ist wieder mal nicht angesprungen, und ...«

Sie lieferte eine wirklich gute Vorstellung, und nachdem sie schließlich aufgelegt hatte, war sie mit der Hoffnung zu Bett gegangen, dass ihr Vater sie wenigstens die Nacht durchschlafen lassen würde, ohne sie zu stören. Oft, wenn er getrunken hatte, rüttelte er sie mitten in der Nacht wach und überfiel sie mit seinem Gejammer über das Schicksal, das ihm so übel mitgespielt hatte. Es war furchtbar. Auf ihrer Bettkante sitzend, pflegte Vater ihr jedes Mal denselben Vortrag zu halten, eine Rechtfertigungsrede dafür, dass er so geworden war, wie er heute war.

»Ich habe deine Mutter in dem Jahr kennen gelernt, als ich von der Uni abging, und soll ich dir was sagen? Schon bei ihrem ersten Lächeln hab ich gewusst, das ist die Richtige. Wie man das eben weiß, wenn man jahrelang auf der Suche war. Wenn man mit den tollsten Frauen ausgegangen ist und trotzdem weiter auf die Richtige gewartet hat, weil man ganz genau wusste, was man will. Und dann steht sie plötzlich vor dir und entspricht überhaupt nicht dem Bild, das du dir von ihr gemacht hast. Aber dann lächelt sie dich nur an – und schon verlierst du völlig den Kopf.«

Die Ellbogen auf die Knie gestützt, ließ er sich nach vorn fallen – wie geschlagen von etwas, das er nicht hatte kommen sehen. »Wie zum Teufel soll man weiterleben, wenn man so eine Frau verliert?«

Kenly gab niemals eine Antwort. Sie saß immer nur stumm da, die Knie an die Brust hochgezogen, und hörte sich seine Tirade an, bis sie endlich versiegte. Dabei hielt sie den Blick entweder starr auf seine hohe, kahle Stirn gerichtet oder lenkte sich mit irgendeiner Beschäftigung ab.

Jetzt ging sie zur offenen Küchentür zurück und spähte um die Ecke. Ihr Vater öffnete den Tiefkühlschrank, warf eine Hand voll Eiswürfel in ein Glas und füllte es mit Wodka aus einer beinahe leeren Flasche, die er unter dem Spültisch versteckt hatte.

Manche Dinge ändern sich eben nie und manche werden nur noch schlimmer, dachte Kenly und wusste schon, dass er gleich am nächsten Tag anfangen würde, nach einer neuen Stellung zu suchen, und dass er sich mindestens eine Woche lang wie der große Zampano gebärden würde, sobald er eine gefunden hatte – aufgeblasen und großmäulig angesichts des Neuanfangs mit scheinbar weißer Weste.

Mokka kam in die Küche gehuscht und schoss zwischen den Beinen von Kenlys Vater hindurch zur Hintertür. Er taumelte rückwärts und wäre beinahe über sie gestürzt, doch er konnte sich gerade noch an der Arbeitsplatte festhalten.

»Dieses gottverdammte neurotische Vieh!«, brüllte er.

Er stieß die Tür auf und versetzte der Katze einen so heftigen Fußtritt, dass sie nach draußen flog. Dann kippte er seinen Drink hinunter und schleuderte die leere Wodkaflasche in Richtung des Mülleimers. Sie flog gegen die Küchenwand und zersprang in Scherben. Kenly zog sich hastig in den Flur zurück und schlich dann in den Keller, um nachzuzählen, wie viele Kartons sie dahatten, und um auszurechnen, wie viele sie brauchen und wie lange es dauern würde, alles wieder einzupacken.

Als Mokka an diesem Abend nicht nach Hause kam, lief Kenly eine Stunde lang durch die Nachbarschaft und rief nach der Katze. Es war schon nach Mitternacht, als sie schließlich aufgab. Sie klemmte eine Suppendose in die Tür, damit sie geöffnet blieb, und legte sich aufs Sofa, um auf Mokka zu warten.

Am nächsten Morgen wurde Kenly vom Krachen der zufallenden Fliegengittertür geweckt. Stirnrunzelnd rieb sie sich die Augen, reckte sich, sah durch das Fenster nach draußen und erstarrte. Ihr Vater trat vom Bürgersteig auf die Straße und stieß mit einem Stock Mokkas reglosen Körper an, der mitten auf der Fahrbahn lag.

Kopfschüttelnd nahm er mit einer Hand, an der er einen Handschuh trug, das leblose Tier hoch und trug es zum Haus. Dabei schimpfte er unterdrückt vor sich hin, obwohl er, davon war Kenly überzeugt, genau wusste, dass sie ihn beobachtete. Mühsam nach Luft schnappend presste sie beide Hände gegen die Fensterscheibe, den Blick unverwandt auf Mokka gerichtet, deren schlaffer Körper über der Hand ihres Vaters hing und im Takt mit seinen Schritten hin und her schaukelte.

Nachdem er die Katze auf der Vortreppe in einen Karton gelegt hatte, konnte Kenly die Tränen nicht länger zurückhalten, und als er mit dem Karton um die Hausecke verschwand, drückte sie ihre Faust in den Mund, um nicht laut aufzuschluchzen. Sie hatte das

Gefühl, dass sie nie wieder jemanden so sehr lieben würde.

Als Kenly am Freitagnachmittag nach Hause kam, hob sie schnuppernd die Nase in die Luft und lächelte. Der Duft nach frisch gebackenem Brot erfüllte das ganze Haus und verriet ihr, dass Großmama Alister da war. Kenly legte ihre Jacke ab und wollte gerade in die Küche gehen, als sie die Stimme ihrer Großmutter hörte.

»Verdammt noch mal, Steven, es wird langsam Zeit, dass du dein Leben in den Griff bekommst!«

Die Stille, die den Worten folgte, machte Kenly nervös. Als krachend eine Schranktür zugeschlagen wurde, fuhr sie erschrocken zusammen.

»Ich tue, was ich kann.« Die Stimme ihres Vaters war hart, wie immer, wenn jemand ihm vorschreiben wollte, was er zu tun hatte.

»Aber was ist das für ein Leben für das Kind?«

»Man kann's sich eben nicht aussuchen.«

»Mein Gott, wie du redest!«

Er seufzte. »Hör zu, Mama, du weißt verdammt noch mal ganz genau, dass *Lara* es war, die immer ein Kind haben wollte und mich jahrelang bekniet hat, bis ich schließlich nachgegeben habe. Dass ich dieses Kind dann allein großziehen muss, davon war nie die Rede. In Anbetracht dieses Umstands machen wir unsere Sache, finde ich, sehr gut.«

Kenly kam sich vor wie in einem schlechten Film. Die Atmosphäre wurde plötzlich drückend, und sie hatte wieder einmal das Gefühl, keine Luft zu bekommen. Sie verkrampfte die Hände, damit das Zittern aufhörte.

»Was zum Teufel ist nur aus dir geworden?«, rief ihre Großmutter, und es lag ein Abscheu in ihrer Stimme, den Kenly nicht von ihr kannte. »Ich würde gern glauben, dass nur der Alkohol schuld ist, wenn du solchen Blödsinn redest, aber manchmal fürchte ich, deine Worte sind ernst gemeint, und dann frage ich mich, was ich da eigentlich für einen Menschen großgezogen habe.«

Das Schweigen ihres Vaters war eine Art Bestrafung. Kenly konnte sich lebhaft vorstellen, wie er jetzt dastand – mit zusammengekniffenem Mund und fest verschränkten Armen.

Es blieb lange still. Schließlich sagte ihre Großmutter seufzend: »Na ja, jetzt ist es zu spät, jetzt ist nichts mehr zu ändern. Aber Kenly ist deine Tochter, und ich finde, es ist an der Zeit, dass du endlich einmal auch an sie denkst.«

Ihr Vater ließ sich so schwer auf einen Stuhl fallen, dass dieser knirschende Geräusche von sich gab.

»Hast du eine Ahnung, wie das war – nach ihrer Geburt? Jedes Mal, wenn ich das Kind auf den Arm nahm, hat es gebrüllt. Verdammt noch mal, ich bin mir vorgekommen wie ein Idiot! Aber Lara … Die konnte mit dem Kind machen, was sie wollte, es war immer zufrieden. Sie konnte Kenly auf dem Arm haben und gleichzeitig das Abendessen kochen und telefonieren – die Kleine hat gestrahlt wie ein Engel, nur weil ihre Mama sie im Arm hielt.«

Kenly hielt sich die Ohren zu und schüttelte den Kopf, um das Bild zu vertreiben, das sich ihr aufdrängte: die Erinnerung an eine Mutter, die sie liebevoll auf der Hüfte umhertrug, die sie überall mit hinnahm, wie man es eben mit einem Kind tut, das man lieb hat. Wie es ihr Vater nie getan hatte.

Kenly atmete ein paarmal tief durch. Um sich abzulenken versuchte sie zu erraten, was ihre Großmutter anhatte. Sie wusste, dass sie ihr langes graues Haar hochgesteckt trug, wie immer ein wenig lose, sodass sich einige feine Strähnen aus den Haarnadeln lösten und ihren Nacken streichelten.

»Steven, wie oft hast du seit Laras Tod versucht, etwas zusammen mit deiner Tochter zu unternehmen? Und ich spreche jetzt nicht vom gemeinsamen Abendessen oder Wäschemachen. Ich spreche von Augenblicken oder Stunden oder auch Tagen, die du ganz bewusst mit ihr verbracht hast, weil du mit ihr zusammen sein wolltest.«

Kenly schloss die Augen. Großmutter trug sicher ein Kleid, wie immer, und ihre schmalen Füße steckten in ihren Lieblingspantoffeln …

Ihr Vater antwortete nicht. Er schien vielmehr seinen eigenen Gedankengang weiterzuverfolgen und murmelte jetzt: »Manchmal, wenn ich sie ansehe, erinnert sie mich so stark an Lara, dass ich es kaum fassen kann …«

… und ihre Schuhe stehen an der Hintertür, wo sie sie immer hinstellt, neben der abgewetzten roten Leinentasche mit ihrem Strickzeug …

»… und dann fühle ich mich sofort an den Tag zurückversetzt, an dem sie gestorben ist«, sagte er.

Großmutter unterbrach ihn mit scharfer Stimme. »Ich will das nicht hören, Steven.«

»Aber vielleicht solltest du mir einmal zuhören.«

Kenly schlüpfte zur Tür hinaus und lief durch den Garten zu der hinteren Gasse. Das Tor schloss sich quietschend hinter ihr. Mit hängenden Schultern und verschränkten Armen ging sie neben dem Zaun auf und ab, wo sie nicht gesehen werden konnte. Nach einiger Zeit hielt sie inne, ließ sich an den Zaun gelehnt zu Boden sinken, zog die Knie zur Brust und ließ ihren Tränen freien Lauf.

Genau eine Woche später eröffnete Kenlys Vater ihr, dass er einen Posten als Lehrer in Kanada angenommen hatte.

»*Wo?*«

»Im Norden von Alberta. Du wirst begeistert sein.«

Sie sprang so schnell auf, dass ihr Stuhl umkippte. »Soll das ein Witz sein?«, rief sie.

Ihr Vater schloss die Augen.

»Es ist nämlich überhaupt nicht witzig.«

»Der Ort heißt Athabasca.« Er sprach jetzt betont langsam und übertrieben geduldig. »Die Highschool hat insgesamt nur fünfhundert Schüler.«

Kenly raufte sich mit beiden Händen die Haare und stöhnte. »Jedes Mal wird's schlimmer. Ich meine, vor zwei Jahren sind wir von Billings nach Rapid City umgezogen, nachdem du mir erzählt hattest, wie herrlich ich es finden würde, in den Bergen zu leben und jederzeit auf den Mount Rushmore klettern zu können. Wir waren genau *sechs* Monate dort, Dad, und ich hab den Mount Rushmore nicht mal *gesehen*! Dann ging's ab nach Idaho, wo du drei Tage die Woche in Boise unterrichtet und die restlichen vier getrunken hast –«

»Also, diese Unverschämtheiten brauche ich mir von dir wirklich nicht bieten zu lassen.« Seine Stimme war kalt und distanziert, als wäre ihm völlig gleichgültig, was sie dachte.

Doch Kenly ignorierte das. Mit geballten Fäusten und hämmerndem Herzen in der Küche hin und her gehend, rief sie: »Die Stellung hier hast du doch nur mit Großmamas Hilfe bekommen, nachdem es in Boise schief gegangen war, stimmt's? Irgendein Bekannter von ihr hatte in Kalispel irgendeinen Bekannten mit guten Beziehungen, der dir den Job hier besorgt hat – wo sich allerdings nicht mehr so leicht Ausreden dafür finden lassen, Großmama höchstens zweimal im Jahr zu besuchen.«

»Sei nicht so frech!«, fuhr er sie an, während er mit spitzem Finger in die Luft zwischen ihnen stach.

Kenly starrte für einen Moment den Finger an, dann hob sie den Stuhl auf und stellte ihn wieder an den Tisch. Sie wollte ihren Vater fragen, wer oder was schuld daran war, dass er sich selbst so sehr hasste. Wie es kam, dass er glaubte, das Schicksal hätte es schlechter mit ihm gemeint als mit allen anderen. Sie umfasste mit beiden Händen die Rückenlehne des Stuhls, öffnete den Mund – und zögerte.

Es ist immer das Gleiche, dachte sie, und eine tiefe Traurigkeit bemächtigte sich ihrer. Sie war so unvorsichtig gewesen, optimistisch zu werden, sie hatte in Erwägung gezogen, ihr Zimmer zu streichen, hatte sich gar den Luxus erlaubt, sich auszumalen, was für ein Kleid sie zum Abschlussball anziehen würde, wenn sie hier, in Montana, die Schule beendet hätte. Diese Träume lösten sich sekundenschnell in Luft auf, als ihr Vater jetzt die Augenbrauen hochzog und ihr einen Blick zuwarf, der ihr sagte, dass alles, was sie vorbringen würde, nur Zeitverschwendung wäre.

»Aber *ich* packe deine Sachen diesmal nicht«, sagte sie mit brüchiger Stimme. Dann machte sie auf dem Absatz kehrt und ging mit hoch erhobenem Kopf hinaus.

2

Am nächsten Morgen hockte sich Kenly, wie sie es schon so oft getan hatte, mit einem Schreibblock, einem Kugelschreiber und der bekannten Liste von Fragen im Schneidersitz auf ihr Bett und rief die internationale Auskunft an. Nachdem sie die Telefonnummer des Gemeindeamts von Athabasca erhalten hatte, machte sie einen Anruf, der genau vier Minuten dauerte und ihr alle Informationen lieferte, die sie brauchte.

Athabasca war ein Ort mit eintausendneunhundert Einwohnern. Es gab kein Einkaufszentrum, kein Kino, keine Bowlingbahn, wahrscheinlich noch nicht mal einen McDonald's. Die Hauptstraße begann oben auf einem Hügel und endete an seinem Fuß ein paar hundert Meter vor dem Fluss. Es gab nur eine einzige Verkehrsampel im Ort.

»Alles in allem«, erklärte die Frau am anderen Ende der Leitung flott und selbstbewusst, »lebt Athabasca von der Landwirtschaft sowie von der Öl- und Gasindustrie.«

Kenly schwieg.

»Kann ich sonst noch was für Sie tun?«, erkundigte sich die Frau.

Kenly starrte nachdenklich zur Zimmerdecke hinauf. Der Fernsehapparat im Zimmer ihres Vaters lief mit solcher Lautstärke, dass sie ihn durch ihre Tür hören konnte. Schließlich klemmte sie den Telefonhörer unter das Kinn und verschränkte ihre Arme vor dem Bauch.

»Wie weit ist es, bis man irgendwohin kommt?«, fragte sie mit dünner Stimme.

»Ich verstehe nicht ...«

Kenly stemmte die Füße gegen das Kopfende ihres Betts.

»Na, Sie wissen schon ... In die nächste Stadt! Wo man sich Essen nach Hause bringen lassen oder ins Kino gehen kann. Wo einem die Post gebracht wird und man sie nicht auf irgendeinem Postamt in der Hauptstraße abholen muss, und wo man hoffen kann, ein *Dairy Queen* zu finden, wenn man Lust auf einen Bananensplit hat. Ich meine, wie weit muss man fahren, Herrgott noch mal, bis man irgendwohin kommt?«

Die Frau räusperte sich. »Es ist wirklich ein nettes Städtchen«, sagte sie freundlich.

»Das glaube ich«, erwiderte Kenly, um Höflichkeit bemüht. »Vielen Dank jedenfalls.«

Nachdem sie aufgelegt hatte, machte sie sich in ihrem Zimmer zu schaffen, räumte widerwillig ihre Sachen auf und kramte in den Schubladen. Schließlich ließ sie sich wieder aufs Bett fallen, band ihr Haar mit einem Gummi zum Pferdeschwanz zusammen und zündete sich die einzige Zigarette an, die sie finden konnte. Danach drückte sie den Stummel in dem Marmeladenglas aus, das unter ihrem Bett stand, und versuchte sich mit der Tatsache abzufinden, dass Athabasca eine weitere unnütze Station auf ihrem Weg ins richtige Leben werden würde.

Kenlys nackte Beine klebten schweißfeucht am Bezug des Beifahrersitzes, als sie an einem Julitag endlich in das Tal des Athabasca River fuhren und das Städtchen vor ihr Gestalt annahm. Sie setzte sich zum hundertsten Mal anders hin und sah sich ohne großes Interesse um. Ihr Vater hielt an einer Tankstelle und fragte den Tankwart nach dem Weg, während er den Wagen mit Benzin auffüllte.

Bevor sie weiterfuhren, nickte der Tankwart Kenly zu und sagte freundlich: »Willkommen in Athabasca.«

Sie versuchte zu lächeln und verkniff sich eine zynische Bemerkung. Er konnte schließlich nichts dafür, dass sie hier gelandet waren.

Ihr Vater antwortete mit einem Achselzucken, fuhr wieder auf die Straße und reichte Kenly die Tankquittung. »Gleich werden wir in unserem neuen Schloss Einzug halten«, sagte er mit einem Lachen.

Statt einer Antwort knüllte Kenly die Quittung zu einer kleinen festen Kugel zusammen, warf sie zwischen sich und ihrem Vater in die Luft und beförderte sie mit einem Handschlag auf den Rücksitz. Sie hasste es, wenn er versuchte, den guten Vater zu spielen, aber noch mehr hasste sie es, wenn er versuchte, komisch zu sein.

Als sie vor ihrem neuen Zuhause zum Stehen gekommen waren, rammte ihr Vater den Ganghebel auf Parken und lehnte sich zurück. Er machte Kenly darauf aufmerksam, dass der Bürgersteig am Ende der Straße in einen Trampelpfad überging, der sich durch das Gebüsch einen Hügel hinaufzog und dort in eine andere Straße mit Bürgersteig mündete, die direkt zur Schule führte.

»Da brauchen wir morgens nur ein paar Minuten zur Schule«, sagte er.

Kenly antwortete nicht.

»Das Haus ist klein«, fuhr er fort, »nicht ganz hundert Quadratmeter, aber es ist über fünfzig Jahre alt und hat wirklich Charme.«

Kenly sah ihn nicht an. Sie nickte nur, den Blick unbeweglich auf das Haus gerichtet. Es war in einem widerlichen Grün gestrichen, hatte eine Veranda, die nur gerade war, wenn man den Kopf nach links legte, und einen windschiefen Lattenzaun, den jemand an einer Tanne festgebunden hatte, damit er nicht ganz umfallen konnte.

Auf der einen Seite war das Anwesen von dem des Nachbarn durch eine verwilderte, fast zwei Meter hohe Erbsenstrauchhecke getrennt, die von einem Teil des Zauns Besitz ergriffen und ihn so dicht überwuchert hatte, dass er kaum noch zu sehen war. Auf der anderen Seite hatte jemand den Zaun niedergerissen und durch eine Reihe üppig wachsender Holunderbüsche ersetzt, die dringend einen Schnitt nötig hatten.

Kenly kurbelte ihr Fenster herunter, aber sie sprach kein Wort.

Ihr Vater wies auf die dreieckige Spitze eines kleinen Fensters im Dachvorsprung und erklärte ihr, dass das ihr zukünftiges Zimmer sei. »Der Vermieter hat gesagt, dass es der größte Raum im Haus ist«, bemerkte er, während er mit den flachen Händen nervös auf das Lenkrad trommelte.

Kenly drehte sich unvermittelt zum Rücksitz um, ergriff den alten Wäschekorb, in den sie ihre persönlichen Sachen gepackt hatte, und zog ihn auf ihren Schoß. Sie stieg aus dem Auto, setzte sich den Korb auf die Hüfte und ging zur Vordertreppe des Hauses. Dort hockte sie sich auf die Stufen und stützte die Ellbogen auf die Knie. Ihr Vater folgte ihr und setzte sich neben sie. Sie sprachen nicht, aber das war auch gar nicht nötig. Sie waren beide schon mehr als einmal hier gewesen: am geichen Ort, in einer anderen Stadt.

Als er aufstand, um die Haustür aufzusperren, folgte sie ihm mit zusammengebissenen Zähnen. Sie begutachteten jedes der kleinen Zimmer und stiegen schließlich die Treppe hinauf in eine staubige, speicherähnliche Mansarde, die, wie Kenlys Vater sagte, ihr Reich sein würde. Danach folgte sie ihm wieder in die Küche hinunter. Beim Anblick des uralten Gasherds und des museumsreifen Kühlschranks hätte sie beinahe laut aufgestöhnt. Sie war überzeugt, dass weder der eine noch der andere funktionierte und sie auf dem alten Campingherd ihres Vaters unter dem offenen Küchenfenster kochen mussten – wie damals vor zwei Jahren, als sie in dem alten Wohnwagen außerhalb von Rapid City gehaust hatten.

Nachdem ihr Vater eine Kühltasche mit Lebensmitteln aus dem Auto ins Haus geschleppt hatte, richtete Kenly ein paar belegte Brote her, die sie, an die Arbeitsplatte gelehnt, lustlos verzehrten. Beiden war bewusst, dass das Essen nur ein Verzögerungsmanöver war, ein Mittel, um eine Diskussion über das zu vermeiden, was sie wirklich beschäftigte.

Der Möbelwagen, für den Großmama Alister bezahlt hatte, würde erst am folgenden Morgen kommen. Also leerten sie den Kofferraum des Wagens und machten einen halbherzigen Versuch auszupacken. Sie sprachen nur das Nötigste miteinander, und Kenly war froh, als sie fertig waren und sie nach oben gehen konnte.

Sie warf ihren Rucksack auf den staubigen Boden ihres neuen Zimmers, schloss die Tür und blieb mit in die Hüften gestemmten Händen stehen, um zu überlegen, wie sie am nächsten Morgen das Bett stellen sollte. Dann schloss sie ihre Lieblingslampe an die einzige Steckdose an, die sie finden konnte, rollte ihren Schlafsack aus und setzte sich mit gekreuzten Beinen darauf.

Vielleicht sollte ich einfach abhauen, dachte sie. Aber sogleich kam ihr das Gesicht ihrer Großmutter in den Sinn, und sie lehnte sich auf die Ellbogen zurück und schloss die Augen. Sie wusste, dass sie Großmama so etwas niemals antun konnte.

Nachdem am folgenden Nachmittag der Möbelwagen endlich angekommen war, hatte Kenly eine Stunde alle Mühe, den Möbelpackern aus dem Weg zu gehen, die lautstark durchs Haus polterten und stapelweise Kartons im Wohnzimmer abstellten. Als Nächstes rückten die Maler an – natürlich jeder einzeln und im Abstand von zehn Minuten Sturm läutend.

Als sie sich schließlich erschöpft mit einem Buch in einen Sessel fallen ließ, musterte sie mit zornigem Blick ihren Vater, der schnarchend auf der Couch lag, in der einen Hand die Fernbedienung für den Fernsehapparat, in der anderen ein zur Hälfte geleertes Glas Wodka.

Gerade hatte sie zum dritten Mal versucht, die erste Seite des Buchs zu lesen, als es schon wieder an der Tür klingelte. Kenly schmiss das Buch ärgerlich auf den Couchtisch und stieg über einen Karton, um zur Haustür zu gelangen.

Auf der Veranda stand mit dem Rücken zu ihr ein junger Typ. Größer als sie selbst, lange Arme, gut gebaut, feines blondes Haar. Doch als er sich herumdrehte, sah sie in ein Gesicht, das geradezu einer Maske aus einem Horrorfilm ähnelte. Die rechte Wange war unnatürlich aufgebläht, wie ein Ballon, und von der rechten Seite des Halses zog sich bis zu der schmalen Brust des Jungen eine dicke, wulstige Wucherung.

Instinktiv wich Kenly zurück.

»Keine Angst. Ich beiße nicht«, sagte der Junge und hob beide Hände.

Weil die Hautpartien in seinem Gesicht so verzerrt waren, wirkte das eine Auge kleiner als das andere, und seine Stirn wölbte sich ein wenig nach vorn.

Kenly, die nicht wusste, wo sie hinsehen sollte, schluckte und sagte mit hoher Stimme: »Ja bitte?«

Der Junge trat verlegen von einem Fuß auf den anderen. »Ich heiße Tommy. Ich wohne nebenan, aber ich hab mich ausgesperrt.«

Plötzlich fiel Kenly ein Gespräch der Möbelpacker ein, das sie mit halbem Ohr mitbekommen hatte. Was hatten sie gesagt? Irgendetwas von dem Jungen nebenan. Dass er aussähe, als hätte er eine entsetzliche Krankheit. Kenly starrte ihn stumm an.

»Kann ich vielleicht mal bei euch telefonieren?«, fragte er ruhig. Offensichtlich war er an derartige Reaktionen gewöhnt.

Schließlich wies Kenly zur Küche. »Äh, klar – da drüben.«

Während er durch das Wohnzimmer ging, sank sie wieder in ihren Sessel und warf einen Blick auf ihren Vater, besorgt, wie er reagieren würde, wenn er gerade jetzt erwachen sollte. In Kalispel hatte auf dem Anwesen hinter dem ihren eine siebzigjährige Frau gewohnt, die jeden Nachmittag nackt in ihrem Garten zu meditieren pflegte. Und Kenlys Vater hatte sich jeden Tag, wenn er von der Schule nach Hause gekommen war, ans offene Küchenfenster gestellt und so lautstark darüber aufgeregt, dass die ganze Nachbarschaft es mitbekommen musste. »Herrgott noch mal, dass man sich solch einen Mist auch noch anschauen muss!«

Einer der Maler stand in der Küche auf der Leiter.

Zerstreut sah er zu Tommy hinunter. Dann fuhr er zusammen und erstarrte, in der erhobenen Hand die tropfende Rolle.

Tommy griff zum Telefon und wählte. »Hallo, Andrew. Ist meine Mutter zufällig irgendwo in der Nähe?«

Der zweite Maler kam mit einer Plastikplane unter dem Arm in die Küche. Kenly beobachtete, wie er in die Hocke ging, um sie auf dem Boden auszubreiten.

»Hallo, Mom«, sagte Tommy, von einem Fuß auf den anderen tretend. »Ich hab meinen Schlüssel vergessen, aber ich kann draußen warten, bis du heimkommst. – Nein, ehrlich, es macht mir überhaupt nichts aus. Ich wollte nur nicht, dass du dir Sorgen machst, wenn ich nicht ans Telefon gehe.«

Als der Maler sich aufrichtete, bemerkte er Tommy. Mit zusammengekniffenen Augen starrte er den Jungen an, als glaubte er, Halluzinationen zu haben. Dann verzog er den Mund und fragte seinen Kumpel auf der Leiter flüsternd: »Hey, Mann, was iss'n mit dem los?«

Tommy legte die Hand über die Sprechmuschel, wies auf sein Gesicht und sagte ebenfalls flüsternd: »Die Ärzte wissen nicht, was es ist, aber sie halten es für möglich, dass es mit den Farbdünsten zu tun hat, die ich als Kind eingeatmet habe.«

Der Maler auf der Leiter ließ seine Rolle fallen. Sie schlug auf den Eichentisch und knallte dann Farbe verspritzend gegen den Kühlschrank. Kenly unterdrückte ein Lachen.

»Nein, Mom, es ist nichts. Ich bin nur gerade zum Telefonieren nebenan bei den neuen Nachbarn. Wir sehen uns in einer Stunde, okay?« Der Junge legte auf, nickte den Handwerkern zu und lief an Kenly vorüber durchs Wohnzimmer zur Haustür. »Vielen Dank!« Und schon war er weg.

Sobald die Tür hinter ihm zugefallen war, sprang Kenly aus dem Sessel und rannte in den Flur, um ihm nachzuschauen. Auf halbem Weg zum Bürgersteig drehte er sich um und lachte.

»Bis bald!«, rief er.

Kenly drückte sich flach an die Wand und verzog das Gesicht. Gleich darauf hörte sie von draußen eine neue Stimme. Sie beugte sich wieder vor, spähte hinaus und sah einen alten Mann, der neben Tommy am Gartentor stehen geblieben war. Ein kahlköpfiger Mann mit buschigem weißen Schnauzer und ebensolchem Bart, beides kurz geschnitten und tadellos gepflegt. Er lachte über irgendetwas, was Tommy gerade gesagt hatte, dann winkte er dem Jungen zu und kam den Gartenweg herauf zum Haus. Kenly öffnete die Tür, ehe er klingeln konnte.

Er zog überrascht die Augenbrauen hoch. »Guten Tag, junge Dame. Ich bin euer Vermieter, Max Varda.«

»Guten Tag, Max Varda«, sagte sie, die Tür weiter aufziehend. »Ich bin Kenly.«

Es war unmöglich, Max nicht auf Anhieb zu mögen. Sein Auftreten war so entspannt, so unbekümmert, dass Kenly unvermittelt wünschte, es würde etwas davon auf sie abfärben. Max war nicht groß, obwohl er so wirkte – wahrscheinlich, weil er sich sehr gerade hielt und den Kopf hoch trug. Stolz, selbstbewusst und sprudelnd vor Energie, erstaunlich für jemanden, der seinem Aussehen nach mindestens sechzig sein musste, dachte Kenly. Seine klaren blauen Augen schienen geradewegs in sein Gegenüber hineinzublicken, und wenn er lachte, hoben sich seine Wangen zu kleinen Halbmonden, hinter denen die Augen beinahe verschwanden. Kenly verliebte sich auf den ersten Blick in ihn, und an diesem Gefühl sollte sich niemals etwas ändern.

»Das ist mein Haus«, erklärte er ihr. »Hier habe ich dreißig Jahre lang mit Sophie, meiner Frau, gelebt. Aber nach ihrem Tod habe ich es hier nicht mehr ausgehalten. Es hat mich zu sehr gequält. Und als das Haus zwei Türen weiter verkauft wurde, habe ich zugeschlagen und bin dorthin gezogen. Sophie würde sich amüsieren«, sagte er mit einem Augenzwinkern. »Normalerweise gehe ich nämlich nur ungern ein Risiko ein, wohingegen sie mich immer gedrängt hat, doch mal Veränderungen zu wagen.«

Sie waren mittlerweile in der Küche angekommen, und Max zeigte Kenly, wie man die Flamme am Herd anzündete.

»Es kann durchaus sein, dass sie nicht auf Anhieb funktioniert.«

Max blieb eine halbe Stunde und erklärte Kenly in dieser Zeit, wie man auf den Speicher gelangte, wo der Schlüssel für den Geräteschuppen im Garten aufbewahrt wurde und wen man anrufen musste, wenn das Dach wieder einmal undicht war.

»Ich lasse es nächsten Monat neu decken. Ihr seid das Problem also bald los.«

Kenly schrieb die Nummer auf.

Max warf einen Blick auf ihren Vater, der immer noch auf der Couch lag und schnarchte. »Willst du ihn wecken, damit er auch zuhören kann?«

»Nein, nein, es ist schon in Ordnung so«, versicherte sie.

Als Max die buschigen Brauen zusammenzog, schob sie die Hände in die Taschen ihrer Jeans und fügte hinzu: »Er hat gestern bis tief in die Nacht ausgepackt.«

»Aha«, sagte Max, die Hände in die Hüften gestemmt, während er mit einem langen Blick die zahlreichen Kartons im Wohnzimmer musterte.

Kenly versuchte, ihn zu abzulenken. »Äh – was mich

noch interessieren würde – sind hier Haustiere erlaubt?«

»Aber klar«, sagte er. »Hast du eins?«

»Zurzeit nicht, aber ich will mir vielleicht eine Katze zulegen.«

Max lächelte, und seine Augen leuchteten auf. »Hey, komm doch auf einen Sprung mit zu mir rüber, dann mach ich dich mit einem Hund bekannt, den du dein Leben lang nicht vergessen wirst.«

Kenly, die froh war, den Malern und ihrem Vater entrinnen zu können, strahlte. »Gerne!«

Während Max schon auf dem Weg zur Tür war, blieb sie noch ein paar Schritte zurück und entwendete eine Zigarette aus der Packung ihres Vaters, die auf dem Couchtisch lag. Nachdem sie sie in ihre Jackentasche geschoben hatte, schlüpfte sie zur Haustür hinaus und folgte Max den Gehweg hinunter zu seinem Haus.

»Komm rein«, sagte er, sobald er die Tür geöffnet hatte. »Ich hole Oscar.«

Kenly trat ein und sah sich neugierig in der großen Wohnküche um. Auf dem Fensterbrett, hinter einem wuchtigen Eichentisch, standen ordentlich aufgereiht vier Töpfe mit Usambaraveilchen, ein Efeu und eine Porzellanblume in voller Blüte. Auf der Anrichte befanden sich eine Kaffeemaschine, ein kleiner Fernsehapparat und ein Stapel abgegriffener Bücher. Ein offener Kamin nahm die andere Seite des Raums ein. Davor standen zwei offensichtlich gern benutzte Sessel mit Häkeldeckchen auf den Arm- und Rückenlehnen. Den Boden bedeckten Holzdielen, und die Wände waren blassgelb gestrichen, mit einer erdbeerroten Abschlussborte unter der gewölbten Decke.

Und noch etwas fiel Kenly auf: Etwa dreißig Zentimeter über dem Boden zog sich entlang der Küchenwände ein breiter schwarzer Schmutzstreifen, der sich im Flur fortsetzte. Stirnrunzelnd ging sie in die Hocke, um ihn sich genauer anzusehen, aber da hörte sie Max kommen und richtete sich wieder auf.

Er trug einen Hund auf dem Arm. »Das ist Oscar«, sagte er und ging in die Knie, um das Tier auf einer kleinen Matte abzusetzen, die an der Küchenwand lag. Er nahm einen Futternapf und rief, schon wieder auf dem Weg hinaus: »Ich bin gleich wieder da!«

Kenly neigte den Kopf zur Seite und überlegte, warum er den Hund wohl hereinge*tragen* hatte. Oscar behielt sie so unverwandt im Blick, als ginge es um sein Leben. Er hatte ein kohlrabenschwarzes Fell, wie ein Labrador, aber so wie er aussah, konnte er höchstens zwölf Kilo wiegen. Leise winselnd saß er dicht an der Küchenwand und rührte sich nicht von der Stelle.

Kenly hielt ihm die Hand hin. »Na, komm, Kleiner.«

Beim Klang ihrer Stimme begann er vor Aufregung vom Kopf bis zum Schwanz zu zittern, aber er näherte sich ihr nicht.

»Ist ja gut«, sagte sie leise und lockend. »Na, komm. Komm her.«

Der Hund reckte den Hals zur Zimmerdecke und heulte laut. Kenly fuhr erschrocken zurück. Erst jetzt fiel ihr auf, dass alle Gegenstände in der Küche etwa einen halben Meter von den Wänden entfernt standen. Plötzlich sprintete Oscar los. Wie der Blitz sauste er die Wände entlang. Kenly drehte sich um und verfolgte ihn mit ihrem Blick. Er flitzte hinter dem Küchenschrank vorbei, unter den Beinen des Telefontischchens hindurch, hinten um den Kühlschrank herum bis zum Türrahmen, wo er schlitternd anhielt und an die Wand gelehnt mit den Pfoten in die Luft schlug, als wollte er Kenly auffordern, zu ihm zu kommen.

Kenly starrte ihn mit großen Augen an, dann breitete sich langsam ein Lächeln in ihrem Gesicht aus.

»Er ist wohl nicht ganz sicher auf den Beinen, hm?«, sagte sie zu Max, als dieser mit dem gefüllten Futternapf die Küche betrat.

Max ergriff eine Metallbürste, kniete sich neben Oscar auf den Boden und begann ihn zu bürsten. »Sophie hat ihn vor ein paar Jahren auf der Müllhalde gefunden. Er war noch ganz klein. Irgendjemand hatte einen ganzen Wurf ertränkt und die Hunde in einem Karton da draußen abgeladen. Oscar saß mitten unter den toten Hündchen und winselte zum Erbarmen.«

Oscar fielen langsam die Augen zu, und sein Maul öffnete sich leicht, während Max ihn bürstete. »Wir hatten ihn schon ein paar Wochen bei uns, als er anfing, an den Wänden entlangzurobben. Anfangs hat es Sophie und mich ganz verrückt gemacht. Der Tierarzt sagte uns, dass er eine Gesichtsfeldstörung habe und sein Blick stark eingeengt sei. Wenn ihn nicht jemand stützt oder er sich nicht irgendwo anlehnen kann, geht er keinen Schritt. Er begibt sich zwar jeden Morgen und jeden Abend zum Pinkeln nach draußen, aber er braucht jedes Mal mindestens allein zehn Minuten dafür, den Mut aufzubringen. Er ist viel mit Tommy von nebenan zusammen, und ab und zu fahr ich ihn im Auto spazieren.«

Max erzählte das so sachlich, als wäre es überhaupt nichts Besonderes, solch einen Hund zu haben.

Da bin ich ja in einem tollen Nest gelandet, dachte Kenly. Nichts als Freaks rundherum. Nebenan ein Typ, der ausschaut, als wäre er von einem Laster überrollt worden, ein Vermieter, der alle dreißig Jahre zwei Häuser weiterzieht, und ein Hund, der noch dringender eine Therapie braucht als Dad und ich zusammen.

Als sie ging, folgte Max' Stimme ihr den Bürgersteig hinunter. »Hör mal, wenn ihr irgendetwas braucht, du und dein Dad, dann ruft einfach an. In Athabasca lebt sich's gut. Glaub mir, wenn ihr euch erst mal eingewöhnt habt, werdet ihr gar nicht mehr weg wollen.«

Kenly lächelte, ohne zu antworten. Er schien ein netter Mann zu sein, und sie brachte es nicht übers Herz, ihm zu sagen, dass sie wahrscheinlich wieder weg sein würden, ehe sie überhaupt die Möglichkeit hatten, sich einzugewöhnen.

3

Am nächsten Morgen lag Kenly gemütlich in der Hängematte auf der hinteren Veranda, als Tommy um die Ecke bog. In Jeans und ein verwaschenes rotes T-Shirt mit dem Logo der Edmonton Oilers gekleidet, schob er laut singend einen alten Rasenmäher vor sich her und begleitete mit wiegendem Schritt und rhythmischem Klopfen auf den verrosteten Griff Billy Joels Gesang, der aus einem kleinen Radio an seinem Gürtel ertönte.

»›You might 've heard I run with a dangerous crowd. We ain't too pretty, we ain't too proud. We might be laughing a bit too loud, but that never hurt no one …‹«

Kenly wälzte sich auf den Bauch, stützte ihr Kinn in eine Hand und nahm einen Zug von ihrer Zigarette. Der Typ braucht dringend Hilfe, dachte sie, während sie ihm zusah, wie er sich in ihrem Garten zu schaffen machte.

»›And only the good die young …‹« Mit einem letzten Hüftschwung gegen den Rasenmäher breitete Tommy die Arme weit aus, sah in die Sonne und stieß die geballten Fäuste in die Luft. »›Yeah … and only the good die young!‹«

Kenly setzte sich auf.

Tommy lachte nervös, als er sie bemerkte. »Hallo – äh, Max bezahlt mich dafür, dass ich hier jede Woche den Rasen mähe.«

Sie drückte ihre Zigarette aus und schob sich die Haare hinter die Ohren, sagte aber nichts.

»Normalerweise mach ich das montags«, fuhr er leicht verlegen fort. »Kannst du deine Eltern fragen, ob das in Ordnung ist?«

Sie hob eine Hand, weil die Sonne sie zu sehr blendete. »Montag passt gut.«

Mit einem Achselzucken wandte sich Tommy ab und schob den Mäher zu einem Schuppen am Rand des Gartens.

»Ich bin mit meinem Vater allein!«, rief Kenly ihm nach. »Und du kannst dich darauf verlassen, dem ist das ganz egal.«

Der Junge schaute sich kurz um. »Okay.«

Kenly schwang ihre langen Beine aus der Hängematte und zuckte zurück, als Dutzende von Heuschrecken vor ihr aus dem Gras in die Höhe sprangen und nach allen Richtungen auseinander stoben.

»Oh Mann! Ist das hier immer so?«

»Nee, so schlimm war's seit Jahren nicht mehr. Alle reden davon.«

Am liebsten hätte sie sich sofort wieder in die Hängematte fallen lassen, aber sie bezwang den Impuls und versuchte so zu tun, als machten die Heuschrecken ihr nichts aus. Gleichzeitig fragte sie sich jedoch, ob es in diesem gottverlassenen Nest überhaupt etwas gab, was normal war. Nur um das Gespräch nicht versiegen zu lassen, deutete sie auf den rostigen alten Mäher und fragte: »Funktioniert das Ding denn noch richtig?«

Tommy verschwand in dem Schuppen. Kenly hörte ihn drinnen rumoren, dann kam er mit einem Benzinkanister wieder heraus. »Na klar. Er gehört Max. Der sorgt schon dafür, dass er immer wie geschmiert läuft.«

Er füllte den Tank, zog den Starter, und der Motor begann erstaunlicherweise mit einem ruhigen, gleichmäßigen Brummen zu laufen. »Na bitte!«, rief Tommy, das Motorengeräusch übertönend.

Kenly hielt sich die Ohren zu. »Ich heiße übrigens Kenly!«

»Das dachte ich mir schon!«, rief er zurück und wies auf ihr T-Shirt, auf dem vorn in dicken Lettern ihr Name aufgedruckt war. Dann drückte er den Choke des Mähers, zog sein T-Shirt über den Kopf und warf es ins Gras.

Kenly schluckte. Er trug jetzt am Oberkörper nur noch ein Muscleshirt, und obwohl er gut gebaut war, sah man die stramm gespannte Haut auf seinen Schultern. Sie war runzlig und mit dunklen Flecken gesprenkelt, als hätte jemand ihn mit schwarzem Kaffee übergossen.

Tommy bemerkte ihren fassungslosen Blick und lächelte. »Du wirst dich schon daran gewöhnen!«, rief er über das Getöse des Mähers hinweg. »Alle sagen, dass es einem nach einer Weile gar nicht mehr auffällt. Jedenfalls behaupten sie das immer.«

Sie lief rot an und zeigte verlegen auf seinen Kopf. »Ich hab nur geguckt, weil deine Haare in die Höhe stehen.«

Er strich sie glatt. Dann stellte er das Radio lauter und begann zu mähen, wobei er im Takt mit der Musik den Kopf auf und nieder wippte.

Kenly schob die Hände in die Hosentaschen und zog sich kopfschüttelnd in ihre Hängematte auf der Veranda zurück. Ihr Haar, ein dichtes Gewirr aus langen Locken, walnussbraun mit sonnenblonden Strähnen, fiel ihr oft ins Gesicht, deshalb band sie es meistens zu einem dicken Pferdeschwanz, den sie unter eine Baseballmütze stopfte.

»Das Haar hast du von deiner Mama«, sagte Großmama Alister bisweilen seufzend. »Aber die Augen hast du von deinem Opa.«

Mit ihren fünfzehn Jahren war Kenly bereits einen Meter siebzig groß und besaß schon einen sehr weiblichen Körper. Doch jedem, der sie ansah, fielen als Erstes ihre Augen auf. Sie waren von einem so ungewöhnlichen Blau, dass sich oft selbst wildfremde Menschen bewundernd darüber äußerten. Trotzdem wurde Kenly jedes Mal brennend rot vor Verlegenheit, wenn Männer sie anstarrten oder sich zum Narren machten, um ihre Aufmerksamkeit zu gewinnen. Und sie war immer wieder überrascht, wenn sie beim Blick in den Spiegel nichts von der inneren Unsicherheit entdecken konnte, die sie plagte: das lautlose Stammeln, das ihr bei der Begegnung mit Fremden so sehr die Luft aus der Lunge presste, bis ihr übel wurde. Die Gehemmtheit, die sie dazu trieb, in ihr Zimmer zu flüchten, wenn ihr Vater Freunde ins Haus brachte.

Die Panik ließ immer nur nach, wenn sie ein paar Züge rauchte – von einer der Zigaretten, die sie seit zwei Jahren heimlich von ihrem Vater nahm. Und obwohl sie sich schlecht dabei fühlte, stahl sie ab und zu auch ihrer Großmutter eine *English Old,* aber die hob sie immer für eine besondere Gelegenheit auf, für einen Moment, in dem sie sie wirklich genießen konnte.

Ihre Großmutter war mittlerweile achtundsiebzig Jahre alt und unternahm keine großen Reisen mehr. Doch nach jedem Umzug von Kenly und ihrem Vater stand sie früher oder später unweigerlich vor der Tür, ganz gleich, wohin es Sohn und Enkelin verschlagen hatte. Ohne viel zu reden kam sie dann ins Haus marschiert und übernahm das Regiment. Die knochigen Hände in die mageren Hüften gestemmt, pflegte sie eine Orientierungsrunde zu drehen, ehe sie daranging, Ordnung zu schaffen.

»Komm, du brauchst jetzt erst mal was Anständiges zu essen«, sagte sie in der Regel und schob Kenly dann in die Küche.

Kenly überlegte oft, wie es gewesen wäre, solch eine Mutter zu haben. Eine Mutter, die einen so fest in die Arme nahm, dass man sich schwach fühlte, wenn sie einen wieder losließ. Eine Mutter, in deren Armen man sich verkriechen konnte, wenn man einen schlimmen Tag gehabt hatte.

Großmama hatte eine Art, sich vorzubeugen, wenn sie zuhörte, die Kenly das Gefühl gab, sie sei wirklich wichtig. Meistens stützte sie, halb auf der Sesselkante kauernd, das Kinn in die offene Hand und dachte über Kenlys Worte nach, ehe sie etwas dazu sagte. Und in allem fand sie stets ein Körnchen Gutes.

Kenly hatte ihre Großmutter nur einmal weinen sehen: am Todestag ihrer Schwiegertochter, Kenlys Mutter. Am Morgen zuvor hatte Kenly ihren Eltern noch nachgewinkt, als diese zu einer Kurzreise in einen Ort nördlich von Chicago aufbrachen, wo sie zu einer Hochzeit eingeladen waren. Sie war in der Obhut ihrer Großmutter zurückgeblieben, und sie hatten den Nachmittag und den Abend oben auf dem Speicher verbracht und in alten Kisten gekramt.

Großmama war blass gewesen, als sie sich am nächsten Morgen zu Kenly ins Bett legte und ihr sagte, dass es einen Unfall gegeben hatte, ihre Mutter im Krankenhaus sei und ihr Vater nicht so bald nach Hause kommen würde. Kenly war damals erst sieben Jahre alt gewesen, aber sie würde niemals vergessen, welch entsetzliche Angst sie gehabt hatte, als sie am Nachmittag desselben Tages aus ihrem Zimmer nach unten gelaufen war.

Ihre Großmutter saß am Küchentisch, neben sich das Telefon, dessen Hörer im Leeren baumelte. Sie presste ihr Gesicht in die Arme und weinte so heftig, dass ihr Rücken zitterte. Sie weinte, als wäre sie gar nicht mehr Großmama. Und als Kenly den Hörer nahm und an ihr Ohr drückte, hörte sie die Stimme ihres Vaters.

»Mein Gott, Mutter, sie ist tot!«, jammerte er laut. »Lara ist tot …«

Kenly stand wie erstarrt, den Telefonhörer am Ohr, bis warmer Urin an ihren Beinen hinunterrann und auch sie zu weinen begann.

Danach war nichts mehr so wie zuvor. Nach der Beerdigung saß ihr Vater tagelang allein im Wohnzimmer und sprach kein Wort, auch nicht, als Kenly in den Sessel ihm gegenüber kroch. Und als er sechs Monate später seine Stellung verlor, brauchte er beinahe ein Jahr, um etwas anderes zu finden. Nicht lange danach erfolgte der erste Umzug, und bald darauf begann sich das Umzugskarussell immer schneller und schneller zu drehen.

Kenly, die bei Laras Tod erst sieben gewesen war, konnte sich natürlich an manches aus der Zeit mit ihrer Mutter nicht mehr erinnern. Einiges jedoch würde ihr immer im Gedächtnis bleiben, das wusste sie. Zum Beispiel, wie ihre Mutter es stets geschafft hatte, ihren Vater zum Lachen zu bringen. Oder wie sie ihr abends beim Gutenachtsagen immer ins Ohr geflüstert hatte: »Ich hab dich lieb, meine Süße, und ich bin immer da, wenn du mich brauchst.« Sie hatte die Gewohnheit, ihre Fingerspitze auf dem Rand ihrer Teetasse kreisen zu lassen, wenn sie in dem geheimnisvollen Ton, den Kenly so sehr liebte, Geschichten erzählte. Und wenn sie an einer Skulptur arbeitete, saß sie immer mit krummem Rücken und zusammengekniffenen Augen vornübergebeugt.

Denn ihre Mutter war nicht nur Lehrerin gewesen und hatte an derselben Schule wie ihr Vater unterrichtet, sondern sie hatte auch mit Leidenschaft Skulpturen aus Ton geformt. In dem Jahr, in dem Kenly vier wurde, kaufte sie sich eine Töpferbank und richtete sich im Keller eine Werkstatt ein, in der sie oft stundenlang verschwand. Kenly, der es streng verboten war, mit der Töpferscheibe oder den Werkzeugen wie Meißeln und Feilen zu spielen, liebte es, zu Füßen ihrer Mutter auf dem Bauch zu liegen und ihr bei der Arbeit zuzusehen.

Zuerst band sich ihre Mutter immer eine dicke Schürze um, dann setzte sie sich hin und bearbeitete mit den Fingern den nassen Ton, bis ihr Gesicht und ihre Arme mit grauen Spritzern gesprenkelt waren. Ab und zu nahm sie auch Kenly auf den Schoß, stellte die Höhe des Hockers neu ein und legte einen Klumpen Ton auf die Scheibe. Nachdem sie ihn zentriert hatte, schüttelte sie sachte Kenlys kleine Ärmchen, um sie zu lockern, bevor sie begannen.

»Aber was muss ich denn tun?«, fragte Kenly dann.

»Mach einfach die Augen zu«, antwortete ihre Mutter mit einem Lächeln. »Deine Hände sagen es dir schon.«

Kenly schloss also die Augen und ließ langsam die kleinen Daumen kreisen, an den glitschigen nassen Ton gedrückt, bis allmählich eine Form entstand und ihr vor Aufregung der Kopf zu schwirren begann.

»Du merkst es schon, wenn es richtig ist«, flüsterte ihre Mutter und strich ihr das Haar aus dem Gesicht. »Du fühlst es ganz tief drinnen, und dann machen deine Hände ganz allein weiter.«

Nach ihrem Tod hatte Steven Alister seine Tochter Kenly häufig irgendwo draußen im Freien gefunden, wo sie weinend neben einer Pfütze kauerte, die Finger tief in den Matsch gedrückt. Er pflegte sie dann kopfschüttelnd und wortlos auf den Arm zu nehmen und ins Haus zu tragen, um sie zu waschen.

Nachdem Steven das erste Mal die Stellung verloren hatte, trank er noch mehr, und Wut verdrängte langsam seinen Schmerz. Kurz nach ihrem neunten Geburtstag hockte Kenly eines Nachts völlig verängstigt mit hochgezogenen Knien in einer Ecke des Wohnzimmers und sah entsetzt zu, wie ihr Vater von Raum zu Raum ging und systematisch jede Skulptur zertrümmerte, die ihre Mutter je gemacht hatte.

Er wütete gegen einen Dämon, den Kenly nicht sehen konnte, mit Wut und Tränen in den Augen und noch etwas anderem, das sie nicht zu beschreiben vermochte. Hartsteinscherben und winzige graue Tonsplitter flogen in alle Richtungen und landeten auf Möbeln und Fußboden, einige setzten sich sogar in Kenlys Haar und auf die nackte Haut ihrer Füße.

Als er in den Wohnräumen fertig war, stürmte er in das Gästezimmer, wo sie die Sachen ihrer Mutter aufbewahrten. Kenly, die ihm nachgeschlichen war, sah durch den Türspalt zu, wie er sich auf Zehenspitzen stellte und mit einem Hammer so lange auf die Töpferbank einschlug, die ihrer Mutter so viel bedeutet hatte, bis sie in Trümmern lag. Dann fiel er inmitten der Verwüstung, die er angerichtet hatte, auf die Knie und schlug schluchzend die Hände vors Gesicht. Vielleicht wusste er nicht, dass seine Tochter ihn beobachtete, vielleicht war es ihm auch gleichgültig.

Kenly schlich ins Wohnzimmer zurück und nahm von einem Regal hinter dem Schaukelstuhl ihrer Mutter das einzige Stück an sich, das Steven übersehen hatte. Es war eines ihrer Lieblingsstücke: drei Hände, die aus einem Tonsockel aufragend einander umfasst hielten. Die kräftigen, schwieligen Finger eines Mannes umschlossen eine schlanke Frauenhand, und zwischen ihnen eingebettet lagen die drallen Finger einer Kinderhand, die zur Faust geballt war. Auf einem kleinen Messingschild darunter stand nur ein Wort: *Familie*.

Kenly duckte sich tief hinter den Schaukelstuhl, denn sie wusste instinktiv, dass ihr Vater auch dieses kleine Kunstwerk zertrümmern würde, wenn er es sähe. Sie wickelte es in den Saum ihres Nachthemds und hielt es so lange in ihrem Schoß verborgen, bis sie nach oben in ihr Schlafzimmer schleichen konnte, um es dort vor ihm zu verstecken.

Am folgenden Morgen suchte sie noch nach zwei weiteren Gegenständen: nach dem Ledertäschchen, in dem ihre Mutter ihre Werkzeuge aufbewahrte, und nach einem rotvioletten Schal, den sie oft um den Hals getragen hatte. Das Täschchen fand sich in der alten Leinenjacke ihrer Mutter, der Schal in einem Karton unter Stapeln von Kleidungsstücken, die zum Weggeben bestimmt waren. Fortan waren diese drei Dinge die ersten, die Kenly einpackte, wenn wieder einmal ein Umzug bevorstand, und sie trug sie stets bei sich, bis sie sich an ihrem neuen Wohnort eingelebt hatte.

Drei Tage nach ihrer Ankunft in Athabasca lag ihr Vater wieder einmal lang ausgestreckt auf dem Sofa vor dem Fernsehapparat, als er sie plötzlich auf Tommy ansprach.

»Hast du den Burschen von nebenan schon kennen gelernt?«

Kenly räusperte sich. »Er heißt Tommy.«

»Und …?«

»Und was?«

»Was ist los mit dem Jungen?«

Sie antwortete mit einem Achselzucken. »Ich hab ihn nicht gefragt.«

Steven nahm seine Brille ab und rieb sich den Nasenrücken. »Hauptsache, du halst dir jetzt nicht gleich seine Probleme auf.«

Sie kniff die Augen zusammen. »Was soll das denn bitte heißen?«

Er richtete sich auf und beugte sich vor, die Ellbogen auf den Tisch gestützt. »Na, hör mal, Kenly, wir wissen doch beide, dass du eine Schwäche für solche Problemfälle hast. Du weißt schon, Schwächlinge ohne Rückgrat, die sich ständig bei dir ausweinen und sich im Laufe der Zeit ganz auf dich verlassen. Das macht mir Sorgen, wenn du es genau wissen willst.«

»Ach, du meinst, solche wie dich?«, gab sie schnippisch zurück.

Er schob seine Hände ineinander und sah sie einen Moment schweigend an.

»Hast du dir schon mal überlegt, warum sich diese so genannten ›Problemfälle‹ zu mir hingezogen fühlen, Dad? Wir haben in den letzten fünf Jahren nie länger als – lass mich rechnen – ein Jahr am selben Ort gelebt. Bis jemand die Chance hat, mich näher kennen zu lernen, sind wir längst wieder über alle Berge. Was interessiert's dich da, verdammt noch mal, wenn ein paar Typen, die selbst einsam sind, mir zeigen, dass sie sich freuen, dass ich da bin?«

Sie brüllte jetzt, vornübergebeugt, in Kampfstellung.

Mit geballten Fäusten sprang Steven auf. Aber dann ließ er die Hände sinken und ging hinaus, ohne Kenly noch einmal anzusehen.

Kenly schnappte sich ihre Jacke, klaute aus der Packung, die auf dem Tisch lag, eine Zigarette, und rannte hinaus. Sie knallte die Tür hinter sich zu, zündete mit zitternden Fingern die Zigarette an und zog ein paarmal heftig daran, bevor sie vor lauter Wut ziellos die Straße hinunterstürmte.

Als sie zurückkam, saß ihr Vater mit einem Glas in der Hand und einer Flasche Wodka vor sich in seinem Fernsehsessel.

»Diese Idioten haben keine Ahnung, wie man Football spielt«, sagte er, auf den Fernsehapparat zeigend.

Kenly lehnte sich mit verschränkten Armen an den Türrahmen. »Was ist in dem Glas, Dad?«

»Ein paar Drinks haben noch keinem geschadet.«

»Kann sein, aber dich bringen sie um.«

Er lachte glucksend und schaute in sein Glas. »Keine Angst, wir Problemfälle sind zäher, als wir aussehen.«

4

Zwei Tage später war Kenly gerade allein zu Hause, als sie aus dem Küchenfenster sah, dass hinter den Holunderbüschen in ihrem Garten Flammen zum Himmel hinaufloderten. Panisch rannte sie zum Telefon.

»Polizeinotruf – was gibt's?«

»Feuer! Es brennt –«

»Okay, okay. Beruhigen Sie sich und geben Sie mir Ihre Adresse.«

Kenly schlug sich mit der Hand vor die Stirn und schloss die Augen in dem Bemühen, sich zu erinnern. Wie lautete noch ihre Adresse? Ach ja. Richtig. »Wir wohnen in der 49. Straße, gleich bei der Highschool.«

Die Frau am anderen Ende schnäuzte sich. »Brennt es bei euch im Haus?«

Kenly stand auf Zehenspitzen, den Blick zum Fenster hinaus gerichtet. »Wie? Nein. Nicht in unserem Haus. Draußen!«

Die Flammen wurden größer, züngelten noch höher als zuvor.

»Draußen?«

Kenly schob sich das Haar hinter das Ohr und hielt ängstlich den Telefonhörer umklammert. Wie konnte diese Frau nur so ruhig bleiben?

»Ja, draußen! Es brennt! Ich sehe es genau von unserem Fenster aus. Das Feuer ist nur ein paar Häuser entfernt, in unserer Straße.«

Schweigen.

»Hallo?«

»Seid ihr vielleicht gerade erst neu eingezogen? Wohnt ihr in der Nähe von Max Varda?«

Kenly hielt den Hörer ein Stück von ihrem Ohr fort und fragte kopfschüttelnd: »Wieso?«

»Weil das höchstwahrscheinlich Max' Feuerstelle ist, die da brennt«, erklärte die Frau. »Er macht sehr oft Feuer, wissen Sie. Ich bin übrigens Myrna Simmons, die einzige Telefonistin der hiesigen Notrufzentrale. Machen Sie sich keine Sorgen, Max hat immer einen Schlauch in der Nähe, da dürfte es eigentlich keine Probleme geben, auch wenn die Flammen mal ein bisschen höher schlagen. Wir wollen doch nichts überstürzen und falschen Alarm schlagen und unsere Leute von der Freiwilligen Feuerwehr wegen nichts und wieder nichts aufscheuchen.«

Myrna legte eine Pause ein, um sich abermals zu schnäuzen. »Aber könnten Sie vielleicht mal rübergehen und nach dem Rechten sehen? Wenn ich nicht wieder von Ihnen höre, weiß ich, dass alles in Ordnung ist.«

Die Frau namens Myrna legte auf, und Kenly starrte ungläubig auf den Hörer in ihrer Hand, ehe sie ebenfalls auflegte. Hier gibt's anscheinend nur Irre, dachte sie und stellte sich auf die Zehenspitzen, um wieder zum Fenster hinauszusehen. Die Flammen waren jetzt nicht mehr so hoch, aber sie brannten munter weiter, und glühende Funken flogen in den schwarzen Himmel hinauf. Kenly schlüpfte in ihre Sandalen und lief durch den Garten.

Die Büsche zwischen ihrem Grundstück und dem

der Naylors standen recht dicht, aber sie zwängte sich hindurch und durchquerte den Garten der Nachbarn. Als sie sich Max Vardas Grundstück näherte, entdeckte sie mitten in seinem Garten eine Feuerstelle. Max saß mit dem Rücken zu ihr, die Füße gegen die Backsteinumrandung der kreisrunden Feuerstelle gestemmt. Ihm gegenüber hockte Tommy und warf Holz ins Feuer, und neben ihm saß eine Frau, die Kenly nicht kannte – seine Mutter, vermutete sie.

Oscar, der bisher zusammengerollt auf Max' Schoß gelegen hatte, richtete sich mit gesträubtem Fell auf und begann leise zu knurren. Max drehte sich um und spähte mit zusammengekniffenen Augen in die Dunkelheit.

»Ich bin's nur, Mr Varda. Ich hatte ein bisschen Angst wegen des Feuers …«

Er lachte und klopfte auf den freien Platz neben sich. »Komm doch rüber und setz dich zu uns.«

Kenly zögerte nur kurz, ehe sie beschloss, der Aufforderung zu folgen. Ihr Vater war nicht zu Hause, und die dauernden Wiederholungen von *M.A.S.H.* und *Herzbube mit zwei Damen* auf den beiden armseligen Fernsehkanälen, die sie hier lediglich empfangen konnten, hatte sie satt bis obenhin.

Tommy, der dabei war, Holz zu hacken, stand mit dem Rücken zu ihr. »Hallo!«, rief er ihr über die Schulter zu.

Sie setzte sich mit gekreuzten Beinen auf den Stuhl neben Max. »Hallo.«

In der Feuerstelle lag ein Haufen Birkenholz, das beim Verbrennen laut knackte und Funken sprühte. Kenly sog den Duft ein und streckte ihre Hände der Wärme entgegen. Max reichte ihr eine Cola, ohne zu fragen, ob sie überhaupt eine wollte, und wandte sich dann der Frau zu, die ihnen gegenübersaß.

»Jean, das ist Kenly Alister, das junge Mädchen, von dem ich dir erzählt habe.«

»Ich freue mich, dich kennen zu lernen. Ich bin Jean Naylor, Tommys Mutter.«

»Hallo.« Obwohl Jean saß, konnte Kenly erkennen, dass sie groß gewachsen war. Ihr Haar war zwar schon grau, aber da es schulterlang und in Stufen geschnitten ihr Gesicht umrahmte, ließ es sie jünger wirken, als sie war. Jeans Augen waren auffallend groß, und im Feuerschein glaubte Kenly Sommersprossen auf ihrer Nase zu erkennen.

Jean ergriff den Teller mit Keksen, der neben ihr stand, und bot ihn Kenly an. »Nimm dir welche. Wenn du jetzt nicht zulangst, werden die beiden hier alles allein aufessen.«

Max verdrehte die Augen und lachte. »Jean ist überzeugt, dass ihr Gebäck unwiderstehlich ist.«

»Ist es auch«, ließ sich Tommy vernehmen, der gerade die letzten Holzscheite stapelte.

Max kraulte Oscars Rücken. »Tommy, was ich eben schon sagen wollte: Lass uns doch diese Woche mal zu deinem Baumhaus rüberfahren, damit ich endlich das Fenster abdichten kann. Sonst regnet's dir am Ende noch rein.«

Kenly hob den Blick vom Feuer. »Du hast ein Baumhaus?«

»Ein echtes Prachtstück«, bestätigte Max an Tommys Stelle mit einem freundlichen Lachen. »Du kannst es mir glauben. Das ist kein Allerweltsbaumhaus. Du musst es dir mal von Tommy zeigen lassen.«

Tommy zuckte kurz mit den Schultern und ließ sich auf einen freien Stuhl fallen. »Jederzeit. Wenn's dich interessiert.«

Kenly war zwar neugierig, aber zu schüchtern, um sofort darauf einzugehen. Sie blieb noch eine gute

Stunde und lauschte den lebhaften Diskussionen der drei. Es ging unter anderem darum, was der hiesigen Lokalzeitung fehlte und was nicht. Jeder hatte seine eigene Meinung, und Kenly verfolgte das Gespräch mit Interesse. Tommy schien ein netter Typ zu sein, ein bisschen merkwürdig vielleicht, aber das, dachte sie, gehört wahrscheinlich dazu, wenn man so aussieht wie er.

Max machte in jenem Sommer fast jeden Abend ein Feuer. Sechs Stühle aus Zedernholz waren rund um die Feuerstelle verteilt. Tagsüber standen sie leer, aber wenn er abends das aufgeschichtete Holz anzündete, kam es nicht selten vor, dass alle Stühle besetzt waren und dazu noch Leute auf Gartenstühlen saßen, die den Kreis erweiterten.

Während der Woche ging es ruhiger zu, aber an den Wochenenden war es ein ständiges Kommen und Gehen von Freunden und Bekannten, die gern auf einen Schwatz und einen Drink vorbeischauten. Bald schwoll der Klang der Stimmen an, bald ebbte er ab, ganz im Einklang mit der Art des Gesprächs, das gerade geführt wurde. Es gab freundliche Diskussionen, ernsthafte Debatten und manchmal auch ausgelassenes Gelächter, das alle mitriss, wenn jemand einen guten Witz erzählte.

Kenly fühlte sich unsichtbar, wenn sie an der Feuerstelle saß, und das gefiel ihr. Niemand forderte sie je auf, sich am Gespräch zu beteiligen, niemand erwartete etwas von ihr. In diesen Momenten verspürte sie einen Frieden wie schon lange nicht mehr.

Sie erfuhr, dass Max der Eigentümer der Lokalzeitung *The Athabasca Press* war und Jean seine Chefredakteurin. Es war ein kleines Blatt mit nur einem fest angestellten Fotografen und einem Berichterstatter. Max und Jean führten normalerweise donnerstags die letzten Korrekturen durch und fuhren freitags morgens nach Edmonton, um die Zeitung drucken zu lassen.

Allmählich lernte Kenly auch Tommy besser kennen. Er war ein Jahr älter als sie, aber er besuchte keine Schule. Er nahm zu Hause Fernunterricht, und in der Woche dauerte sein Unterrichtstag gewöhnlich von neun bis vierzehn Uhr. Er arbeitete außerdem drei Nachmittage in der Woche bei der Zeitung, wo er beim Korrekturlesen half und alle möglichen kleineren Aufgaben übernahm.

Ein paar Stammgäste kamen jeden Abend ans Feuer, unter ihnen zwei Schwestern, die zusammen in einem Haus drei Straßen weiter lebten: Florence und Becky Harris. Becky war Anfang sechzig, Florence nur wenige Jahre jünger. Sie waren beide nicht verheiratet. Florence war lang und dünn wie eine Bohnenstange und sprach wenig. Sie kam jeden Abend in demselben marineblauen Pullover, über dem Arm eine Wolldecke, die sie sich über die Knie legte. Wenn sie Platz genommen hatte – immer auf demselben Stuhl –, rieb sie sich erst einmal die Hände über dem Feuer. Dann kramte sie ihre Zigaretten hervor, machte es sich bequem und hörte den Gesprächen der anderen zu.

Becky war korpulent und voller Temperament. Meist hörte man sie schon lange bevor man sie sah. Häufig kam sie lauthals schimpfend und gestikulierend durch den Garten gelaufen. Irgendetwas gab es immer zu beklagen: Die hohen Gaspreise hatten etwas mit einer Verschwörung zu tun, im Gemeindeamt saßen lauter Idioten ohne jeden Weitblick, die Bank wollte sie um die Zinsen prellen, die ihr zustanden, die Nachbarkatze pinkelte ständig in ihre Blumenbeete.

Kenly fand es herrlich, Becky zuzuhören. Florence hingegen seufzte meist nur mit einem resignierten Kopfschütteln, als wüsste sie aus Erfahrung, dass es keinen Sinn hatte, mit ihrer Schwester zu diskutieren, und als könnte sie verstehen, wenn auch alle anderen sich aus dem Gespräch ausklinkten.

Als Walter Dunning sich das erste Mal zu ihnen gesellte, hatte er einen Arbeitsoverall und Gummistiefel an. Er war ein Mann von gut einem Meter achtzig, mit breiter Brust, einem runden Bauch und einer ungebändigten Mähne grauen Haars, die dringend nach einem Schnitt verlangte. Er näherte sich mit bedächtigem Gang, auf einem Zahnstocher kauend, den er unablässig von der einen Seite seines Mundes zur anderen schob.

Ein junges Mädchen trottete hinter ihm her. Sie trug ihr kurzes rotes Haar in einem wilden Fransenschnitt, zu dem Kenly niemals den Mut gehabt hätte, und ihre mürrische Miene sagte klar und deutlich: Lasst mich bloß in Frieden. Kenly brauchte das Mädchen nur anzusehen, um zu wissen, dass es nicht etwa zu denen gehörte, die irgendeine Mode mitmachten. Es führte die Mode ein. Es strahlte eine Art aggressiven Selbstbewusstseins aus, das jeden hätte einschüchtern können, ging hoch erhobenen Kopfes an ihnen vorüber, setzte sich ungefähr fünf Meter abseits ins Gras und zeigte absolut kein Interesse an dem Gespräch der anderen.

Nach einer Stunde hielt Kenly es nicht mehr aus. Sie beugte sich zu Tommy hinüber und fragte, wer die beiden waren.

»Sie heißt Lexie«, flüsterte er. »Und Walter ist ihr Onkel. Ihre Mutter ist im letzten Winter mit irgendeinem Typen abgehauen und hat sie bei Walter geparkt. Soviel ich weiß, hat seitdem keiner etwas von ihr gehört.«

Lexie hockte im Schneidersitz im Gras, in der Hand eine Taschenlampe, auf den Knien ein Buch mit Eselsohren. Sie schien Kenly etwas älter als sie selbst und trug ein weites Sweatshirt, hautenge Jeans und Sandalen.

Ein paarmal ertappte Kenly sie an diesem Abend dabei, wie sie zu ihnen herüberschaute, und fragte schließlich Tommy flüsternd: »Warum setzt sie sich nicht einfach zu uns?«

Tommy antwortete mit einem Achselzucken. »Sie ist sauer, dass Walter sie zwingt, mit ihm herzukommen. Er ist ganz schön streng. Ich hab sie schon ein paarmal gefragt, aber sie sagt, das Gequatsche von einem Haufen alter Knacker interessiert sie nicht, und so ziemlich das Letzte, was sie braucht, wäre, dass man im Dorf denkt, wir wären Freunde.«

Kenly war froh, dass es dunkel war und Tommy ihr Gesicht nicht sehen konnte. »So was Gemeines!«

Er machte eine wegwerfende Handbewegung. »Ich nehm's ihr nicht übel. Überleg doch mal: Sie zieht von einem Tag auf den anderen bei ihrem Onkel ein, und das ganze Dorf tratscht darüber. Sie muss sich in einer Schule zurechtfinden, in der es praktisch nur feste Cliquen gibt, und dann soll sie auch noch den ganzen Sommer lang jede Woche hier rumsitzen. Ich weiß, was die Leute über mich reden, ich wäre an ihrer Stelle auch vorsichtig.«

Kenly ließ sich seine Worte durch den Kopf gehen, dann lächelte sie. »Und was ist mit mir?«

»Wieso?«

»Na, ich wohne Tür an Tür mit dir und sitze jeden Abend hier am Feuer. Demnach darf ich dann wohl damit rechnen, dass meine Chancen auf gesellschaftlichen Aufstieg im September besser werden, hm?«

Tommy sah sie an und zog eine Augenbraue hoch.

»Ich hab mich schon gefragt, wie lange du brauchen würdest, um dahinter zu kommen.«

Die beiden grinsten sich an und wandten sich dann wieder den anderen zu. Max erklärte Becky und Florence gerade mit viel Engagement, was sie seiner Meinung nach gegen die Schneckenplage in ihrem Garten tun sollten, als Walter dazwischenfunkte.

»Ihr solltet diesen verdammten Garten einfach umpflügen«, sagte er, energisch seinen Overall hochziehend. »Da gibt es schon Schnecken, solange ich denken kann, und jedes Jahr sitzt ihr beiden hier und beschwert euch darüber. Aber eine Lösung findet ihr nie.«

Becky kniff die Augen zusammen, und Florence legte ihr rasch die Hand auf den Arm. »Walter«, sagte sie, »wenn wir deine Meinung hören wollen, melden wir uns.«

Becky lachte mit höhnischer Genugtuung auf. Kenly zog die Augenbrauen hoch und verkniff sich ein Lächeln. In der ganzen letzten Woche hatte Florence kaum zehn Worte gesprochen, da war diese Retourkutsche schon etwas Besonderes. Walter fiel sichtlich in sich zusammen und hüllte sich für den Rest des Abends in Schweigen. Doch als Florence und Becky eine Stunde später aufbrachen, bedeutete er Lexie mit einer Kopfbewegung, ihm zu folgen, und begleitete die beiden alten Frauen. Die Hände in den Hosentaschen vergraben, ging er rückwärts vor den Schwestern durchs Gras und nickte brav zu allem, was Florence sagte.

Jean gab Kenly einen leichten Klaps auf den Oberschenkel. »Er ist ein echtes Original, nicht?«

»Ich glaube, er hat eine Schwäche für Florence.«

»Na ja, die beiden waren vor Jahren mal verlobt. Ich kann mir vorstellen, dass da noch Gefühle im Spiel sind.«

»Die beiden waren *verlobt?*«

Jean stand auf und klopfte die Asche von ihrer Jeans. »Ja.«

»Darauf wäre ich nie gekommen.«

»Tja, wir haben eben alle unsere kleinen Geheimnisse.«

5

Ein paar Abende später erschien Lexie in klobigen schwarzen Bikerstiefeln, Jeans und einem gebatikten T-Shirt am Feuer. Sie fläzte sich an derselben Stelle ins Gras wie immer, und es dauerte keine zwei Minuten, da hatte sie ein Buch auf dem Schoß, eine Taschenlampe unters Kinn geklemmt und, zu Kenlys ungläubiger Überraschung, eine Zigarette im Mundwinkel hängen. Walter fixierte sie zwar mit tadelndem Blick, aber die anderen nahmen keine Notiz davon.

Max, Jean und Becky führten gerade eine hitzige Diskussion über die Frage, ob die Dorfbrücke erneuert werden müsse oder nicht, als Tommy ans Feuer trat. Kenly hob den Blick und sah, dass Tommys Jeansjacke fast bis zum Hals zugeknöpft war und oben Oscars Kopf herauslugte. Tommy setzte sich auf einen Stuhl, knöpfte die Jacke auf und ließ Oscar auf seinen Schoß hinuntergleiten.

Kenly biss in den Apfel, den sie in den Händen blank gerieben hatte, und lachte leise. Ein süßer Hund, dachte sie. Er tickt zwar nicht ganz richtig, aber wer von uns tut das schon. Der Wind drehte sich und wehte Kenly den Rauch des Feuers direkt ins Gesicht. Sie hielt sich mit einer Hand die Augen zu und setzte sich zu Tommy auf der gegenüberliegenden Seite der Feuerstelle. Die Stimmen der anderen wurden langsam lauter. Sie stritten mittlerweile darüber, wer in der vergangenen Woche im Spirituosengeschäft eingebrochen hatte.

Becky hob eine Hand und versuchte zu unterbrechen, während Florence, die neben ihr auf der Stuhlkante saß, die Diskussion gespannt verfolgte, um gegebenenfalls schlichtend einzugreifen. Walter dozierte mit lauter Stimme und untermalte seine Worte mit scharfen Karateschlägen in die Luft. Becky funkelte ihn wütend an, dann griff sie in ihre Leinentasche und zog ein Glas Erdnussbutter heraus. Sie stellte es auf ihren Schoß, verschränkte die Arme und lächelte breit. Walter lief rot an und sank rückwärts in seinen Stuhl.

»Er ist gegen Erdnussbutter allergisch«, flüsterte Tommy Kenly zu.

Florence ballte die Fäuste. »Das reicht!«

»Ich wollte nur auch mal zu Wort kommen«, erklärte Becky mit einem verächtlichen Prusten.

Walter trank sein Bier aus. »Kein Problem. Du hast das Wort.« Er nickte allen anderen zu und verschwand beleidigt in der Dunkelheit.

Betretenes Schweigen folgte. Florence verschränkte die Arme, Becky senkte den Kopf und kaute auf der Unterlippe. Max fragte, ob jemand ein Bier wolle, und Jean reichte eine Platte mit Zimtbrötchen herum. Die unbehagliche Stimmung wurde erst durch zwei Nachbarn vertrieben, die sich mit Taschenlampen und ihren eigenen Gartenstühlen gerüstet zu ihnen gesellten.

Tommy neigte sich näher zu Kenly und senkte die Stimme. »Als Walter und Florence damals verlobt waren, hat er einmal eine Verabredung zum Essen mit ihr abgesagt und behauptet, er läge mit Grippe im Bett. Aber später hat Becky ihn oben in der Bar gesehen, wo er sich mit zwei Freunden die Stripperinnen anschaute, und sie hat Florence dann eingeredet, er hätte sie vor allen Dorfbewohnern lächerlich gemacht. Sie hat sie sogar dazu überredet, die Verlobung zu lösen. Seitdem sind die beiden wie Hund und Katze miteinander.«

Kenly runzelte die Stirn. »Warum hat Florence ihm denn nicht eine zweite Chance gegeben? Okay, er hat sie angelogen, aber er hat sich ja schließlich nur ein paar Stripperinnen angesehen. Das ist doch was anderes, als wenn er richtig fremdgegangen wäre.«

Tommy zog eine Schulter hoch. »Keine Ahnung. Manche Leute können wahrscheinlich nicht verzeihen.«

»Wahrscheinlich nicht.«

Er beugte sich vor, um ein paar Scheite ins Feuer zu werfen. Kenly wartete einen Wimpernschlag lang, dann wagte sie endlich die Frage zu stellen, die ihr auf der Zunge lag, seit sie Tommy das erste Mal begegnet war.

»Darf ich dich was fragen?«

»Klar.«

»Was ist dir eigentlich passiert?«

Kaum hatte sie die Worte ausgesprochen, fand sie sie schon taktlos und bedauerte ihre Frage.

Er rieb sich die Stirn, verblüfft über den plötzlichen Themawechsel.

Kenly wurde rot. »Entschuldige. Es geht mich überhaupt nichts an.«

»Kein Problem. Du hast mich mit deiner Frage nur überrascht.« Tommy streckte seine Beine aus und verlagerte Oscars Gewicht auf seinem Schoß. »Normalerweise fragen die Leute mich nie direkt. Meistens gaffen sie nur oder tun so, als wäre alles in bester Ordnung.«

Aus dem Augenwinkel bemerkte Kenly, dass Lexie ein klein wenig den Kopf hob. Sie zupfte am Zugband ihrer Jacke. »Und hast du eigentlich Schmerzen?«

Tommy erklärte ihr alles ganz genau. Die Tumore waren nicht bösartig, aber sie kamen immer wieder und plagten ihn seit seiner Geburt. Sein rechtes Bein war fünf Zentimeter länger als sein linkes, und sein Kopf war durch einen so genannten ›partiellen Gigantismus‹ deformiert, einen Riesenwuchs von Knochen und Gewebe.

»Meinetwegen können sie es nennen, wie sie wollen«, sagte er. »Ich wünschte nur, sie könnten es auch heilen. Nach meiner Geburt ist meine Mutter mit mir für ein Jahr nach Edmonton gezogen, um mich untersuchen zu lassen. Sie hat Teilzeit gearbeitet und mich von einem Arzt zum anderen geschleppt, um feststellen zu lassen, was mir fehlt.«

»Das war bestimmt hart.«

Tommy nickte. »Nach einem Jahr wussten sie immer noch nicht, was mit mir los ist. Also sind wir hierher zurückgekommen, und Mom hat wieder in ihrem alten Job angefangen. Max und Sophie, seine Frau, hatten das Haus hier als Geldanlage gekauft und günstig an uns vermietet. Seitdem leben wir hier.«

Florence und Becky unterbrachen das Gespräch der beiden, um sich zu verabschieden, und wenig später brach auch Jean auf, winkte noch einmal und ging durch den Garten davon. Max schlug sich mit beiden Händen auf die Schenkel, stand auf und raufte Tommy die Haare. »Sieh zu, dass das Feuer aus ist, wenn ihr geht.«

Tommy verdrehte die Augen und nickte. »Ich lass Oscar bei euch zur Hintertür rein, wenn ich nach Hause gehe.«

Währenddessen sammelte Lexie ihre Sachen zusammen und setzte sich, die Hände zum Feuer ausgestreckt, auf einen frei gewordenen Stuhl.

Max zog erstaunt die Brauen hoch, dann zwinkerte er Kenly zu. »Nacht, Kinder.«

Das Holz war zu einem Haufen rot glühender Asche heruntergebrannt. Kenly ergriff ein Stück Birkenrinde und warf es hinein. Es entzündete sich mit einer hoch aufschießenden Flamme, die schnell in sich zusammenfiel. Dann wandte sie sich wieder Tommy zu. »Und was ist mit deinem Vater?«, fragte sie. »Wo ist der?«

Tommy schüttelte seufzend den Kopf, als wäre das eine Geschichte, die er schon eine ganze Weile nicht mehr erzählt hatte.

»Er wollte meine Mutter heiraten, als er hörte, dass sie schwanger war. Sie haben einen Tag ausgemacht, dem Pfarrer Bescheid gesagt, eine Band angeheuert und sogar Einladungen verschickt. Ich wäre am Tag ihrer Hochzeit drei Monate alt gewesen. Aber als ich *so* auf die Welt kam« – Tommy berührte sein Gesicht – »war's mit der Liebe vorbei.«

Kenly und Lexie starrten ihn ungläubig an.

»Die Ärzte sagten damals, ich würde wahrscheinlich höchstens ein paar Monate am Leben bleiben, und wenn ich länger lebte, würde eine Behandlung wahnsinnig viel Geld kosten. Sie sagten außerdem, dass die Tumore mein Sehvermögen und die Entwicklung meines Gehirns beeinträchtigen würden, aber meine Mutter glaubte ihnen kein Wort.«

Er hob den Kopf. Stolz blitzte in seinen Augen auf. »Die Ärzte schlugen vor, mich von Anfang an in ein Heim zu geben, und mein Vater erklärte meiner Mutter, wenn sie damit nicht einverstanden wäre, würde er sie nicht heiraten. Sie hat darüber nachgedacht und ihm dann gesagt, er solle auf der Stelle verschwinden und sich nie wieder bei uns blicken lassen, sonst würde sie sich noch im Krankenhaus auf den Boden schmeißen und brüllen, bis sie blau wird.« Tommy grinste. »Wir haben nie wieder von ihm gehört.«

»Und du hast nie versucht, ihn zu finden?«, fragte Kenly.

Tommy sah auf seine Hände und antwortete nicht gleich. »Wozu?«, entgegnete er dann. »Ich bin sechzehn und hab nicht mehr lang zu leben.«

Kenly zuckte zusammen. »I-im Ernst?«

»Oh, Mist«, murmelte Lexie und setzte sich auf.

Tommy streichelte Oscars Rücken und hielt den Blick aufs Feuer gerichtet. »Na ja, nach wie vor weiß niemand, was mir fehlt. Sicher ist nur, dass es keine Heilung gibt. Mein Emphysem wird immer schlimmer, und die Tumore wachsen immer weiter.«

Er sprach völlig emotionslos. Es war, als hätte er sich gegen die grausame Realität immunisiert.

»Ist ja auch egal«, sagte er, die Schultern straffend. »Selbst wenn mein Vater jetzt plötzlich an meinem Leben teilhaben wollte, hat er die Chance dazu schon vor Jahren vertan. Ich bin glücklich so, wie es ist. Athabasca ist mein Zuhause, hier sind die Menschen, die ich liebe, und hier werde ich wahrscheinlich sterben. Soll ich vielleicht die kostbare Zeit damit verschwenden, dass ich irgendeinem Kerl hinterherlaufe, der sowieso nie mein Vater sein wollte? Das wär doch hirnverbrannt.«

»Und ich hab gedacht, *mein* Leben wäre verkorkst«, sagte Lexie leise.

»Ja, wirklich«, stimmte Kenly ein. »Im Vergleich dazu ist mein Vater ja der Vater des Jahres!«

Tommy räusperte sich und lächelte. »Freut mich, dass euch meine traurige Ballade so gut getan hat.«

Lexie schob ihre Finger ineinander, überlegte einen

Moment und beugte sich dann vor. »Na, wenigstens hattest du nie mit einer Mutter zu tun, die ihre Zeit darauf verwendet hat, dir das Klauen beizubringen statt das Lesen.«

»Ist das dein Ernst?« Kenly riss die Augen auf.

»Na klar! Richtig lesen gelernt hab ich erst, als ich fast zehn war.«

»Nein! Ich meine, hat sie dir echt das Klauen beigebracht?«

»O ja! Das heißt, sie hat's versucht, aber ich war nicht sehr talentiert, da hat sie's am Ende aufgegeben. Zuerst musste ich zu Hause mit ihr üben, und dann hat sie mich in ein Einkaufszentrum geschleppt, wo ich ihr zuschauen musste. Aber als ich meinen ersten großen Coup landen sollte«, fuhr Lexie lachend fort, »hatte ich solches Lampenfieber, dass ich mir ein T-Shirt vorn in die Hose gestopft hab, an der Kasse vorbeimarschiert bin und dann den ganzen Boden voll gekotzt habe.«

Tommy lachte, und Kenly schüttelte fassungslos den Kopf.

»Aber das ist noch gar nichts«, fuhr Lexie fort. »Einmal, als ich zwölf war, haben sie und ihr Freund mich mitten in der Nacht aus dem Bett geholt, und ich musste mit ihnen zum Radkappenklauen gehen.«

Tommy sperrte den Mund auf. »Ohne Scheiß?«

»Ohne Scheiß«, gab Lexie zurück. »Ihr Freund hat mich freundlicherweise noch darauf aufmerksam gemacht, dass wir geschnappt werden könnten. Aber in dem Fall sollte ich dann eine Riesenszene hinlegen, heulen und schreien und mich auf den Boden schmeißen, weil uns das vielleicht ein bisschen Mitleid einbringen und eine Möglichkeit zum Abhauen bieten würde.«

»Und seid ihr geschnappt worden?«, erkundigte sich Kenly neugierig.

»Nein, aber dafür hab ich acht Radkappen ergattert und gelernt, wie man sie ganz schnell ablöst.«

Tommy lachte wieder, herzhafter diesmal, den Kopf in den Nacken geworfen. »Hey, erinnere mich daran, Kenly, dass ich morgen früh den Wagen meiner Mutter kontrolliere.«

Lexie schien die plötzliche Aufmerksamkeit zu genießen, aber Kenly war klar, dass sie das Leben mit ihrer Mutter, das in Wirklichkeit bestimmt nicht lustig gewesen war, bewusst ins Lächerliche zog, um dem Gespräch den Ernst zu nehmen und Tommy aufzuheitern.

Kenlys Vater kam mit dem neuen Leben in Athabasca nicht so gut zurecht wie seine Tochter und gesellte sich in diesem Sommer nur zweimal zu dem Kreis um die Feuerstelle.

»Was ist daran so toll?«, fragte er Kenly eines Abends. »Ich hör mir ein paar Stunden lang den Klatsch von diesen Leuten an und krieche danach verräuchert und verrußt in mein Bett.«

Sie schnitt ein Gesicht. »Kommt drauf an, wie man's sieht. Die Leute sind alle echt nett, und eigentlich klatschen sie gar nicht. Sie interessieren sich nur dafür, was um sie herum vor sich geht. Und ich liebe den Geruch von Feuer. Wenn man zusieht, wie es langsam runterbrennt … das hat was. Und soll ich dir mal was sagen? Es geht mir jedes Mal richtig gut, wenn ich dort gewesen bin.«

Kenly hatte auch an ihren früheren Wohnorten Freundschaften geschlossen, aber Athabasca war etwas anderes. Hier gefiel es ihr, und sie wusste, wenn ihr Vater auch diese Stellung wieder verlöre, wäre das letzte Band zwischen ihnen zerrissen.

Eines Abends kamen Kenly und ihr Vater so spät nach Hause, dass in Max' Garten schon das Feuer loderte. Kenly warf ihren Rucksack in einen Sessel, holte sich aus dem Kühlschrank eine Cola und rannte hinaus. Sie hörte bereits die Musik, als sie durch den Garten der Naylors lief, und gleich darauf fiel ihr Blick auf eine Szene, die sie fassungslos anhalten ließ.

Max saß auf seinem Stammplatz am Feuer, und Tommy hockte mit einem breiten Lächeln im Gesicht neben ihm, die Füße gegen die Backsteinumrandung gestemmt. Auch Florence saß an ihrem gewohnten Platz und Lexie an ihrer Seite, aber die allgemeine Aufmerksamkeit galt Walter Dunning. Völlig enthemmt, wie es schien, tanzte er auf Zehenspitzen um die Feuerstelle herum, begleitet vom Gesang James Taylors.

»›Whenever I see your smiling face, I have to smile to myself because I love you … Yes I do.‹«

Vor Florence angekommen, zog Walter den Reißverschluss seiner Jeans auf und streifte die Hose mit einer einzigen geschmeidigen Bewegung ab. Nicht einen Moment lang hielt er in seinem Tanz inne, er bewegte sich vielmehr mit einem Tempo und einer Behändigkeit, die bei Männern seiner Größe und Figur eher ungewöhnlich sind. Trotzdem konnte Kenly in seinem Gesicht eine Mischung aus Verlegenheit und Scham erkennen. Becky hielt sich vor Lachen den Bauch und wischte sich die Tränen aus den Augen, während aus dem Ghettoblaster zu Lexies Füßen James Taylor plärrte:

»›And when you give me that pretty little pout, it turns me inside out … There's something about you, baby, I don't know.‹«

Max schüttelte den Kopf, als hätte er begriffen, dass Walter gerade einer schlimmen Krankheit zum Opfer gefallen war und es kein Mittel gab, den alten Narren noch zu retten. Bei Florence wurde anfängliches Entsetzen von Fassungslosigkeit abgelöst. Doch Walter fuhr unverdrossen fort, um das Feuer herumzutanzen – mit wabbelndem Bauch, in Gummistiefeln und nichts außer Boxershorts am Leib. Becky pfiff und klatschte laut. Als Walter ein zweites Mal vor Florence ankam, hielt er inne, während Lexie die Musik ausmachte.

»Okay, Florence«, sagte er, »vor vielen Jahren hast du gesagt, ich hätte bei dir nur eine Chance, wenn ich vor einem Haufen fremder Leute einen Striptease hinlege. Erinnerst du dich?«

Florence nickte.

»Diese Leute hier sind zwar keine Fremden, aber ich hab mich vor ihnen ausgezogen und total lächerlich gemacht. Nackt werdet ihr mich nicht zu sehen bekommen –«

Becky schlug sich mit der Hand vor die Stirn und machte ein Gesicht, als wollte sie Gott für ein Wunder danken.

Walter aber stand da, mit zitternden, bleichen Beinen und nacktem, rundem Bauch, und sagte mit brüchiger Stimme: »Florence? Willst du es nicht noch einmal mit mir versuchen?«

Es folgte eine lange Stille. Alle schienen den Atem anzuhalten. Florence, damenhaft wie immer, wurde rot, ergriff Walters Jeans und hielt sie ihm lächelnd hin. »Zieh dich erst mal an, Walter«, sagte sie. »Den Rest besprechen wir später.«

Walter stieg in seine Jeans und setzte sich, die Augen geflissentlich aufs Feuer gerichtet. Max reichte ihm ein Bier.

Kenly blieb noch einen Moment lang unschlüssig im Schatten stehen, dann gesellte sie sich zu den anderen und begrüßte sie, als wäre es ein Abend wie jeder andere.

Als Florence schließlich eine halbe Stunde später aufstand, um zu gehen, sprang auch Walter von seinem Stuhl auf. Sie sagte allen Gute Nacht, hakte sich bei ihm ein, und mit hoch erhobenen Köpfen gingen sie, Becky im Schlepptau, durchs Gras davon.

Tommy lachte. »Mann, das war vielleicht peinlich!«

Auch Jean stand auf, um zu gehen, und widersprach, in ihren Pullover schlüpfend: »Das finde ich nicht. Manchmal gibt einem das Leben eine zweite Chance, aber manchmal muss man sie sich auch selbst erarbeiten.«

Tommy verdrehte gequält die Augen. »Meine Mutter, die Philosophin.«

Jean tat so, als hätte sie nichts gehört, winkte in die Runde und brach auf. Auch Max machte sich auf den Heimweg, nicht ohne Tommy zu ermahnen, das Feuer richtig auszumachen.

Lexie zündete sich eine Zigarette an. »Ich hab zwei Wochen gebraucht, um ihm den Tanz beizubringen.«

Kenly lachte. »Machst du Witze?«

»Das ist kein Witz.«

»Ich dachte, ihr beide könnt euch nicht ausstehen«, sagte Tommy, die Hände hinter dem Kopf verschränkend.

Lexie antwortete mit einem Achselzucken und ein klein wenig Unbehagen in der Stimme. »Na ja, er hat eine Frisurenzeitschrift für mich abonniert, die ich total super finde, und er macht eine spitzenmäßige Spaghettisoße …«

»Was hat ihn überhaupt plötzlich auf diese Idee gebracht?«, wollte Kenly wissen.

Lexie schaute erst über die eine, dann über die andere Schulter, beugte sich anschließend vor und sagte mit gesenkter Stimme: »Er will den Hof verkaufen und mit Florence eine Europareise machen.«

»Hey! Das ist ja toll!«

Tommy zog die Stirn kraus. »Vielleicht, ja, aber das Ganze ergibt keinen Sinn. Ich meine, der Hof ist schon ewig in Familienbesitz. Warum will er ihn plötzlich verkaufen?«

Lexie hob einen Stock vom Boden auf und malte in die Erde zu ihren Füßen Kreise. »Weil er erfahren hat, dass er Krebs hat.«

Tommy sah sie erschrocken an. »Hat er vor, es Florence zu sagen?«

»Ja, aber sonst soll es niemand wissen.«

Kenly war einen Moment lang sprachlos. Da riskierte es dieser sechzigjährige Bauer, sich zum Gespött zu machen, und tanzte halbnackt um ein Feuer herum, um die Frau, die er liebte, in sein Leben zurückzuholen, solange er es noch besaß ... »D-das ist wirklich irre«, sagte sie schließlich.

Lexie prustete. »Ja, besonders, da sie beide noch nie in ihrem Leben ein Flugzeug bestiegen haben.«

Kenly fiel erneut die Kinnlade herunter. »Echt nicht?«

»Onkel Walter hat mir erzählt, als sie noch Teenager waren, wollte Florence immer nach Dänemark in diesen hundert Jahre alten Vergnügungspark namens Tivoli, weil sich dort ihre Eltern kennen gelernt hatten. Und dahin will er jetzt mit ihr reisen.« Lexie warf ihre Zigarette ins Feuer und lachte. »Da kann man fast neidisch werden, was?«

Kenly rollte eine leere Coladose in ihren Händen hin und her. Sie versuchte sich vorzustellen, wie es wäre, von jemandem so sehr geliebt zu werden. So sehr, dass dieser Mensch die Träume ernst nahm, die man hatte, und bereit war, alles zu opfern, um sie zu seinen eigenen zu machen.

Mit einem Seufzer flüsterte sie schließlich: »Ja, das kann man wohl sagen.«

Tommy, der ihr am Feuer gegenübersaß, beobachtete sie, das Gesicht fast vollständig hinter Oscar verborgen.

Lexie warf sich ihren Rucksack über die Schulter. »Ich muss gehen. Macht's gut.«

»Bis bald«, sagte Kenly.

Lexie war schon halb durch den Garten und nicht mehr zu sehen, als Tommy Oscar wieder unter seine Jacke stopfte. Kenly starrte in die Funken und lächelte plötzlich.

»Was ist?«, fragte er.

Sie hob den Kopf. »Ich hab nur gerade gedacht, dass wir drei normalerweise nichts gemeinsam hätten.«

Tommy nickte zustimmend. »Ja, wir sind ein tolles Trio. Eine Nomadin wider Willen, eine verhinderte Pat Benatar und einer, der dem Monstrositätenkabinett entsprungen sein könnte.«

»*Das* hab ich nicht gesagt.«

Er lachte. »Nein, das hab *ich* gesagt, und es trifft den Nagel auf den Kopf. Warum nicht sagen, was Sache ist?«

Es war still und dunkel um sie herum, und die Glut zu ihren Füßen ging langsam aus.

»Ich hab vor, morgen mal nach meinem Baumhaus zu sehen«, sagte er, während er seine Jacke zuknöpfte. »Hast du Lust mitzukommen?«

Kenlys Gesichtszüge wurden weich. »Und ich dachte schon, du fragst mich nie.«

6

Es macht keine Freude, etwas Schönes zu besitzen, wenn man es nicht mit jemandem teilen kann.
RICHARD GUMMERE, 1918

Schon der Weg zu Tommys Baumhaus war ein Ereignis für sich. Kenly folgte dem Jungen am nächsten Morgen um die Garage seines Hauses herum zu der steilen Schlucht, die dahinter lag und die sie durchqueren mussten. Auf der anderen Seite kletterten sie den Hang wieder hinauf. Danach ging es durch einen Bach, an einem Biberbau vorbei und anschließend auf einem Trampelpfad durch den Wald, ehe Kenly fünf Minuten später knurrig sagte: »Hast du schon mal daran gedacht, dich als Späher beim FBI zu melden?«

Tommy lachte und duckte sich unter einem tief hängenden Ast hindurch. Kenly folgte und zupfte sich die Blätter aus den Haaren. Als sie sich wieder aufrichtete, ging unwillkürlich ein Strahlen über ihr Gesicht. »Hey! Das ist ja wirklich ein tolles Baumhaus!«

Es war ins Geäst dreier Schwarzpappeln gebaut, und jeder einzelnen Planke sah man an, mit welcher Sorgfalt und Hingabe Tommy gearbeitet hatte. Die äußeren Wände waren aus Zedernholz, das tragende Gerüst war fest an beiden Bäumen verankert und das Dach sogar mit Schindeln gedeckt. Das Haus befand sich fast fünf Meter über dem Boden und war über eine schmale Holzleiter zu erreichen, die an dem dicksten der Bäume befestigt war und zu einer Falltür im Boden des Hauses hinaufführte.

Von der Unterseite des Baumhauses hing an zwei Ketten eine Schaukel mit einem Sitz herab, ebenfalls aus Zedernholz und breit genug, um zwei Leuten bequem Platz zu bieten. Sie sah so einladend aus, dass Kenly am liebsten gleich darauf Platz genommen hätte. Doch stattdessen stieg sie hinter Tommy die Leiter hinauf, ließ sich im Haus auf die Knie und betrachtete die Zuflucht, die er sich geschaffen hatte.

Der Raum war zweieinhalb Meter breit und drei Meter lang. Auf der einen Seite befand sich, die ganze Breite der Wand einnehmend, ein verglastes Fenster mit Blick auf das Bächlein, das am Fuße des Hangs gegenüber dahinplätscherte. Der Fensterrahmen war innen kanariengelb lackiert, und draußen hingen jeweils im Abstand von etwa dreißig Zentimetern drei Vogelhäuschen vom Dach herab, die alle in verschiedenen Farben gestrichen waren.

An der einen Wand lag eine schmale Matratze neben einer Holzkiste, die als Aufbewahrungsort für Zeitschriften, eine Taschenlampe, mehrere Stifte und einige Skizzenblöcke diente. Den Boden bedeckte ein weicher brauner Teppich, zwei lose Kissen lagen auf der Matratze, und von der Decke hing eine batteriebetriebene Laterne herab. Drei der Wände waren holzvertäfelt. In einer Ecke stand ein Regal, in metallicblau lackiert und mit Büchern voll gestopft.

Dann fiel Kenlys Blick auf die Rückwand des Baumhauses.

Auf einem verputzten Untergrund war eine große Kohlezeichnung zu sehen, eine Collage aus menschlichen Gesichtern, deren vielfältige Mimik der Zeichner eindrucksvoll wiedergegeben hatte. In der oberen Ecke war Tommy als kleiner Junge auf der Schaukel zu sehen, die Finger um die Seile gekrümmt, den Kopf lachend zurückgeworfen. Neben ihm konnte man Jean erkennen, im Schaukelstuhl, mit Oscar im Arm, der damals offensichtlich noch ganz jung gewesen war. Dann folgte Max mit einer schmalen, dunkelhaarigen Frau auf dem Schoß, vermutlich seine Frau Sophie. Kenly entdeckte Becky und Florence, die Arm in Arm vor einer Sonnenblume standen, und Walter Dunning, der mit einem breiten Grinsen eine Bierdose hochhielt. Einige der Gesichter waren ihr fremd, aber sie hatten alle eines gemeinsam: Sie waren mit einer unglaublichen Liebe zum Detail gezeichnet worden.

Kenly trat näher und strich mit den Fingerspitzen über die Wand. Tommy beobachtete sie, wobei sein Blick immer wieder von ihr zu der Collage und zurück ging.

»Wahnsinn«, flüsterte sie. »Hast du das gemacht?«

Er nickte.

Sie schüttelte ein paarmal den Kopf, dann deutete sie auf einen leeren weißen Fleck. »Warum hast du es nicht fertig gemalt?«

Verlegen senkte er den Kopf. »Ich weiß nicht recht. Ich hab einfach das Gefühl, dass noch etwas fehlt.«

Kenly nickte, als leuchte ihr das ein.

Dann erzählte Tommy ihr, wie lange es gedauert hatte, das Baumhaus zu bauen (fünf Monate), dass Max das Fenster gestiftet hatte (ein Freund hatte es ihm geschenkt) und sie es beinahe fallen gelassen hätten, als sie es mit einem Flaschenzug, den sie eigens dafür gebaut hatten, ins Baumhaus hievten.

»Ohne Max' Hilfe hätte ich es nie bauen können.«

Kenly lachte und hockte sich, die Knie zur Brust hochgezogen, auf den Boden. »Also, ich kann dir nur sagen, wenn das *mein* Haus wäre, würde ich auf der Stelle für immer einziehen.«

»Ich bin auch manchmal länger hier.«
»Darf ich ab und zu mal herkommen?«
»Jederzeit.«
»Für nachts wäre es praktisch«, sagte sie. »Dann könnte ich meinem Dad entkommen.«
»Kommt ihr nicht miteinander klar?«
»Nein. Höchstens wenn er nicht trinkt und ich brav die Klappe halte, aber das kommt nicht häufig vor.«
»Sind deine Eltern geschieden?«
»Nein, meine Mutter ist bei einem Autounfall ums Leben gekommen, als ich sieben war. Sie und mein Dad waren auf der Heimfahrt von einer Hochzeit, und irgendein Typ hat mit seinem Sattelschlepper ein Stoppschild überfahren und ist voll mit ihnen zusammengestoßen.«
»Das ist ja furchtbar!«
Kenly senkte ihr Kinn auf die Knie. »Sie kam sofort ins Krankenhaus und lag die ganze Nacht auf der Intensivstation, aber am nächsten Nachmittag ist sie gestorben.«
»Das tut mir echt Leid.«
Kenly nickte nur kurz und wechselte dann mit einer Geste zum Fenster das Thema. »Wer hat die Vogelhäuschen gebaut?«
»Florence und Becky«, antwortete Tommy. »Ich weiß, die sehen da reichlich merkwürdig aus, aber es würde die beiden verletzen, wenn ich sie abnähme. Sie kommen manchmal zum Beerenpflücken hierher, und Florence sagt jedes Mal, wie schön sie es findet, sie hier hängen zu sehen.«
Kenly lehnte sich rückwärts an die Wand. »Max hat schon Recht – dieses Baumhaus ist was ganz Besonderes.«
Sie sah Tommy an, der ihr gegenübersaß, und plötzlich spürte sie, wie einsam er war, wie ausgehungert

nach menschlicher Nähe. Er erzählte ihr, dass ihm das Zeichnen große Freude machte (es entspannte ihn), und sie gestand ihm, dass sie gern töpfern können würde wie ihre Mutter und dass sie davon träumte, eines Tages eine Familie zu haben und für immer am selben Ort zu leben.

Die Züge von Tommys verunstaltetem Gesicht wurden lebendig, als er ihr von einer Idee für eine Kolumne in der Lokalzeitung erzählte, die ihn beschäftigte. Er wollte darin die Rat suchenden Briefe von Leserinnen und Lesern beantworten. Die Sache schien ihm sehr am Herzen zu liegen, und Kenly musste über die Leidenschaftlichkeit lächeln, mit der er ihr schilderte, was er vorhatte. Er hatte schon mit Max über seine Idee gesprochen und sogar vorgeschlagen, die Ratschläge anonym zu veröffentlichen, um die Erfolgschancen zu verbessern. Nun wollte er wissen, was sie von seinem Plan hielt. Er hatte vor, den Beitrag die MM-Kolumne zu nennen – die Meine-Meinung-Kolumne –, ohne zu verraten, wofür MM stand.

»Auf die Weise wären die Leute vom ersten Moment an neugierig«, erklärte er.

Er ereiferte sich über das Thema, erörterte jeden möglichen positiven und negativen Aspekt und schüttelte am Ende lachend den Kopf. »Oh Gott, wahrscheinlich langweile ich dich zu Tode!«

»Überhaupt nicht.« Kenly legte den Kopf in den Nacken und streckte die Arme. »Ich finde, das hört sich alles total spannend an.«

Im selben Moment fiel ihr oben in der Decke des Baumhauses etwas auf, das aussah wie eine kleine Dachluke. Sie war vielleicht dreißig Zentimeter breit und einen halben Meter lang und mit schmalen Holzleisten umrahmt.

»Hey, wofür ist das?«

Tommy antwortete nicht.

Sie stieß ihn an. »Sagst du's mir nun oder nicht?«

Er zögerte, doch dann schleppte er die Holzkiste durchs Zimmer unter die Luke, stieg hinauf und schob ein loses Brett weg. Mit einer Hand langte er durch die Öffnung auf das Dach hinaus und tastete einen Moment suchend herum, bevor er den Arm zurückzog. Er hatte ein altes Blechkästchen in der Hand, von der Größe eines Schuhkartons, mit einem Klappdeckel mit Scharnier und einem Messingschloss. Tommy fegte ein paar Blätter weg und stellte das Kästchen auf die Matratze. Dann griff er in das Regal hinter sich, fand den Schlüssel und sperrte es auf.

»Was ist das?«, fragte Kenly.

»Max hat es mir vor ein paar Jahren geschenkt. Ich habe damals mehrere Wochen lang im Krankenhaus gelegen. Eines Morgens kam er mich besuchen, und ich fing fürchterlich an zu jammern. Er ist gar nicht darauf eingegangen, sondern hat nur gesagt: ›Weißt du was, es gibt auf der Welt massenhaft Menschen mit Problemen, die genauso schlimm sind wie deine. So wie ich es sehe, hast du zwei Möglichkeiten: Entweder du sagst dir, Kopf hoch, und freust dich an dem Leben, das du hast, oder du verkriechst dich hier im Bett und jammerst, bis es niemand mehr mit dir aushält.‹ Er hatte natürlich Recht«, fügte Tommy hinzu. »Aber wenn man sich gerade in Selbstmitleid suhlt, so wie ich damals, hört man nicht gleich auf das, was andere einem sagen.«

Kenly runzelte die Stirn und deutete auf das Kästchen. »Und warum hat er dir dann das geschenkt?«

Tommy beugte sich vor und stützte die Ellbogen auf seine Knie. »Als er weg war, zog ich meinen Bademantel an und ging mitsamt dem Tropf in den Aufenthaltsraum. Aber einen schlechteren Zeitpunkt hätte ich gar nicht wählen können. Da hockten bestimmt zehn, zwölf Leute rum, und als ich reinkam, hörten sie alle mit einem Schlag auf zu reden. Ich hab versucht, mich nicht davon irritieren zu lassen, aber ich spürte richtig, wie sie mich anstarrten, als ich mir was zu trinken holte. Eine Frau ist sogar zurückgezuckt, als ich im Vorbeigehen an ihren Tisch stieß.«

Kenly sah ihn nicht an. Das Herz klopfte ihr bis zum Hals, und sie wusste nicht, was sie sagen sollte.

»Wenn man so aussieht wie ich«, fuhr Tommy fort, »fangen die Leute rundherum an zu tuscheln, aber man hört trotzdem jedes Wort. Manchmal weichen sie auch vor einem zurück und schauen einen an, als wäre man ein Ungeheuer. Oder sie tun ganz mitleidig, und man sieht ihnen an, wie erleichtert sie sind, dass sie nicht so etwas haben. Aber es kommt auch vor, dass sie einen mit solch einem Ekel ansehen, dass man ihnen am liebsten sagen möchte, dass man sich diese Krankheit nicht ausgesucht hat, dass man nichts dafür kann.« Tommy verstummte.

»Na, jedenfalls hab ich's hinter mir tuscheln hören«, fuhr er kurz darauf mit seinem Bericht fort, »und bin so wütend geworden, dass ich mich umgedreht und sie alle miteinander angebrüllt hab. Dass ich nicht ansteckend bin, hab ich geschrien, und ob sie mich eigentlich für taub und blöd obendrein hielten. Du kannst dir nicht vorstellen, wie schnell die alle draußen waren. Danach hab ich mich hingesetzt und darauf gewartet, dass jemand kommt und mich in mein Zimmer zurückbringt.«

Seine Stimme war kaum zu hören, als er weitersprach. »Als Max an jenem Nachmittag wiederkam, fragte er mich, warum ich solch einen Aufstand gemacht habe. Ich wollte unbedingt sein Verständnis, ich wollte, dass er mir auf die Schulter klopft und sagt, es wäre schon in Ordnung. Deshalb hab ich ihn zum Fenster gezogen und ihm zwei Jungs gezeigt, die ich schon eine Weile lang beobachtet hatte. Die tobten wie die Wilden draußen im Schnee rum und bewarfen sich mit Schneebällen. Und noch andere Leute zeigte ich ihm – ein Pärchen, das Händchen hielt, und einen Mann, der seinen kleinen Jungen Huckepack über den Parkplatz trug. Ich sagte, dass ich auch so leben wollte, obwohl ich wüsste, dass dieser Traum niemals in Erfüllung gehen konnte. Aber er hat kein bisschen nachgegeben. Er sagte nur: ›Na und? Jeder von uns wünscht sich Dinge, die er nicht haben kann. Da bist du nicht anders als alle anderen.‹

Ich hab ihm widersprochen. Ich sagte, ich wäre sehr wohl anders, und wenn er mal genau hinschauen würde, müsste wohl auch er zugeben, dass ich in einer Menge nicht so leicht zu übersehen war. Dann hab ich angefangen zu heulen. Ich sagte, ich fände, es wäre an der Zeit, dass mir mal ein Wunder geschieht, weil mir sonst einfach *alles*, was im Leben wichtig ist, verwehrt bleiben würde. Ich werde das nie vergessen.« Tommys Stimme war jetzt beinahe nur noch ein Flüstern.

»Max legte mir die Hand auf die Schulter und sagte, ich solle mich hinsetzen. Dann gab er mir einen Stift und ein Blatt Papier und sagte, ich solle alle Ereignisse aus meinem Leben aufschreiben, die so wunderbar waren, dass ich alles darum geben würde, sie noch einmal erleben zu können. Er wolle kein Wort von mir hören, sagte er, bevor ich nicht mindestens ein halbes Dutzend Erlebnisse beisammen hätte. Als ich fertig war, sagte er, es gäbe auf der ganzen Welt keine zweite solche Liste. Mir seien Momente geschenkt worden, die kein anderer je erleben würde, und wenn ich vorhätte, den Rest meines Lebens andere darum zu beneiden, dass sie Dinge erlebten, die mir versagt bleiben würden, dann wüsste er gar nicht, ob er in Zukunft überhaupt noch mein Freund sein wolle.«

Tommy klopfte mit den Fingern auf das Blechkästchen.

»Dann hat er mir das hier geschenkt. Bevor er an dem Tag ging, sagte er: ›Tommy, die Dinge, die uns in unserem Leben am meisten bedeuten, sind oft so klein, dass sie in ein solches Kästchen passen.‹ Er forderte mich auf, Erinnerungsstücke in dem Kästchen aufzubewahren und ihn anzurufen, wenn ich so weit sei, würdigen zu können, was in meinem Leben *wirklich* wichtig ist.«

Tommy konnte nicht weitersprechen, und Kenly schluckte krampfhaft, weil ihr die Kehle eng wurde.

»Seitdem hebe ich hier drin alles auf, was mir wichtig ist«, erklärte Tommy nach einer kleinen Pause.

Er hob den Deckel, nahm ein altes, eingerissenes Billett aus dem Kästchen und reichte es Kenly mit einem scheuen Lächeln. »Meine Mutter ist mit mir nach Toronto zu einem Billy-Joel-Konzert gefahren, als ich dreizehn war. Es ist das einzige Konzert, bei dem ich je war.«

Kenly drehte die Eintrittskarte herum und lächelte.

»Und das«, sagte er, ihr einen Umschlag reichend, »hat Max' Frau Sophie mir einmal geschenkt. Sie sagte, es wäre etwas ganz Seltenes und würde mir Gesundheit bringen. Bisher hat es nicht gewirkt, aber ich finde es trotzdem schön.«

Kenly öffnete den Umschlag und entdeckte eine kleine schwarze Perle, die mit Klebeband auf einem schmalen Stück Karton befestigt war.

Als Nächstes reichte Tommy ihr einen kleinen blauen Samtbeutel, der fest zugezogen war. »Da drin ist ein Milchzahn von Oscar, ein Armeemesser, das mal meinem Großvater gehört hat, meine Geburtsurkunde und ein paar Fotos von meiner Mutter.«

Kenly leerte den Inhalt des Beutels in ihren Schoß und strich mit dem Finger über einen Zahn, der aussah, als hätte er einem Mini-Hai gehört und nicht dem ängstlichen kleinen Oscar.

»Das hier habe ich von meinem ersten und einzigen Ausflug ans Meer im letzten Jahr aufgehoben.« Tommy reichte ihr ein Reagenzröhrchen voller Sand, das mit einem Korken verschlossen war. »Meine Mutter, Max und ich sind nach Vancouver gefahren und von dort aus mit der Fähre zu den Queen-Charlotte-Inseln, wo wir ein paar Tage blieben.«

Kenly musste bei seinem träumerischen Blick lächeln.

»Ich glaube, ich verstehe genau, was Max damit sagen wollte«, flüsterte sie und legte die Sachen vorsichtig zurück in das Blechkästchen.

Tommy sah sie an und nickte. »Wenn du auch irgendetwas von dir hier drin aufheben willst, dann tu das ruhig. Der Schlüssel liegt immer auf dem obersten Regalbrett.«

Am Montagnachmittag saß Kenly mit einem unruhigen Gefühl im Bauch zu Hause am Küchentisch und blätterte in einer Liste. Darauf waren die Kurse verzeichnet, die im ersten Halbjahr angeboten wurden. Jeden Augenblick konnte die Schulleiterin eintreffen, die mit ihrem Vater über seinen neuen Job sprechen wollte.

»Meine Güte, hättest du dich nicht einfach in der Schule mit ihr treffen können?«

Steven Alister antwortete nicht. Er warf Kenly nur einen jener Blicke zu, die besagten: Ich kann nicht glauben, dass du meine Tochter bist, und fuhr fort, die Arbeitsplatte zu wischen.

Sie verschränkte die Arme und fixierte ihn zornig,

ohne etwas zu sagen. Nach einer Weile hob er den Kopf und fragte gereizt: »Was denn?«

Kenly setzte sich ein wenig aufrechter hin. »Ich hab keine Lust, die Direktorin schon mitten im Sommer kennen zu lernen.«

Steven schloss die Augen und seufzte. »Okay, dann verschwinde einfach für eine Weile. Ich werde dich auch nicht reinrufen, um dich vorzustellen. Okay?«

Kenly nickte und lief hinaus, um sich für die nächste Stunde in ihrer Hängematte zu verstecken.

Max war hinten in seinem Garten. Er stand über einen Stapel Holz gebeugt und maß mit zusammengekniffenen Augen irgendetwas nach. Kenly winkte ihm zu, sprang aus der Matte und ging zu ihm hinüber.

»Hallo Max! Wo ist Tommy?«

Er sah auf seine Uhr. »Hoffentlich mit meinen Nägeln auf dem Heimweg vom Eisenwarenladen.«

Rings um ihn herum auf dem Boden lagen Holzstücke verstreut. Kenly schob zwei davon mit der Schuhspitze hin und her. Sie langweilte sich und überlegte, womit sie sich die Zeit vertreiben konnte.

»Max, kann ich ein paar von denen haben?«

»Bedien dich nur.«

Sie folgte der Aufforderung und hockte schon bald – von einem Haufen Holzstücke, einem Hammer und einer Hand voll Nägeln umgeben – bei sich im Garten. Es war heiß und die Sonne brannte. Kenly arbeitete mit ganzer Konzentration an dem Vogelhäuschen, das ihr vorschwebte, und war so vertieft, dass sie den Wagen, der vor dem Haus anhielt, ebenso wenig bemerkte wie die Frau, die ausstieg und ins Haus ging.

Max hatte das Durcheinander in seinem Garten beinahe fertig aufgeräumt, als Kenly den letzten Nagel einschlug und sich zurücklehnte, um ihr Werk zu bewundern. Und genau in diesem Moment trat ihr Vater mit seiner neuen Chefin vorn auf die Veranda, um sich zu verabschieden. Aber auch das bemerkte Kenly nicht, ihr Blick war auf einen dicken Bockkäfer gerichtet, der schnurgerade auf sie zuflog. Als er mitten auf ihrer Stirn landete, schlug sie instinktiv zu. Da sie jedoch immer noch den Hammer in der Hand hielt, wurden ihr Vater, die Schulleiterin, Max und auch Tommy Zeugen, wie sie durch ihre eigene Hand k.o. ging.

Als Kenly mit flatternden Lidern die Augen aufschlug, prüfte gerade ein Arzt ihre Pupillen, und sie fühlte sich, als wäre irgendetwas im Inneren ihres Kopfes explodiert. Zwischen ihren Augen pochte ein dumpfer Schmerz, und sie hatte Mühe, gegen einen beinahe überwältigenden Brechreiz anzukämpfen.

Die Schulleiterin, Nancy McKinnon, hatte Kenly und ihren Vater ins Krankenhaus gefahren und brachte sie eine Stunde später, als Kenly verarztet war, auch wieder nach Hause. Steven Alister dankte ihr und lud sie zu einer Tasse Kaffee ein, aus der ein gemeinsames Mittagessen wurde. Am Ende saßen die beiden den ganzen Nachmittag über in der Küche und redeten, während Kenly im Wohnzimmer auf dem Sofa lag. Erst später erkannte Kenly, dass ausgerechnet ihre gewaltsame Abwehr des Bockkäfers die neue Unruhe in ihr Leben gebracht hatte – weil er ihren Vater und seine neue Chefin auf so persönliche Weise zusammenführte.

Am nächsten Morgen um zehn läutete das Telefon, aber Kenly ging nicht dran, sondern blieb in ihrem Sessel sitzen und betastete vorsichtig die Beule an ihrer Stirn. Sie sah bereits hunderte namenloser Gesichter vor sich, die sich an ihrem ersten Schultag in der nächsten Woche kichernd über sie lustig machten, und sie fragte sich, wie lange ihr diese Geschichte nachhängen würde.

Ein paar Minuten später begann das Telefon von neuem zu klingeln. Ärgerlich stand Kenly auf und griff nach dem Hörer. »Hallo?«

»Kannst du heute um vier zum Baumhaus kommen?«, fragte Tommy.

»N-nein – so geh ich nirgends hin.«

»Ach so, klar. Kann ich gut verstehen. Ich lauf jeden Tag im Dorf rum, obwohl ich wie ein Monster aussehe, aber natürlich ist es ausgeschlossen, dass *du* in deinem derzeitigen Zustand mal schnell durch den Wald schleichst, wo dich sowieso keiner sieht, um mich für fünf Minuten im Baumhaus zu treffen.«

Kenly musste lachen. Tommy hatte wahrhaftig nicht Unrecht mit seinem Vorwurf.

Als sie eine Stunde später nach unten kam, war ihr Vater gerade dabei, sämtliche Küchenschubladen zu durchsuchen. Mit wütendem Blick sah er sie an. »Wo zur Hölle ist unser Adressbuch geblieben?«

Ohne eine Antwort ging sie an ihm vorbei zum Kühlschrank, nahm sich eine Cola und lief wieder hinauf in ihr Zimmer, wo sie die Tür zuknallte. Ihr Vater hatte getrunken, und um ihm zuvorzukommen, hatte Kenly das Adressbuch versteckt, da sie aus Erfahrung wusste, dass er in betrunkenem Zustand jedes Mal wie ein Verrückter herumtelefonierte. Einmal hatte er sogar um halb vier Uhr morgens ihre Großmutter angerufen.

Kurze Zeit später zog Kenly leise ihre Zimmertür einen Spalt weit auf und hörte, wie sich Steven von der Auskunft die Nummer seines Vetters Maurice geben ließ. Bei dem folgenden Gespräch zog er alle Register – von weinerlich über entschuldigend bis vorwurfsvoll –, und am jeweiligen Ton seiner Stimme war leicht zu erkennen, wenn sein Gesprächspartner am anderen Ende der Leitung ihm nicht zustimmte.

Eine halbe Stunde später torkelte er an Kenlys Zimmer vorbei durch den Flur. Sie hörte das Scharren eines Stuhls auf dem Boden, dann mehrmaliges Poltern und unterdrücktes Fluchen. Sie starrte zur Zimmerdecke hinauf und versuchte sich einzureden, es spiele keine Rolle, dass ihr Vater schon wieder betrunken war und nun schon das zweite Mal hintereinander ihren Geburtstag vergessen hatte.

Zehn Minuten später riskierte sie einen vorsichtigen Blick in sein Schlafzimmer, um sich zu vergewissern, dass er schlief, dann trug sie einen Hocker durch den Flur zur Speicherfalltür. Sie stieg hinauf und drückte gegen die Falltür, bis sie nachgab. Dann stellte sich Kenly auf die Zehenspitzen und spähte in den Speicher. Vor ihr aufgereiht standen sechs volle Flaschen Wodka.

»Schau mal an, ein ganz neues Versteck«, sagte sie höhnisch ins Leere.

Ein paar Minuten später hatte sie den Inhalt sämtlicher Flaschen ins Spülbecken gekippt und stellte nun die leeren Flaschen im Flur auf, wo ihr Vater sie sehen musste, wenn er aufstand. Als sie fertig war, legte sie sich mit einem Buch auf ihr Bett und sandte ein Stoßgebet zum Himmel, dass ihr Vater seine Stelle in der neuen Schule endlich einmal behalten möge.

Um zehn nach vier an diesem Nachmittag kletterte Kenly mit tief in die Stirn gezogener Baseballmütze den Hang hinunter in die Schlucht. Immer wieder strich sie sich mit den Fingern über die dicke Beule an ihrem Kopf. In sechs Tagen würde die Schule beginnen, und Kenly fragte sich, ob die Beule bis dahin wohl verschwunden sein würde. Nachdem sie um die letzte Kurve des Trampelpfads gebogen war, blieb sie wie angewurzelt stehen und riss die Augen auf. An jedem Ast, an jedem Dielenbrett, an jeder Sprosse der Leiter, an den Seiten des Baumhauses und an der Schaukel darunter schwebten hunderte blauer Ballons. Tommy lehnte an einem Baum. Er trug Oscar in seiner Jacke und strahlte, als er Kenly sah.

»Alles Gute zum Geburtstag!«, rief er mit einer Geste zu den Luftballons.

Kenly verschlug es die Sprache. Für einen Moment brachte sie kein Wort hervor. Sie starrte nur ungläubig auf die Ballons. Heute war ihr sechzehnter Geburtstag, die Sonne schien durch die Äste der Bäume, und nie zuvor hatte ihr jemand etwas so Wunderbares geschenkt. »W-woher weißt du das?«

Tommy antwortete mit einem Achselzucken, als wäre es nichts Besonderes: »Max hat dich vor ein paar Wochen mal gefragt, wie alt du bist. Da hast du gesagt, dass du am vierundzwanzigsten sechzehn wirst. Das hab ich mir gemerkt.«

»Die alle aufzublasen, muss ja ewig gedauert haben!«

Er lachte. Mit einer Hand drückte er Oscar an seine Brust und begann, die Leiter hinaufzusteigen. »Ich hatte Hilfe. Max hat mir eine Fußpumpe geliehen, Florence und Becky haben fünfzig Stück aufgeblasen, und sogar meine Mutter hat mitgemacht. Komm, ich hab uns ein paar Bier aus dem Kühlschrank mitgenommen.«

Kenly wagte nicht, etwas zu sagen. Wenn sie zu sprechen versuchte, würde sie garantiert wie ein Schlosshund anfangen zu heulen und sich total blamieren. Als sie am Fuß der Leiter stand und ihre Finger einen Ballon streiften, wurde ihr plötzlich etwas klar. In diesem farbenprächtigen Durcheinander, umgeben von hunderten von Ballons, die an einem Baumhaus mitten im Nichts schwebten, fühlte sie sich zu Hause. Sie gehörte hierher, das sagte ihr Herz, und das fühlte sie in tiefster Seele.

7

Kenlys Leben in Athabasca ging nicht gleich am ersten Schultag den Bach hinunter. Das geschah erst am Freitag der ersten Septemberwoche, als sie und Lexie mittags in der Burger Bar saßen. Kenly kaute zufrieden ihre Pommes frites und fühlte sich recht wohl. Die Beule an der Stirn war fast verschwunden, ihre Lehrer waren tatsächlich sympathisch, und die anderen Jugendlichen in ihren Kursen schienen sich bis jetzt nicht gerade brennend dafür zu interessieren, wer sie überhaupt war.

»Mann, ist das peinlich! Die frisst ihn ja gleich auf!«

Kenly hörte auf zu kauen. »Wer?«

»Die Direktorin. Miss McKinnon. Die ist scharf auf deinen Dad. Schau doch bloß mal! Sie reißt ihm fast die Klamotten vom Leib.«

Kenly drehte sich um. Ihr Vater stand vor der Kasse an, und neben ihm wartete Nancy McKinnon. Sie trug einen schwarzen Rock und eine kurze rote Jacke und sah eigentlich ganz hübsch aus, zumal sie ständig durch die üppigen Mengen lockigen schwarzen Haars lächelte, das ihr ins Gesicht fiel. Aber als sie ein nicht vorhandenes Stäubchen von Steven Alisters Jackett schnippte und sich ihm dann näher zuneigte als nötig, um ihm etwas ins Ohr zu flüstern und dabei mit dem Busen seinen Arm zu streifen, verschlug es Kenly plötzlich den Appetit.

Lexie tunkte zwei Pommes frites in ein Schälchen mit Soße und schob sie anschließend in den Mund. »Schau dir die Haare mal genau an«, flüsterte sie mit einem bedauernden Kopfschütteln. »Ich wette um zehn Dollar mit dir, dass das nicht ihre natürliche Haarfarbe ist.«

Kenly warf Lexie einen Blick zu und seufzte resigniert. Ihre Chancen, hier akzeptiert zu werden, waren von vornherein gering gewesen – aber diese Romanze ihres Vaters würde ihnen garantiert den Rest geben.

Kenly reichte ihrem Vater einen Teller zum Abtrocknen. »Aber sie ist deine *Vorgesetzte*!«

»Was willst du damit sagen?«

»Riskierst du nicht, deinen Job zu verlieren, wenn es mit euch nicht klappt?«

Steven Alister antwortete in einem Ton, als hätte er ein kleines Kind vor sich und nicht seine sechzehnjährige Tochter, die unzählige Male miterlebt hatte, wie er auf die Nase gefallen war.

»Lass das mal meine Sorge sein, Kindchen.«

Kenly hätte ihm am liebsten eine runtergehauen. Stattdessen machte sie nur eine abfällige Handbewegung, um ihm zu bedeuten, wie lächerlich sie die ganze Geschichte fand. Steven drohte ihr mit erhobenem Finger und ging hinaus. Das Gespräch war beendet.

Letztlich hatte Kenly nichts gegen Nancy – wenn sie nicht gerade trank. Anfangs benahm sich Nancy immer sehr korrekt und war sogar ein bisschen schüchtern, wenn sie zu ihnen kam. Aber das änderte sich schnell. Bald begann sie sich wie zu Hause zu fühlen, und sobald sie ein paar Drinks intus hatte, steuerte sie schnurstracks auf die Stereoanlage zu, drehte sie voll auf und wurde zu einer tanzwütigen Verführerin, die sich hüftschwingend durchs Wohnzimmer bewegte und sich an Kenlys Vater rieb wie eine rollige Katze.

Kenly sah sich das zunächst errötend an, aber als sie merkte, dass es Nancy anscheinend völlig gleichgültig war, dass sie auch im Zimmer war, und dass ihr Vater nicht die Absicht hatte, irgendetwas zu unternehmen, stand sie einfach auf und ging. Marschierte geradewegs in die Küche, klaute sich eine Hand voll Zigaretten aus Nancys Packung auf dem Tisch und machte sich, unterdrückt vor sich hin schimpfend, auf den Weg zum Baumhaus. Ermunterung zum Trinken war mit Sicherheit das Letzte, was ihr Vater brauchte.

Ein paar Monate nach dem Beginn ihrer Affäre mit Kenlys Vater kam Nancy eines Abends vorbei, um für sie zu kochen. Als Erstes knallte sie einen Haufen Magneten an die Kühlschranktür. Jeder dieser Magneten wartete mit einem frommen Spruch darüber auf, wie man sein Leben bessern konnte, und irgendwie fiel im Laufe der nächsten Zeit immer, wenn Kenly den Kühlschrank zumachte, einer herunter. Sie machte sich nie die Mühe, sie aufzusammeln, sondern stieß sie einfach mit dem Fuß unter den Kühlschrank und vergaß sie.

Als sie ein paar Tage später ihrem Vater zu erklären versuchte, was sie bedrückte, verstand er sie nicht.

»Du magst die *Magneten* nicht?«

Kenly verdrehte die Augen. »Na ja, das ist doch irgendwie aufdringlich, findest du nicht?«

»Mir sind sie ehrlich gesagt gar nicht aufgefallen.«

»Es geht ja auch nicht um die *Magneten*, Dad! Es geht darum, dass sie sie einfach auf unseren Kühlschrank pappt. Verstehst du das nicht?«

Er verschränkte abwartend die Arme, während Kenly in der Küche hin und her lief. »Ich meine, wie gut kennst du denn Nancy überhaupt? Wie gut kennst du sie *wirklich*? Sie läuft dir eines Tages zufällig über den Weg, wird deine Freundin, und zwei Monate später klebt sie fromme Sprüche auf unseren Kühlschrank!«

Er schüttelte den Kopf. »Das haben doch viele Leute, Kenly.«

Sie drückte ihr Kinn in die geöffnete Hand und stöhnte übertrieben. »Ja, aber ein Kühlschrank ist etwas *sehr* Persönliches, Dad.«

Er starrte sie verwirrt an. Gereizt warf sie die Arme hoch und wandte sich zum Gehen, doch dann blieb sie noch einmal stehen und zupfte an einem losen Faden ihres Sweatshirts.

Als sie beharrlich schwieg, seufzte ihr Vater. »Okay, worum zum Teufel geht es *wirklich*?«

»Sie trinkt zu viel«, sagte Kenly leise, und als er nicht antwortete, biss sie sich auf die Lippe und lief hinaus.

In diesem ersten Jahr in Athabasca teilte sich Kenlys Leben säuberlich in zwei Hälften, von denen die eine mit der anderen nichts zu tun hatte, und die ihr beide gleichermaßen wichtig waren. Einerseits war da die Schule. Wenn die anderen Kenly schon vorher mit Misstrauen begegnet waren, weil ihr Vater zum Lehrkörper gehörte, so mochten sie überhaupt nichts mehr mit ihr zu tun haben, als bekannt wurde, dass er ein Verhältnis mit der Schulleiterin hatte. Kenly, der nichts anderes übrig blieb, als das zu akzeptieren, stürzte sich mit nur einem Ziel vor Augen in den Unterricht – gute Noten zu bekommen, um so bald wie möglich verschwinden und auf eigenen Füßen stehen zu können. Da sie außer Lexie kaum Freunde hatte, war sie meistens für sich. Nur mit Lexie, die eine Klasse höher war als sie, traf sie sich jeden Tag zur Mittagspause.

Auf der anderen Seite war das Leben zu Hause. Da Lexie fünfzehn Kilometer außerhalb vom Ort wohnte und nach der Schule mit dem Bus nach Hause zu fahren pflegte, verbrachte Kenly viel Zeit mit Tommy, und es dauerte nicht lange, bis sich in ihrer Freundschaft feste Gewohnheiten entwickelten: Wenn Kenly von der Schule nach Hause kam, machte sie sich rasch etwas zu essen und lief dann schnurstracks zum Baumhaus, wo Tommy auf sie wartete. Oft sah sie ihm beim Zeichnen zu und machte dann neben ihm auf dem Boden liegend ihre Hausaufgaben. Hier oben konnten sie stundenlang von ihren Träumen reden – er von seinem, sich als Journalist einen Namen zu machen; sie von ihrem, einmal Künstlerin zu werden. Sie sahen sich beinahe jeden Tag, und bald war das Baumhaus mehr ihr Zuhause als irgendein anderer Ort auf der Welt.

»Der richtige Platz zum Träumen«, pflegte Tommy zu sagen.

»Ein Zufluchtsort«, sagte sie.

»*Unser* Ort.«

»Unserer ganz allein«, stimmte sie zu.

Sehr bald waren ihr Vater und Nancy unzertrennlich. Entweder war sie bei ihnen zu Hause, oder er hielt sich bei ihr auf. Immerhin, sagte sich Kenly, die daran nichts ändern konnte, hatte er es wenigstens bis jetzt geschafft, seine Stelle an der Schule zu behalten.

Mitte Dezember fuhr Max eines Sonntagnachmittags mit ihr und Tommy hinaus, um Christbäume zu schlagen. Er besaß ein altes Schneemobil und einen Schlitten, der sich hinten anhängen ließ. Kenly und Tommy, die in ihren Schneeanzügen aussahen wie zwei Michelin-Männchen, setzten sich dicke Wollmützen auf und sprangen in Max' kleinen Laster. Sie fuhren eine halbe Stunde lang in nördlicher Richtung und luden dann das Schneemobil am »idealen Fleck«, wie Max sagte, vom Wagen.

Er und Tommy hängten den Schlitten an, und dann sausten sie mit einem Tempo eine Schneise hinunter, dass Kenly auf dem eiskalten Sitz wie ein Ball auf und nieder hüpfte. Sie hielt sich mit der einen Hand an Max' Parka fest und umklammerte ihn mit der anderen so krampfhaft, dass sie Angst hatte, ihn zu erdrosseln. Tommy hockte hinten im Schlitten, die Knie bis zur Brust hochgezogen, das Gesicht unter einem Wollschal versteckt.

An manchen Stellen tuckerte Max ganz gemächlich dahin, dann wieder gab er Gas wie ein Verrückter, immer auf der Suche nach den bestgewachsenen Bäumen. Drei fällten sie schließlich – einen für Max, einen für Tommys Mutter und den dritten für Kenly und ihren Vater. Sie legten sie übereinander auf eine Zeltplane, schlugen sie sorgfältig darin ein und sicherten sie mit Expandern, bevor sie die Zeltplane auf dem Schlitten festbanden und diesen zu Max' Laster zurückzogen. Inzwischen war es dunkel geworden, und sie brauchten eine halbe Stunde, um Schneemobil und Schlitten wieder aufzuladen, dann die Bäume zu verstauen und zum zweiten Mal festzuschnallen. Während Max und Tommy noch arbeiteten, verkroch sich Kenly gähnend im Wagen und machte es sich auf dem Sitz im Fahrerhäuschen bequem.

Kurz darauf traf plötzlich ein wabernder Lichtschein ihre Augen, und sie rutschte dicht an die Windschutzscheibe heran, um staunend das überwältigende Schauspiel draußen beobachten zu können. Phantomen gleich, tanzten und zuckten unzählige Lichter über den schwarzen nördlichen Himmel, wie in ständiger, pulsierender Bewegung zu einer Musik, die niemand sonst hören konnte.

Kenly konnte den Blick nicht abwenden. Als Max und Tommy zu ihr in den Wagen stiegen, bemerkten sie ihren gebannten Gesichtsausdruck und beugten sich ebenfalls neugierig vor.

»Ah – Aurora tanzt«, sagte Tommy lächelnd.

Kenly sah ihn mit einem Stirnrunzeln an.

»Aurora Borealis ist der richtige Begriff, aber wir nennen sie Polarlichter«, erklärte Max.

»Sie sind wunderschön«, sagte Kenly leise.

Max schlang beide Arme um das Lenkrad, verschränkte seine langen, wie gemeißelt wirkenden Finger, und sein Gesicht nahm einen träumerischen Ausdruck an. »Mein Vater sagte immer, wenn die Polarlichter tanzen, dann feiern die Götter. So ähnlich, wisst ihr, wie die Porzellanblume nur blüht, wenn Harmonie im Haus ist.«

Kenly warf Tommy einen Hilfe suchenden Blick zu, aber der zog nur die Schultern hoch, als wolle er sagen, er habe keine Ahnung, wovon Max sprach.

»Hast du schon mal eine Porzellanblume gesehen?«, flüsterte sie ihm aus dem Mundwinkel zu.

Er schüttelte den Kopf. »Nein, nichts dergleichen.«

Max machte eine unwillige Handbewegung. »Macht nur weiter so, dann könnt ihr eure Bäume auf dem Buckel nach Hause tragen.«

Er wendete den Wagen, und Kenly blickte über die Schulter zurück zu den leuchtenden Schleiern aus Licht, die hinter ihnen über den Himmel wehten. Wenn da wirklich die Götter feierten, dann vielleicht weil sie – Kenly – endlich einen Platz gefunden hatte, an dem sie sich zu Hause fühlte.

Zehn Minuten später verloren sie den ersten Baum.

Max trat hart auf die Bremse und hielt an, aber sie hatten sich alle schon aus ihren Schneeanzügen geschält, die Heizung lief auf Hochtouren, und eine Thermosflasche mit heißer Schokolade wanderte zwischen ihnen von Hand zu Hand. Mit einem verdrossenen Stöhnen schaute Kenly erst durch das Rückfenster hinaus und dann auf ihre Hände, die die warme Thermosflasche auf ihrem Schoß umschlossen hielten.

»Mein Dad hätte sowieso keinen Baum gewollt«, sagte sie mit einem Achselzucken. »Los, fahren wir weiter.«

Aber Max und Tommy redeten ihr so ins Gewissen, dass sie sich wieder in ihren Schneeanzug quälte und mit ihnen durch die Schneewehen stapfte, um den Baum aufzusammeln.

Den zweiten Baum verloren sie, als sie den Osthang hinunter in den Ort rollten. Wieder hielt Max an, und nachdem er das Warnblinklicht eingeschaltet hatte, kletterten alle drei aus dem Wagen, um den Baum wieder an Bord zu holen. Als sie endlich vor Kenlys Haus angekommen waren, schafften sie es vor Lachen kaum, die ramponierten Weihnachtsbäume abzuladen. Kenly blickte zum Haus hinauf und stellte fest, dass ihr Vater sie beobachtete. Eiszapfen hingen vom Dach über dem Fenster herab, hinter dem er stand, den Finger ans Kinn gedrückt, als wäre er tief in Gedanken.

Im Januar überraschte Max alle damit, dass er Tommy eröffnete, er könne seine wöchentliche MM-Kolumne im März starten. »Du bist schließlich im Juni mit der zwölften Klasse fertig, da wollen wir doch mal sehen, ob du im Journalismus eine Zukunft hast.« Er lachte. »Wenn's nicht klappt, kann uns wenigstens keiner nachsagen, wir hätten's nicht probiert.«

Tommy hörte gar nicht mehr auf zu strahlen. Zwei Wochen lang saß er Abend für Abend da und überlegte, wo und wie man die Kolumne am besten platzierte. Er war unerschütterlich in seiner Begeisterung. Kenly half ihm beim Entwurf einer viertelseitigen Anzeige, die den ganzen Januar hindurch in der *Athabasca Press* erschien und auf den Start der Kolumne im März hinwies.

Die Reaktion der Leser, als es dann endlich losging, überraschte alle, sogar Max.

Tommy ließ Kenly alle Briefe lesen, die eintrafen, und bat sie, diejenigen herauszusuchen, die er ihrer Meinung nach beantworten sollte. Manche waren anrührend und andere borniert, aber insgesamt nahm eine interessante Mischung von Leuten aus der Region die Gelegenheit wahr, ihre Probleme zu erörtern. Einige Briefe mochte Kenly besonders gern, und sie pinnte sie an eine Wand des Baumhauses.

Lieber MM,
meine beste Freundin geht mit einem Typen, den ich nicht ausstehen kann, und ich mach mir deswegen totale Sorgen. Er hat einen Pferdeschwanz und trägt einen Ohrring. Ich bin hundertprozentig sicher, dass er Drogen nimmt, und er ist so still, dass es mich total verrückt macht. Ich wünschte, sie würde mit ihm Schluss machen. Meinst du, ich sollte ihr sagen, wie's mir geht?
Eine besorgte Freundin

Liebe besorgte Freundin,
dass der Typ einen Pferdeschwanz und einen Ohrring trägt, heißt noch lange nicht, dass er Drogen nimmt. Vielleicht macht er Yoga oder Stepptanz. Auf jeden Fall ist er der Freund deiner Freundin

und nicht deiner, und deshalb solltest du, finde ich, deine Meinung für dich behalten … MM

Lieber MM,
ich bin der Typ mit dem Pferdeschwanz und dem Ohrring, über den dir letzte Woche jemand geschrieben hat. Nur zur Information – ich rauche nicht, ich trinke nicht, und ich nehme keine Drogen. Ich bin Vegetarier, und mein Ding ist die Malerei. Danke für deine Unterstützung.
Picasso in spe

Lieber MM,
mein Verlobter hat mir angedroht, wenn ich nicht bis Juni mindestens zwanzig Kilo abnehme, bläst er unsere Hochzeit ab. Ich habe wirklich alles versucht, aber nichts hilft. Weißt du vielleicht eine Diät, die schnell wirkt? Ich muss zwei Kilo pro Woche abnehmen (Ostern und das lange Maiwochenende nicht mitgerechnet, weil ich mich bestimmt nicht beherrschen kann, wenn da überall die leckersten Sachen rumliegen).
Die verhinderte Hungerkünstlerin

Liebe Hungerkünstlerin,
lass die Hochzeit platzen, vergiss die Hungerkuren und frag dich lieber, ob du es jemals schaffen kannst, diesen Mann glücklich zu machen. Wahrscheinlich nicht, warum also hungern, nur um ihm zu gefallen? Ich an deiner Stelle würde den Typen abservieren, aber wenn ich das nächste Mal auf die Waage stiege, würde ich trotzdem ganz genau hinschauen und auch mal an meine Gesundheit denken … MM

Das Echo auf die Kolumne war gemischt, aber sie kam an und veranlasste die Leute, Stellung zu nehmen. Tommys Kommentare waren sachlich und direkt, voller gesundem Menschenverstand und beileibe nicht immer das, was der Briefschreiber hören wollte. Im März gingen etwa ein Dutzend Briefe pro Woche ein, bis zum Mai hatte sich die Zahl verdoppelt.

An einem Freitagnachmittag Ende Mai wollten sich Tommy und Kenly gerade mit der Wochenpost für die MM-Kolumne auf den Weg zum Baumhaus machen, als Oscars lautes Gebell sie aufhielt.

»Er fühlt sich einsam«, bemerkte Tommy. »Max und meine Mutter sind in die Stadt gefahren und kommen erst später nach Hause.«

Kenly lächelte. »Na, dann nehmen wir ihn doch einfach mit.«

Als sie sich Max' Haus näherten, hörten sie hinter dem offenen Küchenfenster Oscars Winseln. Tommy öffnete die Haustür und warf seinen Rucksack zu Boden.

»Hey, Kumpel, ich bin's.« Während er mit Oscar kämpfte, ging Kenly ins Badezimmer.

Als sie den Wasserhahn aufdrehte, um sich die Hände zu waschen, fiel ihr Blick auf ein Buch, das aufgeklappt und mit dem Rücken nach oben über dem Rand von Max' Badewanne lag. Sie verdrehte leicht den Kopf und las den Titel: *Ältere Männer, jüngere Frauen.*

Stirnrunzelnd setzte sich Kenly auf die Toilette und nahm das Buch zur Hand. Manche Seiten hatten Eselsohren, und hier und dort waren Passagen mit gelbem Leuchtstift hervorgehoben und mit Bemerkungen am Rand versehen. Trotz ihres schlechten Gewissens blätterte sie in dem Buch, neugierig, wem Max' Interesse galt.

»Kommst du?«, rief Tommy von draußen.

Sie legte das Buch wieder über den Wannenrand. »Bin gleich da.«

Tommy schloss hinter ihnen ab, und sie liefen durch den Garten. Gerade wollte Kenly ihm von dem Buch erzählen, als sie Stimmen hörte und ihn am Ellbogen packte. Ein paar Sekunden lang blieben sie neben Max' Garage stehen, dann schüttelte sie ungläubig den Kopf. Das war doch wohl ausgeschlossen! Tommy erhob eine Hand, um Kenly noch für einen Moment zurückzuhalten, und sie erstarrte. Das Gespräch auf der anderen Seite der Garage war jetzt klar und deutlich zu hören.

»Können wir diese Woche nicht mal zusammen essen gehen?«, fragte Max.

Einen Augenblick lang blieb es still, dann antwortete Tommys Mutter mit einem Lächeln in der Stimme: »Vielleicht kann ich Mittwochabend ausbüxen. Und wo gehen wir hin?«

Als Kenly Tommys verblüfftes Gesicht sah, zog sie die Augenbrauen hoch.

»Ist mir völlig egal. Ich werde sowieso kaum etwas schmecken.« Max' Stimme klang ausgelassen und glücklich.

Tommy versuchte krampfhaft, Oscar zu bändigen, der unter seiner Jacke strampelte, und Kenly, die wusste, dass sie im Moment nicht wegkonnten, kaute verlegen auf der Unterlippe. Sie würden warten müssen, bis Max und Jean sich trennten.

Die beiden scherzten noch ein, zwei Minuten miteinander. Jean schalt Max wegen seiner schlechten Essgewohnheiten, und Max neckte sie mit ihrer Manie, jeden unter ihre mütterlichen Fittiche zu nehmen.

Tommy stopfte Oscar tiefer in seine Jacke und lehnte sich, Kenly den Rücken kehrend, an die Garagenwand.

Endlich sagte Max: »Wir sehen uns morgen«, und seine Stimme war weich.

Einen Augenblick lang blieb es still, vielleicht während er Jean küsste, dann sagte sie: »Worauf du dich verlassen kannst.«

Nachdem die beiden gegangen waren, warteten Kenly und Tommy noch ein paar Sekunden, dann rannte Tommy los, um die Garage herum nach hinten und rasch den Hang in die Schlucht hinunter. Kenly, die nicht weit hinter ihm war, blickte ein paarmal über die Schulter zurück, um sich zu vergewissern, dass sie nicht bemerkt worden waren, und fragte sich, wie Tommy dieses Gespräch aufgenommen hatte. Als sie das Baumhaus erreicht hatte, blieb sie keuchend stehen und schob sich die Haare hinter die Ohren. Tommy, der vor ihr angekommen war, war ebenso außer Atem wie sie. Er knöpfte seine Jacke auf, warf sie neben dem Baum auf den Boden und setzte Oscar darauf nieder. Dann wirbelte er herum und rannte zum Bach, rannte bis zu den Hüften ins aufspritzende Wasser hinein.

Mit ausgebreiteten Armen drehte er sich wie ein kleiner Junge lachend immer wieder um sich selbst. »Das ist einfach toll!«, schrie er. »Sag, ist das nicht toll?«

Kenly schüttelte lachend den Kopf. »Doch, natürlich ist das toll, aber wenn du da nicht sofort rauskommst, muss ich dich verhauen.«

»Vielleicht heiraten sie ja.«

Kenly verschränkte die Arme. Er sah aus wie eine Halloween-Figur mit dem nassen Haar, das in Strähnen auf seinem blau gefrorenen, entstellten Gesicht klebte. Mit dem Daumen zum Baumhaus zeigend, rief sie laut: »Los, raus aus dem Wasser, *sofort*!«

Lachend stieg er aus dem Wasser, und als sie ihm seine Jacke reichte, hoffte sie plötzlich, sich immer so an Tommy erinnern zu können: Wie er strahlend, mit blitzenden Augen und tropfnass bis zu seinen Laufschuhen Oscar auf den Arm nahm und die Leiter zum Baumhaus hinaufkletterte.

»Du bist echt verrückt«, schimpfte sie dennoch, während sie hinter ihm nach oben kletterte und sich im Baumhaus auf den Boden warf.

Doch er schien hoch zufrieden mit sich zu sein. Er riss eine Decke von der Matratze und warf sie sich über die Knie. Mit einem Zipfel trocknete er sich das Gesicht, ohne sich davon stören zu lassen, dass sein schmächtiger Körper immer wieder von Kälteschauern geschüttelt wurde.

Kenly zündete sich eine Zigarette an und griff nach dem Gewürzgurkenglas, das sie als Aschenbecher benutzte. »Ich würde gern mal wissen, wie lange sie das schon verheimlichen.«

Tommy zuckte die Achseln und drehte sein Radio an. »Wer weiß.«

Supertramp plärrte los. Kenly hielt sich die Ohren zu und stellte das Radio leiser. »Aber stört dich das denn nicht? Ich meine, sie hätten es dir doch sagen können!«

Er kroch tiefer unter die Decke. »Vielleicht wollten sie mich nicht aufregen.«

»Du regst dich doch nie auf«, sagte sie.

Tommy zerrte sich die durchnässten Schuhe von den Füßen und sah Kenly verwirrt an. »Na ja, es ist doch ganz in Ordnung, findest du nicht? Dass sie miteinander gehen.«

Kenly zog an ihrer Zigarette. »Ja, klar.«

»Na also! Warum soll ich mir dann einen Kopf machen? Irgendwann werden sie's mir schon sagen.«

Der Überschwang ließ jetzt nach, und er hatte Ringe unter den Augen, die vor zwanzig Minuten noch nicht da gewesen waren. Fröstelnd streckte er die Beine vor sich aus und sagte: »Mensch, ich muss unbedingt trockene Klamotten anziehen.«

Kenly nickte und drückte ihre Zigarette aus. Auf dem Rückweg durch den Wald ging sie neben ihm, einen Arm um seine Mitte, um ihn zu stützen. Es war fast dunkel, als sie sich trennten, und während Tommy die Stufen zur Hintertür seines Hauses hinaufstieg, hörte sie, wie er vor Kälte mit den Zähnen klapperte.

Die Tür wurde geöffnet, und Jeans Stimme, erschrocken und beunruhigt, erreichte Kenly, die schon auf dem Rückweg durch den Garten war. »Um Gottes willen! Was ist passiert?«

»Ich bin in den Bach gefallen«, antwortete Tommy. »Es ist nicht weiter schlimm. Und wie war *dein* Tag?«

8

Das Sterben eines Menschen ist mehr Sache des Überlebenden als seine eigene.
THOMAS MANN

Kenly lief durch den Garten hinter dem Haus der Naylors, atemlos vor gespannter Erwartung. Max' Wagen stand vorn in der Einfahrt, daher wusste sie, dass sie aus dem Krankenhaus zurückgekehrt waren. Es war der 22. Juni, und ihr erstes Schuljahr in Athabasca wäre beinahe ohne Tommy zu Ende gegangen. Er hatte ein paar Tage nach seinem Sprung in den Bach zu husten angefangen und war wenig später in Edmonton ins Krankenhaus eingeliefert worden. Die Ärzte diagnostizierten eine Lungenentzündung und stießen bei den Röntgenaufnahmen auf einen bis dahin unentdeckten Tumor, der die Luftröhre und beide Lungenflügel befallen hatte. Zwölf Stunden später wurde die Diagnose vom Leiter der Onkologie bestätigt: ein Lymphom in fortgeschrittenem Stadium.

Jean hatte Tommy noch nichts davon gesagt, als zwei Tage später der Befund der Gewebebiopsie einging und alle schockierte. Es war kein Tumor. Vielmehr hatte Tommys Thymusdrüse offenbar nie aufgehört zu wachsen. Unbemerkt hatte sie ihre Ausläufer durch seinen Brustkorb abwärts gesandt und um seine Lungenflügel gelegt. So etwas, erklärten die Ärzte, sei ihnen noch nie vorgekommen, worauf sie die Wucherungen in einer zwölfstündigen Operation entfernten, nach der Tommy weitere zehn Tage im Krankenhaus bleiben musste.

Doch die schlechte Nachricht kam erst noch. Dr. Michael Cohen, ein Facharzt aus Halifax, reiste eigens nach Edmonton, um Tommy zu untersuchen. Ein deutscher Kinderarzt, Dr. Rudolf Wiedemann, traf am darauf folgenden Tag ein. Nach unzähligen Untersuchungen teilten sie Jean ihre Diagnose mit. Tommy litt am so genannten Proteus-Syndrom, einer Krankheit, die Dr. Cohen im Jahr 1979 identifiziert hatte. Den Namen hatte sie erst im Jahr zuvor von Dr. Wiedemann erhalten. Er griff dabei wegen der unterschiedlichen Manifestationen der Krankheit bei vier nicht miteinander verwandten Jungen, bei denen die Krankheit zum ersten Mal festgestellt wurde, auf eine Gestalt aus der griechischen Mythologie zurück, den Meeresgott Proteus – der Vielgestaltige. Bislang war weltweit nur ein Dutzend Fälle diagnostiziert worden, und Tommy zeigte sämtliche Symptome, die dieses Krankheitsbild auszeichneten.

Zu den charakteristischen Merkmalen des Proteus-Syndroms gehörten übergroße Hände oder Füße, übermäßiges Wachstum einer Gesichts- oder Körperhälfte, Hautverfärbungen und, am häufigsten vorkommend, gutartige Tumore, die überall im Körper entstehen konnten – entweder unter oder auf der Haut. Menschen, die an dieser Krankheit litten, hatten häufig übergroße Köpfe und Gewebewucherungen an den Fußsohlen. Es handelte sich um eine genetische Störung von solcher Seltenheit, dass Ärzte sie leicht verkannten.

Dr. Cohens Langzeitprognose sah nicht gut aus. Komplikationen infolge der Operationen, denen Tommy sich im Laufe der Jahre unterziehen musste, würden ganz wesentlich zur Verkürzung seines Lebens beitragen, ganz abgesehen von dem Emphysem, an dem er litt und das die Funktionstüchtigkeit seiner Lunge immer weiter einschränkte.

Oscar lag an der Wand und zuckte im Schlaf mit den Beinen, als Kenly bei den Naylors in die Küche trat. Max saß mit einer Tasse Tee am Tisch, schlug sich lächelnd auf die Schenkel und stand auf, um Kenly in den Arm zu nehmen. »Schön, dich zu sehen, Kleine.«

Jean war am Telefon, das Gesicht müde und noch schmaler als vor einer Woche. Sie lächelte Kenly zu und wies mit einer Kopfbewegung zur Treppe. »Er wartet auf dich«, sagte sie lautlos.

»Wie geht es ihm?«, wandte sich Kenly an Max.

»Er ist froh, dass er wieder zu Hause ist. Wir waren kaum hier, da hat er schon nach dir und Oscar gefragt. Ich hab Oscar rübergeholt, und die beiden haben sich gar nicht mehr eingekriegt.«

Kenly konnte es kaum erwarten, den Freund zu sehen, doch ihre ungeduldige Freude erhielt sogleich einen Dämpfer, als sie ins Zimmer trat. Tommys Gesicht war wachsbleich, bläulich schimmernde Ringe umgaben die tiefliegenden Augen, und das Haar, das offensichtlich jemand zu bändigen versucht hatte, klebte platt an seinem Kopf. Aus der Küche drangen gedämpfte Stimmen zu ihnen herauf. Kenly blieb an der Zimmertür stehen.

»Hey, wie geht's dir?«

Tommy öffnete die Augen und lächelte. »Unter uns gesagt, das Ganze war nur ein Trick von mir, um Aufmerksamkeit zu bekommen«, antwortete er mit rauer Stimme.

Kenly nickte, als glaubte sie ihm, dann wies sie mit einer Kopfbewegung auf seine Brust. »Tut es sehr weh?«

»Nein.« Aber der bemüht lässige Ton, in dem er sprach, verriet ihr, dass er log.

Kenly hatte diese Szene in den letzten Wochen im Geiste oft durchgespielt, aber so hatte sie es sich nicht vorgestellt.

Wenn er krank war, konnte sie damit umgehen. Aber sterben durfte er nicht. Das würde sie nie verwinden.

Tommy gab ihr mit müder Hand einen Klaps aufs Bein. »Hey, mach nicht so ein Gesicht.«

Sie hielt den Blick zu Boden gesenkt. Am liebsten hätte sie ihm gestanden, dass sie Angst hatte, aber stattdessen kniete sie sich neben ihn und legte ihren Kopf auf seinen Arm. Er schloss die Augen. Sie sprachen beide nicht. So sehr sich Kenly anfangs davor gescheut hatte ihn anzusehen – inzwischen konnte sie ihn sich gar nicht mehr anders vorstellen. Sie drückte seine Hand, stand auf und stopfte die Bettdecke fester um ihn. Er atmete in unregelmäßigen kurzen Stößen, und er sah ungeheuer zerbrechlich aus.

Kenly ging in seinem Zimmer umher und sah sich die Poster an, die er an die Wände und die Zimmerdecke gepinnt hatte – Billy Joels Gesicht allüberall. Tommys Jeansjacke lag über einer Sessellehne, dieselbe, in der er Oscar zu tragen pflegte. An der einen Wand waren Dutzende von Zeitungen in mehreren Stapeln aufgehäuft und hier und dort mit Post-its versehen, um das Auffinden irgendwelcher Artikel, die Tommy gelesen hatte, zu erleichtern. Auf seinem Schreibtisch standen ein paar Fachbücher über Journalismus und ein wohlgeordneter Stapel Audiokassetten. Ein Zettel, der im Rahmen des Spiegels auf seiner Kommode steckte, fiel ihr ins Auge. Als sie näher herantrat, erkannte sie Tommys Handschrift: *Selbstmitleid ist Zeitverschwendung.*

Sie lächelte unter Tränen und sah Tommy bewundernd an. »Du bist so ein positiver Mensch«, flüsterte sie und beugte sich tiefer, um ihn auf die Wange zu küssen.

Als sie sich aufrichtete, fiel ihr der letzte Magnet ein, der noch zu Hause am Kühlschrank klebte. Der Spruch war der einzige, der ihr von all den klugen Sprüchen etwas gesagt hatte: *Das ist der schlimmste Schmerz – zusehen zu müssen, wie jemand leidet, den man liebt.*

Kenly hatte noch die Jahresabschlussprüfungen an der Schule vor sich und paukte dafür mit aller Konzentration, die sie aufbieten konnte. Beim Abschlusstreffen des Schülerbeirats wurde auf ihren Vorschlag hin ein Filmklub gegründet, dessen Aufgabe es sein sollte, populäre Filme zu organisieren, für ihren Besuch zu werben und sie an Wochenenden in der Schulaula zur Vorführung zu bringen. Überzeugt, dass dies ein großer Erfolg sein würde, da es in Athabasca kein Kino gab, hatten Kenly und Tommy schon Anfang des Jahres die für ein solches Projekt anfallenden Kosten genau geprüft. Nun war sie beinahe außer sich vor Freude, dass ihre Idee so gut ankam, und konnte es kaum erwarten, Tommy zu berichten, dass das Projekt schon im September anlaufen sollte.

Als sie den Hügel hinunterrannte, sah sie ihren Vater und Nancy vor dem Haus stehen. Sie stritten sich, wie am Ton ihrer Stimmen zu erkennen war, die immer lauter wurden, da einer den anderen zu übertönen versuchte. Als Kenly näher kam, brachen sie ab. Ihr Vater trommelte mit den Fingern auf das Dach von Nancys Wagen, ein sicheres Zeichen, dass er verärgert war. Dann wollte er Nancy in die Arme nehmen, aber sie wehrte ihn ab. Mit zusammengekniffenen Lippen nickte er, als wolle er sagen, ich habe verstanden. Dann küsste er sie kurz auf die Wange, sie stieg in den Wagen und fuhr ab.

»Alles in Ordnung?«, erkundigte sich Kenly.

Ihr Vater sah sie nur kurz an. »Wer weiß«, antwortete er mit einer wegwerfenden Handbewegung, bevor er ins Haus ging.

Kenly folgte ihm. Sie befeuchtete mit der Zunge eine Fingerspitze und hielt sie in die Luft. »Tja, sieht leider nicht so aus, als ob der Wind günstig für dich steht«, murmelte sie.

An diesem Abend war ihr Vater so schlecht gelaunt, dass Kenly beschloss, ihn einfach zu ignorieren und sich ganz in die Vorbereitungen für ihre letzte Prüfung zu vertiefen. Sie war in ihrem Zimmer, als er eine Stunde später bei ihr anklopfte.

»Kenly? Ich muss mit dir reden.«

»Okay.« Sie wälzte sich auf die Seite und stützte sich auf den abgewinkelten Arm.

Die Tür öffnete sich. Mit wütendem Blick kam er ins Zimmer und begann, ihr Vorhaltungen zu machen, weil sie sich Zigaretten von ihm nahm. »... du hältst mich offenbar für blöd«, sagte er, »aber ich merke ganz genau, wann und wie viele du dir nimmst. Das hört sofort auf. Hast du verstanden?«

Kenly unterdrückte den Impuls, ihm zu widersprechen und nickte. »In Ordnung. Tut mir Leid.«

Sichtlich erstaunt über diese Reaktion begnügte er sich mit einem kurzen Nicken und schloss die Tür hinter sich.

Lexie ging im Juni von der Highschool ab und schockierte alle mit der Eröffnung, dass sie nach Toronto zu ihrer Mutter ziehen werde. Kenly versuchte, ihr ins Gewissen zu reden.

»Aber Lex, du hast seit drei Jahren nichts von ihr

gehört! Dann ruft sie dich eines Tages an, weil's ihr gerade in den Kram passt, und du willst prompt deine Studienpläne und alles über den Haufen schmeißen, um zu ihr nach Toronto zu ziehen?«

Lexie zuckte mit den Schultern. »Auf die Uni kann ich auch nächstes Jahr noch gehen.«

»Du spinnst echt! Was redest du nur für einen Mist!« Kenly verschränkte unwillig die Arme. »Du hast mir doch selbst erzählt, wie oft du als Kind deine Mutter mit irgendeinem fremden Typen auf dem Sofa gefunden hast, sturzbetrunken und splitternackt. Und wie sie damals, als du gerade zehn warst, einfach abgehauen ist und dich eine ganze Woche lang allein gelassen hat! Was willst du bei dieser Frau?«

Lexie straffte die Schultern. Statt zu antworten, hustete sie in die vorgehaltene Hand.

Kenly ließ nicht locker. »Sie ist *zweimal* beim Diebstahl erwischt worden, als sie mit dir unterwegs war, und an deinem ersten Schultag war sie zu betrunken, um dich in die Schule zu bringen! Oder hast du das vergessen?«

»Sie ist meine Mutter.«

»Ach, und das heißt, dass sie das Recht hat, dein Leben weiterhin zu verpfuschen?«

»Nein«, entgegnete Lexie leise. »Es heißt nur, dass sie vielleicht eine zweite Chance verdient hat.«

Überrascht darüber, wie wütend sie war, ließ sich Kenly auf das Sofa zurückfallen und seufzte. »Warum suchst du dir nicht einfach in Toronto einen Sommerjob und kommst im September nach Edmonton zurück und fängst dein Studium an wie geplant?«

Lexie hob mit einem Anflug von Trotz den Kopf. »Onkel Walter zahlt mir die Uni nicht, wenn ich nach Toronto gehe. Auch wenn ich nur den Sommer über dort bleibe. Das ist also keine Alternative.«

Kenly sah sie aufmerksam an. »Lex, dein Leben fängt doch gerade erst an, und da willst du schon klein beigeben? Erwartest du denn nicht mehr?«

Lexie verzog die Lippen zu einem geringschätzigen Lächeln. »Tu doch nicht so, Kenly! Du bildest dir wohl ein, du hättest alles im Griff? Was meinst du denn, wo *du* heute in einem Jahr stehst? Ziehst du in die große weite Welt hinaus und wirst eine berühmte Malerin?«

Kenly schwieg. Sie wusste, dass Lexie es nicht so meinte, aber sie war trotzdem sauer. Sie stand auf und war schon fast zur Tür hinaus, als Lexies Stimme sie aufhielt.

»Kenly, warte! Es tut mir Leid.«

Kenly drehte sich um und lehnte sich mit verschränkten Armen abwartend an den Türrahmen.

»Sie – sie liebt mich. Sie hat es mir gesagt«, erklärte Lexie leise, beinahe kindlich in ihrer Verletzlichkeit.

Kenly bezweifelte es, aber sie nickte mit einem kleinen Lächeln und sagte: »Ich liebe dich auch.«

Ehe sie sich versahen, war das Schuljahr zu Ende. Kenly war froh, dass endlich die Sommerferien begannen, auch wenn sie den Abschied von Lexie bedeuteten. Ohne Lexie und ohne Tommy, der noch immer nicht ganz wiederhergestellt war, wusste sie nicht recht, was sie mit sich anfangen sollte. Sie sagte daher mit Freuden zu, als Max sie fragte, ob sie an der MM-Kolumne mitarbeiten wolle, bis es Tommy wieder besser ging. Ihr Vater vertrank den ganzen Juli, und als Wochen vergingen, ohne dass sich Nancy meldete, war Kenly klar, dass die beiden Schluss gemacht hatten – noch ein Grund für Stevens miese Laune. Tommy unternahm in diesem Sommer zwar einige Ausflüge zum Baumhaus, aber er war immer noch so geschwächt, dass er sich nicht allzu häufig aufraffen konnte. Kenly brachte ihre Hängematte ins Baumhaus und übernachtete immer häufiger dort. So konnte sie wenigstens ihrem Vater und seinem heulenden Elend entkommen.

Die Sensation dieses Sommers war die Hochzeit von Walter und Florence – auf den Tag genau ein Jahr, nachdem er den Striptease an der Feuerstelle hingelegt hatte. Becky und Max waren Trauzeugen. Kenly und ihr Vater waren auch eingeladen. Jean backte die Torte, und Walter überraschte alle damit, dass er Lexie zur Feier anreisen ließ. Sogar Tommy fühlte sich kräftig genug, um am Gottesdienst und am großen Festessen teilzunehmen. Dreißig Dorfbewohner fanden sich ein und erlebten eine strahlende Florence und einen Walter, der vor Stolz beinahe platzte. Kenly hatte ihn immer nur im Overall oder in Jeans gesehen, doch an diesem Tag trug er einen adretten dunkelblauen Anzug und hatte sich sogar das Haar schneiden lassen. Fehlte nur noch, dass er ein Transparent mit der Aufschrift trug: ›Schaut mal, was für eine schöne Frau ich habe‹, so verliebt lächelte er jedes Mal, wenn er Florence ansah.

Ein halbes Jahr zuvor hatte er seinen Hof verkauft und war zu Florence und Becky ins Haus gezogen. Zwei Tage nach der Trauung flog er mit Florence nach Dänemark in die Flitterwochen, von denen sie immer geträumt hatten, und am meisten schwärmten die beiden nach ihrer Rückkehr von den Besuchen im Tivoli.

Erst Mitte August erfuhr Kenly, dass man ihrem Vater schon wieder gekündigt hatte. Zufällig hörte sie, wie Becky abends am Feuer Max mit gesenkter Stimme danach fragte. Sofort sprang sie mit rasendem Herzklopfen von ihrem Stuhl auf, um nach Hause zu laufen und ihren Vater zur Rede zu stellen. Wie immer lag er auf der Couch, die Füße auf dem Tisch davor, als sie ins Wohnzimmer stürmte.

»Wann wolltest du es mir sagen?«, fragte sie ganz ruhig.

Er zuckte mit den Schultern, und in sein Gesicht trat ein Ausdruck verdrießlicher Besorgnis, als hätte er einen Wutausbruch von ihr erwartet, aber nicht das.

»Ich gehe nicht weg von hier«, sagte sie fest. Seine Schultern fielen herab. »Bitte, ganz wie du willst.«

Ja, dachte sie. Ganz wie ich will. Er hatte sie großgezogen, als hätte er nicht das geringste Interesse an ihr oder wünschte permanent, er könnte sie zurückgeben. Kenly war gespannt, ob er versuchen würde, es ihr auszureden, aber er tat es nicht. Als sie kopfschüttelnd aus dem Zimmer ging, folgte er ihr jedoch und blieb an die Badtür gelehnt stehen, während sie Wasser in die Wanne laufen ließ und eine Handvoll Badesalz hineinwarf. Keiner von beiden sprach ein Wort, und als die Wanne voll war, drehte Kenly die Hähne zu.

»Ich fahre morgen früh weg, zu einem Kanuausflug«, sagte er. »Was meinst du, kommst du ein paar Tage allein zurecht?«

Sie verdrehte die Augen. »Mit wem fährst du?«

»Mit Freunden.«

Er sagte es, als wäre es nichts Besonderes. Als unternähme er dauernd Kanufahrten und hätte massenhaft Freunde, die mit von der Partie waren. Kenly wandte sich ab. Es war mindestens zwei Jahre her, seit er mit dem Kanu unterwegs gewesen war, und noch länger, seit er mit jemand anderem als ihr gefahren war. Sie warf ihr langes Haar über die Schulter nach vorn und drehte es um einen Finger.

Steven wurde blass und starrte sie an, als sähe er sie zum ersten Mal. »Herrgott noch mal, du siehst aus wie deine Mutter!«

»Gibt's sonst noch was Neues?«

Da lachte er, leise und ungläubig. »Ihr Mundwerk hast du auch.«

Kenly versuchte, seinem Blick auszuweichen. Wörter wirbelten ihr durch den Kopf, aber die, die ihr dann tatsächlich über die Lippen kamen, klangen vernichtend, selbst in ihren eigenen Ohren. »Wenn du zum Camping fährst, brauchst du wahrscheinlich ein extra Kanu, um den Schnaps zu befördern, hm?«

Unter den Wasserhähnen der Wanne standen in kleinen schwarzen Buchstaben die Worte *American Standard*. Mit einem Finger zeichnete Kenly jeden einzelnen Buchstaben nach, doch plötzlich schlug er mit der Faust so hart gegen die Tür, dass sie erschrocken zurücksprang.

»Was fällt dir ein!«

Er packte sie beim Arm, riss sie in die Höhe und schleuderte sie gegen die Badezimmerwand. Beim Gestank des Alkohols in seinem Atem drehte sich ihr der Magen um, und sie sah in seinen Augen denselben glasigen Blick wie das letzte Mal, als er seinen Job verloren hatte. Nicht bereit, den Blick abzuwenden, starrte sie ihm unverwandt ins Gesicht und wartete. Nach einer Weile lockerten sich seine Finger, und er ließ sie los. Krampfhaft schluckend, torkelte er rückwärts in den Flur hinaus.

»Gute Reise«, sagte Kenly mit tonloser Stimme und schloss mit fester Hand die Tür.

Als am Sonntagmorgen Max und Jean kamen, war es noch früh. Kenly, die am Abend zuvor auf dem Sofa eingeschlafen war, fuhr beim Läuten der Türglocke verwirrt in die Höhe. Dann sprang sie auf und öffnete lächelnd, aber die beiden erwiderten das Lächeln nicht. Sie wirkten befangen, Jean trat unablässig von einem Fuß auf den anderen, und Max fingerte nervös am obersten Knopf seiner alten Flanelljacke. Kenly zog die Augenbrauen hoch, beunruhigt jetzt und von einem ersten Anflug von Panik ergriffen. Irgendetwas stimmte nicht.

Max trat ins Haus. Er fasste Kenly beim Ellbogen und führte sie zum Sofa. Ihr Herz begann schneller zu klopfen, und sie wandte den Blick nicht von seinem Gesicht. Sie wollte ihn fragen, was geschehen war, aber sie war unfähig, die Worte hervorzubringen. Ob vielleicht Tommy etwas zugestoßen war?

Er umfasste ihre Hand. »Kenly, wir haben schlechte Nachrichten.«

Sie nickte, den Blick fest auf ihn gerichtet, während sie sich gegen das wappnete, was er noch nicht gesagt hatte. Jean setzte sich neben sie und legte ihr einen Arm um die Taille.

Oh Gott, dachte Kenly, es muss etwas ganz Schlimmes sein, bestimmt ist es Tommy.

Jean hielt den Blick gesenkt, deshalb wandte sich Kenly Max zu.

Er sagte, dass ihr Vater tot sei.

Die Härchen auf Kenlys Armen stellten sich auf, die Zeit schien stehen zu bleiben. Sie hörte die Worte, zuckte zusammen und schöpfte hastig Luft, aber sie konnte an nichts anderes denken als daran, wie alt Max aussah, dort auf dem Sofa sitzend und hilflos die Hände ringend.

»... und als die Polizei eintraf, war er schon tot. Es tut mir so Leid, Kenly! Sie konnten nichts mehr tun.«

Sie blinzelte mehrmals und schüttelte den Kopf, um Raum zu schaffen für das, was Max ihr soeben mitgeteilt hatte, und als der Schock einsetzte, wollte sie es ihn noch einmal sagen hören, gewiss, dass sie ihn zuvor falsch verstanden hatte. »Ich – ich versteh nicht …«

Max blickte zu Boden. »Dein Vater hat sich das Leben genommen, Kenly.«

Dann war es plötzlich still. Sie fiel in sich zusammen, ihr Blick ins Leere gerichtet. Nach einer Weile stand sie auf und erklärte Max und Jean, dass sie jetzt lieber allein sein wolle. Sie ging durch den Flur in ihr Zimmer hinauf und rollte sich auf ihrem Bett zusammen. Erst Wochen später erinnerte sie sich, dass Max und Jean bei ihr geblieben waren und sie gehalten hatten, während sie weinte.

In den folgenden zwei Tagen versuchte sie voller Ungläubigkeit zu erfassen, was sie gehört hatte, aber als ihre Großmutter Alister eintraf, brauchte sie nur Sekunden, um zu begreifen, was der Selbstmord ihres Vaters für sie beide bedeutete.

Ihre Großmutter saß in der Küche am Tisch. Sie sah viel älter aus, als Kenly in Erinnerung hatte, und rings um sie herum auf dem Boden lagen zusammengeknüllte Papiertaschentücher. Von der unerschütterlichen Zuversicht, die die Großmutter normalerweise ausstrahlte, war nichts geblieben. Das Haar, das sie mittlerweile kurz geschnitten und in dünnen Löckchen trug, hing ihr ins Gesicht.

»Ach, meine kleine Süße«, sagte sie, als sie Kenly sah, und breitete die Arme aus. Kenly stürzte sich in ihre Umarmung, nur mit Mühe bezwang sie das irrationale Verlangen, ihre Großmutter anzuflehen, doch bitte alles dafür zu tun, damit ihr Leben wieder so war wie vorher.

»Wir halten ganz fest zusammen, nicht wahr?«, flüsterte ihre Großmutter, und Kenly nickte.

Bei den Vorbereitungen für die Beerdigung wurde Kenly gefragt, ob sie aussuchen wolle, was ihr Vater tragen solle. Sie bejahte und schlief Stunden später zusammengerollt wie ein kleiner Hund auf seinem Bett ein, umgeben von Kleidungsstücken, die sie im Zorn aus dem Schrank gerissen und zu Boden geschleudert hatte. Das Tweedjackett, das er am liebsten getragen hatte, lag neben einem Berg zerknitterter Hemden in der Ecke. Seine Krawatten waren über die Kommode verstreut, und seine Jeans lagen in einem Haufen vor dem Kleiderschrank.

Am Morgen des Beerdigungstages musste Kenly von ihrer Großmutter mehr als einmal ermahnt werden, aufzustehen und sich fertig zu machen. Sie wäre am liebsten im Bett geblieben, wo sie sich warm und geborgen fühlte und wo sie der Realität nicht ins Auge zu sehen brauchte. Wie ein Roboter bewegte sie sich durch den Tag, bis sie endlich in die Kirche trat. Drinnen blieb sie schwankend stehen, während ihr Blick über die Köpfe der Menschen schweifte, die sich versammelt hatten, um ihrem Vater das letzte Geleit zu geben. Sie konnte die Füße nicht von der Stelle bewegen, den Blick nicht von dem glänzenden Sarg wenden. Er war geöffnet, und sie konnte Stevens Hände erkennen, die friedvoll auf seiner Brust gefaltet waren. Mit einem Ruck drehte sie sich um und lief ganz nach hinten, wo sie zitternd Halt machte und sich auf einen Kirchenstuhl stützte, um nicht zu fallen. Sie atmete schwer, und der Beginn des Gottesdiensts musste verschoben werden, während ihre Großmutter und Jean mit ihr zu reden versuchten.

Nein, sie würde sich bestimmt nicht ganz vorn hinsetzen. Sie wollte hier hinten bleiben. Nein, nein, es brauchte sich niemand zu ihr zu setzen, sie sollten sie jetzt endlich einfach in Frieden lassen …

Schließlich setzten sich ein paar Leute vorn in die ersten drei Reihen, während Kenly ganz allein in der letzten Reihe blieb, der Tür so nahe wie möglich, und sich bemühte, nicht auf die Worte des Geistlichen zu hören, der von ihrem Vater erzählte. Was für ein begeisterter Lehrer er gewesen war und welch positive Wirkung er durch seine Tätigkeit bei so vielen seiner Schüler hinterlassen hatte. Wie sehr er die Natur geliebt hatte und mit welcher Freude er in jungen Jahren zusammen mit seiner Frau Ausflüge und größere Wanderungen unternommen hatte. Und wie sehr er seiner Tochter und seiner Mutter fehlen würde …

Zurück im Haus setzte sich Kenly im Wohnzimmer in seinen bevorzugten Sessel und ließ den Blick durch das Zimmer wandern. Sie sah zu, wie Max und Jean und sogar Tommy die Trauergäste willkommen hießen, und wäre es nicht ein so schlimmer Moment gewesen, so hätte sie es komisch finden können, wie die Leute auf Tommy reagierten. Die einen fuhren erschrocken zurück, wenn er ihnen die Hand bot und sich vorstellte, den anderen verschlug es die Sprache, wenn sie ihm plötzlich an der Haustür gegenüberstanden. Zum Gottesdienst hatte er nicht kommen können, aber er hatte es wenigstens geschafft, hinterher herüberzukommen.

Dann blieb Kenlys Blick an ihrer Großmutter hängen, die von ihrem Steven erzählte, als er noch Student gewesen war. »Er hat Lara mit jeder Faser seines Herzens geliebt«, sagte sie und hielt inne, um sich zu schnäuzen.

»Ja, er hat sie so wahnsinnig geliebt«, rief Kenly plötzlich aufgebracht, »dass er für niemand anderen mehr ein Fünkchen Liebe übrig hatte! Das sind die Leute, die sich dann umbringen. Weil sie viel zu egoistisch sind, um sich zu überlegen, was sie vielleicht anderen damit antun.«

Sie war aufgesprungen und stand jetzt zitternd da, die Hände zu Fäusten geballt, trotzige Herausforderung im Blick. Die Anwesenden senkten die Köpfe, erschrocken von dem plötzlichen Ausbruch und unsicher, wie sie darauf reagieren sollten. Tommy allein nahm Kenly in Schutz, instinktiv und mit einem selbstverständlichen Vertrauen, das selbst Kenly überraschte.

»Das ist alles sehr schwer für sie«, erklärte er, während er durchs Zimmer an ihre Seite eilte.

Kenly nickte hölzern.

»Und es ist gut, wenn sie offen sagt, wie ihr zumute ist«, erklärte er und nahm sie beim Ellbogen.

»Gut«, wiederholte sie mit Flüsterstimme.

Er führte sie in ihr Zimmer, zog ihr die Sandalen von den Füßen und brachte sie ins Bett. Dann setzte er sich auf einen Stuhl am Fenster und blieb bei ihr, für den Fall, dass sie ihn brauchen würde.

Kenly zog die Steppdecke hoch und faltete die Hände auf dem Bauch, während sie dem Klappern von Pfannen und Töpfen aus der Küche lauschte, wo offenbar jemand aufzuräumen begonnen hatte. Eine halbe Stunde später verklang das Stimmengewirr von unten allmählich, da einer nach dem anderen aufbrach.

»Schlaf ein bisschen«, sagte Tommy.

Sie schüttelte ablehnend den Kopf, aber sie schloss die Augen.

Zehn Minuten später trat Tommy ans Bett, zog ihr sorgsam die Decke über die Schultern und betrachtete dann die Schlafende. Er wusste, dass er eigentlich hätte gehen sollen, aber er konnte nicht. Während er Kenlys sachten Atemzügen lauschte, verlangte ihn danach, sich über sie zu beugen und ihre Wange zu streicheln. Er war machtlos gegen seine Gefühle für sie. Wenn jemand ihm vorgehalten hätte, sie seien töricht und er sei unrealistisch, so hätte er als Erster zugestimmt.

Schließlich löschte er das Licht und ging leise hinaus. Nachdem er die Tür hinter sich geschlossen hatte, blieb er noch für einen Moment stehen und lehnte sich dagegen. Er wusste, dass er alles für Kenly tun würde, aber er wusste auch, dass sie das gar nicht zulassen würde.

9

Kenly wollte die Augen nicht öffnen. Ihr war, als hätte man ihren ganzen Körper gewaltsam auf die Matratze gepresst, und beim Klang der Stimmen, die aus der Küche heraufschallten, fühlte sie sich noch elender. Steven mochte ein Trinker gewesen sein, aber er war ihr Vater, und solange er lebte, hatte sich wenigstens niemand den Kopf darüber zerbrochen, was mit ihr geschehen sollte.

Schließlich stand sie doch auf und ging in die Küche hinunter. Ihre Großmutter saß am Tisch. Jean, die ihr Gesellschaft leistete, drückte ihr kurz die Hand und wies mit dem Kopf zur Küchentür, als sie Kenly dort stehen sah.

Kenly setzte sich ebenfalls auf einen Stuhl. »Großmama – kannst du nicht hierher ziehen und bei mir wohnen?«, fragte sie, aber es klang mehr wie eine flehentliche Bitte.

Ihre Großmutter umschloss mit runzligen Händen Kenlys Gesicht und lächelte. »Aber natürlich, mein Schatz. Ich bleibe so lange, wie du mich brauchst.«

Kenly war erleichtert, doch zugleich bedrückte sie der Gedanke auch, da sie wusste, dass ihre Großmutter nach mehr als einem Jahr Wartezeit endlich einen

Platz in einem Seniorenheim in Duluth bekommen hatte. Bei einem Telefongespräch vor zwei Wochen hatte sie ihren Vater scherzen hören, dass Großmutter ja nun ihren achtzigsten Geburtstag in ihrer alten Heimatstadt feiern könne, wahrscheinlich in Gesellschaft eines knackigen jungen Pflegers, der für sie die Kerzen auf der Geburtstagstorte ausblies.

»Danke, Großmama«, flüsterte sie.

Ihre Großmutter nickte, schob dann die Hand in die Tasche ihrer Strickjacke und zog einen kleinen Briefumschlag heraus, den sie auf den Tisch legte. Kenly blickte von dem Umschlag zu ihrer Großmutter. Sie wusste instinktiv, dass der Brief von ihrem Vater war. Sie nahm ihn auf und drehte ihn herum. Ihr Name stand in seiner Handschrift auf dem Kuvert.

Reiß dich jetzt bloß zusammen, ermahnte sie sich, den Brief fest in der Hand haltend. Reiß dich zusammen.

Jean und ihre Großmutter beobachteten sie. Kenly sah die ängstliche Sorge in ihren Gesichtern, die Furcht in ihren Augen. Kenly stand auf. »Ich steh das schon durch«, behauptete sie, weil sie meinte, es ihnen zuliebe sagen zu müssen, obwohl sie selbst es nicht ganz glaubte.

Sie kuschelte sich in ihr Bett, bevor sie den Umschlag aufriss. Wahrscheinlich war er voller Entschuldigungen und Vorwürfen gegen das Schicksal, das ihn so schlecht behandelt hatte. Sie entfaltete den Brief, glättete ihn und begann zu lesen.

›Meine liebe Kenly,

es tut mir Leid. Du hast keine Schuld. Es ist allein meine Schuld. Es sollte alles ganz anders werden. Deine Mutter und ich wollten zusammen alt werden, aber meine Trunksucht hat sie vorher umgebracht. Du weißt ja, dass ich allen erzählt habe, *sie* wäre an dem Abend gefahren. Und alle haben mir geglaubt. Aber nach einer so großen Lüge kann man sich selbst nicht mehr in die Augen sehen, und es war umso schlimmer, weil sie mich an jenem Abend gebeten hatten, sie fahren zu lassen. Das kann ich einfach nicht vergessen. Es verfolgt mich seit beinahe zehn Jahren, Tag für Tag. Sechs Whiskys haben meine Frau getötet. Schwer zu glauben. Hätten auch vier sie umgebracht? Oder wär's mit dreien vielleicht gut gegangen, hätte ich dann noch sicher fahren können und sie wäre jetzt noch bei uns? Ich werde es niemals wissen, aber ich sehe klar und deutlich, dass auch du langsam zugrunde gehst, und ich kann das nicht länger ertragen. Schlimmer noch, ich kann mich selbst nicht mehr ertragen. Ich habe dich lieb, Kenly, und es tut mir Leid – Dad.‹

Kenly war bleich, und ihre Hände zitterten, als sie den Brief faltete und in ihre Tasche schob. Schnell ergriff sie ihre Jacke, stahl sich zur Hintertür hinaus und rannte los, den Steilhang hinunter in die Schlucht, auf der anderen Seite wieder hinauf und weiter auf dem Trampelpfad durch den Wald bis zum Baumhaus. Sie kletterte die Leiter hinauf, und sobald sie drinnen war, holte sie das Blechkästchen vom Dach und legte seinen Brief hinein, zu dem roten Schal und den Erinnerungen an ihre Mutter und all den Dingen, die Tommy in dem Kästchen aufbewahrte. Dann drückte sie den Deckel zu und schob das Kästchen wieder aufs Dach. Schwer atmend hockte sie sich endlich auf den Boden, zündete sich eine Zigarette an, rauchte mit geschlossenen Augen und wiegte sich dabei mit hochgezogenen Knien sachte hin und her.

Auf den Tag genau drei Wochen nachdem ihr Vater sich das Leben genommen hatte, wurde Kenly eines Morgens sehr früh von ihrer Großmutter geweckt.

»Aufstehen!«, rief sie und zog die Vorhänge vor dem Fenster auf.

Kenly richtete sich auf einen Ellbogen gestützt halb auf und versuchte sich stirnrunzelnd zu erinnern, ob es einen Grund dafür gab, an diesem Morgen so früh aufzustehen. Ihre Großmutter stand wartend am Fußende ihres Betts, die Hände in die Hüften gestemmt, auf dem Kopf ein keckes kleines Hütchen. Ihr frisch gelocktes Haar umrahmte in Wellen ihr Gesicht, und sie trug ein leichtes Baumwollkleid, das mit leuchtenden Butterblumen bedruckt war.

»W-was ist los?«, fragte Kenly.

Ihre Großmutter warf einen Blick auf die Uhr. Sie wirkte ausgesprochen zufrieden mit sich und der Welt. »Gar nichts, nur dass du heute siebzehn Jahre alt wirst.«

Kenly starrte sie verdutzt an. »Und deswegen muss ich schon früh um acht aufstehen?«

»Nein. Du musst so früh aufstehen, weil ich es nicht mehr erwarten kann, dir mein Geschenk zu geben.«

Ihre Großmutter legte Kenly ans Herz, in zehn Minuten unten zu sein, und verließ das Zimmer. Kenly wälzte sich aus dem Bett und zog eine Jogginghose über, bevor sie ins Badezimmer trottete, um sich zu waschen. Als sie fünf Minuten später hinunterkam, erwarteten sie am Küchentisch sitzend ihre Großmutter und Jean Naylor.

»Alles Gute zum Geburtstag, Kenly«, sagte Jean und stand auf, um sie zu umarmen.

Noch ehe Kenly dazu kam, zu fragen, was eigentlich los sei, gab es draußen auf der hinteren Veranda plötzlich polterndes Rumoren. Jean sprang auf und öffnete die Tür weit, während Tommy und Max irgendeinen unförmigen Gegenstand in die Küche schleppten, der mit einem alten Leintuch verhüllt war. Ihren mühevollen Bewegungen nach zu urteilen, musste das Ding ein beeindruckendes Gewicht haben. Schließlich stellten sie es mitten in der Küche nieder, und Tommy ließ sich auf einen Stuhl fallen.

»Alles Gute zum Geburtstag«, sagte er mit einem verlegenen Lächeln.

Kaum fähig, ihre ungeduldige Vorfreude zu verbergen, stellte sich Kenlys Großmutter neben das geheimnisvolle Geschenk und winkte Kenly zu sich. Mit einem Ruck zog sie das Leintuch weg. Kenly riss ungläubig die Augen auf. Vor ihr stand, tadellos repariert und renoviert, die alte Töpferbank ihrer Mutter, komplett mit Drehscheibe und Schwungrad, und auf dem Sitz lag sogar ein alter Schutzschirm für das Gesicht.

»Alles Gute zum Geburtstag, mein Liebes«, sagte ihre Großmutter.

»Aber – w-wie hast du das wieder hingekriegt?«

»Ich habe Max um Hilfe gebeten, und auch die anderen haben mitgemacht. Tommy hat einen neuen Sitz für die Bank aufgetrieben, Max hat das Schwungrad repariert, und Lexies Onkel Walter hat die Scheibe wieder ordentlich festgeschweißt.«

Sichtlich bewegt ließ sich Kenly auf einen Küchenstuhl sinken. Ihre Pyjamajacke war zerknittert, und ihr Haar ein Wust wirrer Locken, aber ihre Augen leuchteten so lebendig wie seit Wochen nicht mehr.

»Danke«, sagte sie leise. »Danke euch allen.«

Kenly graute vor der Rückkehr zur Schule – denn natürlich würden sie nach der Sache mit ihrem Vater alle anstarren –, aber sie konzentrierte ihre ganze Aufmerksamkeit auf den Unterricht und beschäftigte sich im Übrigen mit den Bewerbungen an den beiden Universitäten, die sie wegen ihrer BWL-Angebote für sich ausgewählt hatte. Ihre Großmutter kümmerte sich um den Haushalt und ließ Kenly viel Freiraum. Im Spätsommer gesellte sie sich sogar ein paarmal zu der Runde um die Feuerstelle.

Als der Oktober kam, hatte sich Tommy fast vollständig erholt und sogar etwas Gewicht zugelegt. Er und Kenly arbeiteten mit Feuereifer an der MM-Kolumne und bemühten sich, den Film-Klub in Gang zu bringen. Der erste Film wurde wegen des überwältigenden Erfolgs gleich noch für ein zweites Wochenende gebucht. Bis Weihnachten hatte der Klub neun Filme angeboten und mehr als zweitausend Dollar Gewinn erzielt. Zum Dank stiftete die Schule Kenly ein Tausend-Dollar-Stipendium für eine Universität ihrer Wahl. Tommy freute sich sogar noch mehr darüber als sie.

Im Januar wurde Tommy bei einer weiteren Operation der Tumor entfernt, den die Ärzte seit Monaten beobachtet hatten. Nach zehn Tagen entließ man ihn nach Hause. Zur Erleichterung aller hatte er sich bereits wieder recht gut erholt. Zu seinem Geburtstag im Februar bot Max ihm eine feste Anstellung als Kolumnenschreiber und Hilfsredakteur bei der Zeitung an.

Der Frühling kam und ging ohne große Ereignisse – außer dem Bescheid der Betriebswirtschaftlichen Fakultät der Northwestern Universität in Chicago, dass Kenly zum Studium angenommen war. Sie hatte sich beworben, ohne einem Menschen etwas davon zu sagen, da sie sicher war, dass man sie nicht nehmen würde, und als der Postbote einen Brief der Northwestern brachte, schob sie ihn unter ihre Jacke und lief zum Baumhaus.

Tommy, der gerade dabei war, eine Zeichnung von Lexie in seine Collage einzufügen, drängte sie, den Umschlag zu öffnen. »Wenn du's nicht tust, tu ich's«, drohte er und hielt in seiner Arbeit inne.

Kenly, die im Schneidersitz mitten im Raum hockte, fixierte den Umschlag, den sie an die Wand gepinnt hatte. »Und wenn sie mich ablehnen?«

Tommy zuckte mit den Schultern. »Bei der Universität von Toronto nehmen sie dich bestimmt, auch wenn du von denen noch keine Antwort hast.«

Max hatte sie dazu überredet, sich auch bei der Universität von Toronto zu bewerben, aber es trieb sie nach Chicago, dorthin zurück, wo sie gelebt hatte, als ihre Mutter noch bei ihr war, und wo ihre Eltern sich kennen gelernt hatten.

Tommy seufzte verdrossen, riss den Umschlag von der Wand und reichte ihn ihr. »Los, mach ihn auf«, befahl er, und sie gehorchte.

Ihre Hände zitterten, als sie das Schreiben entfaltete, und nachdem sie es gelesen hatte, schlug sie die Hände vors Gesicht und weinte.

Tommy trat zu ihr und nahm sie in den Arm. »Ach, Kenly, das tut mir Leid. Aber weißt du, wahrscheinlich hätte es dir dort sowieso nicht gefallen …«

»Nein, Tommy!« Kenly hob den Kopf, lachte auf und schwenkte den Brief zwischen ihnen durch die Luft. »Sie haben mich genommen! Ich hab's geschafft! Ich gehe wieder nach Chicago.«

Als Kenly eines Nachmittags in der letzten Maiwoche aus der Schule kam, sah sie schon von weitem Lexie auf der Treppe vor dem Haus sitzen. Sie hatten sich das letzte Mal vor einem Dreivierteljahr gesehen, bei der Hochzeit von Walter und Florence. Seitdem hatten sie ein paar Briefe gewechselt und ab und zu miteinander telefoniert, aber im Grunde wusste Kenly nicht, wie es der Freundin in Toronto erging.

»Hey, Lexie, was machst *du* denn hier?«, rief sie überrascht.

Eine schönere Überraschung hätte sie sich nicht wünschen können. Sie lief so schnell den Hügel hinunter, dass sie beinahe über die eigenen Füße stolperte. Als sie unten anlangte, sah sie, dass Lexie Jeans und ein schmuddeliges Sweatshirt trug. Die nackten Füße in den Sandalen waren schmutzig.

»Und seit wann bist du schon hier?«, fragte sie.

Lexie hielt den Kopf gesenkt und antwortete nicht. Kenly runzelte die Stirn. Da stimmte doch etwas nicht! Sie beugte sich zu Lexie hinunter und legte ihr den freien Arm um die Schulter. Doch Lexie zuckte zurück und entwand sich ihr mit unverständlichem Murmeln, ohne die Hände vom Gesicht zu nehmen.

Kenly ließ ihre Bücher fallen und kauerte vor Lexie nieder.

»Lexie, hey! Was ist los?«

Lexie hob den Kopf und begann zu weinen.

»Sch, sch«, murmelte Kenly. Sie strich Lexie das Haar aus dem Gesicht und hob ihr Kinn ein wenig, um sie genauer ansehen zu können. »Komm schon, was ist …« Unvermittelt brach sie ab, als sie Lexies Gesicht sah. Das eine Auge war fast zugeschwollen, das andere starrte sie mit leerem Blick an. Lexies Haut war bleich, von gelblich schimmernden Blutergüssen entstellt, die bereits Tage alt zu sein schienen.

Kenly richtete sich auf. »Oh Gott, Lexie! Was ist dir passiert?« Sie zog die Freundin an sich und versuchte sie zu beruhigen.

»Er – er hat die Tür zugesperrt.« Lexie drückte sich schluchzend an sie.

»Wer, Lex? Wer hat die Tür zugesperrt?«

»Dann hat er mich geschlagen und mir die Bluse runtergerissen, und als er mich anfasste, da – da hat er gelacht …« Lexies Kopf fiel von einer Seite auf die andere, und ihre Finger krallten sich in Kenlys Pulli, zupften und zerrten daran, während ihr die Worte jetzt haltlos über die Lippen drangen. »Er hatte so viel Kraft … ich hab zugeschlagen und gekratzt, aber er hat mich bei den Armen gepackt und auf die Knie ge-gestoßen. Dann hat er mich ins Gesicht geboxt, und – und ich konnte mich nicht wehren.«

Kenly umfasste vorsichtig Lexies Arme und hielt sie ein Stück von sich ab. »Wer war das? Wer hat das getan?«

Lexie schauderte und wischte sich mit dem Handrücken über das Gesicht. Dann fuhr sie mit beinahe unhörbarer Stimme fort: »Ich – ich hab geschrien, als er mir die – die Beine auseinander drückte. Ich hab so l-laut geschrien, dass sie mich nebenan hören musste … aber sie hat nur den Fernseher lauter gedreht und … sie ist nicht gekommen.«

Von neuem Schluchzen geschüttelt drückte sie sich zitternd an Kenly. »Ach, Kenly … er hat mich in die Brust gekniffen … dann hat er mich mit den Knien runtergedrückt und mich an den Haaren gezogen und gegrunzt wie ein widerliches altes Schwein, aber – meine Mutter hat mir nicht geholfen.«

Kenly fröstelte, von einer plötzlichen inneren Kälte überwältigt, da ihr klar wurde, was geschehen war. Sie nahm Lexie fest in den Arm und versuchte, sie mit Beteuerungen, dass jetzt alles gut sei, zu beruhigen.

Dann ging plötzlich die Haustür auf, und Großmama Alister erschien, zog Kenly an der Schulter zurück und schlug entsetzt die Hände zusammen, als sie Lexies zerschundenes Gesicht erblickte. Jemand rief Lexies Onkel Walter an, und bald darauf kamen auch Max und

Jean. Jean tupfte Lexies Gesicht mit warmem Seifenwasser ab, und Kenlys Großmutter hüllte sie in flauschige Badetücher. Kenly ging nervös in der Küche hin und her, während ein Polizist Lexie ausfragte und Walter wie festgewurzelt an ihrer Seite stand.

Eine Freundin ihrer Mutter hatte sie im Wagen von Toronto bis Regina mitgenommen, dort hatte sie einen Ring versetzt, um sich eine Buskarte nach Edmonton kaufen zu können. Sie hatte nicht gewagt, Onkel Walter anzurufen. Ein Lastwagenfahrer auf dem Weg nach Fort McMurray hatte sie bis Athabasca mitgenommen.

Natürlich war ihre Mutter unter der Adresse, die Lexie der Polizei angab, nicht anzutreffen, und angeblich arbeitete sie auch längst nicht mehr in der Imbissstube, in der sie eine Zeit lang gekellnert hatte. Den Mann, der Lexie vergewaltigt hatte, hatte ihre Mutter erst wenige Wochen zuvor kennen gelernt. Lexie wusste lediglich, dass er Bill hieß, ungefähr einen Meter fünfundachtzig groß war und eine Harley fuhr.

Lexie sprach nie wieder über die Sache, aber Kenly vergaß niemals den Schmerz und die Angst in ihrem Blick.

Dann wurde es Juni, und Großmutter Alister packte ihre Sachen, um in die Staaten zurückzukehren. Kenly fühlte sich innerlich zerrissen. Sie wusste, wie sehr sie Athabasca und die Menschen hier vermissen würde, andererseits konnte sie es kaum erwarten, nach Chicago zu ziehen und ihr Studium an der Northwestern Universität aufzunehmen.

Lexie blieb den Juni über bei Onkel Walter und erholte sich langsam von den seelischen Verletzungen, deren Narben jedoch für immer bleiben würden. Florence und Becky bemutterten sie, und Kenly und Tommy gaben sich die größte Mühe, sie in alle ihre Unternehmungen einzubeziehen. Doch die Lexie, die sie gekannt hatten – selbstsicher und voller Widerspruchsgeist – wagte sich noch nicht wieder hervor.

Eines Abends, als alle anderen längst gegangen waren und nur noch Kenly und Lexie in dicken Flanelljacken mit einem Beutel Sonnenblumenkerne am fast erloschenen Feuer saßen, fragte Lexie unvermittelt: »Ist Chicago eigentlich eine schöne Stadt?« Sie warf eine Hand voll Schalen ins Feuer.

»Es ist wunderschön dort«, erwiderte Kenly aufhorchend.

»Könntest du dir vorstellen, mit jemandem zusammenzuwohnen?«

Kenly wandte sich ihr zu, und ein Lächeln breitete sich langsam auf ihrem Gesicht aus. »Warum?«

Lexie hielt den Blick auf das Feuer gerichtet. »Na ja, ich hab mir gerade überlegt, dass es schön wäre, ganz von vorn anzufangen. Irgendwohin zu gehen, wo alles neu ist ...« Sie zog die Schultern hoch und nestelte an den Knöpfen ihrer Jacke.

»Die meisten Leute würden nicht mal *versuchen*, mit dir unter einem Dach zu leben«, sagte Kenly, leise auflachend.

»Aber zu denen gehörst du nicht«, versetzte Lexie, in ihren Ton einstimmend.

»Nein, zu denen gehöre ich nicht«, bestätigte Kenly und gab Lexie mit ausgestrecktem Fuß einen kleinen Tritt ans Bein.

»Ich bin aber im Spülen ein hoffnungsloser Fall.« Lexie verzog keine Miene.

»Das macht nichts, wir haben sowieso kein Geschirr.«

»Und bei Umzügen bin ich auch nicht zu gebrauchen.«

Kenly neigte sich zu ihr und drückte sie. »Das ist schon in Ordnung. Dafür bin ich Fachfrau.«

Der letzte Abend, den Tommy und Kenly gemeinsam verbrachten, gestaltete sich recht schwierig. Als sie eine halbe Stunde später als er zum Baumhaus kam, bemerkte sie am Zittern ihrer Hände, wie nervös sie bei dem Gedanken an diesen Abschied war.

Sie kletterte die Leiter hinauf, zwang sich zu einem vergnügten Lachen und zog zwei Flaschen Wein aus ihrem Rucksack. »Weiß für mich und rot für dich«, erklärte sie, zum Korkenzieher greifend.

Tommy machte ein erstauntes Gesicht, aber er holte zwei Gläser vom obersten Bord. »Lass mich raten: Deine Großmutter hat sie für deinen letzten Abend hier spendiert.«

Kenly zog den ersten Korken heraus. »Richtig.«

Sie senkte die Lider, um ihn nicht ansehen zu müssen, und fügte hinzu: »Genauer gesagt, ich hab eine ganze Kiste im Kleiderschrank von meinem Vater gefunden, als ich im Herbst seine Sachen aussortierte.«

Sie saßen schweigend beieinander und tranken, bis der Himmel sich zu einem stumpfen Grau verdunkelte und allmählich finster wurde. Tommy zündete die Laterne an, schenkte noch einmal Wein ein und schob eine Billy-Joel-Kassette in den Rekorder. Dann lehnte er sich mit einem zufriedenen Lächeln zurück.

Kenly verdrehte die Augen. »Tja, was den Musikgeschmack angeht, werden wir uns wohl nie einigen, was?«

»Sagen wir so: Du wirst mir fehlen, aber auf Bob Seger, Eric Clapton und Lionel Ritchie kann ich gut verzichten.« Tommy hob sein Glas und prostete ihr zu.

Sie war ihm dankbar für sein Bemühen, es sich und ihr leicht zu machen. »Meine Maschine geht morgen Vormittag um zehn, da brauchst du also nicht mehr lange zu warten.«

»Hast du Lampenfieber?«

»Und wie!«

»Aber du freust dich auch?«

»Irgendwie schon.«

Tommy trank seinen Wein aus und betrachtete Kenly von der Seite. »Die Typen werden bei dir Schlange stehen«, sagte er, obwohl er wusste, dass sie ihn nicht ernst nehmen würde.

Kenly hätte vor Lachen beinahe den ganzen Wein ausgespuckt, den sie gerade im Mund hatte. Als sie sich beruhigt hatte, strich sie mit den Fingern leicht über Tommys Wange. »Ach, Tommy, was soll ich bloß ohne dich anfangen?«

Bleib hier, hätte er beinahe gesagt, doch stattdessen neigte er sich zu ihr und küsste sie, bevor er es sich anders überlegen konnte. Dann legte er schnell seine Finger auf ihren Mund, um sie am Reden zu hindern. Der Wein verlieh ihm den Mut, Dinge auszusprechen, die er bisher für sich behalten hatte. »Ich möchte dir etwas sagen, bevor du gehst. Als ich dich noch nicht kannte, war mein Leben nicht halb so schön.«

Er stand auf, schob das Brett im Dach zur Seite und holte ein Päckchen herunter. Es war in blaues Seidenpapier eingewickelt und mit einer kleinen Schleife verziert. Tommy reichte es ihr und setzte sich wieder, den Rücken an die Wand gelehnt. »Das wollte ich dir geben, bevor du abreist.«

Kenly drehte das Päckchen in den Händen. Sie fühlte sich elend. »Und ich habe nichts für dich …«

Ungeduldig wies er auf das Päckchen. »Ich werde nie verstehen, warum es dir so schwer fällt, etwas anzunehmen. Mach es einfach auf, ja? Ich verspreche dir, dass ich nicht erwarte, dass du auf der Stelle heimrennst und mir deine Stereoanlage schenkst.«

Mit gesenktem Kopf zog sie das Papier auseinander.

Ein Blechkästchen mit einem kleinen Messingschloss und passendem Schlüssel kam zum Vorschein.

»Damit du dein eigenes hast«, sagte er.

Nur mühsam konnte Kenly die Tränen zurückhalten. Obwohl sie jetzt endlich die Freiheit besaß, ihre eigenen Ziele zu verfolgen, hatte sie sich nie zuvor so allein gefühlt wie in diesem Augenblick.

Der Schein der Laterne beleuchtete ihr Gesicht. Tommy legte seinen Arm um Kenly und zog sie näher. Eine Hand lag an ihrer Taille. Kenly genoss die zarte Berührung und lächelte leise vor sich hin, als ihr bewusst wurde, dass sie sein Aussehen nicht mehr bemerkte. Er war einfach Tommy, und wenn sie bei ihm war, fühlte sie sich geborgen.

Alles, was folgte, war wie in einem Traum. Auf die Ellbogen gestützt, streckten sie sich auf der Matratze aus und erlebten die Stille. Als sich Kenly zur Seite drehte, um zum Fenster hinauszusehen, schob Tommy einen Arm um ihre Taille, neigte sich zu ihr hinunter und küsste ihren Hals. Minuten später nestelten sie beide hastig an ihren Kleidern, ungeschickt zunächst, da sie nicht wie erfahrene Liebende mit solchen Bewegungen vertraut waren.

Wortlos schlüpfte Tommy aus seinem Hemd, dann zog er Kenly an sich und ließ seine Hände zart über ihre Brüste zu ihrem Bauch hinuntergleiten. Als ihre Finger seine rechte Körperseite streiften, wandte er sich abrupt von ihr ab.

»Entschuldige«, flüsterte sie und versuchte, sich den Schmerz vorzustellen, mit dem er Tag für Tag lebte.

Doch Tommy zog sie wieder in seine Arme, und zitternd vor ängstlicher Erwartung und Ungeduld verschmolzen endlich ihre Körper miteinander. Als sie beide dort oben im Baumhaus ihre Unschuld verloren, drückte Kenly ihr Gesicht an Tommys Hals und schrie auf. Kurz bevor sie einschlief, nahm sie seine Hand fest in die ihre, stolz darauf, ihn zu kennen, und glücklich, dass er ihr erster Mann gewesen war.

Stunden später erwachte sie. Tommy lag neben ihr und betrachtete sie unverwandt. Er hatte nicht geschlafen. Hatte nicht schlafen wollen. Während draußen langsam die Sonne aufgegangen und der Himmel hell geworden war, hatte er sich jede Linie ihres Gesichts eingeprägt.

Kenly setzte sich auf und griff nach ihren Kleidern. Während sie sich ankleidete, mied sie seinen Blick. Was zwischen ihnen geschehen war, erschien ihr jetzt, in dieser Situation, schon fern und unwirklich. Nervös streifte sie ihre Sandalen über.

Tommy berührte sie am Arm. »Alles in Ordnung?«

»Bestens«, versicherte sie ein wenig zu schnell. »Ich muss nur los, sonst verpasse ich die Maschine.«

Sie nahm ihren Rucksack, stopfte ihr Sweatshirt hinein und sah sich seufzend ein letztes Mal um. Tommy spürte, wie unbehaglich ihr zumute war. Die Mauer, die Kenly zwischen ihnen hochzog, war beinahe greifbar.

Mit einem Blick auf die Uhr zwang sich Kenly nur an das zu denken, was sie vor der Fahrt zum Flughafen noch zu erledigen hatte. Sie umarmte Tommy kurz.

Sein Blick folgte ihr, als sie ihren Rucksack schulterte und hastig an der Falltür riss. Sie klemmte und ging nicht auf. Ungeduldig stampfte Kenly mit dem Fuß auf und versuchte ihr Glück noch einmal. An ihren heftigen Bewegungen erkannte Tommy, wie eilig sie es hatte, wegzukommen. Endlich gab die Tür nach, doch gleichzeitig flog eine Schraube, die sich gelockert hatte, durch die Luft und landete vor Tommys Füßen auf dem Teppich.

»Mist!«

Tommy hob die Schraube auf. »Das lässt sich richten, Kenly«, sagte er ruhig. »Das lässt sich richten, wie fast alles. Es ist kein Weltuntergang.«

Sie nickte und wandte sich ab. Es war vielleicht kein Weltuntergang, aber es würde nie wieder so werden, wie es gewesen war. Ihre Kehle war wie zugeschnürt, und sie konnte nicht sprechen.

»Ich liebe dich«, flüsterte Tommy, so leise, dass sie nicht sicher war, richtig gehört zu haben. So leise, dass sie später ihre Zweifel daran hatte, ob er es überhaupt gesagt hatte. Dann war es Zeit zu gehen, und während sie die Leiter hinunterkletterte, begannen sich seine Worte schon aufzulösen, zu zerfallen, wie Worte das zu tun pflegen, wenn man sie allzu gründlich analysiert. Und auf halbem Weg nach Hause hatte Kenly die Worte schon als Einbildung abgetan und richtete ihre Gedanken auf die vor ihr liegende Reise – entschlossen, alles hinter sich zu lassen und endlich ihr eigenes Leben zu beginnen.

Der Flughafen von Athabasca war klein. Im Warteraum gab es acht Plastikstühle mit hohen Lehnen, einen Tisch aus Eichenholz und an der hinteren Wand einen Metalltresen. An der Vorderfront des Gebäudes befand sich ein großes Fenster neben dem anderen, sodass man auf die einzige schmale Rollbahn hinausblicken konnte.

Kenly hatte zu Hause von ihrer Großmutter Abschied genommen und war mit Athabascas einzigem Taxi zum Flughafen gefahren.

»Wir heulen doch beide nur, wenn du mitkommst, Großmama«, hatte sie gesagt. »So ist es viel besser. Okay?«

Nun, zwei Stunden später, saß sie mit dem Rücken

zur Tür auf einem der Plastikstühle. Da betrat Tommy den Warteraum.

Er war froh, dass ihre Maschine Verspätung hatte. Er hatte dunkle Ringe unter den Augen und verspürte einen Schmerz in der Brust. Wortlos setzte er sich neben Kenly und beugte sich nach vorn, um ein kleines Flugzeug draußen auf der Rollbahn zu beobachten.

»Darf ich eine Zigarette von dir haben?«, fragte er.

»Du rauchst doch gar nicht.«

»Ich fang jetzt an.«

»Das würde dich umbringen«, sagte sie.

»Schlimmer als das hier kann es auch nicht sein.«

Stille trat ein. Dann neigte sich Kenly zu ihm und umarmte ihn.

»Du wirst mir fehlen«, sagte er.

»Du mir auch.«

Drei Worte, und sein Herz setzte einen Schlag lang aus. Er wollte so gern glauben, dass diese Worte der Wahrheit entsprachen! Einerseits wünschte er, Kenly würde bleiben, doch andererseits gab er sich Mühe, ihr den Abschied so leicht wie möglich zu machen. Deshalb wählte er seine Worte mit Bedacht.

»Kenly – ich wollte dir noch etwas sagen ...«

Ein sachtes Atemholen. »Ja?«

Tommy richtete den Blick wieder auf das Flugzeug draußen. »Ich wollte dir sagen, dass ich die letzten Minuten eines jeden Tages mit dir verbringen werde.«

Tränen schossen ihr in die Augen.

»Jeden Abend schlucke ich vier Tabletten, überprüfe das Luftventil an meinem Sauerstoffbehälter und schlafe dann ein, um von einem Leben zu träumen, das es für mich nicht gibt und niemals geben wird.« Er hielt für einen Moment inne, ohne Kenly anzusehen. Das war viel schwerer, als er sich vorgestellt hatte. »In diesem geträumten Leben bin ich gesund. Ich bin *normal*, und du … na ja, du bist dieser besondere Mensch, mit dem ich in Wahrheit niemals zusammenleben werde. Was ich heute Morgen gesagt habe, das habe ich ernst gemeint. Ich liebe dich, aber auf eine Art, die du vielleicht niemals verstehen wirst. Nichts an dir ist durchschnittlich. Wenn du lachst, dann lachst du richtig, und wenn du träumst, dann träumst du große Träume, und du besitzt einen Enthusiasmus, der alle anderen ansteckt.«

Seine Stimme war leiser geworden, es schwang sogar ein wenig Stolz darin. »Kenly, du besitzt die Fähigkeit, die Menschen davon zu überzeugen, dass alles möglich ist. Und in jenen letzten Minuten des Tages gilt das auch für mich. Dafür liebe ich dich.«

Kenly hatte inzwischen völlig die Fassung verloren. Schluchzend drängte sie sich in Tommys Arme. Er schloss die Augen und atmete ihren Duft ein. »Sag jetzt bitte nicht, dass du zurückkommst, okay?«

Sie antwortete nicht, drückte nur seine Hand und verharrte, sich abwechselnd die Tränen wegwischend und die Nase schnäuzend, dicht neben ihm, bis sie gehen musste.

Als ihre Maschine schließlich eine halbe Stunde später startete, blickte Tommy ihr nach, bis sie in den Wolken verschwand. Dann fuhr er nach Hause, packte eine Reisetasche und zog sich ins Baumhaus zurück, wo er die nächsten Tage allein verbrachte. Er nahm nicht einmal Oscar mit, er hatte keine Lust, Musik zu hören, und die Briefe, die für die MM-Kolumne eingegangen waren, interessierten ihn auch nicht. Er fühlte sich leer, nun, da sie fort war.

Max und Jean beobachteten das alles aus der Ferne, darauf bedacht, ihm seinen Freiraum zu lassen und sich nicht einzumischen.

»Ich mache mir Sorgen«, sagte Jean schließlich.

Max nickte. »Ich weiß, aber das ist der Schmerz der Liebe, Jean, und du hast doch immer gesagt, dass du dir wünschst, er würde sie einmal in seinem Leben kennen lernen.«

Sie nickte. Max hatte natürlich Recht. Sie wünschte nur, es hätte sich alles anders entwickeln können.

10

Kenly und Lexie hatten eine kleine Souterrainwohnung nur wenige Straßen von der Northwestern Universität entfernt gefunden, und obwohl es schön war, am Ende des Tages ein vertrautes Gesicht zu sehen, trieb Lexie Kenly mit ihren Sprüchen anfangs fast in den Wahnsinn.

»Glaub mir, an der Uni wimmelt's von Idioten. Ich hab gehört, dass manche von diesen Typen den Frauen richtiggehend auflauern, wenn sie rauskriegen, dass sie Erstsemester sind.«

»Ich komm schon zurecht, Lex.«

»Die meisten suchen doch nur jemanden, der ihnen am Wochenende das Ego massiert.«

»Ist doch egal. Ich bin ja nicht auf der Suche nach Anschluss, Lex.«

»Okay, aber aufpassen musst du trotzdem, Kenly. Glaub mir. Da laufen ein paar echte Idioten rum. Ich hab mir schon überlegt, ob wir nicht einen Selbstverteidigungskurs machen sollten oder so was.«

Kenly nahm einen Stapel frisch gefalteter Wäsche hoch und steuerte auf ihr Zimmer zu. »Weißt du«, entgegnete sie lachend, »ich denke, das Pfefferspray, das du mir zum Schutz geschenkt hast, tut's vollkommen.«

Lexie warf sich seufzend aufs Sofa und nahm sich ein Skript ihres Kosmetikkurses vor, den sie bei der Reitman Kosmetikschule im Zentrum von Chicago machte. Onkel Walter bezahlte das Schulgeld und ihre Monatskarte für die Hochbahn, doch für die Miete musste sie selbst aufkommen. Sie hatte sich deshalb für einen Kurs eingeschrieben, der überwiegend abends abgehalten wurde, sodass sie noch als Teilzeitkraft in einem Frisiersalon arbeiten konnte.

Als Kenly zwei Tage später von ihrer ersten Einführungsveranstaltung nach Hause ging, war sie hoch zufrieden. Zu dem BWL-Studiengang, in den sie aufgenommen worden war, gab es für etwa ein Dutzend Studenten, die die erforderlichen Qualifikationen nachweisen konnten, ein Trainee-Programm, das von Wirtschaftsunternehmen der Stadt Chicago gefördert wurde. Es begann im Juli des ersten Jahres – zwei Monate vor dem offiziellen Semesterbeginn – und lief über mindestens zwei Jahre, wobei jedem Studenten ein eigener Mentor zugeteilt wurde. Um zugelassen zu werden, brauchte man einen sehr guten Notendurchschnitt und vier tadellose Referenzen. Als Kenly die Zusage bekam, hatte sie sie zweimal lesen müssen, um ihr Glück fassen zu können. Die Mentoren, die das Trainee-Programm begleiteten, waren durchweg erfolgreiche Geschäftsleute, die ihrerseits an der Northwestern Universität studiert hatten und von ihren Arbeitgebern für dieses Sonderprogramm freigestellt wurden. Kenly lernte ihren Mentor eine Woche nach ihrer Ankunft in Chicago kennen.

»Kenly Alister?«

Sie saß im Empfangsraum der Firma ComTech Training. Es war zehn Uhr an einem Sonntagmorgen, ihr Termin war für zehn Uhr fünfzehn angesetzt. Abgesehen von ein paar Topfpflanzen und einem Stapel Wirtschaftsmagazinen war sie bis zu diesem Moment allein gewesen.

»Äh – ja«, sagte sie, stand auf und schob sich die Umhängetasche über die Schulter.

Der Mann bot ihr lächelnd die Hand. »Ich bin Ross Lowen. Freut mich, Sie kennen zu lernen.«

Er war fast einen Kopf größer als sie und hatte faszinierende grüne Augen. Sein Polohemd betonte die breiten Schultern, und die Jeans sahen an ihm umwerfend aus. Kenly wurde plötzlich von Hemmungen und Selbstzweifeln überfallen. War ihr Rock vielleicht zu kurz? Sah sie auch wirklich professionell aus?

Er räusperte sich und wartete.

»Tut mir Leid, ich hatte jemand Älteren erwartet«, platzte sie heraus und wurde rot.

Er nickte belustigt. »Tja, Sie werden aber mit mir vorlieb nehmen müssen. Machen wir uns also an die Arbeit.«

Kenly folgte ihm durch den Korridor. Das hatte sie ja toll hinbekommen. Selbst wenn sie professionell genug aussah, brachten ihr solche dusseligen Bemerkungen bestimmt keine Pluspunkte ein.

Die Chefetage der Firma ComTech Training nahm das gesamte dreiundzwanzigste Stockwerk des Gebäudes ein. Kenly hatte zu Anfang der Woche ein Informationsheft über das Unternehmen zugeschickt bekommen. Es besaß achtzehn Niederlassungen im Mittleren Wesen und drei in Europa. Seit seiner Gründung vor zwölf Jahren hatte es sich auf seinem Gebiet, dem Technologie-Training, eine führende Position errungen. Die Firma stellte jedes Jahr zwei Manager als Mentoren zur Betreuung des Trainee-Programms zur Verfügung. Sie verfolgte dabei ein doppeltes Ziel: Erstens gehörte es zur Firmenpolitik, die Northwestern

Universität zu unterstützen, indem sie den Studenten eine praxisorientierte Ausbildung ermöglichte, und zweitens übernahm die Firma oft im Anschluss an das Examen die von ihren Mentoren betreuten Studenten. Ross Lowen war mit seinen sechsundzwanzig Jahren bereits Vizepräsident der Abteilung Business Development.

Na wunderbar, dachte Kenly. Er sieht aus wie ein junger Gott und ist ein genialer Überflieger. Bei meinem Glück ist er wahrscheinlich menschlich ein totaler Versager.

Ross machte mit ihr einen Rundgang durch die Büros, ehe sie sich in einem der Konferenzräume niederließen. Dort sah er zerstreut und sichtlich in Eile einen Stapel Akten durch.

»Also, wir brauchen zwei Stunden pro Woche, und ich bin viel auf Reisen. Wäre Ihnen der Sonntag recht?«

Kenly nickte stumm.

Ross sah wieder auf die Papiere hinunter. »Alle anderen Tage sind für mich ungünstig. Wenn Sie also nichts dagegen haben …«

»Nein, nein, das passt mir gut«, sagte sie.

Er erklärte ihr, dass es Inhalt dieses Trainee-Programms sei, sie einen Businessplan für ein Start-up-Unternehmen entwerfen zu lassen. In ihrem Fall müsse es sich um ein Dienstleistungs-Unternehmen handeln, das sie sich selbst aussuchen könne. Ross würde ihr bei der Arbeit beratend zur Seite stehen, mit ihr die Probleme erörtern, die Marktanalyse erstellen und so weiter.

Eine Stunde später, nachdem er ihr skizziert hatte, womit sie sich im ersten halben Jahr befassen würden, verabschiedeten sie sich voneinander. Als sich die Tür des Aufzugs geschlossen hatte und die Kabine sich in Bewegung setzte, drückte Kenly ihre Stirn an die Wand und lachte leise. Ross Lowen war ein toller Mann, und noch am Tag zuvor hatte sie nicht einmal geahnt, wie verlockend plötzlich die Aussicht auf die kommenden Sonntage war.

Am folgenden Sonntag tat sich Kenly schwer, die für das Treffen angemessene Bekleidung auszuwählen. Als Lexie ihr Zimmer betrat, lagen Kleidungsstücke aller Art in kleineren und größeren Haufen auf Kenlys Bett verstreut.

»Mal schauen«, sagte Lexie, die Finger mit den frisch lackierten Nägeln vor sich ausstreckend, »vielleicht kann ich dir helfen. Du willst was Lässiges mit erotischem Touch, stimmt's?«

Kenly nickte.

»Und du möchtest, dass er dich als Frau wahrnimmt, ohne ihn gleich merken zu lassen, dass du interessiert bist, richtig?«

Kenly lächelte. Lexie hatte sie verstanden.

»Dann zieh einfach dasselbe an wie letztes Wochenende.«

Kenly warf ihr einen verständnislosen Blick zu.

»Jetzt komm schon! Hast du etwa nicht gemerkt, wie eifersüchtig Sara Putnam letzten Samstag auf dich war? Weil ihr Freund dich ständig angeguckt hat?«

Kenly wurde rot, peinlich berührt, weil es ihr nicht aufgefallen war. Sara arbeitete im Frisiersalon mit Lexie zusammen und hatte sie ein paarmal in ihre Stammkneipe mitgeschleppt.

»Du hattest Jeans an und dazu eine durchsichtige kakaobraune Bluse über einem schwarzen Seidenhemdchen. Mann, wenn ich in so einem Ding so aussähe ...!«

Der Freund hatte bei Kenly keinen bleibenden Eindruck hinterlassen, aber natürlich wusste sie, welche Bluse Lexie meinte.

»Sieht die wirklich so gut aus?«, fragte sie.

Lexie wackelte mit den frisch lackierten Zehen. »Nein, aber *du*! Verlass dich auf mich, zieh die Bluse mit der schwarzen Unterwäsche an, und er wird überhaupt nicht mehr an die Firma denken.«

Als sie aus dem Aufzug trat, war Ross im Empfangsraum am Telefon in einem Gespräch. Er beendete es, sobald er Kenly sah. Sie nahm sich vor, sich bei Lexie zu bedanken. Die kakaofarbene Bluse über dem schwarzen Hemdchen brachte ihre sonnengebräunte Haut zur Geltung, und sie meinte, aufblitzendes Interesse in Ross' Augen zu erkennen.

»Tut mir Leid, dass ich mich verspätet habe«, sagte sie.

»Kein Problem. Wissen Sie was, hier ganz in der Nähe ist ein Park. Hätten Sie Lust auf ein Picknick?«

»Das klingt gut.«

Sie aßen Hot Dogs auf einer Parkbank, und aus den geplanten zwei Stunden wurden drei, von denen die Hälfte mit Gesprächen verging, die mit Betriebswirtschaftslehre nichts zu tun hatten.

»Was haben Sie nach Ihrem Abschluss vor? Gehen Sie nach Kanada zurück?«

Kenly fegte ein paar Grashalme von ihrer Jeans. «Ich weiß es noch nicht.«

»Was? Keine Skiausflüge in die Rockies geplant?«

»Ich fahre mit Begeisterung Ski, aber Begeisterung allein reicht leider nicht.« Sie ergriff mehrere Ordner und stopfte sie in ihre Tasche.

»Na hören Sie, so schlecht können Sie doch nicht sein!«

»Noch schlechter! Sie sollten mich mal einen Hang runterfahren sehen! Da kann man nur flüchten.«

Sie machten sich auf den Rückweg zum Büro.

»Dann ist es also besser, Sie nehmen erst gar keine Skier mit, wenn Sie sich zum Skilaufen verabreden?«

»Und auch keine Stöcke«, schoss sie zurück.

»Na, da wird's wenigstens billig.«

Sie lächelte. »Und es gibt was zu lachen.«

Auch er lächelte. »Ich werd's mir merken.«

Hoffentlich, dachte sie.

Sie war in Gedanken bei Ross, als am Abend im Radio ein Song lief, den sie bisher nie sonderlich beachtet hatte. Sie stellte den Ton lauter, um den Text verstehen zu können.

›*Trying hard to control my heart, I walk over to where you are …*

Eye to eye we need no words at all …

I'm crazy for you. Touch me once and you'll know it's true.

I never wanted anyone like this. It's all brand new …‹

»Das war Madonna mit ihrem Single-Hit *Crazy For You*«, sagte der Sprecher.

Kenly sprang auf, schnappte ihre Handtasche und kramte nach einem Stift. Noch während sie den Titel des Songs auf die Rückseite eines Schecks kritzelte, hielt sie plötzlich inne. Was ist eigentlich los mit mir? Ich kenne den Typen doch kaum. Sie warf den zusammengeknüllten Scheck in den Papierkorb, kroch ins Bett und machte das Licht aus. Aber zehn Minuten später war sie immer noch hellwach. Sie warf sich auf den Bauch und drückte ihr Gesicht ins Kopfkissen. Du meine Güte, er ist dein Mentor! Was soll der Quatsch?

Eine halbe Stunde später schleuderte sie das Kissen aus dem Bett und ließ ihren Gedanken freien Lauf. Es konnte nicht verboten sein, ein bisschen zu träumen.

Am folgenden Nachmittag entzifferte ein Verkäufer im nächstgelegenen Kaufhaus mit zusammengekniffenen Augen den Namen des Songs, der auf dem zusammengeknüllten Scheck stand, und kurz darauf ging Kenly mit einer neuen Madonna-CD in der Tasche nach Hause. Am Abend hörte sie sich *Crazy For You* unzählige Male hintereinander an, bis Lexie schließlich an die Tür hämmerte und sie anflehte, damit aufzuhören.

Ich mache mir nichts vor, dachte sie. Ich bin mir völlig im Klaren darüber, dass es zwischen uns nicht so ist wie in dem Stück, aber man wird ja wohl noch träumen dürfen.

Als Ross am folgenden Samstag anrief und fragte, ob sie nicht lieber am Sonntagabend zusammen essen gehen wollten, anstatt sich nachmittags in der Firma zu treffen, war Kenly im ersten Moment sprachlos.

»Essen gehen?«

»Ich nehme doch an, dass Sie ab und zu etwas zu sich nehmen«, versetzte er.

Und so gingen sie miteinander essen. Ross kam mit seiner Aktentasche. Kenly brachte ein paar Hefter mit. Alles landete auf dem leeren Stuhl an ihrem Tisch und wurde vergessen. Hätte man Kenly gefragt, in welchem Restaurant sie gewesen waren, so hätte sie erst überlegen müssen, weil sie einzig auf das Zusammensein mit Ross konzentriert war. Ihre Gespräche bewegten sich von ernsten Themen (dem Tod ihrer Eltern und dem langen Kampf seines Vaters gegen den Krebs) zu heiteren (ihrer Leidenschaft für die Malerei und seiner für Hockey und die Chicago Black Hawks), und als sie das Restaurant verließen, deponierten sie ihre Sachen in seinem Wagen, holten sich jeder einen Becher Kaffee zum Mitnehmen und machten einen langen Spaziergang.

Ross erzählte ihr, dass er am Stadtrand im ehemaligen Haus seiner Eltern in Barrington Hills lebte. Seine Mutter war nach dem Tod seines Vaters vor drei Jahren nach Springfield gezogen. Ross hatte eine ältere Schwester, die verheiratet war und zwei Söhne hatte, beide begeisterte Hockeyspieler. Die Familie lebte in La Grange, und er versuchte, so oft wie möglich hinauszufahren, um sich die Spiele der Jungen anzusehen. Wenn er nicht mit seiner Familie oder mit Freunden zusammen war, arbeitete er. Er sei ein regelrechter Workaholic, sagte er.

Als er Kenly zu Hause absetzte, war es schon spät, und in den letzten Minuten hatte sich zwischen ihnen eine gewisse Befangenheit ausgebreitet. Kenly löste ihren Sicherheitsgurt, und als sich Ross hinüberbeugte, um ihr die Tür zu öffnen, streifte sein Arm leicht ihren Körper.

»Gute Nacht, Kenly.«

»Gute Nacht. Und vielen Dank für die Einladung.«

Als Ross davonfuhr, beschloss er, sich Kenly ein für alle Mal aus dem Kopf zu schlagen. Doch ein Hauch ihres Parfums schwebte durch die Luft, und als er ihren Pulli auf dem Rücksitz liegen sah, wusste er, dass es noch keinen Sinn hatte, sie sich aus dem Kopf zu schlagen.

Solch eine Beziehung hat auf die Dauer keine Chance, sagte sich Kenly, während sie in ihr Bett kroch. Er ist acht Jahre älter, und ich würde ihn zu Tode langweilen. Aber kurz bevor sie einschlief, entwickelte sich die Beziehung in ihrer Fantasie gerade ganz prächtig.

Wenn sie zusammen arbeiteten, sprang Ross oft auf und ging im Zimmer hin und her, oder er stellte sich hinter Kenly, um sich leicht vornübergebeugt die Daten auf dem Bildschirm anzusehen. Immer wenn das eine oder andere geschah, war es Kenly unmöglich, sich normal zu verhalten.

Ich bin völlig verrückt geworden, dachte sie eines Morgens, als sie vor dem Waschbecken stand und sich abtrocknete. Ich denke nur noch an Ross. An sein Lächeln. Seine Stimme, sein Lachen. Wie sein Hemd über der Brust spannt. Ich benehme mich wie die letzte Idiotin.

Lexie klopfte an die Badezimmertür. »Brauchst du noch lange?«

Kenly öffnete ihr. »Morgen«, brummte sie und drückte Lexie auf dem Weg hinaus ein nasses Stück Seife in die Hand.

Lexie nahm es mit einem gewissen Ekel entgegen. »Mann, die gute Kenly hat's vielleicht erwischt«, murmelte sie und lächelte.

Als sie am folgenden Sonntag im Aufzug nach unten fuhren, um etwas zu Mittag zu essen, stellte sich Kenly vor, wie es wäre, wenn der Aufzug stecken bliebe.

Ross, der gerade irgendetwas erklärte, brach mitten im Satz ab. »Was ist denn?«

»Gar nichts.«

»Warum grinsen Sie dann so?«

Die Aufzugtür öffnete sich, und Kenly trat mit einem Schulterzucken aus der Kabine. »Ich hab mich nur gerade gefragt, wie lange es dauern würde, bis jemand kommt, wenn der Aufzug hängen bliebe.« Ganz sicher war sie nicht, aber sie glaubte, ein Lächeln um seinen Mund spielen zu sehen.

»Eine ganze Weile, vermute ich.«

»Wo wollen wir essen?«, fragte sie mit einem Blick auf ihre Uhr.

Sie entschieden sich für ein Delikatessengeschäft mit Stehimbiss in der Nähe, aber dann meldete sich sein Piepser, und sie mussten das nächste öffentliche Telefon suchen, damit er seinen Partner anrufen konnte. Kenly wartete draußen, während er sprach. Es war ein kurzes Gespräch, aber das, was sie mitbekam, verursachte ihr einen Stich.

»... ist ja großartig. Wenn sie nächste Woche hier sind, dann versuch doch mal festzustellen, ob wir nicht eine Präsentation machen können. – Ja, klar, am Wochenende wäre auch in Ordnung, wenn's nicht anders geht, nur am Sonntag nicht, da bin ich mit jemandem auf dem Boot und nicht verfügbar.«

Danach verabschiedete er sich und legte auf, nahm Kenly beim Ellbogen, und sie gingen zusammen zu dem Stehimbiss zurück. Kenly zog die Tür auf und trat ein, aber aller Appetit war ihr vergangen. Gleich wird er unser Treffen am Sonntag absagen, dachte sie und wurde rot vor Verlegenheit bei der Erinnerung an ihre Bemerkung im Aufzug. Ist doch klar, dass er eine Freundin hat. Warum auch nicht?

Ein rundlicher kleiner Mann hinter der Theke begrüßte Ross mit einem Händedruck. Kenly entfernte sich ein wenig und musterte die Wurstplatten und kleinen Mittagsgerichte in der Glasvitrine, aber in Gedanken war sie ganz woanders. Die Vorstellung, dass er eine Freundin hatte, machte ihr viel mehr zu schaffen, als sie sich eingestehen wollte.

Dann stand er plötzlich hinter ihr und neigte sich über ihre Schulter, bis sie das Gefühl hatte, nicht mehr atmen zu können. Sie überraschte ihn mit dem Vorschlag, einfach ein paar Sandwiches mit ins Büro zu nehmen.

»Ist Ihnen das wirklich recht?«

Obwohl Kenly keinen logischen Grund hatte, ärgerlich zu sein, kostete es sie Mühe, ihre Gereiztheit zu unterdrücken. »Ich muss heute früher gehen. Wenn Sie also nichts dagegen haben ...«

Auf dem Weg zurück zur Firma ging sie mit ausdrucksloser Miene neben Ross her, während sie darüber sprachen, wie ihr Unternehmensmodell sich entwickelte. Im Haus folgte er ihr in den Aufzug und drückte den Knopf neben der Dreiundzwanzig. Kenly tat so, als suche sie dringend etwas in ihrer Handtasche. Wenn nur diese blöde Aufzugfahrt bald vorbei ist, dachte sie.

Ross lehnte sich an den Handlauf und verschränkte die Arme, ohne den Blick von ihr zu wenden.

Ein paar Sekunden später kam der Aufzug mit einem gewaltigen Ruck zum Stillstand. Kenly flog durch die Kabine und griff hilflos nach dem Handlauf. Sie wandte den Kopf, und als ihr klar wurde, dass Ross die Notbremse betätigt hatte, starrte sie ihn entgeistert an.

Er richtete sich auf. »Mal sehen, wie lange es tatsächlich dauert, bis jemand kommt.« Er legte eine Hand auf die ihre und streichelte mit dem Daumen in kleinen Kreisen ihr Handgelenk.

»Ich bin mir nicht sicher, was da zwischen uns passiert«, fuhr er dann leise und dicht an ihrem Ohr fort, »aber vielleicht sollten wir versuchen, es in Erfahrung zu bringen.«

Kenly spürte seine Wärme an ihrem Körper, und ihr Puls ging mit jedem Atemzug schneller. Als er sachte ihren Hals küsste und von hinten die Arme um sie legte, hinderte sie ihn nicht daran. Sie wollte so gern von ihm berührt werden …

Sein Lippen streichelten ihre Haut, wanderten ihren Hals aufwärts zu ihrem Gesicht. Sie schloss die Augen. Es war wunderbar, ihm so nahe zu sein. Sie drehte sich um. Seine Finger berührten kitzelnd die bloße Haut ihres Nackens und glitten dann langsam an ihren Armen abwärts, sanft wie ein Hauch war der flüchtige Kontakt mit ihren Brüsten. Zitternd begann sie sein

Hemd aus der Jeans zu ziehen. Als sie es geschafft hatte, schob sie ihre Hände darunter.

Als sie seinen Gürtel öffnete, holte er hastig Luft. Zärtlich schob sie ihre Finger unter den Bund seiner Boxershorts und ließ sie über die straffe Haut seines Bauches gleiten. Ross schloss eine Hand um Kenlys Nacken und zog sie ungestüm an sich. Gerade als er den Reißverschluss ihrer Jeans aufzog, meldete sich eine laute Stimme über die Sprechanlage.

»Hier ist der Sicherheitsdienst! Alles in Ordnung da oben?«

Erschrocken fuhren Ross und Kenly auseinander. Ross strich sich mit beiden Händen über das Haar und atmete tief durch. Dann drehte er sich um und drückte auf den Notrufknopf. »Ja, danke, alles in Ordnung.«

Kenly biss sich auf die Lippe und knöpfte ihre Bluse zu. Ihre Sinne, ihr ganzer Körper mochte sich nicht damit abfinden, dass die zärtlichen Berührungen so plötzlich unterbrochen worden waren.

Der Aufzug setzte sich mit einem Ruck wieder in Bewegung, und als sich wenige Sekunden später die Tür öffnete, tippte Ross Kenly lächelnd mit einem Finger auf die Nasenspitze und sagte: »Vergiss nicht, am nächsten Sonntag warme Sachen mitzubringen. Auf meinem Boot wird's kalt, wenn die Sonne untergegangen ist.«

Am Mittwochabend rief er an, um die Bootsfahrt abzusagen. Kenly war enttäuscht, doch sie versuchte, sich nichts anmerken zu lassen.

»Es tut mir Leid, Kenly. Es geht einfach nicht anders, diese Kunden sind sehr wichtig. Sie haben nur am Sonntag Zeit für unsere Präsentation, da bleibt mir leider keine Wahl.«

»Kein Problem, wirklich nicht.«

»Du kannst gern vorbeikommen, wenn du Lust hast. Es dauert nur ungefähr eine halbe Stunde.«

»Ich glaube, das lasse ich lieber«, antwortete sie und fügte lächelnd hinzu: »Ich möchte dich doch nicht ablenken.«

Ross lachte. »Du bist zwar eine sehr gefährliche Frau, aber wenn ich bei der Arbeit bin, kann nichts mich ablenken.«

»Tatsächlich?«

»Oh ja. Hör zu, wollen wir nicht wenigstens Sonntagabend zusammen essen? Ich weiß ein passendes Lokal.«

»Welches denn?«, fragte sie.

»Das ist eine Überraschung.«

»Und sie wird mir gefallen?«

»Du wirst begeistert sein.«

Es war zwei Uhr am Sonntagnachmittag, als der Aufzug in der dreiundzwanzigsten Etage hielt und Kenly ausstieg. Sie trug eine blaue Seidenbluse, tief ausgeschnitten, aber nicht *zu* tief, und dazu einen langen schmalen Rock mit Schlitz, der etwas Bein zeigte, aber nicht so viel, dass es unpassend gewesen wäre.

»Wohin gehen wir denn zum Essen, wenn du hier fertig bist?«, fragte sie Ross von der geöffneten Tür zu seinem Büro aus.

Er sah überrascht auf. »Ich dachte, du kommst nicht.«

Kenly lächelte. Sie schloss die Tür und ging ans Fenster, um auf die Stadt hinauszuschauen. »Ich hab's mir anders überlegt. Ist das okay?«

Er lachte sie an, unverkennbar erfreut, sie zu sehen. »Das ist sogar sehr schön!«

Kenly kam näher. Ihre Blicke trafen sich kurz, dann setzte sie sich in einen Sessel und schlug die Beine übereinander. Der Rock fiel über ihren langen, gebräunten Beinen auseinander, aber sie zog ihn nicht zusammen, sondern sagte nur lächelnd: »Ich hoffe, deine Präsentation wird ein Erfolg.«

Ross kniff einen Moment lang die Augen zusammen, dann nickte er verstehend und lachte. »Kenly, es wird dir nicht gelingen, mich abzulenken.«

Sie zog die Stirn kraus. »Wer hat denn gesagt, dass ich das vorhabe?«

Ross stand auf und ging zur Tür. »Als ich sagte, dass du mich nicht ablenken kannst, war das nicht als Herausforderung gemeint.«

»Ross?«

Er wandte sich erwartungsvoll um.

»Ich wollte dir nur viel Erfolg wünschen. Sonst nichts.« Aber als sie an ihm vorbeiging, spürte sie seinen forschenden Blick. »Ich hol mir einen Kaffee und warte dann im Konferenzraum.«

Ross schüttelte den Kopf. Er war überzeugt gewesen, sie richtig verstanden zu haben, aber jetzt bezweifelte er es. Nachdenklich sah er ihr nach, voller Bewunderung für ihren schönen Körper, dessen Konturen sich unter Rock und Bluse abzeichneten. Sie sah gut aus, ihre Haltung war stolz und drückte Selbstvertrauen aus; er konnte nicht länger umhin sich einzugestehen, dass er sie unglaublich sexy fand und dass sie seine Sinne verwirrte.

Er konnte nicht genau sagen, wann er begonnen hatte, sie mit anderen Augen zu sehen. Seit einiger Zeit war es ihm jedoch unmöglich, sich in Kenlys Gegenwart normal zu verhalten, er musste ständig gegen den Impuls ankämpfen, ihren Nacken zu streicheln oder sie mitten auf den Mund zu küssen. Kenly besaß Verstand und eine rasche Auffassungsgabe, aber das Ungewöhnliche war, dass sie sich in Gegenwart des anderen so wohl fühlten. Wenn sie zusammen arbeiteten, schien es häufig, als wüsste der eine genau, was der andere gerade dachte.

Ross hatte sich bisher von seinen Freunden endlose Sticheleien über seine ›Angst vor Nähe‹ gefallen lassen müssen, weil er trotz diverser Bekanntschaften keine Frau gefunden hatte, die in ihm den Wunsch weckte, länger mit ihr zusammenzubleiben. Die Gefühle aber, die Kenly bei ihm hervorrief, überraschten ihn nicht nur, sie verwirrten ihn. Als er am vergangenen Sonntag aus dem Aufzug gestiegen war, hatte sein Partner Joel vorn am Empfangstisch gerade ein angeregtes Gespräch mit Kenly geführt, und Ross hatte sofort schlechte Laune bekommen. In der letzten Woche wiederum hatte er sich dabei ertappt, dass er zum Telefon greifen wollte, um sie anzurufen, weil ihnen ein großer Abschluss gelungen war, an dem sie lange gearbeitet hatten. In letzter Zeit sehnte er sich ständig danach, ihre Stimme zu hören, und versuchte, sich vorzustellen, wie es wäre, die Nacht mit ihr zu verbringen – morgens an ihrer Seite zu erwachen, sie lachen zu hören, in ihren Augen den Übermut blitzen zu sehen.

Joel rief durch den Korridor: »Wir warten auf dich, Ross!«

»Ich komme sofort!«, rief er zurück und richtete seine Gedanken auf die vor ihm liegende Aufgabe.

11

Die Präsentation wurde ein Erfolg. Es waren drei Mitglieder der Geschäftsleitung jenes Unternehmens anwesend, dem Ross ein Dienstleistungspaket verkaufen wollte. Mit Carl Slater, dem Präsidenten der Firma Shuster Manufacturing, hatten Ross und Joel über einen Monat lang zusammengearbeitet und nach einer genauen Analyse der Bedürfnisse des Unternehmens das Angebot zusammengestellt, das sie nun präsentierten. Ross stellte Kenly vor und erklärte, dass sie im Rahmen des Trainee-Programms, das ComTech anbot, als Beobachterin anwesend war.

Ross gab sich locker und entspannt. Allen Anwesenden wurde klar, dass Shuster Manufacturing in Bezug auf die fixen Kosten kaum Handlungsspielraum besaß, dass sich die Personalausbildungskosten jedoch um bis zu zwanzig Prozent senken ließen, wenn man sich entschließen konnte, die Personalschulung außerbetrieblich von ComTech durchführen zu lassen.

»Die Zahlen sind beeindruckend«, sagte Carl Slater, als Ross zum Ende gekommen war. »Und wirtschaftlich gesehen ist Ihr Vorschlag absolut sinnvoll. Aber wichtig ist auch das Timing, das ist eine Frage, die noch geklärt werden muss. Wenn wir die Schulung tatsächlich außerbetrieblich durchführen lassen, bedeutet das Entlassungen im ganzen Mittleren Westen, und so etwas muss man sehr sorgfältig überlegen.«

An der offenen Aufzugtür blieb Carl Slater noch einmal stehen und schüttelte Ross die Hand. »Geben Sie uns eine Woche. Wir werden sehen, was sich tun lässt.«

Nachdem sich die Lifttür geschlossen hatte, wandte sich Kenly Ross zu. »Spielt es eine Rolle, für wen Shusters Leute arbeiten?«

Er sah sie erstaunt an. »Wie meinst du das?«

»Kann sein, dass das so nicht funktioniert«, sagte sie und spürte, wie ihr heiß wurde, »aber wenn Entlassungen das Problem sind, könnte dann ComTech nicht einfach im Rahmen des Outsourcings die Leute von Shuster anheuern? Ich bin sicher, die Vorteile für beide Unternehmen würden die Nachteile überwiegen. Besonders, wenn ihr dann die Leute von Shuster auch für andere ComTech Projekte einsetzen könnt.«

Joel sah Ross an und schlug ihm lachend auf den Rücken. »Sie hat Recht. Wenn sich die Medien über die Entlassungen aufregen sollten, bekommt die Sache auf diese Weise eine positive Wendung. Außerdem hätten wir den Vorteil, dass die Leute von Shuster bereits über betriebsinterne Erfahrung verfügen.«

Ross lächelte, den Blick auf Kenly gerichtet. »Okay. Wir rufen da morgen an und ergänzen unser Angebot entsprechend.«

Ross nickte Joel zu, nahm Kenly beim Ellbogen und führte sie durch den Korridor zu seinem Büro.

»Die Präsentation war toll«, sagte sie, ihn verstohlen beobachtend.

Er warf eine Akte auf seinen Schreibtisch. »Hatte ich versprochen, dich zum Abendessen einzuladen?«

Sie setzte sich in einen Sessel und versuchte, seine

Stimmung zu erfassen. »Ja, aber das war, bevor ich meine Nase in deine Angelegenheiten gesteckt habe, und noch dazu vor Joel, wenn du jetzt also lieber einen Rückzieher machen möchtest …«

»Einen Rückzieher?« Er kam um seinen Schreibtisch herum. »Nie im Leben. Das Versprechen gilt, und für deine Einmischung in meine Geschäfte werde ich mich später revanchieren.«

Er begann damit schon auf der Fahrt aus der Stadt, indem er ihr eine Rose überreichte und dann die malerische und gemächlichere Route nahm, die am Lakeshore Drive entlang nach Barrington führte. Am Lighthouse Beach hielten sie kurz an, und Ross zeigte Kenly einen Platz, den er als Kind mit seinem Vater oft aufgesucht hatte. Kenly hatte noch immer keine Ahnung, wohin ihr Weg sie führte, und als sie fragte, schüttelte Ross nur den Kopf.

»Du weißt doch, es soll eine Überraschung werden.«

Erst als er den Wagen in der Einfahrt einer Villa anhielt, verriet er ihr, was er geplant hatte: ein Abendessen zu zweit in seinem Haus. Er sperrte die Tür auf, und als sie eintraten, sah Kenly, dass draußen auf der Terrasse im Schein einer Laterne schon der gedeckte Tisch auf sie wartete. Ross erzählte ihr, dass das Haus zwanzig Jahre alt sei und mit sechs Zimmern relativ klein. Der Garten jedoch grenzte mit seinen alten Eichen direkt an einen See. Das Grundstück war so groß, dass man das Gefühl hatte, draußen auf dem Land zu sein und nicht in einem Vorort von Chicago.

Ross warf sein Jackett über einen Sessel und ging in die Küche. »Mach's dir bequem«, sagte er. »Ich schaue schnell mal nach dem Essen, dann hole ich uns was zu trinken.«

Kenly sah sich um. Die Einrichtung war schlicht. Ross' Geschmack gefiel ihr. Einige ausgesuchte Möbel zogen den Blick auf sich. Der Holzboden war nackt bis auf einen Teppich vor dem offenen Kamin. Ein Sofa und Sessel in weichem Rindsleder, die U-förmig um den Kamin gruppiert waren, luden ein, sich niederzulassen. Und genau das tat sie, streifte ihre Schuhe ab, lehnte sich behaglich zurück und dachte gerade, wie angenehm es wäre, jetzt Feuer zu machen, als Ross mit einer Flasche gekühltem Weißwein und zwei Gläsern ins Zimmer kam.

»Du hast gesagt, es würde mir gefallen«, bemerkte sie. »So weit, so gut.«

»Ich habe gesagt, du würdest begeistert sein«, entgegnete er. »Und das wirst du auch.«

»Heißt das, es kommt noch mehr?«

»Du hast noch nichts zu essen bekommen«, erklärte er, während er Wein in die Gläser goss und ihr eines reichte. »Heb dir dein Urteil für nach dem Essen auf.«

Sie lächelte. »Einverstanden.«

Er nahm ein paar Birkenscheite aus dem Holzkasten und stapelte sie im Kamin. Als das Feuer brannte, legte er eine Van-Morrison-Platte auf und sah dann auf die Uhr.

»Das Essen ist in zehn Minuten fertig.«

»Und du hast gekocht?«

Er schüttelte lachend den Kopf. »Wofür hältst du mich? Wenn ich selbst gekocht hätte, würdest du schnellstens die Flucht ergreifen. Nein, mein Nachbar ist Koch in einem Restaurant, und ich hab ihn mit vielen guten Worten dazu überredet, mir ein bisschen zur Hand zu gehen.«

»Willst du mich beeindrucken?«

»Nein, ich will nur sicher sein, dass ich dich nicht vergifte.«

Das Essen war ein Hochgenuss: zuerst Hummercremesuppe und danach auf Mangos gegrillter Lachs mit frischem Spargel. Es war schön, im Freien zu sitzen, selbst als es irgendwann während des Essens leicht zu regnen begann. Die Terrasse war überdacht, sie bekamen nur ein paar wenige Tropfen ab, als der Wind etwas auffrischte.

Sie erfuhren viel voneinander an diesem Abend, auch, dass sie beide zu schnell erwachsen werden mussten und deshalb zu Einzelgängern geworden waren. Kenly wusste schon, dass Ross' Vater an Krebs gestorben war, aber sie hatte bis dahin nicht gewusst, dass er ein Mensch gewesen war, der zu Extremen neigte.

»Bei meinem Vater gab es nur Schwarz oder Weiß«, erzählte Ross, »niemals ein Mittelmaß. Er war entweder der Charme in Person oder er tobte dermaßen, dass wir alle nur noch davonlaufen und uns verstecken konnten. Das Schlimmste war, dass man nie im Voraus wusste, in welcher Stimmung er sich befinden würde oder was den nächsten Wutanfall auslösen mochte.«

»Das muss ja schrecklich für euch gewesen sein«, sagte Kenly.

»Ja, das war es auch. Manchmal hat er meine Mutter sogar geschlagen. Mit mir hat sie darüber nie gesprochen, aber ich weiß, dass sie ein paarmal mit meiner Schwester Leanne geredet hat.«

»Hat er dich auch geschlagen?«

Ross zögerte, dann ergriff er einen Teller und begann, den Tisch abzudecken. »Ein- oder zweimal.«

Kenly stand auf, um ihm zu helfen. Sie spürte, dass er nicht weiter darüber sprechen wollte. Eine leichte Befangenheit lag plötzlich wieder zwischen ihnen.

»Mein Vater war ein verkappter Alkoholiker«, vertraute sie ihm an, während sie das Geschirr in der Küche auf der Arbeitsplatte stapelte. »Und deshalb hat er jede Anstellung in einer Schule gleich wieder verloren. Wir sind ständig umgezogen, von einem Ort zum nächsten.«

Ross lachte leise. »Tja, wir haben wohl beide eine ziemlich üble Kindheit gehabt.«

»Mit einigen gemeinsamen Merkmalen, nehme ich an. Zum Beispiel könnte ich mir denken, dass du auch nie Freunde nach Hause einladen wolltest …«

Er verdrehte die Augen und nickte zustimmend.

»… und dass es ganz schön schlimm für dich war, die Eltern deiner Freunde auf der Tribüne sitzen zu sehen, wenn du ein Basketballspiel hattest, und zu wissen, dass dein Vater bestimmt nicht kommen wird.«

»Moment!« Er hob die Hand. »Da kann ich dich noch übertrumpfen. Mein Vater war der Ansicht, dass jede sportliche Betätigung reine Zeit- und Geldverschwendung ist, deshalb durfte ich so etwas gar nicht erst versuchen.«

Kenly starrte ihn ungläubig an. »Das kann doch nicht wahr sein!«

Er nickte nur. Dann nahm er sie beim Ellbogen und führte sie ins Wohnzimmer.

Die Terrasse ging zum See hinaus, und die Aussicht war so heiter und friedlich, dass Kenly beinahe gefragt hätte, ob sie nicht noch eine Weile draußen sitzen könnten. Doch sie sagte nichts. Ross trat an den Kamin, um noch Holz nachzulegen. Sie setzten sich vor dem Feuer auf dem Teppich nieder, tranken ihren Wein und unterhielten sich nun über andere Dinge. Die Terrassentür stand offen, die frische Regenluft, die von draußen hereinwehte, war angenehm. Kenly rekelte sich behaglich. Es war ein wunderbarer Abend – das Essen, der Regen, das Feuer …

»Danke für das Abendessen«, sagte sie.

Ross neigte sich zu ihr und küsste sie. »Mach die Augen zu«, flüsterte er, und sie gehorchte.

»Vielleicht sollten wir jetzt zu Ende bringen, was wir neulich angefangen haben«, murmelte er, die Lippen leicht an ihren Hals gedrückt, während seine Hände über ihre Schultern glitten.

Sie nickte, schon gefesselt von seinen Liebkosungen. Während Ross ihre Bluse öffnete, streichelten seine Finger hauchzart ihre Haut und streiften den Stoff von ihren Schultern. Er umschloss mit einer Hand ihren Nacken und zog sie an sich, um zitternd vor Erregung ihren Körper zu erforschen. Kenly streichelte seinen Rücken und hob den Kopf, um Ross' Hals zu küssen, versuchte, ihn näher an sich zu ziehen. Doch er widerstand. Mit durchgedrückten Armen hielt er sie von sich fern, lauschte den leisen, sehnsüchtigen Lauten, die aus ihrem Mund kamen, sah, wie sie sich ihm entgegenwölbte. Sein Körper reagierte durchaus, dennoch beschränkte er sich noch darauf, mit der Zunge Kenlys Haut zu liebkosen. Erst als sie beide es nicht länger ertragen konnten, begegneten sich ihre Körper mit so großer Begierde, dass Kenly aufschrie.

Die folgende Stunde verbrachten sie in lustvoller Umarmung vor dem Feuer, und wenn Kenly einmal ihr Instinkt nicht half, lehrte Ross sie mit sanftem Drängen den Genuss an seinem Körper und ihrem eigenen.

Als sie so erschöpft waren, dass sie sich nicht länger wach halten konnten, schlief Kenly ein, den Kopf an seinem Hals, im Hintergrund die gelben Flammen des Feuers.

12

Sich mit einem Handtuch die Haare rubbelnd, kam Ross nur mit Jeans bekleidet ins Schlafzimmer und sah Kenly mit einem Blick an, als wüsste er genau, welche Wirkung er auf sie hatte. Dann gab er ihr einen Gutenmorgenkuss und schob sie ein wenig von sich, um sie zu betrachten. Kenly schaffte es nicht, unbefangen zu wirken, und zog und zupfte stattdessen verlegen an dem T-Shirt, das er ihr geliehen hatte.

»Starr mich nicht so an, das macht mich ganz nervös.«

»Du siehst gut aus, wenn du nervös bist.«

Sie gab ihm lachend einen Klaps auf die Schulter. »Ich hoffe nur, ich kann mich in Zukunft noch auf die Arbeit konzentrieren, wenn ich mit dir zusammen bin, ich brauche nämlich unbedingt eine anständige Note.«

»Denk einfach daran, dass ich käuflich bin, dann wird es ein Kinderspiel«, versetzte Ross, ihr die Haare zausend.

Dann wurde er ernst, als sei ihm plötzlich ein unangenehmer Gedanke gekommen. Ob sie die Pille nehme, fragte er.

Kenly sah ihn offen an. »Noch nicht«, antwortete sie. »Aber ich mache für heute Nachmittag einen Termin beim Arzt und besorge sie mir.«

Er nickte, sah auf seine Uhr und zog ein Hemd über. »Ich geh runter und mache Kaffee. Möchtest du welchen?«

»Gern.«

Sobald er gegangen war, wälzte Kenly sich auf die andere Seite des Bettes hinüber und griff zum Telefon, das auf dem Nachttisch stand.

Lexie meldete sich gleich beim ersten Klingeln. »Sag mal, ist dir eigentlich klar, was für Sorgen ich mir gemacht habe?«

»Oh, entschuldige, ich hätte anrufen sollen«, stotterte Kenly, die das Lachen kaum unterdrücken konnte.

»Es hätte jedenfalls nicht geschadet.«

»Tut mir Leid, Lex.« Sie zog ihr Kopfkissen näher und kuschelte sich hinein.

Einen Moment lang blieb es still, dann war im Hintergrund ein rhythmisches Klopfgeräusch zu hören, das Kenly verriet, dass Lexie sich wirklich Sorgen gemacht hatte und jetzt offenbar mit einer Zigarette in der einen Hand und der Nagelfeile in der anderen am Küchentisch saß.

»Wenn du das noch einmal tust, versohl ich dir den Hintern.«

Kenly nickte. »In Ordnung.«

»Wo bist du überhaupt?«

»Bei Ross«, flüsterte sie.

»Deinem umwerfenden Mentor?«

»Eben dem, ja.«

Lexie sagte: »Aha«, als wäre damit alles klar.

Ross fragte von unten herauf, ob sie auch Toast wolle. Kenly deckte die Sprechmuschel ab und rief: »Ja!« »Ich muss Schluss machen«, flüsterte sie dann ins Telefon. »Bis heute Abend.«

Sie legte auf und streckte sich mit wohligem Behagen im Bett aus. Sie war so glücklich wie noch nie.

In den nächsten Tagen konnte sie kaum etwas essen. Songs über Liebesglück und Liebesleid, bei denen sie früher gequält die Augen verdreht hatte, wurden jetzt mit voller Lautstärke abgehört, auch wenn Lexie noch so genervt war. In Seminaren und Vorlesungen träumte Kenly vor sich hin, und wenn zu Hause das Telefon läutete, stürzte sie sich wie eine Ertrinkende darauf. Jetzt verstand sie endlich die Dichter mit ihren rätselhaften Texten! Sie waren nicht zugekifft, wie Lexie behauptete, sie versuchten nur, die Emotionen Liebender wiederzugeben, und das war nicht einfach.

Im folgenden Monat waren Kenly und Ross so oft es ging zusammen, und wenn es nicht möglich war, telefonierten sie zumindest. Ross rief jeden Abend an, wenn er geschäftlich auf Reisen war, und für Kenly war es die Krönung des Tages, seine Stimme zu hören. Nie hatte sie bei ihm das Gefühl, sich überlegen zu müssen, was sie sagte oder wie sie es sagte oder wie er es womöglich auffassen würde. Er hörte einfach nur zu, ohne zu werten oder sie zu drängen, ihren Standpunkt zu ändern.

Es gab nichts, worüber sie nicht mit ihm sprechen konnte, aber sie mochte es auch, mit ihm zu schweigen. Wenn sie Seite an Seite arbeiteten – sie an Fallstudien und er an wirtschaftlichen Analysen –, überkam sie häufig ein tiefes Glücksgefühl. Diese Beziehung war ihr so wichtig wie lange nichts mehr, und sie war entschlossen, nichts und niemandem zu erlauben, sie zu gefährden.

Wann begann Kenly, die Realität zu leugnen? Es geschah in mehreren Phasen. Die erste begann, als eines Morgens Anfang Oktober das Klingeln des Weckers Kenly aus dem Schlaf riss. Sie streckte sich, drehte sich um und heftete den Blick auf den Kalender, der an der

Wand hing. Ross wollte über das Wochenende mit ihr wegfahren. Wir beide ganz allein, hatte er gesagt. Wann passt es dir?

Kenly schnitt eine Grimasse. In den nächsten zwei Wochen ging es gar nicht. Sie überdachte ihren Stundenplan und kam zu dem Schluss, dass der Ausflug bis zum Ende des Monats warten musste. Danach versuchte sie auszurechnen, wann ihre nächste Periode fällig war. Aber der Kalender lieferte ihr keinen Hinweis. Nirgends konnte sie das X entdecken, das sie jeden Monat bei Beginn ihrer Periode einzutragen pflegte.

Erschrocken fuhr sie in die Höhe. Alle achtundzwanzig Tage. Niemals auch nur mit einem Tag Verspätung, niemals ein Problem. Voller Entsetzen berührte sie ihre Brüste, da ihr einfiel, wie empfindlich sie seit einigen Tagen spannten. Mit einem Sprung war sie aus dem Bett.

Oh Gott, bitte nicht …

Wie benommen stand sie kurz darauf unter der Dusche und ließ das Wasser auf ihren Rücken prasseln, bis es kalt wurde. Dann trocknete sie sich ab und lief, Seminare und Vorlesungen vergessend, zur nächsten Drogerie. Wieder zu Hause setzte sie sich auf die Kante ihres ungemachten Betts und las die Gebrauchsanweisung für den Schwangerschaftstest. Schließlich versteckte sie die Schachtel mit zitternden Händen ganz hinten in der Schublade mit ihrer Unterwäsche. Sie stieß die Schublade krachend zu, ging aus dem Zimmer und schloss die Tür hinter sich.

Du siehst Gespenster, verspottete sie sich selbst. Schließlich nimmst du die Pille.

Verdrängen – das war die zweite Phase der Realitätsverleugnung. Sobald sich meine Periode einstellt, sagte sie sich, werde ich den Test aus der Schublade holen und erst einmal laut lachen, bevor ich ihn ungeöffnet in den Müll werfe. Der Test lag eine ganze Woche in der Kommode, und ihre Periode stellte sich nicht ein.

Die dritte Phase war die letzte. Sie brachte Furcht und ausgewachsene Panikattacken mit sich. Das Spannen in Kenlys Brüsten wurde schmerzhafter, und sie erwachte jetzt jeden Morgen wie gerädert. Es war so schlimm, dass sie Mühe hatte, sich in ihren Kursen wach zu halten. Als Lexie ihren Zustand bemerkte und sie drängte, zum Arzt zu gehen, meldete sich Kenly tatsächlich an und bekam genau zwei Wochen nach dem Tag, an dem sie den Schwangerschaftstest gekauft hatte, einen Termin.

Der Arzt war ein älterer Mann, sympathisch, korrekt und, zumindest nach außen, unvoreingenommen – auch als er Kenlys schlimmste Befürchtungen bestätigte und sie ihn sprachlos vor Entsetzen anstarrte. Als sie die Hände vors Gesicht schlug und unkontrolliert zu schluchzen begann, reichte er ihr eine Schachtel Kleenex und bemühte sich nach Kräften, Kenly zu trösten.

Nein, antwortete sie, es gäbe niemanden, den er für sie anrufen könne, und nein, diese Schwangerschaft sei nicht geplant gewesen. Nach einiger Zeit gewann Kenly ihre Fassung zurück und stand auf, um zu gehen. Hinter ihren Augen verspürte sie einen schmerzhaften Druck vom vielen Weinen, und ihr Gesicht war rot und verschwollen.

Die nächste Woche war die Hölle. Kenly hatte Weinkrämpfe, die sie niemandem erklären konnte, und flüchtete sich wann immer möglich in den Schlaf. Die Gewissheit, dass sie schwanger war, ließ sie sogar an einen Abbruch denken. Doch dann kam ihr ihre Mutter in den Sinn, und ihr fiel das Gespräch zwischen ihrem Vater und ihrer Großmutter wieder ein, in dem er gesagt hatte, er habe sie, Kenly, nie gewollt. Und da wusste sie, dass sie niemals zu einem Schwangerschaftsabbruch fähig wäre. Sie trug die Verantwortung für das Kind, das in ihr wuchs, und ganz gleich, aus welcher Perspektive sie es betrachtete, sie würde ihr Leben sehr bald völlig umkrempeln müssen.

»Ross, ich muss mit dir reden.«

Sie saßen im Auto vor einer Pizzeria in der Noyes Street, nicht weit von der Uni entfernt. Aber ans Essen dachte Kenly jetzt nicht.

Er drehte sich zur Seite, um sie anzusehen. »Was ist denn?«

Sie schluckte und hielt den Blick starr auf einen Punkt am Armaturenbrett gerichtet. »Ich – ich weiß nicht, wie ich es sagen soll … Du weißt doch, dass ich neulich beim Arzt war? Also – es ist so …« Kenly holte tief Luft. »Ich bin schwanger.«

Das Gesagte hing zwischen ihnen, und als Kenly aufblickte, sah sie, dass er blass geworden war.

»Nicht gerade eine freudige Nachricht, oder?«, sagte sie mit bebender Stimme. Und dann war es mit ihrer Selbstbeherrschung auch schon vorbei. Sie ließ sich gegen die Tür sinken und begann zu weinen. Da stand sie nun endlich auf eigenen Füßen, hatte ihren Traummann gefunden, und prompt wurde sie schwanger. So etwas konnte auch nur ihr passieren.

Einige Minuten lang sprachen sie beide nicht. Dann zog Ross Kenly an sich und senkte sein Kinn auf ihr Haar, worauf sie noch heftiger weinen musste. »Komm, gehen wir was essen«, sagte er. »Und dann reden wir.«

Sie brachte es nicht fertig, ihn anzusehen. Ungeschickt wischte sie sich über das Gesicht, zog ihren Pulli gerade und stieg aus dem Wagen, unendlich erleichtert darüber, dass er nicht einfach losgefahren war und sie hier stehen gelassen hatte. Sie hatte schließlich eine Weile Zeit gehabt, sich an den Gedanken zu gewöhnen – ihn mussten die Neuigkeiten wie eine kalte Dusche getroffen haben.

Im Restaurant angekommen, hängte Ross seine Jacke über eine Stuhllehne und setzte sich. »Alles in Ordnung?«

»Nein.«

Er nickte, bestellte dann für sie beide etwas zu trinken, während Kenly, froh, sich an etwas festhalten zu können, die Speisekarte las.

»Ich werde dieses Kind bekommen.« Ihre Worte klangen kläglich piepsend, obwohl sie resolut die Schultern straffte.

Ross ließ einen Finger auf dem Rand seines Wasserglases kreisen. »Und was wird aus deinem Studium?«

»Das schaffe ich schon. Nach der Geburt des Kindes besuche ich einfach weniger Seminare. Die Studiengebühren werden aus der Lebensversicherung meines Vaters bezahlt, und meine Großmutter hat genug Geld zurückgelegt, um mehrere Jahre lang meine Miete übernehmen zu können. Ich brauche also nicht zu arbeiten.« Sie klappte die Speisekarte zu. »Und mach den Abschluss eben in fünf statt in vier Jahren.«

Er lehnte sich zurück und verschränkte die Arme. »Leicht wird das Ganze trotzdem nicht werden.«

»Natürlich nicht, aber ich kann und will das Studium nicht abbrechen.«

Ross nickte und trank einen Schluck Kaffee. »Die Sache wird einiges ändern«, stellte er dann fest.

Kenly hatte erwartet, dass er so etwas sagen würde, und doch wurde ihr erst jetzt, da sie es hörte, klar, dass sie als Folge ihrer Entscheidung, das Kind zu bekommen, vielleicht Ross würde aufgeben müssen. Indem ich die eine Tür öffne, schließe ich womöglich eine andere, dachte sie traurig.

Die Pizza kam, doch sie hatten beide keinen Appetit. Kenly versuchte in der folgenden Stunde ganz bewusst, Distanz zwischen ihnen zu schaffen, einerseits, um sich selbst zu schützen, andererseits aber auch, um bei Ross auf keinen Fall das Gefühl hervorzurufen, sie wolle ihn in irgendeiner Weise unter Druck setzen. Auf der Heimfahrt sprachen sie nicht viel, und als Ross vor ihrem Haus hielt, stieg Kenly aus, bevor er etwas sagen konnte. Sie neigte sich noch einmal zur Tür hinein und drückte seine Hand. »Wir reden später weiter.«

»Warte, Kenly –«

»Wir reden später, Ross«, wiederholte sie, ihm ins Wort fallend, und schlug die Tür zu.

Sie war schon in der Wohnung und hängte ihre Jacke auf, als sie seinen Wagen abfahren hörte. Ohne sich auszuziehen kroch sie ins Bett, zog die Knie bis zur Brust hoch und fühlte, wie das düstere Grau des Himmels in ihr Inneres hineinsickerte.

Wie soll ich das mit einem Kind schaffen?, fragte sie sich, das Hirn zum Bersten gefüllt mit Gedanken an die Zukunft und die Veränderungen, die auf sie zukamen.

13

Lexie wurde blass. Sie kramte in ihrer Handtasche nach Zigaretten, zündete sich eine an und nahm einen tiefen Zug, während sie in der Küche hin und her lief. »Du bekommst ein *Kind*?«

»Nun, ich glaube nicht, dass es ein Hund wird.«

»Mein Gott, Kenly! Und was willst du jetzt tun?«

»Es irgendwann zur Welt bringen.« Kenly nahm ein Geschirrtuch zur Hand und begann abzutrocknen.

»Was sagt Ross dazu?« Lexie warf ihr im Vorübergehen einen scharfen Blick zu, schaute dann erschrocken auf ihre Zigarette, drückte sie hastig aus und wedelte mit beiden Händen, um den Qualm zu vertreiben.

»Was gibt's da groß zu sagen? Ich bin schwanger und ich werde das Kind zur Welt bringen.«

Lexie blieb abrupt stehen. »Er *will* das Kind nicht?«

Ohne zu antworten ging Kenly ins Wohnzimmer und setzte sich aufs Sofa.

Lexie folgte ihr. »Im Ernst, Kenly, glaubst du, er lässt dich allein damit?«

»Ganz sicher veranstaltet er gerade kein Freudenfest«, sagte Kenly trocken. »Aber ich werde dieses Kind auf jeden Fall bekommen.«

Lexie nickte. «Okay. Wir haben hier genug Platz, es ist also kein Problem.«

Kenly gab ihrem Bein mit ausgestrecktem Fuß einen leichten Stups. »Danke.«

Lexie stand auf und zog ihr großes T-Shirt mit einem energischen Ruck über die Oberschenkel hinunter, offenbar bemüht, keine Sentimentalität aufkommen zu lassen. Doch der Ausdruck in ihren Augen verriet Kenly, dass sie bereits eifrig überlegte, wie sie beide die Situation gemeinsam anpacken würden.

»Lexie? Lass uns die Sache in Ruhe angehen, ja? Wir haben Zeit.«

»Na klar«, gab sie zurück, aber als sie in ihre Jacke schlüpfte und sich auf den Weg zu ihrem Abendkurs machte, bemerkte Kenly eine neue Beschwingtheit in Lexies Schritt und etwas wie Unternehmungslust in ihrem Gesicht.

Ross hatte in den vergangenen drei Tagen zwei Nachrichten hinterlassen, deshalb griff Kenly, sobald Lexie weg war, zum Telefon und rief bei ihm an. Sie hoffte beinahe, der Anrufbeantworter würde sich melden.

Aber Ross war schon beim zweiten Klingeln selbst am Apparat. »Hallo?«

»Ich bin's«, sagte Kenly beiläufig, als handele es sich um einen ganz gewöhnlichen Anruf.

Er schien erleichtert zu sein, von ihr zu hören. »Okay, ich verzeihe dir.«

Kenly biss sich auf die Lippe. »Was denn?«

»Dass du nicht gleich zurückgerufen hast.«

»Ich – ich brauchte einfach ein bisschen Raum zum Atmen.«

»Komisch, ich hatte bisher nicht den Eindruck, dass ich dir die Luft nehme.«

»Nein, das tust du auch nicht.«

»Hör mal, Kenly, das Ganze ist nicht nur dein Problem, sondern auch meines.«

Sie nickte.

»Schließ mich also nicht aus.«

»Du hast ja Recht«, sagte sie, das Telefonkabel um einen Arm drehend, »aber ich möchte nicht, dass du unsere Beziehung weiterführst, weil du dich verpflichtet –«

»Kenly«, unterbrach er sie ärgerlich. »Ich denke seit Tagen an kaum etwas anderes, deshalb hör mir jetzt bitte mal zu.«

Sie setzte sich auf die Couch und versuchte, ruhig zu bleiben. »Okay.«

Ross' Stimme wurde weich. »Ich hab mich noch nie in Gegenwart eines anderen Menschen so gefühlt wie mit dir. Zum ersten Mal in meinem Leben habe ich das Gefühl, dass ich durch einen anderen ergänzt werde und dadurch bei mir etwas entsteht, was ich noch nicht kannte – und was ich nicht mehr missen möchte. Ich rechne ständig damit, dass dieses Gefühl vergeht, aber das tut es nicht. Nichts zählt, außer meiner Sehnsucht nach dir.« Er schwieg für einen kurzen Moment. »Kenly, ich kann dir nicht versprechen, dass alles gut wird, aber ich will alles dafür tun, um es zu versuchen.«

Kenly presste eine Hand auf den Mund, unfähig etwas zu sagen.

»Kenly?«

»Mhm.«

»Ich muss dich unbedingt sehen.«

Halb lachend, halb weinend stimmte sie zu. In weniger als einer Stunde war er da.

Kenly wollte die Gelegenheit nutzen, um mit Ross über die Situation zu sprechen, aber er ließ kein ernsthaftes Gespräch zu. Er legte ihr behutsam die Hand auf den Mund und küsste ihr Gesicht. Mit einem spielerischen Puff gegen seine Schulter stieß sie ihn weg und erklärte, sie müssten wirklich miteinander reden. Doch er schüttelte den Kopf, sagte: »Das kann warten«, und hob sie mit einer Leichtigkeit in seine Arme, als wäre sie eine Feder.

»Ross, es ist mir ernst«, beharrte sie, als er sie in ihr Zimmer trug.

Aber er ließ sie wortlos aufs Bett hinunter und schloss die Tür. Nachdem er sich auf einen Ellbogen gestützt neben ihr ausgestreckt hatte, strich er ihr mit einem Finger über den Nasenrücken und lächelte. Entschlossen, ihn zur Aufmerksamkeit zu zwingen, setzte sich Kenly auf und packte ihn bei den Schultern.

Er lachte und warf sie auf den Rücken. »Hey, du bist unwiderstehlich, wenn du energisch wirst.«

Sie sah zu ihm hinauf, und es war mit ihrer Entschlossenheit vorbei. In diesem Moment wusste sie mit Sicherheit, dass sie ihn liebte, und es dauerte nur Minuten, bis sie sich ganz seinen Zärtlichkeiten überließ und alles um sie herum versank. Wir reden morgen, nahm sie sich vor.

Eine Stunde später schüttelte sie ihr Kissen auf und drehte sich auf die Seite. Ross kuschelte sich erschöpft an sie. »Gute Nacht, Kleine«, flüsterte er dicht an ihrem Ohr. Sie strich ihm leicht übers Gesicht, streckte sich und schmiegte sich wieder an ihn. Die Gedanken an das Kind schob sie weg.

Das Licht der spätherbstlichen Morgensonne strömte schon zum Fenster herein, als sie erwachte. Ross' Platz war leer, aber auf dem Kopfkissen lag neben einem Bananen-Nuss-Muffin in Zellophan ein Zettel: »Ernähr dich gesund! Ich bin in vier Tagen wieder da. Ich muss nach Atlanta, aber ich ruf dich heute Abend an. – Kuss, Ross.«

Kenly zog sich glücklich die Decke über den Kopf. Dennoch konnte sie die Sorge, wie sich ein Kind auf ihre Beziehung auswirken würde, nicht gänzlich beiseite drängen.

Als Kenly am Samstagnachmittag müde den Gehweg heraufkam, flog die Tür ihrer Souterrainwohnung auf.

»Du bist aber früh dran!«, rief Lexie ihr lächelnd entgegen.

»Ja, stimmt.« Kenly nahm ihre Sonnenbrille ab und wies dann auf den RX-7, der vor dem Haus stand. »Ist Ross hier?«

Seine Wagenschlüssel in der Hand schwenkend, lief Lexie vergnügt zum Auto. »Richtig. Er ist hier, und ich bin gleich weg.« Sie stieg ein, winkte noch einmal und fuhr davon. Kenly blieb für einen Moment mit schräg gelegtem Kopf stehen, dann ging sie ins Haus.

»Hallo! Wie geht's dir?«, fragte Ross, aus der Küche kommend.

»Ganz gut. Und wie war deine Reise?«

Er trat hinter sie und begann, ihren Nacken zu massieren. »Bestens.«

Sie drehte sich um und hob abwehrend die Hände. »Ross, wir müssen wirklich miteinander reden.«

Er nickte. »Okay, aber erst essen wir, ja?«

Kenly stöhnte.

»Ach, komm schon.«

»Meinetwegen, aber dann wird geredet.«

Er nahm sie beim Arm und lotste sie durch den Korridor zum Badezimmer, wo ein heißes Bad auf sie wartete.

»Du bist wirklich verrückt«, sagte sie lachend.

»Lass dir ruhig Zeit. Ich muss noch ein paar Anrufe erledigen, und wenn du fertig bist, essen wir. Danach können wir reden, so lange du willst.«

Kenly kleidete sich aus und ließ sich ins warme Wasser gleiten, das weich ihren Körper einhüllte und die Spannungen löste, die sie den ganzen Tag nicht losgeworden war. Sie seifte ihre Beine ein, und als sie mit der Hand über ihren Bauch strich, dachte sie darüber nach, wie rasch sich ihr Körper jetzt verändern würde. Es war, als dehne sie sich von innen her aus, und gleichzeitig hatte in den letzten Tagen plötzlich eine Ruhe von ihr Besitz ergriffen, die sie sich nicht erklären konnte – ein Gefühl der Geborgenheit und des Friedens, wann immer sie an das Kind in ihrem Leib dachte.

Das Wasser war schon beinahe kalt, als Kenly aus der Wanne stieg. Sie trocknete sich ab und zog Jeans und einen warmen Pulli an. Während sie ihr nasses Haar bürstete, musste sie wieder daran denken, dass ihr Vater um keinen Preis Kinder gewollt hatte, und erinnerte sich, wie weh es ihr getan hatte, ihn das sagen zu hören. Sie legte eine Hand auf ihren Bauch und hob das Kinn. Ich verspreche dir, dass du ein normales Leben führen wirst, dachte sie. Und du wirst von deinen beiden Eltern geliebt und erwünscht sein.

Als Kenly in der Küchentür erschien und an den Rahmen gelehnt stehen blieb, blickte Ross auf. Der Tisch war gedeckt, zwei Kerzen brannten darauf.

»Fühlst du dich besser?«, fragte er.

Sie nickte, gerührt von seiner Fürsorge. »Das ist schon das zweite Mal, dass du für mich kochst.«

»Es ist alles fertig gekauft, aber ich nehme jedes Lob dankbar entgegen.«

Er war glänzender Laune. Sie unterhielten sich über seine Reise nach Atlanta, über die letzten Neuigkeiten bei ComTech und über Kenlys Zwischenprüfungen. Nur das, was sie wirklich bewegte, ließen sie so lange unberührt, bis Ross es endlich zur Sprache brachte.

»Ich war heute bei Leanne«, begann er.

Kenly stand auf, um Teewasser aufzusetzen. Leanne war seine Schwester, Kenly hatte sie erst im letzten Monat in seinem Büro kennen gelernt.

Er schob beide Hände in die Taschen seiner Jeans und fuhr fort: »Wir haben uns unterhalten, und – na ja, da habe ich ihr erzählt, dass du schwanger bist.«

Kenly verspürte in ihrem Inneren einen Stich. »Ach ja?«

Ross stellte seinen Teller in das Spülbecken und umfing sie von hinten mit den Armen. »Kenly, lass uns heiraten.«

Sie richtete den Blick auf den Kessel, stützte die Hände flach auf die Arbeitsplatte und sagte: »Nein. Ich möchte, dass wir uns erst ganz sicher sind.«

Er holte Luft, um etwas zu entgegnen, aber sie hob abwehrend die Hand. »Ross, wir kennen uns gerade ein paar Monate, lassen wir doch erst einmal alles so, wie es ist. Ich möchte nicht, dass wir irgendetwas überstürzen, nur weil ich schwanger bin.«

Er zog sie an sich. »Okay, einverstanden.«

Insgeheim war sie glücklich über die Enttäuschung, die sie in seinem Gesicht entdeckte.

Eine Woche später rief Tommy an. Kenly bekam heftige Gewissensbisse, als sie seine Stimme hörte. Immer wieder hatte sie ein Telefonat mit ihm aufgeschoben, obwohl sie wusste, dass es ihn brennend interessierte, wie es ihr ging.

»Kenly? Hallo, wie geht's dir?«

»Prima. Und dir?«

»Immer das Gleiche, nichts Neues. Ich wollte nur mal hören, ob bei dir alles in Ordnung ist.«

Sie setzte sich auf die Couch und schlug die Beine übereinander. »Die Seminare sind anspruchsvoll, aber sie machen mir Spaß.«

»Gut.« Pause. »Ich hab letzte Woche schon mal angerufen. Hat Lexie dir nichts ausgerichtet?«

»Doch, das hat sie.« Kenly kaute auf einem abgebrochenen Nagel. »Tut mir Leid, dass ich nicht zurückgerufen habe, aber hier geht gerade alles drunter und drüber.«

»Macht nichts«, sagte er bemüht beiläufig. »Ich kann mir vorstellen, wie viel du um die Ohren hast.«

In Wahrheit hatte er keine Ahnung, das wusste sie so gut wie er.

»Und – wie läuft's mit deinem neuen Freund?«

Kenly setzte sich ein wenig aufrechter hin. »Hat Lexie dir von ihm erzählt?«

»Genau.«

Kenly schwang einen Fuß gegen den Couchtisch. »Hmm ... Ich glaube, er würde dir gefallen.«

»Bestimmt. Schließlich hast du einen hervorragenden Geschmack.«

Sie hörte seinem Ton an, dass er lächelte, und war dankbar, dass er es mit Humor nahm.

»Und wie geht's Oscar?«, fragte sie, um das Thema zu wechseln.

Gut. Oscar ging es gut.

»Und meinem Kumpel Max?«

Max hatte Rückenprobleme, aber sonst ging es auch ihm gut.

»Wie steht's mit ihm und deiner Mutter? Haben sie es dir schon gesagt?«

Tommy lachte. »Nein, aber es macht Spaß, sie zu beobachten.«

»Und wie geht's *dir*, Tommy?«

Er schwieg für einen Moment, ehe er ihr sagte, dass

der Befund seines Emphysems sich verschlechtert hatte und er nur mit Mühe sein Gewicht hielt. »Du solltest meine Mutter sehen, sie übertrifft sich selbst beim Versuch, mich zu mästen«, sagte er. »Sie mutiert gerade zu einer Meisterköchin.«

Kenly stellte sich Jean vor, wie sie vor dem Herd stand und in einem Topf Suppe rührte, während in der Fritteuse Donuts zischten und im Rohr ein Truthahn briet – alles zur gleichen Zeit, damit Tommy nur ja etwas Fleisch auf die Knochen bekam.

Er berichtete ihr, dass der Tumor, den man im letzten Jahr entfernt hatte, nachgewachsen war, und er in den nächsten Monaten operiert werden musste. »Er macht mir ganz schön zu schaffen«, sagte er. »Es fühlt sich ungefähr so an, als würde jemand in mir drinnen eine Riesenparty veranstalten, ohne dass ich etwas dagegen tun könnte.«

Kenly schloss die Augen. »Ach Gott, Tommy, das tut mir so Leid.«

In Wahrheit hatte sie ihn aus Furcht davor, ihm sagen zu müssen, dass sie schwanger war, nicht zurückgerufen, obwohl sie wusste, dass er einsam war. Er hatte ja jetzt keinen Menschen mehr zum Reden, außer seiner Mutter und Max. Ihm jetzt von ihrer Schwangerschaft zu erzählen, würde nicht leicht werden, aber es führte nun einmal kein Weg daran vorbei, und am Ende sprangen ihr die Worte wie von selbst von den Lippen.

»Hey, ich muss dir noch etwas erzählen«, sagte sie.

Es wurde still. Kenly richtete den Blick auf die Küchenuhr und hörte ihr Verlegenheitsräuspern so deutlich wie er. »Ross und ich bekommen ein Kind.«

Ein paar Sekunden lang blieb es still, dann sagte Tommy, leiser als zuvor: »Wow – das sind ja tolle Neuigkeiten.«

Kenly stand auf und ging nervös im Zimmer hin und her. »Zuerst war ich ihn Panik, aber allmählich gewöhne ich mich an den Gedanken.«

»Hm – aber was wird aus deinem Studium?«

»Ich mache ein paar Kurse weniger, aber ich höre nicht auf. Ich werde den Abschluss lediglich ein Jahr später machen als geplant.«

»Und Ross?«

Sie runzelte die Stirn. »Was meinst du?«

Tommys Ton klang beinahe gereizt. »Was sagt er dazu?«

Kenly seufzte, dann sagte sie ruhig: »Im ersten Moment war er natürlich genauso schockiert wie ich, aber das ist jetzt vorbei. Er fängt sogar an, sich ein bisschen zu freuen.«

Sie kritzelte kleine Kreise auf einen Zettel, während sie sprach, schrieb ihren Namen darauf, dann Ross' und Tommys.

»Habt ihr vor zu heiraten? Oder wollt ihr einfach nur zusammenleben?«

Die Frage war sehr privat, und es bestürzte Kenly, dass Tommy so direkt war, nicht locker ließ. Sie nahm ein Flattern in ihrer Kehle wahr, hob eine Hand zum Gesicht und schob eine Haarsträhne zurück. Sie versuchte, ihre Stimme zu beherrschen und das Zittern zu unterdrücken. »Wenn wir uns entschieden haben, geben wir allen Bescheid.«

Ein Satz, der klar ausdrückte, dass Tommy eine Grenze überschritten hatte. Ein Satz, der ihm sagte: Das geht dich nichts an.

Tommy räusperte sich, seufzte, und dann wurde es sekundenlang ganz still. Kenly konnte sich vorstellen, wie verwirrt er war. Um wieder sicheren Boden zu gewinnen, bevor sie das Gespräch beendeten, fragte sie ihn nach der MM-Kolumne, und er erzählte, dass sich Max endlich entschlossen hatte, sie fest in die Zeitung aufzunehmen.

»Das Echo aus der Leserschaft ist so positiv, dass Max und meine Mutter bereit sind, für mich einzuspringen, wenn ich ins Krankenhaus muss oder es mir mal so schlecht geht, dass ich nicht schreiben kann.«

Am Ton seiner Stimme hörte Kenly mit Erleichterung, dass er sich wieder gefasst hatte.

»Übrigens – bevor ich's vergesse, ich hab dich als Abonnentin aufgenommen. Damit dir in Zukunft keiner meiner vielen klugen Ratschläge entgeht.«

Sie lachte. »Ehrlich?«

»Du kriegst die Zeitung jede Woche mit der Post zugeschickt«, erklärte er. »Auf die Weise kannst du meinen Aufstieg zum weltberühmten Kolumnisten unmittelbar verfolgen.«

»Super! Danke dir!«

»Und – Kenly?«

»Ja?«

Pause. »Du wirst bestimmt eine tolle Mutter.«

»Danke«, sagte sie leise ins Leere, nachdem er aufgelegt hatte.

Studium und Schwangerschaft unter einen Hut zu bringen, war doch weit schwieriger, als Kenly es sich vorgestellt hatte. Sie telefonierte mindestens einmal am Tag mit Ross und verbrachte die meisten Wochenenden bei ihm, aber er war in diesem Winter so viel auf Reisen, dass er sie schließlich inständig bat, zu ihm ins Haus zu ziehen.

Kenly wehrte ab. »Ich habe im Moment an der Uni so viel zu tun, dass ich mir einen Umzug zeitlich nicht leisten kann.«

Sie lag auf dem Sofa, den Kopf auf seinem Schoß. Ihr Hemd spannte leicht über der Schwellung ihres Bauchs.

»Lass uns warten, bis das Baby da ist, okay?«

Kenlys Körper veränderte sich beinahe mit jedem Tag. Der dicke Bund ihrer Schwangerschaftshose drückte sich schon bald unter all ihren Hemden ab. Sie ging regelmäßig zur ihren Vorsorgeuntersuchungen – der Herzschlag des Kindes war kräftig und gleichmäßig, Kenly hatte keinerlei Probleme mit dem Blutdruck, und ihr Gewicht lag nur wenig über dem Durchschnittswert. Doch bei ihrer Untersuchung im Dezember runzelte der Arzt plötzlich die Brauen, warf einen Blick auf Kenlys Karte und maß noch einmal den Bauchumfang.

»Ich glaube, wir machen mal einen Ultraschall«, sagte er.

Kenly sah ihn erschrocken an. »Ist etwas nicht in Ordnung?«

»Doch, doch, keine Sorge. Ich möchte nur ein paar Dinge überprüfen.«

Aus einer Flasche drückte er ein kühles Gel auf Kenlys Bauch und tastete ihn dann mit einer Sonde ab, bis auf dem Bildschirm vor ihr die klar umrissene Gestalt eines Fötus erkennbar wurde. In den folgenden Minuten konnte sie beobachten, wie ihr Kind ein Fäustchen zum Mund hob, sich drehte, sich auf die Seite legte und beide Füße gegen ihren Leib stemmte. Kenly war so überwältigt, dass sie fürchtete, sie würde gleich anfangen zu weinen. Sie wünschte, Ross wäre bei ihr, aber er hatte geschäftlich nach New York fliegen müssen und würde erst am Wochenende nach Hause kommen.

Glücklich wischte sich Kenly nach der Untersuchung das Gel ab und kleidete sich an. Ihrem Kind ging es gut, sie und Ross hatten ihre Sache großartig gemacht, das Leben war herrlich.

Doch eine Viertelstunde später folgte die Ernüchterung. Kenly saß ihrem Arzt gegenüber und starrte ihn ungläubig an. »Sind Sie wirklich sicher?«, fragte sie.

»Absolut. Meiner Schätzung nach sind Sie in der zweiundzwanzigsten Woche schwanger und nicht erst in der sechzehnten. Aber die gute Nachricht ist, dass alles normal verläuft und es dem Kleinen gut geht.«

Der Arzt lächelte und klopfte Kenly aufmunternd auf die Schulter. »Freuen Sie sich doch einfach, dass die restliche Schwangerschaftszeit kürzer ist, als Sie dachten.«

Kenly versuchte, irgendwie zu akzeptieren, was diese Nachricht bedeutete. Wie hinter Schleiern ging sie durch das Ärztehaus ins Freie hinaus und weiter zu einem kleinen Park in der Nähe. Dort setzte sie sich auf eine Bank.

»Oh Gott«, flüsterte sie und senkte das Gesicht in ihre Hände. »Das Kind ist gar nicht von Ross. Es ist von Tommy.«

Es war später Nachmittag, als sie schleppenden Schritts ihre Wohnung betrat, froh, dass Ross verreist war, und dankbar, dass Lexie in einem ihrer Abendkurse saß. Sie ging durch den Flur in ihr Zimmer und legte sich aufs Bett. Sie versuchte, sich einzureden, dass alles gut werden würde, aber sobald sie über eine Lösung des Problems nachdenken wollte, schnürte sich ihre Brust zu, und sie hatte das Gefühl, keine Luft zu bekommen.

Sie liebte Tommy und würde ihn immer lieben, aber wenn es *die* große Liebe gab, den *Richtigen*, den Mann fürs Leben, dann war das in ihrem Fall Ross, dessen war sie sich sicher. Drei der Menschen also, die in dieses Bild gehörten, befanden sich an dem Platz, der ihnen gebührte. Doch der vierte, dieser winzige

Mensch, der in ihrem Leib heranwuchs, konnte ihrer aller Leben von Grund auf verändern.

»Alles in Ordnung?«, fragte Lexie am nächsten Morgen beim Frühstück.

Kenly griff nach der Zeitung. »Klar. Ich bin nur müde.«

Aber wie sollte sie nur so tun, als wäre alles wie immer, wenn sie doch das Gefühl hatte, verrückt zu werden! Sie hatte in der vergangenen Nacht fast kein Auge zugetan und sich am Morgen beim Aufstehen vor Schwindel kaum auf den Beinen halten können. Obwohl ihr im Grunde klar war, was sie zu tun hatte, lief sie vor der Entscheidung davon und hielt verzweifelt nach einer anderen, weniger schmerzhaften Möglichkeit Ausschau. Sie wusste, dass sie Ross und Tommy die Wahrheit sagen musste, doch sie hatte den Schock selbst noch nicht überwunden.

Tommy fristete mit einer tödlichen Krankheit, die ihn langsam auszehrte, in einer Kleinstadt ein Leben, das sie für ihr Kind nicht wollte. Tiefe Scham überflutete sie, als sie sich das eingestand. Was ist nur los mit mir?, fragte sie sich. Er ist gut genug, dein Freund zu sein, gut genug für eine Nacht, aber nicht gut genug, der Vater dieses Kindes zu sein?

Sie ließ sich einen neuen Termin bei ihrem Arzt geben und erzählte diesem von Tommys Krankheit. Besorgt veranlasste der Arzt gleich für den folgenden Tag weitere Untersuchungen und Messungen.

Es machte Kenly krank, sich vorzustellen, dass ihrem Kind vielleicht ein Leben drohte, wie Tommy es kannte, dass es von anderen angestarrt und gehänselt werden würde, weil es aussah wie ein Ungeheuer. Sie quälte sich unablässig mit diesen Gedanken, bis endlich eine Woche später der Befund kam und sie erfuhr, dass ihr Kind in jeder Beziehung normal heranwuchs. Natürlich fühlte sich Kenly gleich viel besser, aber sie wusste immer noch nicht, wie oder wann sie den Mut finden würde, um Ross und Tommy die Wahrheit zu sagen.

14

Lexie entwickelte von Anfang an die Allüren einer besorgten Tante, obwohl niemand sie gebeten hatte, diese Rolle zu übernehmen. Beinahe jede Woche fand Kenly im gemeinsamen Esszimmer irgendetwas Neues für das Baby vor. Alles schleppte Lexie an – Kuscheldecken, Fläschchen, Strampelanzüge, ein Mobile, einen Wickeltisch, sogar ein Babyphon.

Eines Nachmittags sah Kenly von der Couch aus draußen am Fenster auf eiernden Rädern ein Kinderbett vorüberrollen, gefolgt von Lexie, die eine strahlende Miene zur Schau trug. Als sie Kenly sah, lachte sie und hüpfte aufgeregt auf und nieder, wobei sie auf das Kinderbett zeigte.

Kenly öffnete ihr die Tür. »Um Himmels willen, wo kommt *das* denn her?«

»Ich bin auf dem Heimweg noch bei einer Wohnungsauflösung vorbeigegangen, wo alles verkauft wurde, was nicht niet- und nagelfest war, und ich konnte nicht widerstehen«, erklärte Lexie. »Schau doch mal! Das Bettchen ist so gut wie neu!«

»Toll. Was schulde ich dir?«

Lexie war entrüstet. »Nichts! Das ist mein Geschenk für das Baby.«

Kenly schüttelte den Kopf und rieb sich lächelnd den Bauch. Ich werde Lexie wohl den Namen für dich aussuchen lassen müssen, damit wir wieder quitt sind, dachte sie.

Im letzten Drittel der Schwangerschaft übernahmen die Hormone endgültig die Herrschaft über Kenlys Körper. Ihr Appetit verdoppelte sich, und sie hätte pausenlos schlafen können. Nachts wachte sie jede Stunde auf, weil sie zur Toilette musste, tagsüber lernte sie für ihre Prüfungen, machte ihre Aufgaben für das Trainee-Programm und träumte davon, endlich wieder eine normale Figur zu haben.

Als sie eines Morgens mit den Händen über ihren Bauch strich, spürte sie wieder einmal, wie das Kind in ihr strampelte. Sie legte sich auf die Couch und schloss die Augen. Die Bewegungen in ihrem Bauch wanderten von links nach rechts, und Kenly folgte ihnen mit den Fingern, bis sie ein winziges Füßchen spürte, das gegen ihre Handfläche drückte. Sie holte tief Atem und hielt sich ganz still.

»Oh Gott«, flüsterte sie mit brüchiger Stimme. »Wenn mir doch jemand die Entscheidung abnehmen würde! Ich weiß nicht, was ich tun soll.«

Die Zeit verging, und obwohl Kenley beinahe ständig mit Ross zusammen war und gewiss einmal im Monat mit Tommy telefonierte, fand sie nicht den Mut, ihnen die Wahrheit zu sagen.

Eines Abends runzelte Lexie während eines Telefongesprächs plötzlich die Stirn und hörte auf zu sprechen. Eine Hand über die Sprechmuschel des Hörers gelegt, lugte sie durch die Wohnzimmertür zu Kenly hinein.

»Kenly? Dein Termin ist doch der vierte Mai, richtig?«

Von der Frage überrascht, ließ Kenly sich einen Moment Zeit mit der Antwort, dann nickte sie, ohne den Blick vom Fernsehschirm zu werden. In Wirklichkeit wäre ihr Termin der 26. März gewesen, aber der Tag war vorübergegangen, ohne dass etwas geschah, und jeder Tag, der seither verstrich, war eine Qual. Kenly war schwerfällig und ungeduldig, schlurfte entweder geistesabwesend im Haus umher oder saß auf dem Sofa, die Füße auf dem Couchtisch und ein Tablett mit Essen auf dem Bauch.

Jetzt lag sie der Länge nach da, die Beine auf einem Kissen hochgelegt, und sah sich die Nachrichten an. Ich bin wahrscheinlich die einzige Frau auf der Welt, die froh ist, dass ihr Baby fünfzehn Tage überfällig ist, dachte sie.

Lexie kam mit zwei Schalen Popcorn ins Zimmer. In den letzten Tagen war sie völlig verzweifelt gewesen über Kenlys ständige Stimmungsschwankungen. Doch nun gab sie sich Mühe, ihren gewohnten unbekümmerten Optimismus zu verbreiten, den Kenly normalerweise an ihr bewunderte.

»Also, wenn du mich fragst, ich glaube, bei dir geht's früher los«, sagte sie, Kenly eine der Schalen reichend. »Und ich würde es dir wünschen, glaub's mir.«

Kenly schob sich eine Hand voll Popcorn in den Mund und hüllte sich in mürrisches Schweigen.

»Ach, und schöne Grüße von Tommy.«

»Wann hast du mit ihm gesprochen?« Kenly setzte sich mit einem Ruck auf.

»Eben.« Lexie machte eine beiläufige Handbewegung Richtung Küche. »Er war gerade bei Onkel Walter, als ich anrief.«

»Und er wollte nicht mit mir sprechen?«

Lexies Hand blieb über der Popcornschale hängen, und ihre Miene verriet, dass sie einen Stimmungsumschwung ahnte, mit dem sie nicht gerechnet hatte. »Äh – nein.«

Kenly war jetzt eindeutig ärgerlich. »Was soll das heißen – nein?«

Lexie stellte die Popcornschale ab und kreuzte die Arme auf der Brust. »Lass mich überlegen ... Er hat gefragt, wie's dir geht, und ich hab ihm ein bisschen von dir erzählt. Dann haben wir uns darüber unterhalten, wie sich das Zusammenleben mit dir im Augenblick so anlässt, und ich hab wahrhaftig kein Blatt vor den Mund genommen. Als ich ihn anschließend fragte, ob er mit dir sprechen will, hat er dankend abgelehnt. Mensch, Kenly, du kannst es ihm doch nicht übel nehmen, dass er keine Lust hat, sich eine Packung abzuholen! Ich meine, du bist im Moment wirklich nicht gerade die Umgänglichkeit in Person.«

Kenly schlug die Hände vors Gesicht und begann zu weinen. »Du hast ja Recht! Ich weiß nicht, wie ihr, Ross und du, es überhaupt mit mir aushaltet.«

Lexie stand auf und nahm sie in die Arme. »Hey, mach dir keine Sorgen. Das ist bestimmt bald vorbei. Ich hab das Gefühl, dass es bei dir genau an diesem Wochenende losgeht, wenn ich weg bin. Und wenn ich dann am Montag zurückkomme, bist du schon wieder zu Hause, Ross sitzt neben dir auf dem Sofa, und auf dem Schoß haltet ihr euren kleinen Schreihals.«

Kenly schnäuzte sich. »Ach, das wäre schön.«

»Du sagst es«, murmelte Lexie. »Hör zu, leg dich wieder hin und reich mir eine Hand. Wir haben heute eine neue Nagellackfarbe geliefert bekommen, und ich möchte gern sehen, wie sie bei dir ausschaut.«

Ross war geschäftlich in Minneapolis, als bei Kenly zwei Tage später nachts die Wehen begannen. Das Ziehen im Unterleib, das sie eine Stunde zuvor geweckt hatte, hatte sich nun eindeutig zu einer Schmerzwelle mit Anfang, Mitte und Ende entwickelt. Sie lehnte sich an die Wand, bis die nächste Kontraktion vorüber war, und stieß dann Lexies Zimmertür auf.

»Ich glaub, es geht los«, sagte sie mit schwacher Stimme.

Aus dem tiefsten Schlaf gerissen, fuhr Lexie panisch in die Höhe. »Jetzt?«

»Ja, auch wenn's dir nicht passt.«

Lexie rieb sich die Augen, dann schwang sie die Beine aus dem Bett, schlüpfte in eine Trainingshose und suchte nach einem Pullover. »Okay, bleib ganz ruhig. Wir schaffen das schon.«

»Gut. Du übernimmst die nächste Wehe.«

Lexie ignorierte Kenlys sarkastische Bemerkung. »Hast du Ross angerufen?«, fragte sie, schon auf dem Weg in die Küche.

Der dumpfe Schmerz in Kenlys Kreuz wurde stärker. »Er kommt erst morgen früh um neun aus Minneapolis zurück. Ich ruf ihn vom Krankenhaus aus an.«

»Wäre es nicht besser, es jetzt zu tun? Du kannst doch eine Nachricht hinterlassen.«

In dem Moment verzog Kenly ihr Gesicht vor Schmerz zu einer Grimasse. Sie schüttelte ablehnend den Kopf und wies zur Haustür. Lexie, die allmählich in Fahrt kam, half ihr aus dem Haus und führte sie zu ihrem neu erworbenen Siebenhundert-Dollar-Chevrolet, der am Bordstein geparkt stand. Kenly schob sich hinein und versuchte, sich so zu setzen, dass möglichst wenig Druck auf ihrem Becken lastete. Der Wagen sprang beim dritten Versuch an, und während Lexie mit Gas und Kupplung spielte, versuchte sie irgendwie den ersten Gang einzulegen.

»Ich bring das Arschloch um, das mir die Kiste angedreht hat«, schimpfte sie unterdrückt.

»Vorher bringst du wahrscheinlich *mich* um.«

»Tut mir Leid.«

Die nächste Wehe rollte mit Gewalt heran und erreichte ihren Höhepunkt, als sie auf die Lincoln Avenue hinausfuhren. Kenly presste die Augen zu und begann vor sich hin zu summen, wie sie es immer tat, wenn sie es mit der Angst zu tun bekam.

Mit einer Hand lenkte Lexie, mit der anderen bearbeitete sie die Gangschaltung, und ihr Blick flog unablässig zwischen Kenly und der Straße hin und her. Als sie auf über achtzig beschleunigte, begann der Wagen zu rappeln und zu flattern, sodass Kenly meinte, der Kopf würde ihr bersten.

»Das ist ja furchtbar«, stieß sie hervor, das Kinn fest auf die Brust gedrückt.

»Ja, find ich auch.« Lexie schlug mit der flachen Hand aufs Lenkrad. »Genau an dem Tag, an dem ich zum ersten Mal seit einem Jahr übers Wochenende verreisen, nämlich mit Sara und ihrem Freund nach Vegas fliegen will, musst du frühmorgens um drei Wehen bekommen.«

In diesem Moment begannen die Innenbeleuchtung des Wagens sowie sämtliche Lichter am Armaturenbrett zu blinken. Kenly rief erschrocken: »Was ist das, Lex?«

»Keine Panik. Dein Kind wird als Nervenbündel zur Welt kommen, wenn du dich so aufregst. Den Weg sind wir doch schon mindestens hundert Mal gefahren. Wir haben gut zehn Minuten, bevor die Kiste hier den Geist aufgibt, und das Krankenhaus ist gerade mal vier Kilometer entfernt.«

Kenly starrte die Freundin ungläubig an. »Du meinst, so was kommt öfter vor?«

»Nur wenn ich über achtzig fahre«, erwiderte Lexie mit einem Anflug von Trotz.

»Warum hast du die Mühle dann überhaupt gekauft?«

»Weil ich sonst nie über achtzig fahre und sie billig war.«

Eine Wehe überrumpelte Kenly, heftig und ohne Vorwarnung. Keuchend, die Hände und Füße gegen das Armaturenbrett gestemmt, kämpfte sie mit der Schmerzwelle. Als diese endlich verebbte, spürte sie einen Strom warmer Nässe zwischen ihren Beinen und sah nach unten.

»Lex! Die Fruchtblase ist geplatzt!«

»Das kann nicht sein.«

»Doch, es ist aber so!«

»Okay, und was bedeutet das?«

Kenly warf die Hände in die Höhe und rief ungeduldig: «Was glaubst du wohl, was es bedeutet? Ich bin gerade im Begriff, ein Kind zu bekommen. Das bedeutet es. Und wir haben nicht viel Zeit. Die Schmerzen werden noch viel schlimmer werden, als sie schon sind, und wenn dieses Scheißauto uns im Stich lässt, muss ich am Ende mein Kind im Straßengraben zur Welt bringen.«

Lexie warf ihr einen empörten Blick zu, sagte aber nichts.

Kenly wand sich nervös auf ihrem Sitz, während sie mit kreischendem Motor durch die fast leeren Straßen brausten. Kurz darauf raste Lexie bei Gelb über eine Kreuzung, lenkte den Wagen ein Rampe hinauf und hielt dann mit einem Ruck an. Noch ehe Kenly ihren Sicherheitsgurt öffnen konnte, stürmte Lexie durch die Tür der Notaufnahme.

»Hallo, meine Freundin bekommt ein Kind! Schnell. Einen Arzt!«

Kenly folgte ihr, eine Hand fest unter ihren Bauch gedrückt. Sie schlurfte zum Empfangstresen und lehnte sich dagegen. Mit dem Handrücken wischte sie sich die schweißnasse Stirn. Die Angst, die sie bisher unterdrückt hatte, kam jetzt, da sie hier waren, mit aller Macht zurück.

Die Frau am Empfang warf nur einen Blick auf Kenly und sagte: »Den Papierkram können wir später erledigen. Jetzt geht's erst mal in den Kreißsaal.«

Gerade hatte man Kenly auf ein Bett geholfen, da nahmen die Schmerzen ganz neue Dimensionen an. Sie kämpfte sich schreiend und nach Atem ringend durch jede Wehe und hielt dabei Lexies Hand umklammert, bis diese weiß wurde. Als bei Schichtwechsel eine hoch gewachsene Schwester mit rotem Haar hereinkam, atmete Kenly beim Anblick der kräftigen Person erleichtert auf.

Okay, endlich jemand, der weiß, was er zu tun hat, dachte sie. Jemand, der das alles bestimmt selbst schon mitgemacht hat. Wie viele Kinder hat sie wohl? Zwei? Oder vielleicht drei?

Sie hob den Kopf vom Kissen und sah die Schwester mit einem kläglichen Lächeln an. »Ich brauche unbedingt was gegen die Schmerzen.«

Die Schwester schaute auf ihre Uhr und warf dann einen Blick auf Kenly, ruhig und ohne eine Miene zu verziehen. »Wir warten noch eine Stunde ab und sehen, wie es dann geht.«

Kenlys Gesicht fiel in sich zusammen. Mist! Sie hat überhaupt keine Kinder! Sie weiß überhaupt nicht, was eine Wehe ist! Panik kroch in ihr hoch und drohte sie zu überwältigen. Sie setzte sich auf, reckte den Hals nach Lexie und entdeckte sie draußen im Korridor, wo sie sich in ein Waschbecken übergab, während eine Schwester ihr tröstend den Rücken klopfte.

Ruhe gab es nicht in diesem Kreißsaal. Schwestern

eilten geschäftig ein und aus, prüften Kenlys Puls, ihren Blutdruck, ihre Temperatur und die Herztöne des Kindes. Ab und zu rauschte mit fliegendem Kittel ein Arzt herein, untersuchte Kenly und verschwand wieder. Bei einer dieser Untersuchungen fragte sie, wie lange es noch dauern würde, aber er gab nur ausweichend Antwort. Dann steckte er an der Tür mit den Schwestern die Köpfe zusammen, und Kenly hörte ihn sagen: »Mit den Wehen geht es vorwärts, aber mit ihr nicht. Es sind jetzt sechs Stunden, und der Muttermund ist noch nicht einmal auf zwei Zentimeter erweitert ... Das Kind rührt sich nicht ... Wir warten noch eine Stunde ab, dann müssen wir vielleicht einen Kaiserschnitt in Betracht ziehen.«

Kenly hob den Kopf vom Kissen, machte eine hektische Handbewegung und keuchte, vor Schmerzen gekrümmt: »Nein! Bitte! Machen Sie den Kaiserschnitt sofort.«

Der Arzt lächelte mit mehr Teilnahme, als irgendeine der Schwestern bisher gezeigt hatte. »Das geht leider nicht. Ein wenig müssen wir schon noch abwarten. Das ist Ihr erstes Kind, und wir müssen Ihrem Körper die Chance geben, es allein zu schaffen.«

Kenly kniff die Augen zusammen. Mistkerl. *Der* wusste auch nicht, was eine Wehe war.

Eine Viertelstunde später verwandelten sich die Kontraktionen in gewaltige Wogen des Schmerzes, die sie über die Grenzen des Erträglichen hinausschleuderten, sodass Kenly aller Stolz abhanden kam und sie bereitwillig Trost von jedem annahm, der ihn spendete. Als sie nach einer besonders schlimmen Wehe die Augen öffnete, sah sie Ross an der Tür stehen. Sie streckte die Hand nach ihm aus und begann ungehemmt zu schluchzen. Er eilte rasch an ihr Bett. Bei der nächsten Wehe packte sie seinen Arm und klammerte sich an ihm fest. Ross murmelte ihr beruhigende Worte zu. Sie schloss die Augen, quälte sich keuchend durch den schlimmsten Schmerz und schrie dann auf. Das Kind … es wollte heraus! Sie fühlte es genau. Sie stemmte einen Fuß gegen die Seite des Betts und den anderen gegen die Wand neben ihr. Und schon ergriff die nächste Kontraktion von ihr Besitz, und sie überließ sich dem Schmerz, schrie hemmungslos und anhaltend, während jemand sie immer wieder dazu aufforderte, so gleichmäßig wie möglich zu atmen.

Kenly sah sich mit irrem Blick um, suchte nach irgendetwas, womit sie sich ablenken konnte. Irgendetwas … Die Bodenfliesen trugen die gleiche Farbe wie die, die Oma in ihrer Küche in Kalispel gehabt hatte … Ross hatte keine Socken an, und die Beine der mageren Schwester waren voller Mückenstiche … Die Rothaarige, die sich immer Kinder gewünscht und nie welche bekommen hatte und deswegen jetzt alle quälte, die welche bekamen, war zu fett und hatte dicke Fesseln …

Kenlys Puls begann zu rasen. Sie beugte sich vor, so weit sie konnte, und wappnete sich gegen die nächste Kontraktion.

»Okay, warten Sie. Noch nicht pressen«, zischte ihr die dicke Rothaarige ins Ohr.

Ah, natürlich. Als besäße sie in diesem Moment auch nur die geringste Kontrolle über ihren Körper … Waren hier denn alle verrückt geworden?

Kenly riss sich von Ross los, und schlug nach der Schwester, die ihr eifrig den Rücken rieb. »Mensch, hören Sie endlich auf!«

Doch dann entwickelte ihr Körper plötzlich eine Kraft, die Kenly noch nie in ihrem Leben verspürt hatte. Sie war überwältigt von der Gewalt, die sich, ohne dass sie darauf Einfluss nehmen konnte, in ihrem Unterleib entwickelte. Mit aller Macht drängte nun ihr Kind hinaus. Kenlys Pressen vermochte es dabei lediglich zu unterstützen. Endlich eine letzte Presswehe, eine Flut der Befreiung, und es war vorbei. Ein dünner Schrei durchschnitt die Luft, zugleich wurde Kenly von einer tiefen Erschöpfung überspült, und der Schmerz verschwand so schnell, wie er gekommen war.

»Sie haben einen kleinen Jungen«, sagte jemand und legte ihr das Kind auf die Brust.

Kenlys Blick umfasste den Kleinen, und ihr Herz klopfte heftig, als sie das feine blonde Haar sah, die faltige kleine Stirn, zehn Finger und zehn Zehen. Alles war genau so, wie es sein sollte. Tränen der Erleichterung liefen ihr über die Wangen, Erleichterung darüber, dass ihr Sohn gesund war und sie beide dies überlebt hatten.

Während sie den Hals reckte, um ihren Sohn genauer zu betrachten, küsste Ross sie auf die Stirn und drückte mit einer Hand die ihre, während er mit der anderen vorsichtig die kleinen Finger des Neugeborenen berührte. Sein Blick sagte alles, was er nicht in Worte fassen konnte.

Später stellte er sich neben die Schwester, als diese das Kind wog (3250 Gramm), maß (54 Zentimeter) und seine Reflexe prüfte. Sie gab dem Baby Tropfen in die Augen und badete es, alles in den ersten zwanzig Minuten seines Lebens, und Ross konnte kaum die Finger von ihm lassen.

Kenly sah zu und spürte einen Kloß in der Kehle. So sollte es sein …

Sie fröstelte plötzlich, schwach und ausgelaugt von der Anstrengung. Die Schwester legte ihr das Kind, warm und sicher eingepackt, wieder auf die Brust. Ross beugte sich zu ihr hinunter schob ihr ein paar feuchte Haarsträhnen aus der Stirn.

»Er ist großartig«, flüsterte er. »Genau wie seine Mutter.«

Kenly streifte mit den Lippen die Stirn ihres Sohns. »Gott sei Dank, dass du gesund bist.«

Ross fasste ihre Hand. »Er ist vollkommen.«

Als eine der Schwestern ans Bett trat, um sie zu waschen, reichte Kenly ihren Sohn vorsichtig Ross, der das Kind leise summend an die Brust drückte.

Ja, so sollte es sein, dachte Kenly tief gerührt, während sie die beiden beobachtete und über die Zärtlichkeit in Ross' Zügen staunte. Wie kann ich meinem Sohn das nehmen?

Sie schloss die Augen und wünschte den Schlaf herbei. Doch eine Hand berührte ihre Schulter, und als sie aufblickte, sah sie, dass Ross wieder an ihr Bett getreten war. Sie lächelte. Er zerzauste ihr das Haar und beugte sich hinunter, um sie zu küssen.

»Du bist unglaublich«, sagte er. »Zehn Stunden Wehen – und du siehst immer noch wunderschön aus.«

»Das macht das Licht hier. Es schmeichelt.«

Er betrachtete sie. »Nein, am Licht liegt das nicht.«

Kenly streichelte zärtlich über seinen Arm und wies dann zur Tür. »Okay, wir lassen deine Augen später untersuchen. Jetzt brauche ich erst mal eine Runde Schlaf.«

»Ich komme bald wieder«, sagte er und zupfte die Decke um das schlafende Kind zurecht, ehe er es der Schwester reichte.

Kenly zerriss es beinahe das Herz, als sie den Ausdruck in seinem Gesicht sah: voller Liebe und schützender Fürsorge für das Kind, das er für seines hielt.

Wie ich es mir erträumt habe …

»Er braucht einen Namen«, platzte sie heraus und wurde sich im selben Moment bewusst, dass sie sich mit jedem Moment noch tiefer in die Lüge verstrickte.

Ross drehte sich mit einem Lachen nach ihr um, und in diesem Moment wusste sie es. In diesem Augenblick zwischen Wissen und Wünschen.

»Wie wär's mit Connor?«, fragte er.

Sie zögerte nur einen Sekundenbruchteil, dann nickte sie zustimmend und wusste tief in ihrem Inneren, dass sie eine Grenze überschritten hatte und eine Umkehr nicht mehr möglich war. Gott verzeih mir, aber so wird es sein.

Kenly lehnte sich zurück und drehte ihren Kopf zuerst nach rechts, dann nach links. Sie war müde und im Nacken völlig verkrampft. Connor lag neben ihr, in eine flauschige Decke eingehüllt, und schlief so selig, wie sie gern geschlafen hätte. Nach Ross' Vater hatten sie ihn Connor genannt, nach ihrem Vater hatten sie ihm den Zweitnamen Steven gegeben. Er war schon einen Tag alt, aber Kenly hatte sich noch immer nicht mit ihren Neuigkeiten bei Tommy, Jean und Max gemeldet. Sie würde es bald tun müssen, denn sehr viel länger würde Lexie gewiss den Mund nicht halten könnten.

Kurz entschlossen griff Kenly zum Telefon. Als sich nach viermaligem Läuten noch immer niemand gemeldet hatte, wollte sie schon erleichtert auflegen. Doch da hob Jean ab. Sie war hörbar außer Atem.

»Jean?«

»Oh, hallo, Kenly. Wie geht es dir?«

Sie kam ohne Umschweife zur Sache. »Gut. Gestern ist mein Sohn zur Welt gekommen. Er hat uns alle überrascht, denn eigentlich sollte es ja noch ein paar Wochen dauern.«

»Ach, wie schön!«, rief Jean erfreut.

Kenly nickte. »Er heißt Connor. Er wiegt sechseinhalb Pfund und ist gesund und munter. Er liegt gerade neben mir.« Ihre Stimme versagte bei seinem Anblick fast vor Glück.

»Ich kann dir gar nicht sagen, wie sehr ich mich für dich freue, Liebes.« Jean schwieg für einen Moment, dann sagte sie: »Einen besseren Zeitpunkt hättest du dir nicht aussuchen können. Wir können nämlich gerade dringend ein paar gute Nachrichten gebrauchen.«

Kenly zog Connor näher an sich. »W-wieso? Wie meinst du das?«

»Es gab hier am Montag ein Feuer, Kenly, Max' Haus ist völlig abgebrannt. Als die Feuerwehr ankam, war es schon nicht mehr zu retten ...« Sie sprach nicht weiter.

Kenlys Herz raste. »Und Max?«

»Nein, nein«, sagte Jean hastig. »Max geht es gut. Wir waren alle drei in der Redaktion, als es passiert ist.«

Kenly musste an Oscar denken, und ihr war, als hätte ihr jemand einen Schlag in den Magen versetzt. Sie nahm Connor in ihre Arme und drückte ihn an sich.

»Es ist nicht viel übrig geblieben«, berichtete Jean. »Das Dach ist abgebrannt und auch die Mauern zum größten Teil. Nur der offene Kamin ist noch da und ein kleines Stück Küchenwand.« Sie hielt inne, und als sie wieder sprach, klang ihre Stimme zittrig. »Tommy hat Oscar gefunden. Er lag zusammengerollt an der Wand, als schliefe er.«

Kenly schloss die Augen.

»Er hat ihn gestern beim Baumhaus begraben.«

Kenly wusste nicht, was sie sagen sollte. Sie wusste, wie viel Oscar Tommy bedeutet hatte, und es fiel ihr schwer, daran zu denken, wie ihm jetzt zumute sein musste.

Jean sagte seufzend: »Tommy schläft gerade, Liebes, ist es dir recht, wenn ich ihn bitte, dich zurückzurufen? Ich könnte ihn natürlich wecken, aber ...«

»Nein, bitte nicht«, unterbrach Kenly sie.

»Er braucht im Moment Ruhe. Er muss nämlich nächste Woche zur Operation nach Toronto. Max und ich begleiten ihn, und er wird danach noch mindestens zehn Tage im Krankenhaus bleiben. Die Ärzte haben gesagt, dass diese Operation sehr anstrengend für ihn werden wird, da möchte ich natürlich, dass er möglichst erholt hinfährt.«

Kenly drehte das Telefonkabel um eine Hand. »Wie geht es Tommy überhaupt? Ich meine, auf lange Sicht, wie sieht es aus? Er erzählt mir nie etwas.«

Es dauerte einen Moment, ehe Jean antwortete. »Na ja, immer wenn er sich von einer Operation erholt hat, kommt irgendetwas anderes und schmeißt ihn wieder um. Wenn die Tumorbildung zum Stillstand käme und alles so bliebe, wie es jetzt ist, könnte er vielleicht noch zehn Jahre leben. Aber es kann auch weniger als ein Jahr sein, es hängt davon ab, wie viel sein Körper noch verkraftet. Die Ärzte können uns im Grunde gar nichts sagen. Er bekommt immer mehr Medikamente, und die Krankheit lässt ihn einfach nicht aus ihren Fängen, verstehst du?«

Kenly nickte. »Ja, ich weiß.«

Bevor sie Schluss machten, erzählte Jean ihr noch, dass Max bei ihr und Tommy einziehen würde. »Er ist schließlich viel zu jung für ein Altersheim«, sagte sie, »und eigentlich gehört er doch zur Familie.«

Kenly lächelte, froh, wenigstens eine positive Nachricht erhalten zu haben.

15

Obwohl Kenly vor der Entbindung einen Kurs der Beratungsstelle für Schwangere besucht hatte, war sie auf das vernichtende Gefühl der Unzulänglichkeit, das sie nach Connors Geburt überfiel, nicht vorbereitet.

»Wir werden das schon auf die Reihe bekommen, nicht wahr, mein Süßer?«, flüsterte sie ihm zu, als sie mit ihm nach Hause kam, aber sie tat es mehr zur Stärkung ihres eigenen Selbstvertrauens als zu Connors Beruhigung.

Sie band den rotseidenen Schal ihrer Mutter an das Mobile über Connors Korbwiege und lief eine Weile nervös hin und her, bevor sie ihre Großmutter Alister anrief und mit gespielter Beiläufigkeit fragte: »Sag mal, Großmama, hat Dad eigentlich auf dem Rücken oder auf dem Bauch geschlafen, als er noch ein Baby war?«, und: »Weißt du noch, wie oft du ihm die Fingernägel geschnitten hast?«

Sie hätte natürlich bei der Beratungsstelle für junge Familien anrufen können, deren Nummer man ihr gegeben hatte, als sie aus der Klinik entlassen worden war. Doch sie fürchtete, wenn sie dort zu oft anrief, würde man ihre Tauglichkeit als Mutter anzweifeln. So stillte sie Connor anfangs zu oft und wechselte die Windeln, wenn es gar nicht nötig war. Ihr schlotterten die Knie, als sie ihn zum ersten Mal badete, sie verzweifelte fast, wenn er kein Bäuerchen machte, und wenn er schrie und nicht gleich wieder aufhörte, bekam sie regelrechte Angstattacken. Bevor er einen Monat alt war, hatte Kenly mindestens ein Dutzend Bücher mit widersprüchlichen Ratschlägen zu sämtlichen Themen gelesen, vom Stillen bis zu Bauchschmerzen beim Säugling. Aber mit der Zeit stellte sie sich auf das neue Leben ein, und ihr geplagter Körper erholte sich.

Wenn Connor nachts schrie, schoss sie aus dem Bett wie von der Tarantel gestochen. An seiner Wiege kniend, atmete sie seinen Duft ein, während ihre Finger zart über seine Wangen strichen und über seinen kleinen Bauch bis zu den Füßchen hinunterwanderten. Und wenn er wieder eingeschlafen war, trat sie trotzdem alle halbe Stunde mit einer Taschenlampe an sein Bett, um zuzusehen, wie sich sein Brustkorb mit regelmäßigen Atemzügen hob und senkte. Häufig kniete sie sogar morgens noch dort, wenn Lexie aufstand.

»Ihr zwei seid wohl zusammengeschweißt, hm?«

Kenly lächelte nur, ohne etwas zu sagen. Diese Liebe war so selbstverständlich wie keine zuvor, aber sie konnte es nicht in Worte fassen. Manche Frauen blühen während der Schwangerschaft auf, Kenly erblühte nach Connors Geburt. Es war wie diese überschwängliche Energie, die manch einen erfasst, wenn er jemand Aufregenden kennen gelernt hat, die ganze Nacht hindurch redet, morgens dem Sonnenaufgang zusieht und trotz fehlendem Schlaf am folgenden Tag in Hochform ist.

Auch Lexie verfiel Connor mit Haut und Haar, von ihrer oft zitierten Abneigung gegen Säuglinge war nichts mehr zu spüren. Als Kenly sie darauf aufmerksam machte, erklärte Lexie in einem Ton, als müsse sie sich verteidigen: »Ja – aber Connor ist auch ganz anders.«

Kenly verdrehte die Augen und lachte. Connor war ein Kind mit einem glücklichen Naturell, ein Kind, das insgesamt nur wenig Mühe machte. Mit drei Wochen schlief er bereits nachts durch, und da er ein so zufriedenes Baby war, ließ jeder, wenn er wirklich einmal schrie, alles stehen und liegen, um nach ihm zu sehen.

Eines Abends, Connor war gerade sechs Wochen alt, kam Ross bei Kenly vorbei. Er war eben erst von einer zweitägigen Geschäftsreise nach New York zurückgekehrt und sah todmüde aus. Sein Blick fiel auf Connor, der schlafend in seinem Bettchen lag, und sein Gesicht wurde weich. »Rutsch rüber«, sagte er zu Kenly, die auf ihrem Bett saß, und schlang einen Arm um ihre Taille.

»Heirate mich.« Er legte ihr einen Finger auf die Lippen, damit sie ihn nicht unterbrechen konnte. »Wir sind eine Familie, und ich möchte abends mit dir einschlafen und morgens neben dir aufwachen und wissen, dass du meine Frau bist.«

Tränen schossen ihr in die Augen.

»Wenn du mich heiratest, mache ich jeden Sonntag das Frühstück, solange du lebst.«

»Du kannst doch noch nicht mal ein Ei kochen«, erinnerte sie ihn.

»Dann lern ich's eben.« Er legte sich zurück und zog sie zu sich hinunter. Sein Blick glitt über sie, über das Muttermal an ihrem Hals und die beinahe unsichtbare Narbe auf ihrem Nasenrücken.

»Was ist? Was schaust du so?«, fragte Kenly.

Er antwortete nicht. Stattdessen neigte er sich zu ihr und drückte sein Gesicht an ihren Hals. »Es wird von Tag zu Tag schlimmer«, flüsterte er, sein Hemd aufknöpfend.

»Was?«

»Alles. Wie oft am Tag ich an dich denke. Wie sehr ich dein Lachen liebe …«

Kenlys Herz klopfte heftig, gierig trank sie jedes seiner Worte.

Er sah ihr tief in die Augen, während seine Finger zart über ihre Haut streiften. »Weißt du, am Anfang habe ich mich oft recht erschrocken gefragt, worauf ich mich da eingelassen habe. Ich hatte Angst, es nicht kontrollieren zu können. Inzwischen weiß ich, dass ich es tatsächlich nicht kann, aber es ist wunderbar. Du löst etwas in mir aus, was ich nicht verstehe, und ich will es auch gar nicht mehr verstehen.« Er strich ihr mit einem Finger über die Nase. »Ich liebe dich, Kenly, daran ist nicht zu rütteln. Wir beide gehören zusammen, also heirate mich.«

Er schob eine Hand liebkosend über ihren Rücken bis zu der Mulde am Ende ihres Rückgrats und küsste ihren Hals.

Atemlos, beinahe schwindlig schlang Kenly ihre Arme um ihn. »Okay, okay«, sagte sie lachend. »Ich heirate dich. Wann du willst, wo du willst …«

Lexie lag lang ausgestreckt auf dem Sofa und sah sich ein Hockeyspiel der Chicago Black Hawks an, als Kenly und Ross ihr die frohe Botschaft überbrachten.

»Na, das wurde aber auch langsam Zeit!« Sie sprang auf, umarmte Kenly und schob sie dann von sich. »Aber ich bin Trauzeugin, ja?«

»Natürlich«, bestätigte Kenly. »Aber es wird nur eine kleine Feier.«

»Wie klein?«

»Klein.«

»Kein Empfang? Kein Fest?«, protestierte Lexie enttäuscht.

»Ein Essen mit vielleicht zwölf Leuten.«

Lexie schüttelte den Kopf, dann zuckte sie mit den Schultern. »Na schön, es ist *eure* Hochzeit.«

Ross legte Kenly den Arm um die Taille. »Aber wir wollten dich um einen Gefallen bitten.«

»Was denn?«

»Würdest du bei der Trauung fotografieren?«

»Aber klar.«

Kenly biss sich auf die Unterlippe. »Und wir haben noch ein Anliegen ...«

»Raus damit.«

»Könntest du auf Connor aufpassen, wenn wir unsere Hochzeitsreise machen?«

Lexie strahlte. »Ich wäre stocksauer, wenn ihr jemand anderen gefragt hättet. Verlasst euch auf mich.«

Sie setzten ihren Hochzeitstag auf den 15. August fest, eine Woche vor Kenlys Geburtstag. Kenly wollte Tommy erst nach der Hochzeit anrufen und ihm erklären, dass sie sich ganz spontan entschlossen hätten zu heiraten. Das wäre, meinte sie, das Vernünftigste und das Beste für alle.

»Meinst du nicht, dass es ihn verletzen wird?«, fragte Lexie zweifelnd.

»Nicht, wenn du ihm nicht verrätst, dass es geplant war«, erwiderte Kenly. »Bitte, Lex, sag ihm nichts, okay? Es ist mir lieber so. Ich will nicht, dass Tommy meint, er müsste die anstrengende Reise hierher auf sich nehmen, nur um mich heiraten zu sehen.«

»In Ordnung«, sagte Lexie achselzuckend. »Ich sag kein Wort.«

Irgendwann Anfang Juli fragte Ross Kenly, ob sie etwas auf dem Herzen habe. »Du bist seit Tagen auffallend still. Ich weiß doch, dass dich was beschäftigt. Sag's mir.«

Sie seufzte. »Ich muss ständig an Lexie denken. Die letzten Jahre waren die Hölle für sie, und jetzt lasse ich sie auch noch im Stich, obwohl ich weiß, dass sie sich eine eigene Wohnung nicht leisten kann.«

»Dann sag ihr doch, dass sie mit zu uns ziehen soll.«

»Ist das dein Ernst?«

»Aber ja. Auf die Weise kann sie dir mit Connor helfen, wenn ich auf Reisen bin. Sie kann die kleine Einliegerwohnung unten haben.«

»Ich weiß nicht«, sagte Kenly lachend. »Zwei Frauen und ein Baby unter einem Dach mit einem ehedem eingefleischten Junggesellen?«

»Damit werde ich schon fertig«, erwiderte Ross und schien höchst zufrieden, zur Lösung des Problems beigetragen zu haben.

Innerhalb von zwei Tagen verfrachteten sie ihr gesamtes Hab und Gut aus der gemeinsamen Wohnung in das Haus in Barrington Hills, und Lexie konnte nicht aufhören zu strahlen.

»Seid ihr wirklich sicher, dass ihr das wollt?«, fragte sie mehr als einmal, bis Ross schließlich gequält die Augen zum Himmel verdrehte. »Nein, sind wir nicht, aber es ist ein geringer Preis für das kostenlose Babysitting, das wir von dir erwarten. Jetzt halt die Klappe und pack weiter ein, damit wir endlich fertig werden.«

Lexies Blick flog von Ross zu Kenly und wieder zu Ross.

Belustigt zwinkerte Kenly ihr zu.

Drei Monate nach Connors Geburt wartete Kenly immer noch auf den großen Einschnitt in ihrem Leben, den dieses Kind angeblich mit sich bringen sollte, aber er kam nicht. Während sie sich allmählich an ihren neuen Tagesablauf in Barrington gewöhnte, war es Lexie, die sich veränderte und vor lauter Sorge um Connor zur Glucke mutierte.

Eine Woche vor der Hochzeit fuhr sie los und kaufte drei Rollen Isolierband und Unmengen Schaumgummi. Kaum war sie zurück, hockte sie stundenlang auf dem Boden und bastelte für sämtliche scharfen Ecken im ganzen Haus höchst originelle Schutzpolster. Am Ende gab es keinen Raum, den sie nicht verarztet hatte.

»Lex, er krabbelt doch noch nicht mal«, sagte Kenly spöttisch.

»Ich weiß, aber wenn es so weit ist, sind wir wenigstens vorbereitet.«

Connor lag im Wohnzimmer auf dem Teppich vor dem Fernsehapparat, in dem gerade das letzte Drittel eines Hockeyspiels lief, und gab kleine Laute der Begeisterung von sich.

»Er wird bestimmt mal Hockeyspieler«, sagte Lexie.

Kenly hob den Blick von ihrem Lehrbuch. »Was?«

»Schau ihn dir doch an! Ich seh ihn schon bei den Chicago Black Hawks.«

»Lieber Himmel, er ist gerade mal vier Monate alt, Lex.«

»Ja, aber schau dir doch diesen Blick an! Siehst du es nicht? Beobachte mal, wie er mit den Augen den Puck verfolgt.«

Lexie kroch auf allen vieren um ihn herum nach vorn und beobachtete ihn mit zusammengekniffenen Augen. Dann streckte sie sich auf dem Teppich aus und zwirbelte eine dauergewellte Haarsträhne um ihren Finger. »Ihr solltet ihn möglichst früh anmelden, weißt du. Und ihm vielleicht Kinderschlittschuhe kaufen, sobald er zu laufen anfängt. Und wenn er drei ist, könnt ihr ihm Stunden geben lassen.«

Kenly wandte sich wieder der Fallstudie zu, die sie gerade durchging, und stützte den Kopf in die Hände. »Bis dahin ist noch viel Zeit, Lex«, murmelte sie. »Wer weiß, was in den nächsten Jahren geschieht.«

Lexie zog Connor auf ihren Schoß, und ihre Stimme klang traurig, als sie antwortete: »Ja, du hast wahrscheinlich Recht. Wer weiß schon, was in den nächsten Jahren alles passieren kann.«

Kenly kaute nachdenklich auf ihrem Kugelschreiber. Eine Stunde zuvor hatte Lexie ihr erzählt, dass sie am Abend mit einem Typen zum Essen gehen würde, der sich »einfach nicht abwimmeln ließ«, und Kenly war ganz kribbelig vor Spannung. Vielleicht, dachte sie hoffnungsvoll, ist er der Richtige.

Aber wenn man Lexies Erzählung am nächsten Tag glauben durfte, war das Abendessen mit dem hartnäckigen Verehrer ein Desaster gewesen. »Er hat die ganze Zeit nur dagesessen und mich angestarrt. Wahnsinn, Kenly, dauernd ist ihm irgendetwas runtergefallen, und dann ist er jedes Mal knallrot geworden. Das hat mich so irritiert, dass ich angefangen habe, Doppelte zu bestellen, und dann bin ich beim Gehen über den Teppich gestolpert und der Länge nach hingeflogen.«

Bei der Vorstellung musste Kenly kichern. Solch ein Verhalten würde natürlich jeden nervös machen, aber sie glaubte, unter der Maske der Geringschätzung, die Lexie so routiniert zur Schau trug, auch einen Schimmer Faszination wahrzunehmen. Und sie konnte die Faszination nachvollziehen, als der Typ eine Woche später vorbeikam, um Lexie zum Kino abzuholen.

Er hieß Benjy McMillan, und Kenly mochte ihn sofort. Er war fast einen Meter neunzig groß, gut zwei Zentner schwer und hatte samtige braune Kuhaugen. Trotz seiner nicht gerade zarten Figur bewegte er sich mit einer tänzerischen Anmut, behutsam und umsichtig, als fürchte er, etwas umzustoßen, und er hatte Hände wie Pranken. Er war fast zehn Jahre älter als Lexie und hatte – ganz anders als sie, die meistens lossprudelte, als hätte sie Quasselwasser getrunken – eine ruhige, bedächtige Art zu sprechen. Die beiden hätten gegensätzlicher nicht sein können. Aber sobald er da war, schwebte Lexie in ungewohnt stolzer Haltung durch die Räume und sonnte sich hemmungslos in so viel Aufmerksamkeit und offenkundigem Interesse an ihrer Person.

»Was macht er eigentlich beruflich?«, fragte Kenly am folgenden Morgen beim Frühstück.

Lexie öffnete den Kühlschrank und inspizierte die Vorräte. »Äh – er arbeitet bei der Müllabfuhr.«

»Ah ja. Na, das ist doch ganz in Ordnung.«

»Hm.« Lexie nickte und drehte sich nach ihr um. »Es ist okay, findest du nicht? Ich meine, dass er Müllmann ist.«

»Aber ja, natürlich. Irgendjemand muss diese Arbeit ja tun.«

»Genau.«

Lexie und Benjy hatten sich einige Monate zuvor im Frisiersalon kennen gelernt. Benjys Dienststelle war im selben Gebäude, und er kam ziemlich regelmäßig im Frisiersalon vorbei, um sich die Haare schneiden zu lassen. Nachdem er einmal von Lexie bedient worden war, begann er ausdrücklich sie zu verlangen, wenn er zum Haareschneiden kam, und nicht lange danach bat er sie, mit ihm zum Mittagessen zu gehen. Lexie gab ihm wochenlang Körbe, ehe sie sich schließlich erweichen und von ihm einladen ließ. Wenn er sie jetzt abholte, pflegte sie hoch erhobenen Hauptes in den Wagen zu steigen, dessen Tür er für sie galant offen hielt. Er hatte etwas ungeheuer Sanftmütiges an sich, und Kenly war überzeugt, dass seine Zuverlässigkeit Lexie gut tat.

Den Tag, an dem sie getraut wurden, sollte Kenly niemals vergessen. Sie stand früh auf und ging eine Runde laufen, und obwohl Regen angesagt war, schien am Nachmittag um drei Uhr die Sonne immer noch. Doch die Hitze war erträglich dank eines sanften Lüftchens, und der Himmel war wolkenlos.

Die Trauung fand am Light House Beach statt, auf dem grünen Hügel mit Blick auf den Michigan See, den Ross als Kind so oft mit seinem Vater besucht hatte. Ross' Mutter war gekommen und seine Schwester Leanne mit ihrem Mann und den beiden Jungen. Ross' Partner Joel kam auch, und Lexie brachte Benjy mit, der, gutmütig wie er war, Großmutter Alister an seinem Arm durch den Tag geleitete.

Die Gäste saßen auf Klappstühlen im Gras, während Kenly und Ross einander unter einer üppig mit Weinlaub überrankten Pergola gegenüberstanden und sich das Jawort gaben. Kenly trug ein cremefarbenes Kleid mit einer Perlenkette und um ihr linkes Handgelenk geschlungen den rotseidenen Schal ihrer Mutter. Ross konnte den Blick nicht von ihr wenden.

Connor saß während der Trauung auf Großmutter Alisters Schoß. Sie hatte ihm sein Lieblingsschmusetuch gegeben, doch er lutschte mit Inbrunst an ihren Fingern. Lexie stellte ihren Fotoapparat ein und machte von den beiden ebenso viele Aufnahmen wie vom Brautpaar. Benjy saß neben ihr und lächelte hoffnungsfroh, als Kenly und Ross einander ewige Treue schworen.

Nach der Trauungszeremonie küssten sich die beiden, und Lexie begann wie auf Kommando zu weinen. Sie streifte ihre engen Schuhe ab und schluchzte so tränenreich, dass ihr die Wimperntusche über die Wangen rann. Prompt stimmte Connor ein und heulte noch lauter als Lexie.

»Es reicht!«, rief Kenly mit gespielter Entrüstung und nahm Connor auf den Arm. Sie küsste ihn auf die Stirn und schwang ihn herum, bis er lachend mit Armen und Beinen strampelte. Als sie innehielt und Connor das Gesicht abtupfte, bemerkte sie, dass Benjy unverwandt seinen Blick auf sie und Connor gerichtet hielt. Er nickte höflich, nahm Lexie in den Arm und drückte sie fest.

Ross war sicher, Benjy von irgendwoher zu kennen. Seit Wochen ging ihm der Gedanke im Kopf herum, und an diesem Abend beim Essen fiel es ihm plötzlich ein.

»Hast du schon mal von der Abfallverwertungsfirma McMillan gehört?«, fragte er Kenly.

Sie nickte, einen Löffel Eiscreme im Mund. Dann drehte sie mit einem Ruck den Kopf und starrte Ross an. »Du meinst …?«

Ross lächelte. »Benjys Vater ist Bill McMillan. Er ist der Besitzer der Firma, eines der größten Unternehmen dieser Art in Illinois.«

Kenly schüttelte den Kopf und lachte. Sie konnte es kaum erwarten, Lexies Reaktion zu sehen, wenn ihr klar wurde, dass Benjy kein gewöhnlicher Müllmann war.

Am folgenden Morgen ließen sie Kind und Großmutter in der sicheren Obhut von Lexie und Benjy zurück und flogen auf die Bermudas. Als die Maschine abhob, lehnte sich Kenly lächelnd zurück. So glücklich war sie schon lange nicht mehr gewesen.

16

Großmutter Alister freute sich über jedes Bild von Connor, das Kenly ihr schickte, und rief im Allgemeinen jede Woche einmal an, um sich nach seinem Befinden zu erkundigen. Oft konnte sie es sich nicht verkneifen, Kenly diesen oder jenen guten Rat zu seiner Erziehung zu geben.

»Wieg ihn bloß nicht in den Schlaf, damit verwöhnst du ihn nur ... Gib ihm nicht zu früh Brei ... Benutzt du Stoffwindeln oder diese schrecklichen Wegwerfdinger? ... Kenly, braucht er irgendetwas?«

Er brauchte nichts, aber sie ließ sich immer etwas einfallen. »Einen Schlafanzug könnte er gebrauchen, Großmama.« Oder: »Ein paar Unterhemden wären nicht schlecht ...«

Als Connor ein halbes Jahr alt war, fuhren sie und Ross mit ihm zu Großmutter Alister nach Duluth und wiederholten den Besuch ein paar Monate später. Die Gesundheit der alten Frau verschlechterte sich zusehends, sie war jetzt an den Rollstuhl gefesselt und konnte nicht mehr reisen. Beim Abschied nach dem zweiten Besuch streckte sie die Arme nach Connor aus. Er war halb im Schlaf und gähnte herzhaft, während sie ihn an ihre Brust gedrückt hielt und zärtlich mit ihm sprach.

»Ich glaube, er muss gewickelt werden«, sagte sie und reichte ihn Ross zurück.

Der öffnete die Wickeltasche, während Kenly zur Toilette verschwand. Als sie zurückkam, standen die beiden über Großmutter Alisters Bett gebeugt.

»Es ist wahrscheinlich ganz harmlos«, sagte Ross gerade.

Großmutter Alister nickte. Doch bevor sie sich wieder setzte, nahm sie Ross beim Ellbogen und drückte ihn kurz. »Lasst es trotzdem anschauen.«

Kenly schlüpfte in ihre Jacke. »Was sollen wir anschauen lassen?«

»Er hat auf der Brust ein Muttermal oder so was«, sagte Ross.

Kenly drängte sich an ihm vorbei und blickte auf Connor hinunter. Er schlief. Sein Hemdchen war aufgeknöpft, Brustkorb und Bauch waren nackt. Mit klopfendem Herzen neigte sie sich tiefer, kniff die Augen zusammen, und da war es, nur schwach zu erkennen, aber schrecklich vertraut. Sie schob einen Arm unter den kleinen Körper und rieb mit dem Daumen das Mal, als wollte sie es fortwischen.

Ross sah zerstreut auf seine Uhr und stopfte in die Wickeltasche, was von Connors Sachen noch herumlag.

»Es ist nur ein Muttermal, nichts weiter«, sagte er.

Kenly nickte, während sie Connors Hemdchen zuknöpfte, doch sie hielt den Blick gesenkt und sah Ross nicht an. Sie hatte es so klar vor Augen, als wäre sie wieder dort, oben im Baumhaus, an jenem Morgen, an dem sie aus Athabasca abgereist war ... Tommy, wie er in Jeans und ohne Hemd auf der Matratze gesessen hatte ... Genau dieses L-förmige Muttermal hatte auch er auf der Brust gehabt. Es war größer gewesen als Connors, und dunkler. Mit zitternden Händen reichte sie Connor ihrer Großmutter, damit diese ihn noch einmal umarmen konnte.

Großmutter Alister lächelte. »Steven wäre so stolz gewesen.«

»Ja, Großmama, das glaube ich auch.«

»Also dann, passt mir gut auf den Kleinen auf, hört ihr?«

»Immer«, flüsterte Kenly.

Nachdem sie Connor am Abend ausgezogen hatte, um ihn zu baden, hielt sie ihn, die Hände unter seinen Achselhöhlen, einen Moment in die Höhe, um sich das Mal genauer anzusehen. Er strampelte vergnügt, während sie mit ihm scherzte, obwohl ihr eigentlich gar nicht danach zumute war. Behutsam ließ sie ihn ins warme Wasser gleiten und fuhr ein paarmal mit einem feuchten Waschlappen über seine Brust. Durch die Wärme des Wassers zeigte sich das Mal noch deutlicher als zuvor. Einen Moment lang starrte Kenly es an und biss sich auf die Unterlippe. Dann schloss sie die Augen und sprach ein lautloses Gebet.

Am folgenden Morgen ließ sie sich, ohne Ross etwas davon zu sagen, einen Termin bei Connors Kinderarzt geben. Zwei Tage später fuhr sie in die Praxis. Sie wartete schweigend, während Dr. Browning am Telefon eine Reihe von Untersuchungen veranlasste, und als er auflegte, beugte sie sich angespannt vor.

Er notierte eine Adresse auf einem Zettel, den er ihr reichte. »Wenn Sie in spätestens einer Stunde dort sein können, machen sie die Untersuchungen heute noch. Die Ergebnisse bekommen Sie dann in frühestens einer Woche, es kann auch zehn Tage dauern.«

Kenly musste wegsehen, zum Fenster hinaus, auf seinen Schreibtisch hinunter, irgendwohin, um sich von der bangen Beklemmung abzulenken, die sich langsam in ihr festsetzte.

Als sie nichts sagte, blickte der Arzt stirnrunzelnd zu Boden, räusperte sich und tätschelte flüchtig ihre Hand. »Mal sehen, ob ich nicht doch ein bisschen Dampf machen kann.«

Am nächsten Tag focht Kenly im Auto einen heftigen Kampf mit ihren Gefühlen aus und war nahe daran, umzukehren. Doch als sie schließlich den Wagen auf dem Parkplatz abstellte, war ihr klar, dass sie sich nicht drücken konnte. Ein kleiner Pritschenwagen rollte auf dem Kiesweg vorbei, der auf den Friedhof führte, und zwei Männer, die mit Schaufeln und Spaten hinten auf dem Fahrzeug saßen, musterten Kenly mit gelangweilten Mienen. Auf dem Rückfenster des Wagens stand in großen Lettern *Kubler Bestattungsdienst*.

Kenly war zwar noch nie an diesem Ort gewesen, aber sie wusste, dass ihre Mutter hier zusammen mit ihren Eltern begraben war. Ihr Vater hatte das irgendwann einmal erwähnt. Sie holte tief Atem, dann nahm sie den rotseidenen Schal ihrer Mutter fest in eine Hand und ging suchend zwischen den Gräbern hindurch. Es war eine Art seelische Vorbereitung, die Namen und Daten auf den Grabsteinen zu lesen, an denen sie vorüberkam – jeder Einzelne ein liebevolles Zeugnis des Gedenkens an die Menschen, die hier begraben waren. Als sie das Grab endlich fand, kniete sie nieder und strich mit der Hand behutsam über den Stein und zeichnete jeden Buchstaben mit den Fingern nach.

Lara Jurgen Alister
28. Mai 1947 – 29. August 1977

Gleich daneben standen zwei schlichte Steine mit den Namen ihrer Großeltern und den Daten ihrer Geburt und ihres Todes. Kenlys Kinn bebte. Sie hob das Gesicht zum Himmel empor und legte beide Hände in den Schoß. Im Süden flog ein Flugzeug über die Stadt, schrumpfte zu einem silbernen Punkt und verschwand in Wolken.

»Du fehlst mir immer noch«, flüsterte sie. »Und die Sehnsucht vergeht nie, auch jetzt nicht – gerade jetzt nicht –, wo ich selbst ein Kind habe und mich frage, ob ich das Richtige tue.«

Sechs Tage später saß sie in Dr. Brownings Wartezimmer. Connor kroch auf dem Teppich zu ihren Füßen herum, und es dauerte eine Weile, bis die Sprechstundenhilfe sie aufrief.

»Mrs Lowen?«

Sie hob Connor hoch, setzte ihn rittlings auf ihre Hüfte, hängte sich die Wickeltasche über die Schulter und folgte der Sprechstundenhilfe durch einen engen Flur ins Sprechzimmer.

Sobald sie sich gesetzt hatte, klappte Dr. Browning eine Akte zu, die er vor sich auf dem Schreibtisch liegen hatte, schlug sich mit beiden Händen auf die Knie und sah Kenly lächelnd an. »Sie können beruhigt sein. Es ist nur ein Muttermal.«

Kenly hatte das Gefühl, dass ihr vor lauter Erleichterung schwindelig wurde. Sie schlug die Hände vors Gesicht, erschöpft von dem Kampf gegen die Gespenster, den sie die ganze letzte Woche geführt hatte, und unendlich glücklich, dass Connor nichts fehlte.

Als Großmutter Alister wenige Wochen vor Connors erstem Geburtstag starb, empfand Kenly einen großen Verlust.

»Alles okay?«, fragte Ross am Tag nach der Beerdigung.

Kenly seufzte. »Sie war das einzige Familienmitglied, das ich noch hatte.«

»Ich weiß.« Ross wies mit einer Kopfbewegung auf Connor, der in seinem Bettchen schlief. »Aber du hast auch noch uns, und wir gehen nicht weg.«

Er schlang ihr den Arm um die Taille und zog sie an sich. Kenly nickte stumm, noch fester entschlossen, ihr Glück um jeden Preis zu bewahren.

Mit vierzehn Monaten begann Connor endlich zu laufen, und Ross wachte mit Argusaugen über ihn.

»Lass ihm doch ein bisschen Raum«, ermahnte ihn Kenly.

Aber er achtete nicht auf sie, sondern tanzte selig lächelnd um Connor herum und beobachtete entzückt jeden seiner wackligen Schritte. Connor seinerseits riss staunend die Augen auf und erfreute sich jauchzend seiner neu gewonnenen Freiheit. Jedes Mal wenn er vom Boden aufstand, war Lexie schon mit dem Fotoapparat da. »Nun seht ihn euch an!«

Ross verdrehte die Augen, und Kenly bat sie, den Apparat wegzulegen, Connor jedoch genoss die Aufmerksamkeit.

Als Kenly eines Nachmittags die Fotos durchsah, die Lexie aufgenommen hatte, zuckte sie unwillkürlich zusammen. Auf einem der Bilder stand Connor draußen am Gartentisch. Er hatte nur eine Windel an und lachte, den Kopf weit in den Nacken geworfen.

Kenly berührte mit der Fingerspitze das Muttermal auf seiner Brust. Sie sah es jeden Tag, aber auf einem Bild wirkte es so … so unwiderruflich. Es war ziemlich lang, L-förmig und hatte in der Sommersonne eine rostbraune Färbung angenommen. Kenly riss das Bild einmal durch, dann noch einmal, bevor sie die restlichen Fotos durchsah, um zu prüfen, ob noch welche dabei waren, auf denen das Mal zu erkennen war. Anschließend schob sie die Aufnahmen wieder in den Umschlag und vergrub das zerrissene Bild im Müll.

Dann suchte sie Lexies Zigaretten und zündete sich mit zitternden Händen eine an. Gleich nach dem ersten kräftigen Zug wurde ihr schwindlig von dem ungewohnten Nikotin, aber nach ein paar Minuten war sie viel ruhiger.

Die Hintertür flog auf, und Lexie kam mit Connor auf dem Arm herein.

»Er schläft«, flüsterte sie Kenly im Vorbeigehen zu.

Kenly drückte die Zigarette aus und folgte ihr, mit einer Hand Connors baumelndes Bein streichelnd. Sie roch seinen Duft, den Duft, den sie so liebte, den sie einsog, wenn sie ihn spätabends auf dem Arm hielt und sich nicht von ihm trennen konnte.

»Hat er sich gut benommen?«

Lexie legte ihn in sein Bett und lächelte. »Er war ganz lieb. Du hast übrigens vor zwei Jahren zu rauchen aufgehört, du Verrückte«, sagte sie.

17

Kenly steckte mitten in den Prüfungen. Eines Abends war sie gerade am Telefon, als Ross ihr einen Umschlag in die Hand drückte und leise sagte: »Können wir da mal darüber reden, wenn du fertig bist?« Stirnrunzelnd drehte sie den Umschlag um und erstarrte, als sie die in seiner Handschrift geschriebenen Notizen sah:

Air Canada Chicago–Winnipeg, direkt
Winnipeg–Edmonton, direkt
Mietwagen (bestätigt)
Tommy Naylor (780) 555-1014

Mit rotem Kopf wies sie auf den Hörer und flüsterte lautlos: »Mein Prof.« Ross nickte und griff nach der Zeitung, die auf dem Küchentisch lag.

»Ja, gut, ich komme morgen bei Ihnen vorbei, dann können wir das in Ruhe besprechen.«

Kenly legte auf, bemühte sich, locker und unbefangen zu wirken, und schob sich die Haare hinter die Ohren. In Wahrheit aber schlug ihr das Herz bis zum Hals, als Ross sie in den Arm nahm, ihr einen Kuss gab und dann ein wenig von ihr abrückte, um sie forschend anzusehen.

»Ich dachte, ich überrasche dich damit: Wir fliegen nach Athabasca. Ich habe schon gebucht.«

Sie sah ihn mit offenem Mund an. »Das kann nicht dein Ernst sein!«

Er lachte. »Doch. Lexie fand die Idee großartig.«

Einfach wunderbar, dachte Kenly.

»Dann kann ich endlich alle kennen lernen«, sagte er und öffnete den Kühlschrank. »Möchtest du ein Glas Wein?«

»Gern«, antwortete sie. Am besten gleich ein Dutzend Flaschen.

Er schenkte ihr ein und schob das Glas über den Tisch. »Ich hab schon alles erledigt. Die Flüge habe ich billiger bekommen, und Lexie hat mit ihrem Onkel geredet, wir können bei ihm wohnen.«

Kenly ergriff das Glas mit solch einer heftigen Bewegung, dass es überschwappte und Wein auf den Boden tropfte. Ross sah sie verwundert an und sprang auf, um einen Putzlappen zu holen.

»Alles in Ordnung?«

»Ja, ja.« Sie versuchte zu lächeln. »Ich muss das nur erst mal verdauen.«

Aber natürlich war nichts in Ordnung. Sie hatte plötzlich das Gefühl, keine Luft mehr zu bekommen, und zum zweiten Mal seit Jahren lechzte sie nach einer Zigarette. Sie rieb sich die Schläfen und streckte die Beine aus.

»Lexie hat von irgendjemandem ein Reisebett und einen Buggy für Connor geliehen«, berichtete Ross, während er den Boden wischte.

»Das ist gut.« Connor kann den Laufstall haben – und ich nehme den Buggy, weil ich bestimmt vor lauter schlotternden Knien nicht laufen kann.

Als sie an einem Wegweiser vorüberkamen, der besagte, dass es bis Athabasca nur noch zehn Kilometer waren, wäre Kenly am liebsten aus dem Auto gesprungen. Es kam ihr vor wie eine Ewigkeit, seit sie das letzte Mal dort gewesen war, und jetzt, da sie nur noch wenige Minuten entfernt waren, wurde sie bei dem Gedanken an das bevorstehende Zusammentreffen mit Tommy von Panik ergriffen.

Ihr Herz klopfte unruhig, und während sie den Hügel hinunter in den Ort fuhren, konnte sie keinen Moment lang still sitzen.

»Die Musik ist ja furchtbar«, sagte sie ungehalten und drehte das Radio aus.

Ross warf ihr einen kurzen Blick zu. »Okay. Der Mietwagen ist zu klein, wir haben Connors Schmusedecke vergessen, und sämtliche Programme im Radio sind furchtbar. Gibt's sonst noch irgendwelche Beanstandungen?«

Kenly wich seinem Blick aus und wandte sich stattdessen nach hinten, um nach Connor zu sehen. »Tut mir Leid. Ich bin müde.«

»Ach so«, sagte Ross in einem Ton, als wäre er erleichtert, dass die Wahrheit endlich heraus war, obwohl er kein Wort glaubte.

Es war Ende September, und die Hügel zu beiden Seiten des Flusstals strahlten in leuchtenden Rost- und Orangetönen. Kenly schluckte und umfasste Ross' Hand. Sie musste daran denken, wie sie das erste Mal diese Straße hinuntergefahren war. Wie sicher sie damals gewesen war, dass sie diesen Ort hasste und sie hier gewiss nicht lange verweilen würden.

Den Blick aus dem Fenster gerichtet, ließ sie die Erinnerungen zu, die sie sonst stets verdrängte, und erkannte plötzlich, wie sehr sie das alles hier vermisst hatte. Natürlich gab es in ihrem Alltag immer mal wieder Kleinigkeiten, die sie an Athabasca erinnerten: ein Stück von Billy Joel im Radio, das Gedanken an Tommy wachrief. Der frische Geruch von Tannennadeln, der das Bild von blitzenden Nordlichtern und vom schönsten Weihnachtsfest heraufbeschwor, das sie je erlebt hatte. In diesem Moment jedoch vermisste sie vor allem Jeans Zimtgebäck und die vielen Gespräche um Max' Feuerstelle.

Ross drückte ihre Hand. »Jetzt bist du doch froh, dass wir hergekommen sind, oder?«

Kenly nickte und lächelte. Sie lotste ihn durch den Ort zum Haus von Walter und Florence und öffnete ihren Sicherheitsgurt, sobald sie geparkt hatten.

»Willst du jetzt gleich zu Tommy fahren?«

Kenly war dabei, Connor aus dem Kindersitz zu helfen. »Nein. Ich rufe ihn an und sag ihm, dass wir morgen vorbeikommen.«

Im Haus schienen sämtliche Lichter zu brennen. Kenly holte einmal tief Atem, sagte sich beschwichtigend, dass alles gut gehen würde, und klingelte. Florence öffnete ihnen. Sie trug das Haar jetzt kürzer, dazu Perlenohrringe und eine schlichte Goldkette um den Hals, und sah wie immer wie eine echte Dame aus – obwohl sie nur einen Push-up-Büstenhalter anhatte und ein Miederhöschen, das im Kampf gegen ihren Bauch auf verlorenem Posten stand.

Kenly starrte sie mit offenem Mund an.

»Komm schon rein, Kenly, ich möchte doch endlich deinen kleinen Jungen sehen.« Florence zog Kenly ins Haus, umarmte sie herzlich und machte sich dann mit Ross bekannt. Unaufhörlich plappernd ging sie vor ihnen her durch den Flur zur Küche.

Ross zog die Augenbrauen hoch und flüsterte: »*Das* ist Lexies Tante?«

»Nur angeheiratet«, antwortete Kenly und zuckte

mit den Schultern, um zu zeigen, dass sie ebenso verwundert war wie er.

Ross schob sie durch den Flur vorwärts, und sie traten in die Küche. Es fiel ihnen beiden schwer, Florence nicht anzustarren, die zwei Stühle näher zog und dann geschäftig zum Herd eilte, um Tee zu kochen. Auf dem Tisch standen zwei Teller, der eine mit kleinen Appetithappen, der andere – Kenly sah es mit Schrecken – mit mehreren rohen Steaks, die in Blut schwammen.

»Bedient euch!«, rief sie ungeduldig über die Schulter, während sie Wasser in den Kessel laufen ließ. Dann setzte sie sich auf einen Stuhl ihnen gegenüber und streckte die Arme nach Connor aus. Ihre Augen glänzten feucht. »So ein schönes Kind! Setzt euch, ihr beiden, und esst. Darf ich den Kleinen mal auf den Schoß nehmen?«

Sie hörten, wie die Haustür geöffnet und zugeschlagen wurde, dann erklangen eilende Schritte im Flur. Walter Dunning kam in die Küche, Erwartungsfreude im Blick und ein breites Lächeln im Gesicht, aber als er Florence sah, wurde er blutrot.

»Hallo, Kenly«, sagte er und gab ihr einen flüchtigen Kuss auf die Wange. Dann umfasste er sanft Florences Ellbogen, nahm Connor von ihrem Schoß und setzte ihn ab. »Entschuldigt uns, bitte.« Während die beiden in den Flur hinausgingen, regte sich Florence flüsternd darüber auf, dass er so unhöflich sei.

Ein paar Minuten später kam Walter allein zurück. »Lexie sagte, ihr würdet frühestens um neun hier sein«, murmelte er wie zur Erklärung.

»Macht doch nichts«, erwiderte Kenly.

Er senkte den Blick und begann seufzend den Tisch abzuräumen. »Vor einem halben Jahr fing sie an, nachts herumzuwandern und konnte das Bad nicht finden. Es dauerte eine Weile, bis uns klar wurde, dass es Alzheimer ist.«

Walter schüttelte ein paarmal den Kopf und ließ sich niedergeschlagen auf einen Stuhl fallen. »Den Ärzten zufolge ist es eine stetig fortschreitende Krankheit, gegen die man nichts tun kann. Manche Tage sind besser als andere, aber wenn etwas sie sehr bewegt, vergisst sie in der Aufregung manchmal, sich anzuziehen. Und auf euren Besuch hat sie sich natürlich unglaublich gefreut.«

Kenly war elend zumute. »Wir hätten in ein Hotel gehen sollen.«

»Unsinn! Becky ist für eine Woche in Calgary, ihr Zimmer ist frei, und ich bin ja da, um mich um Flo zu kümmern. Ihr beide könnt kommen und gehen, wie es euch beliebt.«

»Walter? Warum hat Lexie mir nichts gesagt?«

Er senkte die Lider. »Weil ich es ihr bis jetzt verschwiegen habe.«

Kenly nahm Walter in die Arme. »Es tut mir so Leid«, sagte sie leise und drückte ihn an sich.

Er nickte nur und forderte sie dann auf, ihm zu folgen, weil er ihnen Beckys Zimmer zeigen wollte. Dann wünschte er ihnen eine gute Nacht. Kenly holte Connor, der erstaunlich friedlich zu Ross' Füßen gesessen und gespielt hatte, legte ihn in das Reisebett und begann anschließend, ihre Sachen auszupacken.

Ross beobachtete sie schweigend und sagte erst, als sie sich die Haare bürstete: »Willst du dich allein mit Tommy treffen?«

Die Haarbürste kam abrupt zum Stillstand. »Aber nein! Ich möchte, dass du ihn kennen lernst. Es ist nur – na ja, es ist mir einfach unangenehm, dass ich nicht schon eher mal wieder hierher gekommen bin.«

Ross nahm sie in die Arme und drückte sein Kinn

in ihr Haar. »Ach, das versteht er bestimmt. Du hast Mann und Kind und befindest dich in der Endphase deines Studiums. Du hast einfach eine Menge um die Ohren!«

Kenly nagte an ihrer Unterlippe. «Ross?«

»Hm?«

»Ich liebe dich.«

Er strich ihr mit einer Fingerspitze über den Nasenrücken und lächelte.

Am nächsten Tag stand Walter schon frühmorgens in der Küche und briet Schinken und Eier zum Frühstück, aber Kenly fühlte sich so unbehaglich, dass sie kaum eine Scheibe Toast hinunterbrachte. Sobald das Frühstück vorbei war, setzte sie Connor in den Buggy und machte sich zusammen mit Ross zu Fuß auf den Weg zu den Naylors. Unterwegs erzählte sie, wie ein Wasserfall gegen die wachsende Beklemmung anredend, von ihrem früheren Leben in Athabasca.

Als sie das Haus der Naylors erreichten, sprang die Tür auf, noch ehe sie geklingelt hatten, und Tommy kam die Verandatreppe herunter, im Gesicht das verlegene, schiefe Lächeln, das Kenly so gut kannte.

»Wo hast du dich rumgetrieben? Ich dachte schon, ich müsste Max auf dich ansetzen.«

Tommys Haar war kürzer, und er war viel zu dünn, aber sonst wirkte er unverändert – eine empfindsame Seele in einem missgestalteten Körper. Kenlys Kehle war für einen Moment wie zugeschnürt.

»Hallo, du«, sagte sie dann und nahm ihn fest in die Arme. »Es ist schön, dich zu sehen.«

Sie blickten einander lächelnd an, dann trat Kenly einen Schritt zurück und nahm Ross bei der Hand. »Tommy, das ist Ross, und das ist – das ist Connor.«

»Freut mich, dich kennen zu lernen«, sagte Ross und

schüttelte Tommy die Hand. Dann warf er einen Blick auf seinen Sohn.

Connor schien wie gebannt und musterte die fremden Menschen mit großen Augen. Als er Tommy entdeckte, wurde aus seinem neugierigen Staunen unverhüllter Schrecken. Connors Unterlippe begann zu beben, er drehte sich in seinem Buggy herum und hob flehend die Arme zu Ross hinauf.

Ross kauerte neben ihm nieder, öffnete die Gurte und nahm ihn hoch. »Hey, Kleiner, alles in Ordnung.«

Kenly war rot geworden. Sie wollte Connor an die Hand nehmen. »Komm, mein Schatz, ich möchte dir Tommy vorstellen.«

»Lass ihn, Kenly«, sagte Tommy. »Er hat Angst. Lass ihm einfach Zeit.«

Sie nickte und war Tommy dankbar für sein Verständnis. Am liebsten hätte sie ihn umarmt. Während sie noch unschlüssig dastand, kam Max ihnen zu Hilfe. Er eilte die Treppe herunter und bot Ross die Hand.

»Hallo, Ross. Kenly hat Ihnen bestimmt schon von Jean und mir erzählt. Kommen Sie, gehen wir mit Connor nach hinten in den Garten zum Sandkasten. Da kann er sich amüsieren.«

Ross lächelte und nickte Jean zu, die hinter Max aufgetaucht war. »Freut mich, Sie kennen zu lernen.«

Kenly sah Tommy verdutzt an. »Ich kann mich gar nicht an einen Sandkasten erinnern.«

»Wahrscheinlich weil wir bis vor einer Woche auch noch keinen hatten«, sagte Jean lachend, hakte Kenly unter und zog sie die Treppe herauf.

Tommy und Kenly blieben im Haus und machten Kaffee, während Max, Jean und Ross hinten im Garten saßen und zusahen, wie Connor den Sand auf dem Rasen verstreute. Kenly trat ans Küchenfenster und musterte die Spielsachen, die Max extra für Connor besorgt hatte.

»Na, das ist ja wunderbar«, bemerkte sie. »Er ist gerade mal drei,und wir haben jetzt schon Mühe, ihm klar zu machen, dass er nicht immer seinen Willen bekommen kann. Dieses Wochenende hier wird unsere Bemühungen um Lichtjahre zurückwerfen.«

Tommy saß am Küchentisch, die Füße auf einem Stuhl. »Er ist ein süßer kleiner Kerl, Kenly.«

Seine Worte versetzen ihr einen schmerzhaften Stich. »Ja, das finde ich auch. Nur frag ich mich manchmal, ob ich überhaupt imstande bin, ihn richtig zu erziehen.«

Tommys Gesicht wurde weich. Er lächelte. »Verlass dich auf deinen Instinkt, dann wird es schon klappen. Du weißt, was wichtig ist und was nicht.«

Dann kam Jean in die Küche, um Brötchen zu belegen, und sie halfen ihr, sie hinauszutragen. Kenly entging nicht, dass Tommy sich möglichst weit entfernt von Connor niederließ, der mit vor Aufregung glühenden Wangen im Sandkasten spielte. Fünf Minuten später stand er auf, um Ross irgendetwas zu zeigen, was er ausgegraben hatte. Als sein Blick dabei auf Tommy fiel, ließ er seinen Eimer fallen und begann zu weinen. Ross wollte gerade aufspringen, als Kenly ihm bedeutete, sitzen zu bleiben. Sie erhob sich aus ihrem Gartensessel und breitete die Arme aus. »Komm, Schatz, es ist ja gut«, sagte sie, und Connor lief schluchzend und zitternd zu ihr.

»Böser Mann«, sagte er weinend und zeigte mit dem Finger auf Tommy.

Kenly wurde blass und zog Connor auf ihren Schoß. »Nein, nein«, murmelte sie dicht an seinem Gesicht. »Das ist ein Freund von Mama, Schatz. Das ist kein böser Mann. Er ist krank.«

Aber Connor war so leicht nicht von seiner Meinung abzubringen. »Doch, böser Mann.« Das Gesicht an die Jacke seiner Mutter gelehnt, starrte er Tommy unverwandt an.

Ross stand auf und hielt ihm die Hand hin. »Wollen wir ein Stück spazieren gehen, Kleiner?«

Connors Augen leuchteten auf. Er nickte. »Ich geb Daddy die Hand«, sagte er, und kurz darauf gingen die beiden langsam über den Rasen in Richtung Schlucht.

»Tut mir Leid«, sagte Kenly mit einem verlegenen Kopfschütteln.

Tommy antwortete mit einem Achselzucken. »Macht nichts. Du weißt doch, ich bin solche Reaktionen von Kindern gewöhnt. Du machst dir zu viele Gedanken.«

Aber sie spürte doch, dass er ein wenig gekränkt war, und bemerkte den Schatten des Unbehagens, der über sein Gesicht flog.

Es gelang ihnen nicht, Connors Angst vor Tommy zu vertreiben. Sie verbrachten den Rest des Tages draußen, grillten abends und saßen um das Feuer, bis sie ihren Atem in kleinen Wölkchen in die Luft steigen sahen. Ross, Kenly, Jean und Max kümmerten sich abwechselnd um Connor, tollten draußen mit ihm herum oder spielten im Haus mit ihm. Es war ein anstrengender Tag für den Kleinen, und gleich nach dem Abendessen kehrte Ross mit ihm zu Florence und Walter zurück, während Kenly auf sein Drängen hin noch blieb.

Als auch Max und Jean Gute Nacht gesagt hatten und gegangen waren, blieben Kenly und Tommy allein zurück. In dicken Flanelljacken saßen sie am Feuer, tranken Kaffee und sprachen lange Zeit nichts, sondern atmeten nur die herbe Nachtluft.

Bis Tommy endlich das Schweigen brach. »Bist du glücklich?«

Die Frage hätte Kenly eigentlich nicht überraschen dürfen, aber sie tat es doch. »Ja.«

»Und du bekommst vom Leben das, was du dir gewünscht hast?«

Sie nickte mit gesenktem Blick.

Er trank einen Schluck Kaffee. »Aber hier warst du doch auch glücklich.«

»Ja«, antwortete sie leise. »Aber anders, Tommy.«

Er nickte. Dann ergriff er ihre Hand und drückte sie. »Ich glaub, Woody Allen hat mal gesagt: ›Das Herz will, was es will‹, und da kann ich einfach nicht widersprechen.«

Und so saßen sie Seite an Seite, bis Kenly glaubte, die Tränen keine Sekunde länger mehr zurückhalten zu können, wenn sie nicht sofort ging. Sie schaute auf ihre Uhr und wollte etwas sagen. Aber Tommy wehrte ihre Worte mit erhobener Hand ab. Er stand auf und küsste sie auf die Wange.

»Geh heim«, sagte er lächelnd. »Deine Familie wartet auf dich.«

Am nächsten Morgen ging Kenly allein zu den Naylors hinüber, um sich vor ihrer Abreise zu verabschieden. Jean und Max saßen beim Kaffee in der Küche. Tommy war nicht da, er schlief noch.

»Er war vorhin schon mal auf«, erzählte Jean, »aber es ging ihm nicht besonders gut. Deshalb hat er sich wieder hingelegt und uns gebeten, dich von ihm zu grüßen.«

Kenly sah auf ihre Uhr und kaute unschlüssig auf der Unterlippe. »Okay. Wir müssen in zwanzig Minuten los, sonst erreichen wir den Rückflug nicht.«

Max stand auf und nahm sie fest in die Arme. »Fahr nur. Wir sagen ihm, dass du noch einmal hier warst.«

Sie zögerte einen Moment lang, dann erwiderte sie die Umarmung, verabschiedete sich von Jean und stürzte auf die Straße hinaus, überzeugt davon, dass Tommy oben an seinem Zimmerfenster stand und ihr nachsah.

18

Sechs Monate nach Connors drittem Geburtstag bat Benjy Lexie, seine Frau zu werden, und obwohl sie ihm einen Korb gab, ließ er nicht locker.

»Aber du liebst ihn doch?«, fragte Kenly, die Lexies Reaktion nicht verstehen konnte.

»Ja, schon, aber ich möchte ganz sicher sein.«

»Sicher inwiefern?«

»Dass es ihm ernst ist.«

»Lieber Gott, Lex, er hätte dich doch nicht gefragt, wenn es ihm nicht ernst wäre!«

Lexie verdrehte die Augen. »Okay, aber fragen kann *jeder*, Kenly. Was ist, wenn er's sich eines Tages anders überlegt und einfach abhaut? Was soll aus mir werden, wenn er mich auf einmal nicht mehr liebt? Ich muss einfach sicher sein, dass so etwas nicht passiert.«

Kenly beugte sich vor und fasste Lexie bei den Händen. »Es gibt keine Garantien, Lex, das weißt du doch. Du kannst bis in alle Ewigkeit bei uns wohnen, wenn du das willst, aber irgendwann musst du mal was riskieren und jemandem vertrauen. Ein Leben auf Probe gibt es nicht. Das, was du tust, *ist* das Leben. Also pack's an. Da ist jemand, der dich anbetet und der die tollsten Verrenkungen macht, um dich dazu zu bewegen, ihn zu heiraten – ich kann nur sagen, tu's einfach.«

Es war zwei Uhr morgens. Plötzlich sprang Lexie auf und lief zum Telefon.

»Was machst du?«, fragte Kenly, ihr in die Küche folgend.

»Ich ruf Benjy an.«

»Jetzt?«

»Genau! Wenn er mich wirklich liebt, dann wird es ihm wohl nichts ausmachen, dass ich mitten in der Nacht Ja sage.«

Kenly starrte sie an, als wäre sie verrückt geworden. »Du spinnst. Ich geh jetzt ins Bett.«

Lexie, die schon den Telefonhörer am Ohr hatte, nickte, zerstreut und immerhin so nervös, dass sie unablässig an ihrer frisch geschnittenen Ponyfrisur herumzupfte.

»Benjy? Hallo, ich bin's. Ich hab mir überlegt, ich will dich doch heiraten. Nein, nicht jetzt gleich, aber möglichst bald. Auf Probe leben gibt's nämlich nicht …«

Als Connor vier war, wurde im Hause Lowen das Isolierband wieder aktuell, allerdings in anderem Zusammenhang als früher. Lexie machte den Kleinen mit diesem praktischen Vielzweckmaterial bekannt, als sie einmal zum Babysitten bei ihm war, und von da an mussten sie jedes Spielzeug, das Schaden genommen hatte, mit Isolierband reparieren. Supermänner und Actionhelden, denen ein Leben als Amputierte drohte, wurden im Nu wieder hergestellt, und bald waren alle Traktoren, Bagger oder Eisenbahnwaggons irgendwo mit Isolierband geflickt.

Im Sommer nach Connors viertem Geburtstag meldete Ross seinen Sohn beim Fußballverein an. Und während sie sich eines Tages ein Spiel von Connors

Mannschaft ansahen, eröffnete Ross seiner Frau, dass er fände, es sei Zeit für ein zweites Kind.

Kenly stellte ihren Kaffeebecher ab. »Jetzt?«

Er gab ihr einen Kuss und richtete sich wieder auf, um Connors Sprint über den Platz genauer beobachten zu können. »Na ja, nicht unbedingt hier und jetzt«, versetzte er lachend. »Aber wir könnten es vielleicht heute Abend in Angriff nehmen. Wir fangen in der Küche an und arbeiten uns weiter durchs Haus, bis wir die Sache unter Dach und Fach haben.«

Kenly umfing ihn mit beiden Armen. Warum nicht?

Aber die Sache entwickelte sich nicht wie geplant – aus irgendeinem Grund wurde Kenly nicht schwanger. Sechs Monate nachdem sie die Pille abgesetzt hatte, suchte sie ihren Arzt auf.

»Es ist alles in Ordnung. Ich sehe keinen Grund, warum es nicht klappen sollte«, sagte er und tätschelte ihr tröstend die Schulter. »Entspannen Sie sich und lassen Sie sich einfach Zeit.«

Sie berichtete Ross, was der Arzt geraten hatte, und war froh, dass Ross durch seine Arbeit abgelenkt war und der Kinderwunsch folglich nicht ständig thematisiert wurde. Innerlich war Kenly jedoch höchst beunruhigt.

Als Kenly eines Morgens kurz nach Connors fünftem Geburtstag in die Küche kam, sah sie Ross, der mit der Kaffeetasse in der Hand geistesabwesend zum Fenster hinausschaute.

»Nimmst du dir heute frei?«, fragte sie.

Er sah zur Uhr hinauf und seufzte. »Nein, heute nicht.«

Connor lag bäuchlings auf dem Küchentisch, das

Gesicht nur Zentimeter über einem Bild von Batman, das er gerade ausmalte.

Kenly beugte sich zu ihm hinunter und zauste ihm die Haare. »Würdest du mir einen Gefallen tun, Schatz?«

»Warum muss ich dir immer einen Gefallen tun?«, maulte er.

»Weil du mich lieb hast«, sagte sie und deutete zum Wohnzimmer. »Geh und räum deine Spielsachen auf. Luke und Jadie kommen gleich.«

Connors Gesicht leuchtete auf, als er die Namen der Zwillinge hörte, die nur ein paar Häuser weiter wohnten. »Dürfen sie hier schlafen?«

»Das besprechen wir später. Und jetzt ab mit dir.«

Als er verschwunden war, beschäftigte sie sich in der Küche, deckte den Tisch ab, räumte auf und wartete, dass Ross etwas sagen würde. Aber er starrte nur schweigend zum Fenster hinaus.

Schließlich legte sie ihm den Arm um die Taille und sagte: »Möchtest du mit mir reden?«

Er drückte sie kurz an sich. Erst jetzt bemerkte Kenly die dunklen Ringe um seine Augen, und ihr war, als hätte sie einen Schlag in den Magen bekommen. Sie schob ihn von sich weg. »Was ist los?«

Ohne den Blick vom Fenster zu wenden, antwortete er: »Ich weiß, wie gern du noch ein Kind möchtest, Kenly, aber es wird vielleicht nicht dazu kommen.«

»W-was soll das heißen?«

Er zögerte für einen Moment, dann drehte er sich um. »Ich wollte dich nicht beunruhigen, deshalb habe ich nichts gesagt, aber ich war letzte Woche beim Arzt …«

Ihr wurde flau im Magen, und sie ließ sich auf einen Stuhl sinken.

»Er hat mich gestern Nachmittag zurückgerufen …«

Kenly verspürte ein Flattern in der Kehle, einen flüchtigen Impuls, mit der Wahrheit herauszuplatzen, aber da sprach Ross schon weiter.

»Die Spermienzählung hat bei mir so niedrige Werte ergeben, dass wir keine großen Chancen haben, ein zweites Kind zu bekommen.«

Kenly trat vor ihn hin, nahm seine Hände und öffnete den Mund, um etwas zu sagen, aber nichts kam ihr über die Lippen.

»Er hat gesagt, es sei nicht *ausgeschlossen*«, fügte Ross hinzu und zog sie in seine Arme, »aber die Chancen sind gering.«

Kenly schmiegte sich dicht an ihren Mann, unfähig, die Wahrheit in Worte zu fassen. »Ich liebe dich«, flüsterte sie schließlich nur.

Ross hob ihr Kinn an und lächelte. »Wir werden es eben dem Schicksal überlassen müssen.«

Sie nickte.

»Schließlich können es ja nicht nur Blindgänger sein. Sonst gäbe es doch Connor nicht …«

Für Kenly hatte immer festgestanden, dass sie mehrere Kinder haben wollte. Die Möglichkeit, dass ihnen das vielleicht verwehrt bleiben würde, war ihr nie in den Sinn gekommen. Nach einiger Zeit sprachen sie nicht mehr über das Scheitern ihrer Bemühungen, aber es war doch eine große Enttäuschung.

In dem Jahr, als Connor zur Schule kam, war Ross noch häufiger auf Reisen als sonst. Er war jede zweite Woche unterwegs, und Kenly musste zusehen, wie sie Connors Stundenplan mit ihrem Teilzeitjob beim Ministerium unter einen Hut brachte. Sie war die meiste Zeit damit beschäftigt, Umschulungsprogramme für Angestellte jener Referate zu organisieren, in denen Personalentlassungen anstanden. Diese Umschulungen machten es den staatlichen Angestellten möglich, sich entweder bei anderen Referaten zu bewerben oder sich eine Arbeit in der freien Wirtschaft zu suchen. Kenly mochte ihre Arbeit, aber sie litt darunter, dass es unmöglich war, in den drei Tagen pro Woche alles zu schaffen, was anfiel. Deshalb nahm sie, als man ihr aus heiterem Himmel eine Vollzeitstelle mit höherem Gehalt anbot, diese ohne zu zögern an.

Connors frühe Vorliebe für Traktoren und Bagger schlug, als er sieben wurde, in eine fanatische Leidenschaft für Superhelden um. Lexie förderte diese Leidenschaft nach Kräften, indem sie ihm sämtliche Superheldenfiguren kaufte, die in Illinois auf dem Markt waren. Kenly und Ross waren davon gar nicht begeistert und froh, als er Legosteine entdeckte und die nächste Spielphase begann – stundenlang saß er hoch konzentriert über die bunten Steine gebeugt.

Insgesamt war Connor ein Kind, das sich stets zu beschäftigen wusste und durch ein lebhaftes Interesse an Dingen auszeichnete, die nach Kenlys Überzeugung einzig und allein männliche Wesen interessieren konnten.

Mit acht hatte Connor einen kleinen Unfall und zog sich eine Platzwunde am Kopf zu. Ross musste ihn ins Krankenhaus fahren, um die Wunde nähen zu lassen. Als die beiden am späten Nachmittag nach Hause kamen, war Kenly schon von der Arbeit zurück und bereitete das Abendessen vor.

»Was war los?«

Ross erzählte ihr kurz, was geschehen war, und bat sie, sich nicht aufzuregen. Doch Kenly musterte Connor mit zusammengekniffenen Augen. »Warum hast du mich nicht angerufen? In welchem Krankenhaus wart ihr?«

Die Fragen sprudelten so rasch aus ihrem Mund, dass Ross gar keine Zeit blieb, Antwort zu geben.

»Tut es weh?« Kenly kniete sich vor Connor hin.

Connor verdrehte gequält die Augen. »Mir geht's gut, Mama.«

Ross räusperte sich, um ihre Aufmerksamkeit zu gewinnen, aber sie achtete gar nicht auf ihn, sondern betastete mit dem Zeigefinger Connors Stirn. »Das kann ich mir nicht vorstellen, wenn ich die Naht da sehe.«

Er entwand sich ihr. »Mensch, Mama, es geht mir wirklich gut!«

Ungeduldig wandte sich Kenly Ross zu. »Was ist passiert?«

»Er ist vom Dach gefallen und hat sich den Kopf an der Regenrinne aufgeschlagen.«

»Er hat *was*?«

»Ich hab dir doch gesagt, dass sie garantiert ausrastet«, warf Connor ein und ließ sich aufs Sofa fallen.

Kenly fuhr zornig herum. »Was zum Teufel hattest du auf dem Dach zu suchen?«

»Ich wollte Lukes Frisbee runterholen.«

Sie prustete ungläubig und funkelte ihn aufgebracht an, doch Ross trat dazwischen, nahm sie beim Ellbogen und führte sie aus dem Zimmer. »Er ist ein Junge, Kenly, und er benimmt sich auch so«, sagte er lachend. »Reg dich nicht auf.«

Abgesehen von solch kleineren unliebsamen Ereignissen bereitete Connor ihnen keine Sorgen. Er war ein kerngesunder Junge, so robust, dass Kenly manchmal ungläubig den Kopf schüttelte. Als ihm die Mandeln herausgenommen wurden, hatte sie allerdings den Eindruck, dass er die Zuwendungen über die

Maßen genoss und ein wenig zu sehr auf die Tränendrüse drückte, aber Ross tat es mit einem Achselzucken ab.

»Er hat eben eine niedrige Schmerzschwelle. Genau wie seine Mutter.«

Lexies Neigung, Connor mit Geschenken zu überhäufen, ließ selbst dann nicht nach, als Kenly sie ins Gebet nahm.

»Aber ich verwöhne ihn doch gar nicht«, widersprach sie.

Kenly lachte ironisch. »Nein, überhaupt nicht. Okay, Lex, meinst du, du könntest mal sechs Monate durchhalten, ohne ihm was zu kaufen? Kannst du mir diesen Gefallen tun?«

»Gar nichts?«

»Gar nichts«, bestätigte Kenly und verschränkte die Arme.

Lexie schüttelte den Kopf, als fände sie dieses Gespräch völlig absurd, dann seufzte sie resigniert. »Also gut, in Ordnung.«

Sechs Monate und vier Tage später wurden Kenly und Ross eines Morgens von lautem Hupen in ihrer Einfahrt aus dem Schlaf gerissen. Kenly fuhr in die Höhe, zwinkerte verwirrt und stürzte zum Fenster. »Was zum …«

Ross stöhnte und zog sich ein Kissen über den Kopf, aber da kam Connor schon aufgeregt ins Schlafzimmer geschossen.

»Hey, hallo, Tante Lexie ist unten!«, rief er. »Und sie hat einen Riesenkarton mit einer großen Schleife dabei, der mitten auf dem Rasen steht. Wisst ihr, was das sein kann?«

Kenly drückte die Stirn an die Fensterscheibe und schnitt eine Grimasse. »Ich hab keine Ahnung.«

Kurze Zeit später standen Kenly und Ross auf der Vortreppe und rieben sich die Augen, während Connor schon das Geschenkpapier abriss. Lexie juchzte so laut wie Connor, als der den Karton öffnete und ein acht Wochen alter Golden Retriever tollpatschig heraustaumelte.

»Alles Gute zum Geburtstag, Kleiner!«, rief sie und klatschte vergnügt in die Hände.

Connor drückte sein Gesicht in das Fell des kleinen Hundes. »Aber ich hab doch erst in einem Monat Geburtstag.«

»Ich weiß, aber Onkel Benjy wollte ihn nicht so lange im Haus haben, deshalb bekommst du ihn ein bisschen früher.«

Verlegen gab Benjy Connor im Vorübergehen einen Klaps auf die Schulter. Er winkte Ross und Kenly zaghaft zu und sah mit einer Miene zu ihnen hinüber, die andeuten sollte, dass er über diese Überraschung ebenso wenig erfreut war wie sie.

»Ich hab versucht, sie abzuhalten«, sagte er. »Aber ihr kennt sie ja …«

Connor und Lexie wälzten sich derweilen im Gras, und der junge Hund sprang zwischen ihnen hin und her.

Kenly lachte. »Ja, und wie ich sie kenne.«

19

Als Kenly Joey Trambini zum ersten Mal begegnete, blieb er nur zehn Minuten, aber sie wusste sofort, dass sie ihn nicht mochte. Er war einen Kopf größer als Connor und ein aufgeblasener Angeber, der nicht wie Connors übrige Freunde höflich lächelte, als er Kenly begrüßte. Er trat mit einer Großspurigkeit nach dem Motto ›Kenn ich alles schon‹ auf, die Connor faszinierte und Kenly beunruhigte.

»Seit wann wohnt Joey denn hier in der Gegend?«, erkundigte sie sich an jenem Abend beim Essen bemüht beiläufig.

Connor zuckte mit den Schultern. »Seit ein paar Wochen.«

»Hat er Geschwister?«

»Ich glaube nicht.«

»Am besten rufe ich mal seine Eltern an und mache mich mit ihnen bekannt«, murmelte sie.

»Die sind geschieden«, teilte Connor ihr mit. »Er lebt bei seinem Vater.«

Kenly zog die Augenbrauen hoch, und Ross runzelte die Stirn, als verstünde er den Sinn dieses Verhörs nicht.

»Er ist groß für sein Alter«, bemerkte Kenly.

»Er ist ja auch schon dreizehn«, erklärte Connor sichtlich beeindruckt.

Kenly warf Ross einen vielsagenden Blick zu, aber der machte nur eine ungeduldige Kopfbewegung und widmete sich wieder seinem Essen.

Vier Tage später stieg Connor mit gesenktem Kopf hinten ins Auto. Kenly schaltete das Radio ein und trommelte mit den Fingern aufs Lenkrad. Der Schock hatte immer noch nicht nachgelassen, und sie hatte alle Mühe, sich zu beruhigen. Sie holte ein paarmal tief Atem, schob die Finger unter ihre Sonnenbrille und rieb sich die Augen, doch dann hielt sie es nicht mehr aus. Mit einem Ruck drehte sie sich zu ihrem Sohn um, der wie ein Häufchen Elend auf dem Rücksitz kauerte.

»Ist dir eigentlich klar, wie ernst das ist?«

»Ja«, nuschelte er kleinlaut.

Als sie am Morgen den Anruf erhielt, hatte sie es zunächst nicht glauben wollen, aber als sie dann den Drugstore betrat und Connor bei ihrem Anblick die Augen niederschlug, war ihr sofort klar gewesen, dass die Anschuldigung der Wahrheit entsprach. Jetzt drückte sein Gesicht eine Mischung aus Ungläubigkeit und Enttäuschung aus.

»Was hast du dir bloß dabei gedacht?«, fragte Kenly, nicht fähig, ihren Zorn zu verbergen. »Was zum Teufel fällt dir ein, Zigaretten zu klauen? Du bist elf Jahre alt!«

»Sie waren nicht für mich«, behauptete er nach einem kurzen Zögern, das ihr verriet, dass er log. »Sie waren für Joey.«

»Auch wenn das stimmt, wäre es keine Entschuldigung.« Kenly biss sich auf die Lippe und steuerte den Wagen in den Verkehr hinaus, sorgsam darauf bedacht, den Blick auf die Straße gerichtet zu halten. »Du hast jetzt erst mal zwei Wochen Hausarrest. Und mit Joey wirst du dich vorläufig nicht mehr treffen. Hast du mich verstanden?«

Im Rückspiegel beobachtete sie, wie Connors Schultern nach vorn sackten. Den Rest der Fahrt schwieg er trotzig, und nachdem Kenly den Wagen in der Einfahrt neben dem Haus zum Stehen gebracht hatte, stieg er wortlos aus und rannte hinein.

Ross sah müde aus, als er an diesem Abend nach Hause kam. Er trat in die Küche, gab Kenly einen Kuss in den Nacken und reckte sich gähnend.

»Wo ist denn Connor?«

»Als ich das letzte Mal nach ihm geschaut habe, lag er auf seinem Bett und starrte die Zimmerdecke an.«

»Alles okay?«

»Nein, leider nicht. Wir hatten heute ein kleines Problem.«

»Was war denn los?«

»Ich wurde heute Morgen vom Drugstore angerufen. Man hat Connor und Joey beim Zigarettenklauen erwischt.«

Ross sah sie entsetzt an. »Das kann nicht dein Ernst sein.«

»Oh doch.«

Er fuhr sich mit beiden Händen durchs Haar. »Verdammt! So hab ich mir meinen Feierabend nicht vorgestellt.«

Kenly machte eine unbestimmte Handbewegung.

»Okay, ich geh mal rauf und rede mit ihm.«

Am folgenden Tag ereignete sich etwas, das Kenly niemals in ihrem Leben vergessen sollte. Es war in den Sommerferien, Dienstag, der 11. August 1988.

Sie konnte sich später genau erinnern, wie schwül es an jenem Morgen gewesen war, konnte sich erinnern, dass sie schon vorher gewusst hatte, dass Connor (wie immer) Theater machen würde, als sie ihm auftrug, den Müll hinauszubringen, und wie verärgert sie gewesen war, als Joey aufkreuzte.

»Morgen, Mrs Lowen.«

Kenly knallte den Kofferraumdeckel ihres Wagens zu und antwortete mit einem dünnen Lächeln: «Guten Morgen.«

»Ist Connor da?«

Sie beherrschte sich eisern, als Joey sein Fahrrad einfach in eines ihrer Blumenbeete fallen ließ und den Gartenweg hinaufging, als wäre es das Natürlichste von der Welt, dass er Connor besuchen wollte, obwohl sie erst am Tag zuvor beim Diebstahl erwischt worden waren.

»Er hat Hausarrest«, sagte sie.

»Oh – hm, kann ich trotzdem kurz mit ihm reden?«

Kenly verschränkte die Arme. »Nein. Ich halte es für besser, wenn ihr euch eine Weile lang nicht seht.«

Immer wieder musste Kenly später an diesen Moment denken. Sie sahen einander mit unverhüllter Abneigung an, und es war, als kämen sie zu einer Art Übereinkunft, der jedoch zugleich eine unausgesprochene Herausforderung zugrunde lag. Joey nickte, und als er auf sein Fahrrad sprang und davonfuhr, lächelte er, doch dieses Lächeln ließ Kenly unwillkürlich das Blut in den Adern gefrieren.

Als sie zehn Minuten später losmusste, warnte sie Connor ein letztes Mal. »Ich arbeite nur bis Mittag und bin spätestens um halb zwei zurück. Untersteh dich, das Haus zu verlassen.«

Eine Stunde später saß Connor auf dem Sofa und spielte mit seinem Gameboy. Da klopfte Joey an die Hintertür.

»Haste Lust, 'n bisschen rumzufahren?«, fragte Joey grinsend, als Connor ihm die Tür öffnete.

»Nee, ich will jetzt einen Film gucken.«

»Nur 'ne halbe Stunde. Höchstens eine.«

Connor zögerte. Dann flog sein Blick zu seinem Fahrrad, das an die Garagenwand gelehnt stand. Kein Mensch würde merken, wenn er jetzt eine kleine Spritztour machte.

Joey hob beide Hände mit gespreizten Fingern in die Höhe. »Hey, ich weiß schon. Du hast Schiss, dass du erwischt wirst, oder?«

»Quatsch«, widersprach Connor, der nicht als Feigling dastehen wollte. »Warte einen Moment, ich bin gleich da.«

Eine Viertelstunde später radelten sie die Bahngleise entlang. Es war mühsam zu fahren, aber Connor wollte Joey nicht merken lassen, wie sehr er sich anstrengen musste, um mitzuhalten. Dieses Abenteuer durfte er sich nicht entgehen lassen, auch wenn es später vielleicht Ärger geben würde. Sie fuhren schweigend nebeneinanderher, bis sie zu einer verlassenen Schotterstraße kamen, die fast vollständig von Unkraut überwuchert war. Die Straße führte über die Gleise und auf der anderen Seite einen Hang hinauf, hinter dem sie dann verschwand. Als sie oben angekommen waren, sprang Joey vom Rad, um die Kette anzuziehen. Connor, der ganz außer Atem war, wartete auf den Lenker seines Fahrrads gestützt, bis es weitergehen konnte.

»Ich hab schon gemerkt, dass sie stocksauer ist, aber das vergeht«, sagte Joey, ohne den Kopf zu heben.

»Was?«

»Na, deine Mutter. Die ist sauer wegen gestern, aber das legt sich wieder.«

Connor biss sich auf die Unterlippe und zuckte mit den Schultern. »Ja, wahrscheinlich.«

»Komm, fahren wir wieder zurück. Wer zuerst unten ist«, sagte Joey grinsend.

Connor hätte sich gern noch ein paar Minuten ausgeruht, aber er kannte Joeys Ungeduld und wusste, dass es keinen Sinn hatte, sich zu widersetzen. Sie stürzten sich tollkühn den holprigen Steilhang hinunter, immer Seite an Seite, bis sie unten über die Schienen rumpelten. Joey war als Erster auf der anderen Seite und rief sich zum Sieger aus. Connor, der froh war, heil angekommen zu sein, nahm es mit Gelassenheit.

Joey drehte in gemächlichem Tempo einen Kreis und stellte sich auf die Pedale. »Das war super. Komm, das machen wir noch mal.«

Nachdem sie den Hang zum zweiten Mal erklommen hatten, sprang Joey vom Fahrrad und ließ es zu Boden fallen. Aus seiner Jeansjacke zog er eine Packung Zigaretten.

»Die haben wir uns verdient«, sagte er lachend zu Connor und bot ihm eine an.

Connor, der noch nach Atem rang, lachte mit. Vor ungefähr einer Woche hatte Joey ihm eines Nachmittags wortlos eine Zigarette angeboten, und er hatte sie genommen. Sie hatten sich im Park auf eine Bank gesetzt und geraucht und Pläne für den Rest der Ferien gemacht. Seitdem war ihnen das zum Ritual geworden.

Connor sah sich um und bemerkte erst jetzt, dass die schmale Straße bis zu den Gleisen hinunter auf beiden Seiten mit Stacheldraht abgesperrt war. An einem Baum neben der Straße hing ein Schild mit der Aufschrift: *Lebensgefahr – betreten verboten!*

Er runzelte die Stirn. »Schau mal. Hier darf man eigentlich gar nicht fahren.«

»Ist doch egal«, sagte Joey. »Eigentlich darfst du auch

gar nicht draußen sein.« Betont lässig zündete er seine Zigarette an und reichte Connor das Streichholz weiter. »Und du darfst auch bestimmt nicht rauchen.« Er grinste.

Schweigend zogen sie an ihren Zigaretten, und nach seinem letzten Zug schnippte Joey seinen Stummel routiniert ins Gebüsch.

»Bist du so weit?« Er wies mit dem Kopf zu der Rauchfahne, die in der Ferne aus den Bäumen aufstieg. »Da kommt der Zug. Los, wer schneller unten ist.«

Connor zögerte. »Ich weiß nicht, Joey. Ich bin ganz schön k.o.«

»Hey, was ist los? Hast du Schiss?«

Das dumpfe Donnern des Zuges wurde lauter, begleitet von dem Singen von Metall. Connor bekam eine Gänsehaut.

Joey legte die Hände muschelförmig um seinen Mund. »Hey, du Muttersöhnchen, hast du etwa die Hosen voll?«

Connor wusste, dass es falsch war, aber irgendetwas trieb ihn dazu, den Kopf in den Nacken zu werfen und Joeys Herausforderung anzunehmen. Er würde ihm zeigen, dass er keine Angst hatte! Joey trat in die Pedale und war auf und davon. Den Kopf tief gesenkt, jagte Connor ihm mit rumpelndem Lenker hinterher und schaffte es, ihn zu überholen. Aber schon nach wenigen Sekunden schob sich Joey wieder an ihm vorbei. »Schneller, du Hosenscheißer!«

Lachend blickte er sich um und ließ Connor aufholen. Sie befanden sich auf gleicher Höhe, als Connor mit dem Vorderrad in ein Schlagloch geriet und beinahe das Gleichgewicht verlor. Im letzten Moment gelang es ihm, das schwankende Fahrrad abzufangen.

Doch Joey, dessen Blick jetzt zwischen dem näher kommenden Zug und den Gleisen hin und her flog, wurde plötzlich unsicher. Mit panischem Blick bremste er so abrupt ab, dass sein Rad ins Schleudern geriet und Connor mit solcher Wucht gegen das Bein schlug, dass beide Jungen die Herrschaft über ihre Fahrräder verloren und kopfüber stürzten.

Connor blieb irgendwo hängen und flog samt seinem Rad durch die Luft. Als er wieder auf dem Boden aufschlug, rutschte er unaufhaltsam auf die Gleise zu und blieb dort unter dem Rad eingeklemmt liegen. Gegen eine Ohnmacht kämpfend, hob er den Kopf und bemerkte flüchtig, dass sich Joey nicht weit entfernt schreiend auf dem Boden wälzte.

In den wenigen Sekunden, bevor der Zug ihn erfasste, herrschte eine seltsame Stille, in der Connor klar erkannte, dass er zu weit gegangen war. Er sah den Zug wie eine Rakete auf sich zurasen und riss in wilder Panik einen Arm hoch, versuchte mit aller Kraft, unter dem Fahrrad hervorzukriechen, um sich zu retten. Aber die gebrochene Gabel des Vorderrads hatte sich in sein rechtes Bein gebohrt und ließ ihm keine Chance, sich zu befreien. Das durchdringende Kreischen, mit dem die Bremsen des heranbrausenden Zugs in Betrieb gesetzt wurden – viel zu spät, um die Katastrophe zu verhindern –, ließ die Luft erzittern. Das Letzte, was Connor sah, war ein Funkengestöber, das ihm durch die Luft entgegentrieb und mit dem sich tausende Tonnen Stahl in knirschendem Protest auf die Gleise drückten.

20

Kenly klemmte sich die Tüte mit den Einkäufen unter den Arm, während sie nach ihrem Schlüssel kramte. »Connor?«, rief sie, als sie die Tür aufgestoßen und die Tüte auf dem Tisch abgestellt hatte. »Ich bin wieder da.«

Sie sah auf ihre Uhr. Es war erst eins, sie war früh dran, wunderbar. Vielleicht konnte sie noch rasch eine Runde mit Motley drehen, bevor sie und Connor sich überlegten, was sie am Nachmittag unternehmen wollten. Wie auf Kommando kam Motley mit einem Stofftier im Maul um die Ecke geflitzt und sprang erfreut um Kenly herum.

»Hallo, Hund«, sagte sie und gab ihm einen Klaps. »Warst du heute morgen schon draußen?«

Sie legte ihre Handtasche auf die Arbeitsplatte, warf einen Blick ins Wohnzimmer und runzelte die Stirn. »Connor, kannst du mir bitte mal helfen?«, rief sie nach oben.

Höchstens ein paar Sekunden später, als sie vor dem Kühlschrank stand und die Lebensmittel verstaute, hörte sie Joeys Stimme. »Hilfe! Mrs Lowen, schnell – Hilfe …«

Sie wandte sich rasch um und sah ihn taumelnd vor

der Fliegengittertür stehen. Ein Arm hing leblos an seiner Seite herab, an seiner Stirn hatte er eine Wunde, Hemd und Gesicht waren blutverschmiert.

»Oh Gott, was ist passiert?«

Kenly, die bei Notsituationen immer leicht aus der Fassung geriet, riss die Tür auf und streckte zaghaft die Hand nach dem Jungen aus, während sie gleichzeitig über seine Schulter blickte und festzustellen versuchte, was geschehen war. Sobald sie ihn berührte, ließ er sich schluchzend und zitternd gegen sie sinken.

»Es w-war ein – ein Unfall ... und ich – ich k-konnte nicht anhalten.«

Kenlys Herz raste. Wovon zum Teufel redete der Junge?

»Was ist denn passiert, Joey? Komm, sag mir, was los ist!«, drängte sie, während sie sich seine Stirn ansah, erstaunt und ungläubig, dass aus einer relativ kleinen Wunde so viel Blut schießen konnte.

Doch Joey schien sie gar nicht zu hören. Er zog und riss an ihrem Arm, zerrte sie zur Tür.

»Schnell, schnell ... jemand m-muss ihm helfen ...«

»Wem denn?« Kenly folgte ihm ins Freie hinaus. »Warte, Joey. Wer braucht Hilfe?«

Plötzlich wurde es totenstill. Er blieb stehen und wandte sich von ihr ab, die Schultern von neuem Schluchzen geschüttelt. Dann sagte er mit gesenktem Kopf: »Connor. Connor braucht Hilfe.«

In diesen wenigen Sekunden, bevor sie wie ein Schlag die Erkenntnis traf, dass Joey von ihrem Sohn sprach, wollte Kenly instinktiv ins Haus zurücklaufen und die Polizei anrufen oder sonst jemanden, der fähig gewesen wäre, das Kommando zu übernehmen und ihnen zu helfen. Aber dann begriff sie, und als sie fernes Sirenengeheul wahrnahm, verfinsterte sich ihr Gesicht zuerst vor Zorn und dann vor Angst. Sie packte Joey bei seinem unverletzten Arm und zog ihn mit sich zum Gehweg.

»Wo ist er?«, schrie sie und hatte Mühe, ihn nicht zu schütteln.

Joey duckte sich, als hätte sie ihn geschlagen, und wies dann mit angstvollem Blick in die Richtung. »Oben bei den Bahngleisen ... an der alten Mill Road.«

Kenly rannte los, flog über die Straße, um eine Abkürzung durch den Wald zu nehmen. Das Herz schlug ihr bis zum Hals, und sie musste unablässig daran denken, was sie in Joeys Stimme gehört hatte: dieses pure Entsetzen, das weit mehr sagte als seine Worte. Sie weinte schon, als sie aus dem Wald auf die Mill Road hinauskam und den ersten Streifenwagen sah, dann einen Rettungswagen, der mit rotem Blinklicht daneben stand.

Lieber Gott, nein, bitte nicht ...

Keuchend, schwindlig vor Atemlosigkeit drängte sie durch die Menge der Menschen, die zusammengelaufen waren, als sie die Sirenen gehört hatten. Der erste Polizist, der ihr über den Weg lief, hatte O-Beine. Kenly bemerkte es, als sie krampfhaft nach Luft schnappend an ihm hinuntersah, ehe sie es endlich schaffte, ihm zu erklären, dass Connor ihr Sohn sei. Er nahm sie beim Arm und führte sie zu einer Gruppe von Polizeibeamten und Sanitätern.

Kenly versuchte vergeblich, an den Leuten vorbeizusehen, und versetzte dem Polizisten schließlich einen zornigen Stoß gegen die Brust. »Wo ist er?«, schrie sie hysterisch.

Dann war plötzlich Joey da, und jemand legte ihm eine Wolldecke um die Schultern, während im Hintergrund ein Polizeiradio quäkte.

»Das ist die Mutter von dem Jungen«, erklärte der O-beinige Polizist einem älteren Kollegen mit ernster Miene.

»Von welchem?«

Er wies mit einer Kopfbewegung zu dem stehenden Zug. Kenly stieß ihn zur Seite und rannte an ihm vorbei zu den Gleisen, wo sie eine Gruppe Sanitäter erkennen konnte, die sich um jemanden auf einer Trage bemühten.

»Madam!«, rief der ältere Polizist ihr nach. »Bitte bleiben Sie zurück.«

Ein weiterer Streifenwagen hielt mit blinkendem Blaulicht neben dem Rettungsfahrzeug an, und das Menschengewimmel an der Unfallstelle wurde noch dichter. Aber darauf achtete Kenly nicht, sie drängte sich bis zu ihrem Sohn vor und beobachtete dann voller Entsetzen, wie ein Sanitäter eine Maske auf Connors aschgraues Gesicht drückte, während ein anderer einen Plastikbeutel mit irgendeiner Flüssigkeit hochhielt. Man hatte Connor bereits einen Tropf gesetzt.

Kenly beugte sich über ihn, wollte ihn in ihre Arme ziehen, doch der o-beinige Polizist hatte sie eingeholt und riss sie am Ellbogen zurück. Im selben Moment bemerkte sie Connors Fahrrad, das etwas abseits lag, ein Häufchen verbogenes Metall, das kaum noch als Fahrrad zu erkennen war, und rundherum eine große Pfütze gerinnenden Bluts.

»Madam? Er ist am Leben, aber er muss sofort nach Chicago geflogen werden.«

Zitternd drehte Kenly sich nach dem Polizisten um und hörte im selben Augenblick das Knattern des Hubschraubers, der über den Bäumen in Sicht kam und auf der Suche nach einem Landeplatz über ihnen kreiste.

Mit bleichem Gesicht trat Ross durch die Schwingtür in das Wartezimmer des Krankenhauses. Gegenüber standen zwei Sofas und ein niedriger Holztisch, auf dem sich abgegriffene Zeitschriften stapelten, und vor einem Fenster waren einige Stühle mit hohen Lehnen aufgereiht. Kenly stand auf, als sie Ross' Schritte hörte, und stürzte sich in seine Arme, ohne ein Wort zu sagen.

»Wie geht es ihm?«, fragte Ross schließlich.

»Er wird gerade operiert«, antwortete sie. »Er war die ganze Zeit bewusstlos und hat sehr viel Blut verloren, aber sie glauben, dass er durchkommt.«

Tief aufseufzend trat sie zurück und fuhr sich mit beiden Händen durchs Haar.

»Und?«, fragte er, ihre Arme umfassend. »Was noch?«

Sie zögerte, war noch nicht imstande, das Grauenhafte laut auszusprechen. Sie wusste, dass alles noch realer und unbegreiflicher wurde, sobald sie es tat.

»Herrgott noch mal, Kenly, nun sag schon!«

Sie zögerte immer noch, doch dann sagte sie leise: »Er hat – er hat ein Bein verloren.«

Ross sank auf einen Stuhl und starrte blind zum Fenster hinaus. Kenly setzte sich neben ihn und nahm nichts wahr außer seinen flachen Atemzügen und dem stetigen metallischen Ticken der Uhr an der Wand hinter ihnen.

»Welches?«

Die Frage verblüffte sie. »Das linke.«

Ross schluckte. »Und wo?«

»Was?«

»Über dem Knie oder drunter?«

»Direkt unter dem Knie«, brachte sie mühsam hervor.

»Na, das heißt immerhin, dass er wieder laufen wird, nicht wahr?«

Kenly stand auf und fuhr sich verwirrt durch die Haare. Das war typisch Ross – auch in den schlimmsten Situationen blieb er sachlich und dachte positiv.

Er war der Ruhige, Vernünftige, während sie immer die Fassung verlor.

Sie wandte sich ab und ging zum Fenster. »Hör auf, bitte«, flüsterte sie mit geschlossenen Augen.

Nach dem Unfall vergingen drei Tage, ehe Connor aus seinem künstlichen Schlaf erwachte. Kenly und Ross waren bei ihm und erklärten ihm, was sich zugetragen hatte. Connor hörte sich alles mit großen Augen aufmerksam an, aber es schien nicht zu ihm durchzudringen – bis er erfuhr, dass er ein Bein verloren hatte. Ross sagte es ihm im Beisein der Ärzte, während Kenly mit dem Rücken zum Zimmer am Fenster stand und, eine Hand auf den Mund gedrückt, zum Parkplatz hinuntersah.

Connors Augen weiteten sich ungläubig, dann begann er, von Angst und Entsetzen ergriffen, an seiner Bettdecke zu zerren. Als sie herunterfiel und er den Stumpf sah, der von seinem Bein geblieben war, geriet er außer sich, und die Ärzte mussten ihm Beruhigungsmittel geben. Danach war er tagelang völlig apathisch, aß nicht und sprach nicht.

Eines Nachmittags, als Kenly ihn besuchte, war Ross schon bei ihm. Er zeigte seinem Sohn gerade, wie leicht es war, sich mithilfe der Krücken fortzubewegen, die man ihm bis zur Lieferung seiner Beinprothese zur Verfügung gestellt hatte.

»Warte nur, mein Junge«, sagte er und tätschelte Connor aufmunternd die Schulter, »eh du dich's versiehst, bist du genauso beweglich wie vorher.«

Connor drehte den Kopf auf die andere Seite, und Kenly warf Ross einen ärgerlichen Blick zu. Seine unerschütterliche Zuversicht ging ihr auf die Nerven.

»Er ist in der Verleugnungsphase«, sagte Ross an jenem Abend beim Essen.

Kenly antwortete nicht. Während sie auf ihrem Teller herumstocherte, konnte sie nur daran denken, wie blass Connor geworden war, als am Nachmittag die Physiotherapeutin zur täglichen Übungsstunde ins Zimmer gekommen war.

Ross schaute zur Zimmerdecke hinauf, als gäbe es dort etwas Interessantes zu entdecken. »Als Nächstes kommt die Wut«, sagte er wie zu sich selbst.

Kenly blieb stumm. Als die Physiotherapeutin begonnen hatte, Connors Bein zu bearbeiten, hatte er wie ein verirrtes kleines Tier ausgesehen, mit seinem wirren, flachsblonden Haar und den großen Augen.

Ross spießte ein Stück Kartoffel von seinem Teller auf. »Es kann leicht geschehen, dass er in eine Depression rutscht. Da müssen wir aufpassen.«

»Sie ist schon da«, sagte Kenly.

»Bitte?«

»Die Depression, Ross. Sie ist schon da. Sie ist gleich mit der Verleugnung und der Wut zusammen in einem großen Paket eingetroffen.«

Er musterte sie ein paar Sekunden lang schweigend, dann legte er seine Gabel aus der Hand und schüttelte den Kopf. »Na schön, genug damit.«

»Genug womit?«

Er stand vom Tisch auf. »Mit dieser Unterhaltung. Sie ist offensichtlich sinnlos.«

Ein langes, quälendes Schweigen senkte sich zwischen sie, während sie einander ansahen. Dann sagte Ross mit frustrierter Miene: »Weißt du, was dein Problem ist, Kenly? Für dich ist ein Glas immer halb leer, nie halb voll. Vielleicht ist es an der Zeit, dass du aufhörst zu leugnen, was geschehen ist, und den Blick in die Zukunft richtest, damit Connor endlich wieder zu leben anfangen kann.«

Sie sprang auf und stieß ihren Stuhl zurück. Aus

Gründen, die sie selbst nicht verstand, schrie sie ihn so heftig an, dass ihre Stimme überzuschnappen drohte: »Begreifst du es denn nicht? Wir können nicht einfach eine saubere kleine Liste machen und alles nacheinander abhaken, erst die Verleugnung, dann die Wut und was deiner Meinung nach sonst noch alles kommt, bevor alles wieder gut ist – weil es nämlich nie wieder gut werden wird!«

Ross stand so ruhig und unbewegt vor ihr, dass es sie noch wütender machte. Sie griff nach der Pfeffermühle, die auf dem Tisch stand, und warf sie gegen das Fenster über dem Spülbecken. Die Scherben sprangen in alle Richtungen.

»Er befindet sich in einem riesigen gottverdammten schwarzen Loch!«, brüllte sie. »Und nichts wird je wieder so sein, wie es einmal war.«

Ross warf einen Blick auf das eingeschlagene Fenster. Dann zog er eine Schublade auf, nahm ein Maßband heraus und maß mit zusammengebissenen Zähnen das Fenster aus. Auf einem Zettel notierte er einige Zahlen, nahm ihn an sich und verließ den Raum.

Am nächsten Tag saß Kenly über eine Stunde bei Connor, aber er sprach nicht ein einziges Wort. Er hatte die mageren Schultern unter dem dünnen Krankenhausnachthemd hochgezogen, und sein Blick klebte auf dem Bildschirm des Fernsehgeräts. Als die Tür geöffnet wurde und eine Schwester mit dem Essen hereinkam, zuckten sie beide zusammen.

»Mittagszeit«, verkündete die Schwester, stellte das Tablett auf den Serviertisch und schob diesen ans Bett. Aber bevor sie dazu kam, den Deckel zu heben, fegte Connor das Tablett mit einer wütenden Armbewegung zu Boden, wo es über die blassrosa Fliesen schlitterte, bis es Zentimeter von Kenlys Füßen entfernt zum Stillstand kam.

»Lasst mich in Frieden!«

Kenly rührte sich nicht, auch nicht, als die Schwester Connor einen giftigen Blick zuwarf und dann empört hinausstürmte. Vielmehr beobachtete sie fasziniert und entsetzt, wie die Wut von seinem Gesicht Besitz ergriff.

»Warum gehst du nicht endlich auch?«, schrie er sie an. »Merkst du nicht, dass ich dich nicht sehen will?« Ihr Schweigen und ihre Ruhe machten ihn noch wütender, und er atmete jetzt so schwer, dass er zitterte.

Kenly antwortete nicht. Sie nahm die Fernbedienung des Fernsehapparats zur Hand und zappte durch die Programme. Sie spürte instinktiv, dass er in Wirklichkeit nicht wollte, dass sie ihn allein ließ.

Connor reckte den Arm mühsam zum Nachttisch, ergriff einen Packen Hockeykarten, die Lexie ihm mitgebracht hatte, und warf ihn nach ihr, ohne sie zu treffen. Seine Unterlippe zitterte vor Erregung. »Geh endlich, Mama. *Bitte,* geh!«

Kenly stand ruhig von ihrem Stuhl auf und begann, die Karten eine nach der anderen einzusammeln. Als sie damit fertig war, hob sie auch das Tablett vom Boden auf und wischte die Götterspeise und die Reste des Eiersalats auf.

Während sie noch auf den Knien lag, ging die Tür auf, und ein älterer Mann mit Eimer und Schrubber kam ins Zimmer. »Ich mach das schon, Madam«, sagte er.

Kenly richtete sich auf, stellte das Tablett auf den Tisch neben ihrem Stuhl und setzte sich wieder. Connor lag reglos, doch sein schmaler Brustkorb hob und senkte sich deutlich, und die Muskeln an seinem dünnen Hals waren gespannt, während er mit starrem Blick durch sie hindurchsah.

Kenly saß zu Hause und reagierte nicht, als das Telefon klingelte. Mit leerem Blick starrte sie aus dem Küchenfenster auf das wild wuchernde Unkraut in ihrem Garten.

»Hier ist der Anschluss von Ross, Kenly und Connor, aber wir sind im Moment nicht erreichbar. Bitte hinterlassen Sie Namen und Nummer, dann rufen wir zurück.« Pie-iep …

»Äh – hallo, Kenly, ich bin's, Tommy. Ich war mir nicht sicher, ob du meine letzte Nachricht bekommen hast, deshalb will ich mich auf jeden Fall noch mal melden.« Er zögerte, und Kelly hörte, wie er sich räusperte. »Ich wollte, ich könnte dir irgendwie helfen, Kenly. Als Lexie uns von dem Unfall erzählt hat, konnte ich es zuerst nicht glauben, und – na ja, ich hab ein paar Tage gebraucht, um es zu begreifen.« Pause. »Ich vermute … ach, egal, du wirst schon anrufen, wenn dir danach ist. Ich hoffe nur, es geht ihm einigermaßen. Bis bald hoffentlich.«

Kenly war fix und fertig, als er auflegte. Das war nun schon Tommys zweiter Anruf, aber sie schaffte es nicht, ihn zurückzurufen. In dem Moment, da sie seine Stimme hörte, würde sie garantiert die Fassung verlieren.

21

Sechs Wochen waren seit dem Unfall vergangen, und nichts war besser geworden. Kenly hatte sich von der Arbeit beurlauben lassen, um Connor tagsüber nicht allein lassen zu müssen. Doch inzwischen bereitete Kenly Ross fast genauso große Sorgen wie sein Sohn.

Eines Morgens Ende September rief Ross früh um fünf Hilfe suchend bei Lexie an. Um halb sechs stand sie neben ihm am Seeufer, schlaftrunken, mit nackten Füßen und in einer von Benjys Jacken, unter der sie nur ihren Pyjama trug. Morgennebel trieb über das Wasser.

Schweigend beobachteten sie Kenly, die draußen auf dem See in einem gelben Ruderboot saß und immer wieder das Gleiche tat. Sie schwang die Angel nach rückwärts über ihre Schulter, warf die Leine aus und holte sie wieder ein. Immer und immer wieder.

»Verliert sie jetzt den Verstand?«, fragte Lexie flüsternd.

Ross sah sie niedergeschlagen an und schüttelte den Kopf. »Ich weiß es nicht.«

»Na ja – hat sie denn früher schon mal geangelt?«

»Nicht dass ich wüsste.«

»Und du angelst auch nicht?«

»Würde mir im Traum nicht einfallen.«

»Wem gehört das Boot?«

Wieder schüttelte er den Kopf.

Lexie presste die Lippen aufeinander. Connors trotzige Verschlossenheit war schwer zu ertragen, aber Kenlys Verhalten machte sie ernsthaft ratlos.

»Weißt du was, du machst jetzt Kaffee«, sagte sie, Ross in Richtung Haus schiebend, »und ich versuche inzwischen, mit ihr zu reden, okay?«

Er nickte. Dann drehte er um und ging langsam den Hügel hinauf.

Ohne jemandem etwas davon zu sagen, war Kenly am Vortag in die Stadt gefahren und hatte eine Angel, mehrere Haken, eine Schwimmweste und ein Netz gekauft. Sobald sie wieder zu Hause war, rief sie die Nummer der Bootsvermietung an, die sie sich ein paar Tage zuvor notiert hatte.

Das Schild war ihr irgendwann auf der Heimfahrt vom Krankenhaus aufgefallen. Sie hatte angehalten und es für ein paar Minuten angestarrt, ohne sich gegen die alten, lange verschütteten Bilder zu wehren, die dabei in ihr aufstiegen. Sie gehörten zu der Erinnerung an einen Angelausflug mit ihrem Vater, eine der wenigen schönen Erinnerungen, die sie an ihn hatte. Sie war gerade sechs Jahre alt gewesen, als er eines Abends mit einem Freund telefonierte und sich mit ihm für den nächsten Tag zum Angeln verabredete. Während sie ihm beim Pläneschmieden zu diesem aufregenden Abenteuer zugehört hatte, war sie neugierig geworden.

»Darf ich mitkommen?«, fragte sie zaghaft, nachdem er aufgelegt hatte.

Ihr Vater drehte sich um und musterte sie erstaunt,

dann zog er die Stirn kraus, als müsse er über ihr Anliegen nachdenken. »Na schön, pass auf. Wenn du morgen früh um fünf fertig angezogen bist, darfst du mit. Abgemacht?«

Kenly schluckte. Dann sah sie ihm fest in die Augen und nickte. Sie wusste, dass er ihr nicht zutraute, dass sie es schaffen würde. Aber ihre Entschlossenheit, bei dem Ausflug dabei zu sein, war nicht zu erschüttern, und mit ein wenig Hilfe von ihrer Mutter stand sie am nächsten Morgen pünktlich um fünf gestiefelt und gespornt in der Küche.

Sie bemühte sich an jenem Tag, besonders brav zu sein, leise und zurückhaltend, um die Männer nicht zu stören. Auf die unbändige Freude, die in ihr aufwallte, das Triumphgefühl, das sie verspürte, als der erste Fisch anbiss und ihre Leine im Wasser straffte, war sie überhaupt nicht vorbereitet. Mit einem ungläubigen Lachen sprang sie auf, die Augen weit geöffnet vor Aufregung. Bald hatten beide Männer ihre Angeln weggelegt, um ihr zu Hilfe zu kommen und diesen ersten Fisch vom Haken zu lösen, dann den nächsten und noch einen und noch einen. Schließlich gaben sie alle eigenen Ambitionen auf und begnügten sich damit, zuzusehen, wie Kenly einen Fisch nach dem anderen aus dem Wasser zog.

»Es kommt gar nicht darauf an, wie groß der Fisch ist, nicht wahr, Kenly?«, stellte der Freund ihres Vaters fest. »Hauptsache, sie beißen an.«

Kenly hatte keine Ahnung, was er meinte, aber sie sah den Stolz im Gesicht ihres Vaters, sobald wieder ein Fisch anbiss.

Kenly wusste am Ende nicht, wie viele Fische sie gefangen hatte, aber das spielte auch überhaupt keine Rolle. Was zählte, war die kameradschaftliche Verbundenheit mit ihrem Vater, die sie an diesem Tag erlebte. Doch es blieb eine einmalige Erfahrung – vor allem nach dem Tod ihrer Mutter hatte sich diese Verbundenheit nie wieder eingestellt.

Kenly warf tief in Gedanken die Leine aus und holte sie langsam wieder ein. Sie wusste nicht, wie sie der wachsenden Distanz zwischen sich und Connor entgegenwirken sollte, und das Gefühl der Unzulänglichkeit war so quälend, dass sie es kaum ertragen konnte. Als sie die Angelschnur ganz aufgespult hatte, wechselte sie den Haken und zog dann ihre lange Pyjamajacke über die Knie hoch, damit sie nicht nass wurde. Nach einem Blick auf ihre nackten Füße, die in einer Wasserpfütze standen, wackelte sie ein paarmal mit den Zehen und warf dann die Leine erneut aus. Vom Ufer hörte sie Lexie rufen, so wie sie vorher Ross gehört hatte. Doch die beiden mussten warten.

»Hör mal, ich hab nicht gesagt, dass du an einer Depression leidest«, erklärte Lexie. »Ich habe gesagt, du *wirkst deprimiert*, und das ist was anderes.«

Sie saßen in der Küche. Ross war gerade zur Arbeit gefahren.

Kenly stellte langsam ihre Kaffeetasse ab, ehe sie sprach. »Glaubst du im Ernst, du sagst mir etwas Neues?«

»Komm, jetzt sei nicht so unleidlich.«

»Du kriegst mich zu keinem Therapeuten, Lex. Mein Sohn hat vor ein paar Wochen sein Bein verloren, und da fällt mir das Lachen zurzeit ein bisschen schwer. Willst du mich deshalb zur Behandlung schicken?«

Lexie warf die Hände hoch. »Entschuldige, entschuldige! Ich dachte, wir wären so gut befreundet, dass ich in aller Ruhe mit dir reden kann – so wie du, hoffe ich, mit mir reden würdest, wenn du mich morgens um fünf beim Angeln in einem See entdecken würdest, in dem es gar keine Fische gibt ...«

»Ich hab dir doch gesagt, es entspannt mich.«

Lexie legte beide Hände muschelförmig um den Mund und beugte sich weit über den Küchentisch. »Hallo, Kenly? Bist du da? Du hörst nämlich überhaupt nicht, was ich sage.«

Kenly schob mit einem Ruck ihren Stuhl zurück und sprang auf. Sie öffnete den Mund, aber kein Laut kam über ihre Lippen. Ihr Kinn zitterte, und sie begann zu lächeln, ein trauriges Lächeln, das sich langsam über ihr Gesicht ausbreitete, während ihr gleichzeitig die Tränen kamen.

»Es sieht also so aus, als wäre ich drauf und dran überzuschnappen?«, fragte sie.

Lexie seufzte und nickte augenzwinkernd. »Total.«

Mit einer großen Tüte im Arm öffnete Kenly am nächsten Morgen im Krankenhaus die Tür zu Connors Zimmer.

»Hallo!«, rief sie mit aufgesetzter Munterkeit.

Connor sah kurz auf, konzentrierte sich dann aber gleich wieder auf den Fernseher.

Am vergangenen Abend hatte Kenly, nachdem Ross zu Bett gegangen war, noch bis nach Mitternacht draußen auf der Verandaschaukel gesessen und, den rotseidenen Schal ihrer Mutter in der Hand, darüber nachgedacht, wie sie zu Connor durchdringen könnte. Sie hatte nach einem Weg gesucht, die Mauern einzureißen, die er um sich hochgezogen hatte, um ihm zu helfen, endlich nach vorn zu blicken, anstatt sich immer wieder im Teufelskreis des Selbstmitleids zu drehen.

Heute Nachmittag sollte Connor die Beinprothese angepasst werden, und Kenly machte sich innerlich auf eine negative Reaktion gefasst. Doch als sie jetzt ihre Handtasche auf den Tisch legte und die Tüte abstellte, demonstrierte sie neue Zuversicht.

»Ich habe dir was mitgebracht«, sagte sie.

»Aha«, murmelte er.

Kenly setzte sich, beugte sich ein wenig vor und begann mit der kleinen Rede, die sie sich ausgedacht hatte, um ihren Sohn auf das Geschenk vorzubereiten. »Als du sechs warst, hattest du einen Batman, von dem du dich gar nicht trennen wolltest, weißt du noch?«

Schweigen.

»Bestimmt erinnerst du dich – der schwarze mit dem blauen Cape.«

Connor sagte noch immer nichts. Kenly sprach einfach weiter. »Eines Tages hat ihm der Nachbarshund ein Bein abgebissen, und du bist weinend nach Hause gekommen und hast mich gebeten, ihn wieder ›ganz‹ zu machen.« Ihre Stimme wurde brüchig, aber sie lächelte. »Weißt du noch?«

Er nickte beinahe unmerklich.

»Und ich hab ihm dann ein neues Bein gemacht, aus einem Lutscherstäbchen, das ich mit Isolierband umwickelt hatte. Du hast zwar ein bisschen enttäuscht ausgesehen, aber er ist trotzdem deine Lieblingsfigur geblieben.«

Connor schaltete den Fernsehapparat aus und sah sie wütend an. »Was soll das, Mama?«

»Lass mich ausreden …«

»Wozu?« Er schlug sich mit der Hand vor die Stirn und zog eine Grimasse. »Ich weiß schon, was als Nächstes kommt. Du ziehst ihn aus dieser Tüte da und gibst ihn mir, richtig? Und du meinst, dass es dann nicht mehr so schlimm für mich ist, wenn sie mir heute Nachmittag das Holzbein oder was auch immer anschnallen.«

Kenly schloss die Augen und zählte lautlos bis zehn, dann stand sie auf und reichte ihm die Tüte. »Nein, so habe ich mir das nicht gedacht. Vielleicht hörst du mir einfach mal zu, Connor.«

Er ergriff die Tüte, öffnete sie und nahm ein schwarzes Blechkästchen heraus. Einen Moment lang hielt er es abwägend in der Hand, dann drehte er es herum und schüttelte es. Drinnen schepperte etwas, aber Connor legte das Kästchen gleichgültig neben sich aufs Bett. »Okay. Was ist da drin?«

Kenly straffte die Schultern und sah ihm fest in die Augen, entschlossen, sich nicht von ihm entmutigen zu lassen. »Ein guter Freund hat mir vor Jahren einmal ein Blechkästchen geschenkt, und jetzt wollte ich dir eins schenken.«

Sie hielt inne. Sie war sich darüber im Klaren, dass der Erfolg ihres Bemühens zur Hälfte vom Timing abhing und zur anderen Hälfte von der Art und Weise, wie sie ihre Botschaft übermittelte.

»Dieser Freund hat mich damals aufgefordert, die Erinnerungen an all jene Ereignisse in meinem Leben aufzuschreiben, die so schön waren, dass ich alles dafür geben würde, sie noch einmal erleben zu können. Als ich damit fertig war, sagte er, es gebe auf der ganzen Welt keine zweite Liste wie meine. Und dann sagte er, ich solle irgendwelche Kleinigkeiten, die mich an die Ereignisse auf meiner Liste erinnerten, in diesem Blechkästchen aufbewahren.«

Connor warf Kenly einen jener finsteren Blicke zu, die sie mittlerweile so gut kannte, dann nahm er das Kästchen und öffnete es. Sein alter Batman mit dem bandagierten Ersatzbein, ein Schreibblock und ein Kugelschreiber lagen darin.

»Ich wollte dir den Anfang erleichtern«, erklärte sie.

Connor hielt den Blick gesenkt, und Stille breitete

sich im Zimmer aus. Im ersten Moment glaubte Kenly, er habe verstanden, was sie ihm zu sagen versuchte. Aber dann rief er: »Das ist doch blöd!«, und warf das Kästchen zum Fußende seines Betts, von wo es zu Boden rutschte.

Ohne eine Miene zu verziehen, stand Kenly auf und nahm das verbeulte Kästchen an sich. Es fiel ihr im Moment nicht leicht, diesen Jungen zu lieben, weil er sich solche Mühe gab, nicht liebenswert zu sein ... Ihr Annäherungsversuch war wohl zu plump gewesen, sagte sie sich, Connor war einfach noch nicht so weit. Doch Kenly wollte nicht aufgeben. Deshalb klappte sie den Deckel auf, leerte das Kästchen über dem Tisch neben Connors Bett aus und drückte die Beule heraus. Dann klappte sie den Deckel wieder zu und sagte: »So.«

Connor beobachtete jede ihrer Bewegungen. Kenly hob den Kopf und sah ihn an. Sie blickten einander schweigend in die Augen, keiner von beiden bereit, als Erster den Blick zu senken.

»Lass mich dich in die Arme nehmen«, flüsterte sie schließlich.

»Was?«

»Wie früher.«

»Ach, hör doch auf, Mama«, sagte er, sich abwendend.

»Als du klein warst, hast du nie gezögert, mich zu bitten, dich in den Arm zu nehmen, wenn du es brauchtest.«

»Aber jetzt brauch ich dich nicht mehr«, versetzte er, doch sein trotziger Ton klang unecht und traurig.

Kenly schob die Hockeykarten, die auf seiner Decke verstreut lagen, zur Seite, um Platz zu schaffen. Dann setzte sie sich neben Connor aufs Bett – ohne ihn zu berühren, ohne etwas zu sagen. Sie saß einfach nur da.

Connor drehte seinen Körper von ihr weg, um sie nicht ansehen zu müssen, und mehrere Minuten verstrichen, bis Kenly endlich näher an ihn heranrutschte, von hinten einen Arm um ihn legte und ihn dann vorsichtig, ganz vorsichtig auf ihren Schoß zog. Anfangs war er stocksteif und verkrampft, aber nach einer Weile entspannte er sich und ließ sich an ihren Körper sinken. Kenly ergriff seinen freien Arm und legte ihn um sich, dann neigte sie sich über ihn und drückte ihr Kinn in sein Haar.

»Ach, mein kleines Herz«, flüsterte sie, und während sie ihn umfangen hielt, begann sie leise zu singen, wie früher, als er noch ein kleines Kind gewesen war, und sie sang weiter, bis seine Muskeln sich endgültig entspannten.

Nach einiger Zeit begann ihr Rücken zu schmerzen, und ihr rechter Arm schlief ein, aber sie veränderte ihre Haltung nicht. Kein Unbehagen konnte das Glück, diesen mageren kleinen Körper zu spüren, schmälern.

Plötzlich ging ein Schluchzen durch Connors Körper. Er drückte sein Gesicht an Kenlys, nahm den alten Batman in die Hand und fragte schließlich mit kaum hörbarer Stimme: »Mama? W-was ist, wenn ich nie mehr laufen kann?«

Zum ersten Mal sprach er den Unfall an, stellte er eine Frage, die auf die Zukunft gerichtet war.

Kenly zog ihn noch fester an sich und flüsterte: »Aber du *wirst* wieder laufen können.«

22

In den nächsten zwei Wochen konnte Kenly beobachten, wie sich Connors Verhalten trotz der langweiligen täglichen Routine mit der Physiotherapie und den Gehübungen veränderte. Inzwischen bemühte er sich zu lächeln, wenn er vom Bett rutschte und sein Gewicht auf die Prothese verlagerte, während er vorher seine Kopfhörer übergestülpt und die Übungen mit finsterer Miene hinter sich gebracht hatte.

»Das ist wunderbar«, sagte Lexie, als Kenly ihr erleichtert von Connors Fortschritten berichtete. Sie setzte sich in der Küche auf den Stuhl neben Kenly. »Aber wie läuft's mit dir und Ross?«

Kenly zögerte und bekannte dann, dass die Dinge nicht zum Besten standen.

»Na, das ist ja auch kein Wunder nach allem, was ihr beide durchgemacht habt.«

Kenly zuckte nur mit den Schultern.

»Ja, ja, ich weiß. Warum nehmt ihr euch nicht einfach mal eine Woche frei und fahrt irgendwohin?«, fragte Lexie mit einem Fingerschnalzen.

Kenly warf ihr einen Seitenblick zu und runzelte die Stirn. Lexies Stimme verriet ihr, dass ihr dieser Gedanke nicht spontan gekommen war, sondern dass sie sich die Sache bereits gründlich überlegt hatte. Ohne sich von Kenlys Blick einschüchtern zu lassen, zog Lexie den Prospekt eines kleinen Landhotels in Minnesota aus ihrer Handtasche.

»Benjy hat mir von dem Hotel erzählt«, sagte sie und wies auf die Fotos von Himmelbetten, einem luxuriös eingerichteten Speisesaal, einem Schwimmbad und sogar einem lächelnden Ach-wir-sind-ja-so-froh-dass-wir-hergekommen-sind-Paar, dessen Ehe vermutlich durch den Aufenthalt an diesem himmlischen Ort gerettet worden war.

»Natürlich muss man normalerweise sechs Monate im Voraus buchen«, sagte Lexie, »aber Benjy kennt den Besitzer, er könnte ihn anrufen. Und ich würde selbstverständlich auf Connor aufpassen, während ihr weg seid.«

Spöttisch fragte Kenly: »Und du kannst garantieren, dass ein Aufenthalt in diesem Hotel Ross und mich wieder zu einem glücklichen Paar machen wird?«

»Das – das hab ich nicht gesagt«, stammelte Lexie.

»Aber du hoffst es«, sagte Kenly.

Lexie faltete den Prospekt zusammen und nickte.

Kenly lächelte. »Und Ross weiß schon von dieser grandiosen Idee, richtig?«

Lexie nickte wieder.

»Das bedeutet, damit bist du die Überbringerin eines Vorschlags, von dem er fürchtet, ich würde ihn ablehnen, wenn er selbst ihn machte.«

Lexie senkte den Kopf.

»Okay, ich fahre mit. Wenn John Glenn all das aushalten kann, was er sich antut, um der älteste Astronaut der Welt zu werden, werde ich wohl diese Kleinigkeit für meine Ehe tun können.«

»Guten Morgen«, sagte die Physiotherapeutin, als sie am folgenden Tag kurz nach Kenly in Connors Zimmer kam. Sie war Ende zwanzig und strahlte einen unerschütterlichen Optimismus aus. Connor verdrehte kurz die Augen, dann schlug er die Bettdecke zurück und setzte sich auf.

»Na, wie geht's uns denn heute?«, fragte sie ihn und lächelte Kenly verschwörerisch zu.

Connor zuckte mit den Schultern. »Ganz okay.«

»Tut's weh?«

»Manchmal, aber meistens juckt es nur wie verrückt.«

Kenly fühlte sich zwar nicht ganz wohl dabei, dieses Gespräch mit anzuhören, doch sie war trotzdem froh, da zu sein. Obwohl seit dem Unfall nunmehr zwei Monate vergangen waren, sprach Connor mit ihr und Ross fast nie darüber, wie es ihm ging, und bis zu diesem Tag hatte er keinem von ihnen erlaubt, während der Physiotherapie im Zimmer zu bleiben.

Nachdem die Therapeutin Connor vom Bett geholfen hatte, setzte Kenly sich in einen Sessel und sah ihm bei seinen Gehübungen zu: zuerst mit einem Rollator, dann auf Krücken und schließlich probeweise mit der Prothese, die auszuprobieren er sich erst kürzlich bereit erklärt hatte. Kenly zwang sich zu tun, wovor sie bisher zurückgeschreckt war – Connors Bein anzusehen. Die Fäden und der Verband waren entfernt worden, aber die Narbe, die sich über das Knie hinaus nach oben zog, sah rot und wund aus.

Als Connor seine Übungen beendet hatte und die Physiotherapeutin ihm wieder ins Bett half, war seine Stirn schweißbedeckt.

»So, jetzt ruhst du dich aus, und ich mach die Arbeit«, sagte sie.

Connor legte sich hin, und sie begann, mit einer

Mischung aus Sesam- und Mandelöl, die sie zuvor im Waschbecken des Badezimmers angewärmt hatte, sein verletztes Bein zu massieren. Kenly beobachtete, wie sie knetete und die Beinmuskeln bearbeitete, und war nicht fähig, den Blick abzuwenden.

»Connor?«, sagte sie nach einer Weile.

»Hm?«

»Dad und ich wollten Ende des Monats mal eine Woche wegfahren, aber das würde bedeuten, dass du bei Tante Lexie bleiben musst.« Sie hielt inne und fuhr dann hastig fort: »Wir bleiben natürlich hier, wenn dir das lieber ist …«

Connor setzte die Kopfhörer seines Walkman auf, schloss die Augen und seufzte. »Ich hab Dad schon gesagt, dass ich nichts dagegen habe.«

In den ersten beiden Tagen bei Lexie verhielt sich Connor entweder so teilnahmslos wie eine Puppe oder aber er verkroch sich hinter einer finsteren Miene und funkelte jeden mit zornigen Blicken an. Am zweiten Morgen erwachte Lexie in aller Frühe, und als sie in Connors Zimmer ging, um nach ihm zu schauen, hockte er bereits auf seinem Bett und sah fern. Es zerriss ihr fast das Herz, ihn so zu sehen – klein und schmal, die mageren Schultern unter dem T-Shirt hochgezogen.

»So kann das nicht weitergehen«, sagte sie beim Frühstück zu Benjy.

Er nickte zustimmend.

»Also, pass auf, ich hab mir was ausgedacht. Ich möchte gern wissen, was du dazu sagst.«

Benjy zog die Augenbrauen hoch und lehnte sich abwartend zurück.

Gegen Mittag des folgenden Tages klopfte Lexie an Connors Zimmertür und wartete. Als sich nichts rührte, klopfte sie noch einmal, dann öffnete sie, trat ein und zog die Vorhänge auf. Connor lag im Bett und sah fern. Lexie stellte ihm eine Reisetasche mitten auf den Bauch.

»Los, aufstehen, anziehen und packen«, sagte sie und baute sich mit verschränkten Armen vor seinem Bett auf. »Wir verreisen.«

Connor setzte sich auf und sah sie verdutzt an. »Was?«

Sie ergriff die Fernbedienung und schaltete den Fernsehapparat aus. »Wir verreisen.« Sie schob ihm zwei Finger unter das Kinn und hob seinen Kopf, sodass sie ihm ins Gesicht sehen konnte.

»Wohin?«

»An den schönsten Ort, den ich kenne.« Sie reichte ihm lächelnd einen Flugschein. »Jeder, der ein bisschen Trost und Heilung braucht, sollte solch einen Ort haben.«

Connor zog die Brauen zusammen und blätterte den Flugschein auf, um zu sehen, was sie meinte. Lexie war bereits auf dem Weg nach draußen. In der Tür drehte sie sich noch einmal um und wies auf die Tasche. »Ich komm in einer halben Stunde wieder, zieh dich also bitte an«, sagte sie in einem Ton, als wäre es ganz normal, von ihm zu erwarten, dass er das ohne Hilfe schaffte. »Haben wir uns verstanden?«

Als er sie ansah und nickte, glaubte sie den Anflug eines Lächelns in seinem Gesicht zu erkennen.

Am O'Hare-Flughafen war wie immer Hochbetrieb. Als Lexie nachmittags beim Einchecken fragte, ob man ihnen vielleicht für den Weg zu ihrem Flugsteig einen Rollstuhl oder einen Wagen zur Verfügung stellen könne, unterbrach Connor sie und erklärte, er brauche keine Hilfe.

Lexie zog erstaunt eine Augenbraue hoch, widersprach aber nicht. Sie nahm ihm seinen Rucksack ab und passte sich seinem Tempo an. Längeres Gehen mit der Prothese war noch neu für ihn, deshalb ließ sie ihn keine Sekunde aus dem Auge. Er bewegte sich langsam und mit schleppenden Schritten vorwärts, wobei er das linke Bein ruckartig anhob, herabfallen ließ und nachzog und dann mit dem rechten zum Ausgleich einen schnellen Schritt nach vorn machte. Es war wohl mühsamer, als er sich das vorgestellt hatte. Lexie sah seinem Gesicht die Anstrengung an, aber er gab nicht auf.

»Du machst mich ganz schön nervös«, beschwerte sie sich zum Spaß bei ihm. »Mit deiner Methode kommen wir gerade noch rechtzeitig zum Einsteigen. Wenn du einen fahrbaren Untersatz genommen hättest, hätten wir noch einen Cappuccino trinken können.«

»Ich trinke nie Kaffee«, sagte Connor, den Blick zu Boden gerichtet.

Lexie lachte. »Du hüpfst normalerweise auch nicht ins nächstbeste Flugzeug und saust nach Kanada ab.«

Er lächelte ein wenig, und sie war froh, dass ihre gewohnte Art mit ihm zu scherzen wieder wirkte. Sie tätschelte ihm die Schulter und sagte: »Hör zu, Connor, du solltest versuchen, dich auf dieser Reise allem Neuen zu öffnen, okay?«

Er schnitt eine Grimasse. »Wissen meine Eltern eigentlich, dass wir fort sind?«

»Was man nicht weiß, macht einen nicht heiß.«

Ein Anflug von freudiger Vergnügtheit huschte über sein Gesicht, und Lexie wusste, dass es richtig war, mit ihm nach Athabasca zu reisen.

23

Auf der Heimfahrt von Minnesota regnete es ununterbrochen. Es war ein Regen, wie es ihn im Herbst häufig gab – kalt und vermischt mit peitschenden Graupelschauern, die jetzt, da die Bäume das Laub verloren hatten und der Winter nahte, noch bedrohlicher als sonst wirkten.

Ross telefonierte gerade mit dem Handy, als sie bei Lexie und Benjy vorfuhren. Es ging um irgendeine Katastrophe in der Firma. Kenly sprang aus dem Auto und rannte zur Haustür.

»Hallo, wir sind wieder da!«, rief sie fröhlich, als Benjy auf ihr Läuten öffnete.

»Komm rein«, sagte er und trat zur Seite.

Lexie schaute im Flur um die Ecke. »Gewonnen! Wir haben euch um zehn Minuten geschlagen.«

Verwundert wollte Kenly gerade fragen, was sie damit meinte, als Connor mit Motley in die Diele gehumpelt kam. Seine Augen strahlten, und er trug Jeans, in denen er lang und schlaksig wirkte, aber irgendwie kräftiger als vor ihrer Reise.

»Hallo, Mama«, sagte er und umarmte sie. »Wie war eure Reise?«

Lexie lachte ein wenig zu laut und sagte: »Meine

Güte, Connor, lass sie doch erst mal reinkommen.«

Kenly sah sie mit fragendem Blick an, aber Lexie grinste nur, und dann kam Ross zur Tür herein und nahm Connor in die Arme.

Benjy wollte wissen, wie ihnen das Hotel gefallen habe.

»Es war wirklich toll«, sagte Ross. Er legte Kenly einen Arm um die Schulter, und sie schmiegte sich einen Moment lang hinein. Doch dann hielt sie es nicht länger aus und drückte Connors Arm. »Na los, erzähl. Was hast du gemacht, während wir weg waren?«

Er zuckte mit den Schultern und wirkte einen Augenblick lang verlegen. Was hatte Lexie angestellt? Hatte sie etwa wieder Unmengen Geld für ihn ausgegeben?

»Stell dir mal vor«, sagte er und lachte plötzlich, »Tante Lexie und ich sind nach Kanada geflogen! Da haben wir ein Auto gemietet und sind nach Athabasca gefahren.«

Kenly starrte ihn an und sagte: »Athabasca?«, als hätte sie das Wort noch nie gehört.

»Na, hab ich dir nicht gesagt, dass sie staunen wird«, sagte Lexie zu Connor.

Kenly wurde blass. »*W-wohin* bist du mit ihm gefahren?«

Lexie nahm Kenly beim Arm und ging mit ihr ins Wohnzimmer. »Bitte werd jetzt nicht sauer«, flüsterte sie. »Es war ganz toll. Du hättest ihn sehen sollen, Kenly! Wir haben bei Onkel Walter gewohnt, und Connor ist wirklich aus sich herausgegangen …«

Connor beschrieb seinem Vater gerade die Reise in den lebhaftesten Farben, und Kenly bog den Kopf nach hinten, um mitzuhören.

»… und auf der Fahrt nach Athabasca hatten wir einen Platten«, sagte er gerade. »Aber weißt du was, Dad? Du glaubst es nicht. Tante Lexie dachte, das

Klopfen käme nur von einem Hubschrauber und hat gar nicht angehalten. Sie ist einfach weitergefahren, bis das ganze Auto wie irre wackelte und überall Gummifetzen rumflogen.«

Als Kenly endlich realisierte, dass er tatsächlich in Athabasca gewesen war, bekam sie einen panischen Schrecken. »Wo habt ihr gewohnt?«, fragte sie Lexie hastig.

Lexie warf ihr einen verwunderten Blick zu. »Das hab ich dir doch eben gesagt. Bei Onkel Walter.«

Im Flur hörte sie Ross lachen.

»Wir waren nur vier Tage dort«, sagte Lexie, die sich neben sie auf die Couch gesetzt hatte.

»Hat – hat er auch Tommy getroffen?«

»Na klar, und die beiden haben sich prima verstanden. Wir waren jeden Abend mit ihm am Feuer. Ach, Kenly, verzeih mir, ja?«

Kenly zögerte. Auf so etwas war sie nicht vorbereitet gewesen, und sie lauschte unruhig nach draußen, um zu hören, was Connor seinem Vater erzählte. »Ich setz es auf die Liste zu den anderen Sünden, die ich dir noch vergeben muss«, murmelte sie.

Zwei Tage später rief Ross aus dem Wohnzimmer: »Ich muss übrigens nächste Woche von Donnerstag bis Samstag verreisen.«

Kenly kam ins Zimmer geschossen. »Das kann nicht dein Ernst sein!«

»Doch, Joel und ich fliegen zu einem Treffen mit Investoren nach Boston. Wieso?«

Sie warf ihm einen erbosten Blick zu, machte auf dem Absatz kehrt und rannte hinaus, ohne ihm zu antworten.

Ross schaltete den Fernsehapparat aus und folgte ihr. »Kenly, was ist denn?«

»Wir hatten ausgemacht, dass wir das Wochenende zusammen verbringen. Aber das ist dir wohl entfallen?«

Er schnitt ein Gesicht. »Das hatte ich vergessen.«

»Offensichtlich.«

Sie saß auf einem Küchenstuhl. Er kauerte vor ihr nieder und hob leicht ihr Kinn. »Es tut mir wirklich Leid, Kenly, aber die Reise ist schon gebucht.«

Sie verschränkte die Arme vor der Brust und starrte ihn an, ohne etwas zu sagen. Ross richtete sich auf und ging kopfschüttelnd hinaus.

Am Freitagmorgen wurde Kenly von Motley geweckt, der mit der Schnauze an ihre Hand stupste, weil er dringend hinauswollte. Sie wälzte sich aus dem Bett, öffnete die Terrassentür und lauschte in die morgendliche Stille, während Motley auf und davon lief, um ein Eichhörnchen zu jagen. Connor wollte nach der Schule zu Luke und auch dort übernachten, und Ross war am Tag zuvor nach Boston geflogen.

Impulsiv griff Kenly zum Telefon und meldete sich krank. Sie würde sich einfach einen schönen Tag machen. Mit einer Tasse Tee kuschelte sie sich wieder in ihr warmes Bett und zappte durch die Fernsehprogramme, bis sie eines fand, das ihr gefiel. Doch sie konnte sich nicht darauf konzentrieren. Irgendetwas trieb sie um und rief eine unangenehme Rastlosigkeit hervor. Frustriert schaltete sie schließlich den Fernsehapparat aus, stand auf und ging ins Bad, um zu duschen.

Eine halbe Stunde später griff sie auf das oberste Bord ihres Kleiderschranks und holte ihr Blechkästchen herunter. Sie setzte sich in die Mitte des Betts, klappte den Deckel auf und nahm sorgfältig alles heraus, was es enthielt: den roten Seidenschal ihrer

Mutter, den Brief ihres Vaters und einen von Connors Milchzähnen. Eine Hand voll Karten, die Ross ihr im Laufe der Jahre geschrieben hatte. Dann hielt sie inne, sprang plötzlich auf und rannte in den Keller. Dort schob sie ungeduldig ein paar Kartons beiseite, bis sie endlich vor einer Kiste stand, deren Deckel sie mit fliegenden Händen öffnete. Beinahe andächtig holte sie kurz darauf ein Ledertäschchen heraus, öffnete das Band, mit dem es umwickelt war, und klappte es auf. Sachte strich sie mit den Fingerspitzen über die Feilen und Spachtel, die darin steckten. ›Du spürst es, wenn es stimmt‹, hatte ihre Mutter immer gesagt. ›Du spürst es tief im Innern, und dann machen deine Hände von selbst weiter.‹

Nach einer eiligen Stippvisite in Barrington stellte Kenly drei Stunden später den Wagen wieder vor dem Haus ab und schleppte drei schwere Säcke in die Küche. Motley, der sie an der Tür erwartete, sprang freudig an ihr hoch und beschnupperte neugierig die Säcke.

Kenly machte sich einen Espresso und begann dann, das Gästezimmer auszuräumen. Nur ein paar Drucke, die sie vor Jahren dort aufgehängt hatte, ließ sie an den Wänden. Sie brauchte eine Weile, ehe sie die alte Töpferbank ihrer Mutter aufgestellt hatte. Schließlich warf sie einen Klumpen feinen feuchten Ton auf die Scheibe und fühlte sich in ihre Kindheit zurückversetzt. In der folgenden Stunde zog und zerrte und formte sie den Klumpen zu einem Gebilde, das mit nichts Besonderem Ähnlichkeit hatte, bei dessen Anblick Kenly jedoch ein Gefühl des Friedens und der Befriedigung empfand. Erst weit nach Mitternacht legte sie sich schlafen – erschöpft von der Arbeit mit dem Ton und der Anstrengung, die es gekostet hatte, einen Lehnstuhl in ihre neue Werkstatt zu schleppen.

Am nächsten Morgen stand sie früh auf und ging gleich wieder hinüber ins Gästezimmer. Schon bald darauf war sie so vertieft in ihre Arbeit, dass sie Connor gar nicht ins Haus kommen hörte. Sie hatte sich seinen Walkman ausgeliehen und saß mit Kopfhörern über den Ohren an der Töpferscheibe.

»Mama?«

Sie fuhr herum und zog die Kopfhörer herunter. »Hey, du bist aber früh wieder da!«

»Hm, ja«, sagte er, das Gewicht auf sein rechtes Bein verlagernd.

Sie stand auf und wischte sich die Hände an der Leinenschürze ab, die sie über den Pyjama gebunden hatte. Dann nahm sie ihren Sohn in den Arm und drückte ihn. »Na, habt ihr beide euch gestern ein paar gute Filme ausgeliehen?«

Connor antwortete nicht, sondern sah sich nur in der ›Werkstatt‹ um, wo sich Säcke mit Ton und Beutel mit Glasurfarben auf dem Boden stapelten.

Kenly beobachtete ihn und trat unsicher von einem nackten Fuß auf den anderen. »Was sagst du dazu?«, fragte sie.

»Wozu?«

»Na ja – zu dem hier natürlich.«

»Warum hast du das alles hier aufgebaut?«

Sie nahm seine Hand und drückte sie. »Weil meine Mutter früher getöpfert hat und ich es auch immer gern getan habe.«

Da lächelte Connor plötzlich und schlug die zu Fäusten geballten Hände aneinander. »Cool, kann ich das auch mal probieren?«

Als Ross an diesem Abend nach Hause kam, war er hundemüde. Motley empfing ihn an der Tür. Ross hielt im Wohnzimmer vergeblich nach Kenly und Connor

Ausschau. Da hörte er sie oben lachen und lief die Treppe hinauf. An der Tür zum Gästezimmer blieb er stehen.

Kenly saß im Pyjama an der Töpferbank, die Arme um Connor gelegt, der noch vor ihr hockte und mit einem Klumpen nassen Tons arbeitete. Graue Spritzer waren in ihren Haaren, auf ihren Armen und überall im Zimmer verteilt.

Kenly wandte den Kopf zu Ross um und bemerkte sein ganz besonderes Lächeln, das sie so sehr an ihm liebte. Dieses Lächeln, das ganz klein anfing und dann förmlich explodierte und seine Augen zum Strahlen brachte.

»Hey, Dad, was sagst du dazu?«, rief Connor und wies auf das Ergebnis seiner Arbeit.

Ross schüttelte den Kopf und lachte. »Ich würde sagen, ihr beide seid die beste Warnung davor, sich ohne richtige Ausbildung an einer Töpferscheibe zu vergreifen.« Aber sein Gesichtsausdruck verriet, dass er sich mit ihnen freute, und Kenly zwinkerte ihm zu.

24

Kenly, die Connor auf dem Fußballplatz beobachtete, konnte nicht glauben, dass seit dem Unfall schon ein Jahr vergangen war. Mit einer Hartnäckigkeit, die sie vorher nie an ihm erlebt hatte, hatte er seinen alten Trainer überredet, ihn wieder ins Team aufzunehmen und ihm eine Chance als Ersatztorwart zu geben – eine Position, die ihn vor seinem Unfall überhaupt nicht interessiert hatte.

Lexie kam zu den Spielen seiner Mannschaft, so oft es ging, und Connor wusste stets, wann sie auf der Tribüne saß. *Jeder* wusste es. Es gab auch unter den Eltern niemanden, der nicht wusste, wer Lexie war und wen sie anfeuerte.

Lexie und Benjy hatten vier Jahre nach ihrem ersten Gespräch über eine mögliche Hochzeit endlich heimlich geheiratet, und Kenly neckte sie noch immer bei jeder Gelegenheit damit.

»Ich dachte, du würdest endlich mal eine Riesenfeier veranstalten.«

Lexie runzelte die Brauen. »Wieso? In der Beziehung war ich doch immer eher zurückhaltend.«

Beim heutigen Fußballspiel nun eröffnete Lexie ihrer Freundin, dass sie schwanger war.

Kenly sprang von ihrem Sitz auf und umarmte sie. »Oh, Lexie, das ist ja wunderbar! Benjy ist bestimmt auf Wolke sieben.«

»Das stimmt, der schwebt nur noch«, sagte Lexie lachend.

Benjy setzte sich gerade auf einen Platz in der Reihe vor ihnen, sein Nacken war rot vor Verlegenheit.

Kenly schlang ihm von hinten die Arme um den Hals. »Meinen Glückwunsch, Benjy.«

Kenly verfolgte jedes Stadium von Lexies Schwangerschaft mit dem größten Interesse. Und Lexie ließ nichts aus: Die ersten drei Monate war ihr ununterbrochen schlecht, die nächsten drei verschlang sie gierig die extravagantesten kulinarischen Kreationen, und die letzten drei verbrachte sie im Bett, die Füße hoch gelagert, das Telefon auf dem wohl gerundeten Bauch.

Jahrelang hatte Lexie immer wieder mit solchem Vergnügen die Geschichte von Connors Geburt zum Besten gegeben, dass Kenly gern die Gelegenheit zur Revanche nutzte, als Lexie eines Abends, als sie zu viert in einem Restaurant beim Essen saßen, vorzeitig Wehen bekam. »Das muss ich sehen!«, rief sie lachend und sprang von ihrem Stuhl auf.

»Besser du als ich«, murmelte Benjy, der blass geworden war.

Isabella McMillan wurde genau an Connors dreizehntem Geburtstag auf der Fahrt ins Krankenhaus geboren. Lexie schwor später, sie hätte es so geplant. Aber welche Frau hätte schon freiwillig ihr Kind nach nicht einmal zweistündigen Wehen in einem Rettungswagen zur Welt gebracht, der mit Höchstgeschwindigkeit den Dwight Eisenhower Expressway in Chicago hinunterrast? Connor war stolz auf seine Tante und tief gerührt, als sie ihm Bella schon einen Tag nach der Geburt in die Arme legte.

»Ach, Mama, ist die süß«, flüsterte er.

Kenly nickte mit Tränen in den Augen. »Genau wie du.«

Zwei Wochen später rief Jean Naylor an. Sie hatte schlechte Nachrichten. »Tommys letzte Operation ist nicht gut verlaufen«, berichtete sie. »Es gab Komplikationen, und zu Hause bekam er dann eine Infektion …«

Kenly hielt den Blick auf den Kalender am Kühlschrank gerichtet und überlegte, wie sie es einrichten könnte, für ein paar Tage nach Edmonton zu fliegen.

Jeans Stimme zitterte. »Er ist gestern Abend wieder ins Krankenhaus gekommen, auf die Intensivstation.«

»Ich fliege gleich morgen«, sagte Kenly.

Am nächsten Tag nahm sie auf dem Weg zum Flughafen rasch noch ihre Post aus dem Briefkasten. Wie jede Woche lag eine Ausgabe der *Athabasca Press* dabei – so hatte Tommy es versprochen. Kenly steckte die Zeitung ein und vergaß sie, bis ihre Maschine in der Luft war. Doch dann zog sie sie aus der Tasche und las als Erstes die Kolumne.

Liebe MM,
ich bin allein erziehende Mutter einer fünfzehnjährigen Tochter und weiß nicht mehr, wie ich mit ihr fertig werden soll. Sie ist frech und unverschämt und behandelt meinen Verlobten abscheulich. Wir sind beide so weit, dass wir sie am liebsten rauswerfen würden. Was soll ich tun?
Mutter in Nöten

Liebe Mutter in Nöten,
Sie sind mit Ihrem eigenen Leben beschäftigt (Sie erwähnten einen Verlobten), vielleicht fühlt Ihre Tochter sich davon bedroht. Fünfzehn ist immer ein schwieriges Alter. Ihre Tochter weiß wahrscheinlich nicht, wohin ihr Weg führt, und hat vielleicht niemanden, an den sie sich wenden kann. Ganz gleich, wie frech und unverschämt sie ist, ich denke, sie wünscht sich Ihre Zuwendung und Liebe, weiß aber nicht, wie sie es ausdrücken soll. Sie schreiben, dass sie frech ist, aber sie ist doch keine Verbrecherin, die einen Mord begangen oder eine Bank ausgeraubt hat! Sie ist das kleine Kind, das Sie nach seiner Geburt in den Armen gehalten haben – versuchen Sie lieber, sich an diesen Moment zu erinnern, statt darüber nachzudenken, sie rauszuwerfen.
MM

Am Flughafen in Edmonton mietete Kenly einen Wagen und fuhr direkt ins Krankenhaus. Dort betrat sie leise Tommys Zimmer. Seine Augen waren geschlossen. Die Neonleuchte über seinem Bett warf ein blasses Licht auf sein Gesicht und ließ es kränklich wirken. Als der durchdringende antiseptische Geruch im Zimmer Kenly in die Nase stieg, schnitt sie unter ihrem Mundschutz eine Grimasse. Tommy lag am Tropf. Weitere Schläuche steckten auch in seiner Brust, und im Hintergrund blinkte irgendein Apparat, der den Rhythmus seiner Herzschläge und seiner Atmung aufzeichnete.

Als er die Augen öffnete, trat Kenly ans Bett und ergriff seine Hand. Sein Gesicht wurde weich, aber sie sah ihm an, dass er noch benommen war von den Medikamenten.

»Kenly?«

Sie nickte.

»Wenn du hier bist, muss es schlimm um mich stehen«, sagte er.

Sie sah ihm in die Augen und lächelte. »Diese Ohrfeige habe ich verdient.«

Sie wollte ihm sagen, wie stolz sie auf ihn war, dass er all dies hier durchhielt, aber seine Augenlider sanken immer wieder hinab, deshalb begnügte sie sich damit, an seinem Bett zu sitzen und wortlos sein Haar zu streicheln. Aus seinem Brustkorb kamen rasselnde Geräusche.

Kenly blieb beinahe vier Stunden, und als Tommy endlich wieder erwachte, war sie, den Kopf auf ihre Arme gebettet, an seiner Seite eingenickt.

»Du bist noch hier«, sagte er kaum hörbar.

Sie stand auf und beugte sich über ihn. »Wie fühlst du dich?«

»Wie der fehlerhaft konstruierte Mensch, der ich bin, aber man soll ja nicht klagen.«

»Dein Verstand ist jedenfalls so scharf wie immer.«

Schatten lagen um seine Augen, und seine Schultern verloren sich irgendwo unter dem dünnen Krankenhaushemd. Er hatte stark abgenommen, seit Kenly ihn das letzte Mal gesehen hatte, und infolgedessen traten die Wucherungen an Gesicht und Hals jetzt noch stärker hervor. Aber wenn er lächelte, war er fast wieder der Alte.

»Du fehlst mir«, sagte er leise.

Sie zog die Augenbrauen hoch und sah ihn liebevoll an, obwohl sie sich plötzlich unbehaglich fühlte. »Ach, Tommy, es ist schon so lange her … Was kann dir da von mir fehlen?«

Er sah für einen Moment schweigend auf seine Hände. »Zum Beispiel, wie du immer vor dich hingesummt hast, wenn du Angst hattest, oder wie du beim Eisessen immer die Augen zugemacht hast.«

Sie setzte sich auf ihren Stuhl.

»Oder das da«, sagte er, mit dem Finger auf ihr Gesicht zeigend. »Wie du dir immer auf die Lippe beißt, wenn dich was beschäftigt oder beunruhigt.«

Unglücklich hob Kenly die Hand und streichelte seine Wange. Trotz all der Schläuche und Geräte griff Tommy nach ihrer Hand.

»Ja, es ist lange her«, sagte er. »Aber du fehlst mir immer noch.«

Plötzlich richtete er sich halb auf und hustete auf einen Ellbogen gestützt so heftig, dass es ihr Angst machte. Einer der Monitore piepste, doch als sie aufspringen wollte, um Hilfe zu holen, bedeutete er ihr mit einer Handbewegung, sitzen zu bleiben.

Im nächsten Augenblick ging schon die Tür auf, und eine Schwester eilte herein.

»Sie müssen jetzt gehen, Madam«, sagte sie unwirsch zu Kenly.

Vom Husten geschüttelt, trat Tommy mit einem Fuß gegen den Tropf neben seinem Bett.

»Nein, noch nicht«, stieß er atemlos hervor.

Die Schwester machte ein grimmiges Gesicht, während sie die Geräte und die Kanülen überprüfte.

»Kenly?« Tommys Stimme war heiser und kaum lauter als ein Flüstern. »Ich habe jetzt ständig Schmerzen. Ich bin todmüde und ich möchte aufhören zu kämpfen ...«

»Hör zu, wir reden später darüber«, sagte sie.

»Nein, ich will nicht, dass du noch mal wiederkommst«, entgegnete er.

Es fiel ihr schwer, ihm ins Gesicht zu sehen. Ihre Unterlippe bebte. »Doch, ich komme wieder.«

»Aber ich will es nicht. Ich will, dass du gehst.«

Sie fixierte seine Wimpern, während er sprach, und war sicher, dass sie jeden Moment die Beherrschung verlieren würde. »Okay … dann ruf ich an. Ich sag den Schwestern, dass sie dir ein Telefon ins Zimmer stellen sollen«, murmelte Kenly, während sie sich mit dem Handrücken die Tränen abwischte.

»Nein, Kenly«, beharrte er. »Sag mir auf Wiedersehen und geh. Dein Leben geht weiter.«

Sie zitterte, als sie ihn küsste, und meinte, das Hämmern ihres Herzens müsse ihre Brust sprengen. Er wandte das Gesicht von ihr ab.

Schließlich trat Kenly vom Bett weg. Sie stieß die Tür auf und war sicher, ihn »Ich liebe dich« flüstern zu hören, bevor die Tür hinter ihr zufiel.

Tagelang konnte sie die düstere Schwermut nicht abschütteln, die nach der Rückkehr aus Kanada von ihr Besitz ergriffen hatte. Ross und Connor behandelten sie wie ein rohes Ei, offensichtlich ratlos, wie sie mit ihr umgehen sollten, und waren so höflich, dass es sie verrückt machte. Eines Morgens, nachdem die beiden gegangen waren, schaltete sie die Stereoanlage ein und legte sich auf die Couch.

Vielleicht hättest du es ihm sagen sollen, flüsterte eine innere Stimme herausfordernd.

Na klar, dachte sie. Er liegt im Sterben, und ich soll ihm sagen, dass Connor sein Sohn ist. Besser geht's nicht.

Langsam trank sie ihren Kaffee und schaute zum Fenster hinaus, während sie versuchte, die Erinnerungen abzuwehren, die sich ihr aufdrängen wollten. Erinnerungen an jene Zeit vor vielen Jahren, als sie abends an der Feuerstelle oder oben in seinem Baumhaus gesessen und ihren verrückten Träumen nachgehangen hatten und einander Dinge anvertrauten, die sie noch nie jemandem erzählt hatten.

Mit einer ungeduldigen Bewegung fuhr sie sich schließlich durch die Haare und stand auf, ging hinauf ins ehemalige Gästezimmer, warf einen Klumpen Ton auf die Scheibe und ließ ihre Hände arbeiten. Sie hatte das Radio laut aufgedreht, weil sie hoffte, es würde sie ablenken, aber jedes Stück, das gespielt wurde, führte sie zu Tommy zurück. Carole King sang von Freundschaft, dann sangen Simon und Garfunkel von der »Bridge over troubled water«. Und schließlich Bette Midler.

Did you ever know that you're my hero?
And everything I would like to be ...

Kenly presste die Daumen in den Ton und dachte an Tommy, wie er klatschnass im Bach umhergewatet war. Wie er mit Oscar unter seiner Jacke zum Baumhaus marschiert war. Seine Stimme erklang in ihren Ohren, ruhig und tröstlich: *Vertrau einfach deinem Instinkt,* hatte er gesagt. *Du weißt, was wichtig ist und was nicht.*

Ihre Hände arbeiteten jetzt ganz von allein, drückten und kneteten den nassen Ton, bis ein Gesicht Form anzunehmen begann. Es war ein Gesicht, das Kenly sehr vertraut war, und als sie es fertig hatte, lehnte sie sich zitternd zurück, unfähig, sich abzuwenden.

I was the one with all the glory
And you were the one with all the strength
I can fly higher than an eagle ...
Because you are the wind beneath my wings

Es war alles da. Tommys rechte Wange, aufgebläht wie ein gehärteter Ballon, die Ansätze jener Wucherung an seinem Hals, Haut und Knochen, die da nicht hingehörten, ein Gesicht, das die meisten Menschen abstieß. Erschöpft ließ sich Kenly auf die Knie fallen und weinte.

25

An dem Tag, als Kenly den Anruf erhielt, erschien Connor morgens auf eine mittlerweile routinierte Art, indem er zuerst eine Pobacke übers Treppengeländer hängte, dann abwärts sauste, um am Ende der Treppe mit abgewinkeltem linken Knie auf den rechten Fuß abzuspringen. Er trug ein *City-Champs*-Trikot, Jeans, die zu lang waren, und alte Turnschuhe, die Kenly, wenn sie sich nicht täuschte, schon vor Wochen ausrangiert hatte.

»Ich dachte schon, wir müssten dich heute mit Gewalt aus dem Bett holen«, sagte sie und wollte ihm einen Klaps geben. Aber er wich ihr grinsend aus.

»Hey, Dad, kannst du mich zur Schule mitnehmen?«

»Wenn du fertig bist«, sagte Ross. »Ich fahr nämlich jetzt.«

Kenly wies mit einer Kopfbewegung zu dem Teller mit Pfannkuchen. »Willst du denn nicht frühstücken?«

Connor raufte ihr die Haare wie einem Kind, schnappte sich eine Banane aus der Obstschale und schwang den Rucksack über die Schulter. »Sei nicht böse, Mama. Ich treff mich in zwanzig Minuten mit Luke in der Bibliothek.«

Ross nahm Kenly im Vorbeigehen kurz in den Arm, neigte sich zu ihr und küsste ihren Hals. »Er kann sie morgen essen. Bis später.«

Krachend flog die Tür hinter ihnen zu, prallte einmal gegen den Rahmen und pendelte dann aus. Kenly schob den Teller mit den Pfannkuchen über den Boden zu Motley hin, der zusammengerollt in der Ecke lag.

»Da, friss dich mal richtig satt«, sagte sie und warf den Pfannenwender ins Spülbecken.

Als fünf Minuten später das Telefon läutete, stand sie gerade unter der Dusche. Beinahe wäre sie nicht hingegangen, aber dann überlegte sie es sich anders und ergriff das nächstbeste Badetuch und lief ins Wohnzimmer.

»Hallo?«

»Kenly? Hier ist Jean.«

Sie ließ sich aufs Sofa sinken. »Ja?«

»Er ist tot«, sagte Jean mit brüchiger Stimme. »Er ist gestern Abend im Krankenhaus gestorben.«

Kenly senkte den Kopf. »Ach, Jean, ich ... das tut mir so Leid ...«

»Die Beerdigung ist Mittwochvormittag.«

»Ich komme.«

Nachdem Kenly aufgelegt hatte, ging sie wieder ins Bad. Sie war wie in Trance. Der Wasserhahn war noch aufgedreht, alles war in Dampfwolken gehüllt. Kenly trat in die Kabine, rutschte an der Wand zum Boden hinunter und ließ das heiße Wasser auf sich niederprasseln.

Eine Stunde später rief sie Ross in der Firma an, um ihm Bescheid zu sagen, dann erkundigte sie sich nach Flügen und telefonierte mit Lexie.

»Ich komme natürlich mit«, sagte Lexie, ohne zu zögern.

»Meinst du wirklich?«

»Benjy wartet nur darauf, mal ein paar Tage mit Bella allein zu sein, und ich möchte gern mitkommen.«

In der Nacht vor Tommys Beerdigung regnete es stundenlang in Strömen, und als die beiden Frauen am folgenden Morgen in Athabasca ankamen, hatte es noch immer nicht aufgeklart. Lexie war eingenickt, sobald sie aus dem Flugzeug in den Leihwagen umgestiegen waren, und Kenly, der die Stille gut tat, weckte sie nicht.

Das triste Orange von Athabascas Burger Bar war das Erste, was Kenly sah, als sie in den Ort einfuhr. In allen sechs Fenstern hingen Plakate, die wahrscheinlich die gleichen Mittagsmenüs anpriesen wie vor Jahren, als sie noch hier gelebt hatte. Den Kramladen an der Ecke gab es nicht mehr, dort stand jetzt ein Supermarkt. Etwa auf halbem Weg die Main Street hinunter war eine neue Ampel, die Kenly beinahe übersehen hätte. Erst in letzter Sekunde trat sie mit aller Kraft auf die Bremse und musste lächeln, als sie sich vorstellte, zu welchen hitzigen Diskussionen diese Neuerung ohne Zweifel an Max' Feuerstelle Anlass gegeben hatte.

Lexie fuhr in ihrem Sitz in die Höhe. »Was ist los?«

Kenly wies auf die neue Verkehrsampel.

Lexie verdrehte die Augen. »Ach, die! Ich wäre das letzte Mal, als ich hier war, auch beinahe durchgefahren. Sie haben sie vor zwei Jahren aufgestellt.« Sie klappte die Sonnenblende mit dem Spiegel herunter und stöhnte theatralisch. »Oh Gott, schau mich bloß mal an!«

»Du siehst prima aus«, versicherte Kenly.

»Klar. Meine Haare sind unmöglich. Lass uns bei Onkel Walter vorbeifahren. Da können wir uns frisch machen.«

»Ich setz dich dort ab und komme in einer Stunde zurück, okay?«

Lexie nickte und drückte Kenlys Arm. »In Ordnung.«

Während Kenly langsam durch die Straßen fuhr, dachte sie an ihren Vater und das Geheimnis, das er so viele Jahre lang keinem Menschen anvertraut hatte. Es hatte sein Leben ruiniert und ihr den Vater geraubt. Sie wusste noch genau, wie außer sich sie darüber gewesen war. Und trotzdem habe ich genau das Gleiche getan.

Sie quälte sich seit Jahren mit ihrer Schuld, doch jetzt, da Tommy tot war, traten die Schuldgefühle und die Scham umso heftiger hervor. Sie lenkte den Wagen an den Straßenrand und parkte. Ringsum begann die hektische Geschäftigkeit eines ganz normalen Alltags.

Leute betraten die Apotheke und kamen wieder heraus. Zwei Bauern standen mit ihren Autos Seite an Seite mitten auf der Main Street und hielten bei heruntergekurbelten Fenstern einen Schwatz. Die Fahrzeuge, die sich hinter ihnen stauten, veranstalteten ein wütendes Hupkonzert, bis die beiden endlich weiterfuhren. Autofahrer begrüßten einander, indem sie kurz auf die Hupe tippten und dann zum Fenster hinauswinkten. Eine Reihe von Schulbussen rollte, nachdem die Schulkinder wohlbehalten abgeliefert worden waren, den Hang hinunter zum Depot.

Mike's Kleiderladen gab es noch und das Union Hotel auch, aber am Fluss wurde ein großes Einkaufszentrum gebaut, wie Kenly sah. Die neuen Zeiten hielten also selbst hier Einzug. Kenly seufzte einmal tief, dann ließ sie den Motor wieder an und fuhr zu Onkel Walter, wo Lexie mit einer Tasse Kaffee draußen auf der Vortreppe saß und eine Zigarette rauchte.

»Ich bin fünfunddreißig Jahre alt und darf immer noch nicht in seinem Haus rauchen«, sagte sie mit einem Lächeln.

Walter und Becky waren schon auf dem Weg zur Kirche – ein Paar wider Willen, seit Florence in einem Heim für Alzheimer-Patienten untergebracht war.

In der Kirche setzten sich Kenly und Lexie neben irgendwelche Menschen, die sie nicht kannten, und sahen sich um. Jean saß mit tief gesenktem Kopf und gefalteten Händen in der ersten Reihe. Max war an ihrer Seite, die Hand liebevoll und stützend unter ihren Ellbogen geschoben. Der Sarg war geschlossen, doch darauf stand ein Bild von Tommy, das Kenly von früher kannte. Als sie es jetzt betrachtete, entdeckte sie eindeutige Ähnlichkeiten mit Connor, zum Beispiel in der Haltung des Kopfes und in diesem verschmitzten Blick. Sie musste plötzlich daran denken, wie wunderbar es gewesen war, in Tommy einen Freund zu haben, und wie sehr sie ihn vermissen würde, auch wenn sie in den vergangenen Jahren wenig Kontakt gehabt hatten.

Nach dem Gottesdienst würde sie mit den anderen Trauergästen zu den Naylors gehen, auf der Sofakante hockend an belegten Brötchen knabbern, obwohl sie keinen Hunger hatte, und höflich Konversation mit Leuten machen, die sie kaum kannte. Das schuldete sie Tommy, alles andere wäre nicht in Ordnung gewesen. Natürlich würde sie ihn überall sehen – in jeder Ecke des Hauses, an der Feuerstelle in Max' Garten, und dann würde sie ihn still um Vergebung bitten für die Entscheidung, die sie vor so langer Zeit getroffen hatte.

Auch der Geistliche rief in seiner Rede Erinnerungen an alte Zeiten wach. Er erzählte von Tommy, dem kleinen Jungen, den eine schreckliche Krankheit, die kein Mensch verdiente, zu einem einsamen Kind gemacht hatte. Er sprach von dem jungen Mann, der gegen die Übermacht der Krankheit gekämpft und es dabei noch geschafft hatte, sich in die Gemeinschaft einzubringen. Als er geendet hatte, überließ er seinen Platz Max, der langsam nach vorn kam.

»Wir danken Ihnen allen, dass Sie gekommen sind«, sagte er nach einem Räuspern. »Tommy hätte sich gefreut.«

Er hielt inne, um sich zu sammeln, dann fuhr er fort: »Sir William Osler, ein kanadischer Arzt, der achtzehnhundertneunundvierzig geboren wurde, sagte einmal: ›Es ist wichtiger zu wissen, was für ein Patient die Krankheit hat, als was für eine Krankheit der Patient hat.‹ In diesem Sinne möchte ich Ihnen gern etwas erzählen.

Seit vielen Jahren erscheint in der *Athabasca Press* regelmäßig eine Kolumne, die viele von Ihnen wahrscheinlich kennen. Es ist die MM-Kolumne, in der all jene, die den Mut haben, zu schreiben und um Rat zu fragen, auch Rat bekommen. Dabei geht es um praktische Ratschläge von gesundem Menschenverstand, auf die wir von allein manchmal nicht kommen, weil wir vor lauter Bäumen den Wald nicht sehen. Und die Menschen haben uns geschrieben, *viele* Menschen. Alte und junge. Unsere kleine Kolumne entwickelte, wie manche von Ihnen wissen, bald ein Eigenleben. Vor einigen Jahren wurde sie vom *Edmonton Journal* übernommen und gewann wenig später einen regionalen Preis, wobei vor allem die Klugheit und das Einfühlungsvermögen des Autors hervorgehoben wurden. Die Kolumne hat zweifellos vielen geholfen, und all die Jahre ist es mir gelungen, den Namen des Autors auf seine Bitte hin geheim zu halten.

Nun, dieser Autor war Tommy Naylor, aber ihm war

es wichtig, dass niemand es erfuhr. Er wollte vermeiden, dass die Menschen sich von Vorurteilen bestimmen ließen, angesichts dessen, wer ihnen da Rat und Hilfe anbot, und er fürchtete, seine körperlichen Gebrechen würden andere veranlassen, ihn entweder abzulehnen oder nicht ernst zu nehmen. Er fürchtete, die Leute würden nicht mehr schreiben, weil sie womöglich annahmen, er hätte keine Ahnung vom ›wirklichen Leben‹.

Dabei besaß Tommy sogar Intuition und Lebensweisheit, die weit über sein Alter hinausgingen. Er war mit großer Intelligenz, mit Weitsicht und einem Maß an gesundem Menschenverstand begabt, das alle, die ihn kannten, bewunderten. Die Menschen fühlten sich zu Tommy hingezogen, ohne erklären zu können, warum, und wer sich die Zeit nahm, ihn wirklich kennen zu lernen, verlor ein Stück seines Herzens an ihn.«

Max senkte den Kopf, griff in seine Jacke und zog mit zitternder Hand ein Blatt Papier heraus. Er entfaltete es und legte es vor sich auf das Pult. »Ich möchte Ihnen jetzt etwas vorlesen.

›Dies sind die wahren Freuden im Leben:

einem Ziel zu dienen, das man selbst als ein großes erkennt; andern gedient zu haben, bevor man zum alten Eisen geworfen wird; eine kraftvolle Persönlichkeit zu sein, die nicht darüber klagt, dass die Welt sich um anderes kümmert als darum, sie glücklich zu machen.‹«

Max nahm die Brille ab und wischte sich die Augen mit dem Handrücken, bemüht, seine Fassung wieder zu gewinnen. »Das hat George Bernard Shaw geschrieben, und es erinnert mich mehr an Tommy Naylor als an jeden anderen Menschen, den ich kenne. Wenn es jemanden gab, der das Recht hatte, sich zu beklagen, dann war es Tommy, aber er hat es nie getan. Stattdessen hat er darüber nachgedacht, wie er anderen helfen kann.«

Max setzte die Brille wieder auf und blickte mit zusammengekniffenen Augen auf das Papier hinunter. »Ein paar Tage vor seinem Tod hat Tommy seine letzte Kolumne geschrieben. Er bat mich, sie heute hier vorzulesen, bevor wir sie in der Zeitung veröffentlichen. Ich sagte ihm, dass es mir eine Ehre sein wird.« Er blickte mit einem liebevollen Lächeln zu Jean hinüber und begann dann zu lesen.

»›Dies ist die letzte MM-Kolumne, die ich schreiben werde, und es fällt mir schwer, sie zu schreiben. Heute werden Sie erfahren, wer ich bin, und morgen werde ich nicht mehr hier sein, denn ich muss sterben. Ich weiß es schon seit einer ganzen Weile, aber nun geht es endlich dem Ende entgegen.

Mein Name ist Tommy Naylor, und ich leide am Proteus-Syndrom. Wenn Sie mir je begegnet sind, werden Sie sich erinnern. Äußerlich sind wir zwar grundverschieden, aber sonst sind wir einander ähnlicher, als Sie vielleicht glauben.

Ich bin bei einer Mutter aufgewachsen, die alles für mich getan hat. Sie hat mich auf jedem Schritt meines Lebens begleitet und dafür gesorgt, dass es reich und befriedigend war. Auch jetzt noch ziehe ich meine Kraft aus ihr.

Ich hatte außerdem das große Glück, einen Mann zum Freund zu haben, der mein Vater hätte sein können. Ich danke dir, Max, dass du mir zugehört hast, wenn ich mit dem Schicksal hadern musste, dass du mich stärker gefordert hast, als ich es manchmal für nötig hielt, und dass du mich wie einen Sohn geliebt hast. Dass ich der Mensch wurde, der ich heute bin, ist großenteils deinem Einfluss zu verdanken.‹«

Max' Stimme brach. Er hielt für einen Moment inne und strich das vor ihm auf dem Pult liegende Blatt Papier glatt, um sich wieder zu fassen.

»›Wie jeder von Ihnen hatte ich gute und schlechte Tage. Ich hatte Freunde, sagte Hallo und Auf Wiedersehen, Ich liebe dich und Es tut mir Leid. Es gab Momente, da wollte ich mehr, und andere, da begnügte ich mich mit weniger. Es gab Tage, an denen ich mich fragte, was ich hier sollte, und dann Augenblicke, in denen alles seinen Sinn hatte. Ich hatte das Glück, mich zu verlieben, und bedauerte es nie. Es geschah vor langer Zeit, aber es hat mich verändert. Es ist schwer, so etwas zu werten, aber ich weiß, dass die Welt dadurch ein anderes Gesicht bekommen hat. Auch heute noch ist die Frau, in die ich mich verliebte, der Inbegriff alles Wunderbaren für mich.‹«

Kenlys Augen schwammen in Tränen, sie sah nichts mehr, doch als Lexie ihre Hand ergriff und festhielt, blieb sie reglos. Max las weiter.

»›Während ich dies schreibe, kann ich aus ehrlichem Herzen sagen, dass ich nichts bedauere. Ich habe in meinem Leben einige schmerzhafte Opfer gebracht, aber ich weiß, dass ich sie aus den richtigen Gründen gebracht habe. Dabei habe ich auch gelernt, dass wir manchmal mehr ernten, wenn wir etwas aufgeben, als wenn wir es für uns behalten.

Abraham Lincoln sagte: Was immer du tust, tu es von Herzen. Dem stimme ich zu. Ganz gleich, ob Sie Mutter, Vater, Sohn, Tochter, Freund oder Straßenkehrer sind, Sie sollten sich jeden Abend in dem Bewusstsein in Ihr Bett legen, Ihr Bestes gegeben zu haben.

Seid großherzig. Wir sind alle Menschen, wir machen alle Fehler und sind auf Vergebung angewiesen. Was geschehen ist, ist geschehen, blickt also nach vorn und verschwendet eure Zeit nicht, indem ihr in der Vergangenheit verweilt.

Scheut euch nicht, einander zu umarmen. Die menschliche Berührung wirkt Wunder in der Seele, und es gibt unglaublich viele Menschen, die sie entbehren müssen.

Und zum Schluss: Vergesst nicht, dass die wichtigsten Dinge in eurem Leben fast immer die unauffälligen sind. Es sind die Momente, die uns sprachlos machen, eine Liebe, die nicht nachlässt, das herzliche Lachen der Freunde, die Traditionen und die Erinnerungen.

Vor ein paar Monaten habe ich von einem Mann gelesen, bei dem irrtümlich Krebs im Endstadium diagnostiziert wurde. Er verklagte die Ärzte und das Krankenhaus, aber einige Monate später ließ er die Klage ohne Aufsehen fallen, obwohl er damit rechnen konnte, den Prozess zu gewinnen. Er sagte später, etwas Besseres als diese Fehldiagnose hätte ihm kaum widerfahren können. Er habe irgendwann in der Hektik des Alltags die wirklich wichtigen Dinge im Leben aus den Augen verloren, und die Diagnose habe ihn gelehrt, wieder klar zu sehen.

Ich weiß, wovon er spricht, denn wenn einem bewusst ist, dass man bald sterben muss, erlebt man Momente der Klarheit, die man sonst wahrscheinlich nicht hätte. Man macht Frieden mit sich und den Menschen, die man liebt. Wartet nicht damit, bis es zu spät ist! Wenn ihr das nächste Mal mit eurem Schicksal hadert, dann stellt euch vor, ihr hättet nur noch sechs Monate zu leben. Fragt euch, was ihr noch zu bereinigen habt, welche Probleme mit euren Mitmenschen noch ungelöst sind. Klärt diese Dinge – und ihr werdet überrascht sein über den inneren Frieden, den ihr dadurch erlangt habt. Viele Menschen haben mir im Laufe der Jahre gesagt, was für eine schreckliche

Krankheit das Proteus-Syndrom ist, aber da ich nie ein Leben ohne die Krankheit gekannt habe, preise ich mich glücklich, überhaupt hier gewesen zu sein. Die Alternative war nicht sehr verlockend …

Tommy Naylor oder MM‹«

Kenly liefen schon seit geraumer Zeit unaufhörlich die Tränen über die Wangen. Sie sah sich um und musste feststellen, dass Tommys Worte auf alle Anwesenden die gleiche Wirkung gehabt hatten. Es gab in der ganzen Kirche nicht einen Menschen, der nicht weinte. Max schnäuzte sich in sein Taschentuch, faltete dann das Blatt Papier zusammen und schob es in die Brusttasche seines Jacketts.

Kenly war so in Gedanken verloren, dass sie gar nicht wahrnahm, dass die Trauerfeier vorüber war. Erst als Lexie ihre Schulter berührte und zum Gang wies, wurde es ihr bewusst. Zusammen mit den anderen trat sie in den grauen Tag hinaus. Lexie gesellte sich zu Walter und Becky. Und dann standen plötzlich Jean und Max vor Kenly.

Jean drückte ihr lächelnd die Hand. »Wenn er wissen könnte, dass du hier bist … Er hätte sich so gefreut, Liebes!«

Kenly nickte nur, unfähig zu sprechen. Doch alles, was sie sagen wollte, stand in ihren Augen geschrieben, und Max breitete weit die Arme aus und zog sie an sich.

»Er hat dir etwas hinterlassen«, flüsterte Max.

Kenly richtete sich auf und trat einen Schritt zurück. »Wirklich?«

Jean wandte sich einer Frau zu, die ihr Beileid aussprechen wollte. Max nahm Kenly beim Ellbogen und ging mit ihr ein Stück zur Seite. Nachdenklich sah er sie an. »Er hat gesagt, er hätte es im alten Baumhaus hinterlegt, du wüsstest schon, wo.«

Kenly spürte ein Prickeln im Nacken. Sie senkte den Blick, um Max nicht ansehen zu müssen, und zog ihre Jacke fester um sich.

»Alles okay?«, fragte Max.

Sie nickte ganz langsam, aber ihr Blick schien in weite Ferne gerichtet. »Ja, ja, alles in Ordnung.«

Max tätschelte ihre Schulter, dann drängte er sich durch die Menge, um Jean zu suchen. Kenly schluckte. Sie verschränkte die Arme über der Brust, zitternd jetzt, und dachte beklommen an Tommys Blechkästchen auf dem Dach seines Baumhauses.

Als sie eine halbe Stunde später ihren Wagen vor dem Haus der Naylors abstellte, zitterten ihr immer noch die Hände. Sie lief um die Garage herum nach hinten und folgte dem verwilderten Trampelpfad durch den Wald, ohne auf den Matsch an ihren Schuhen zu achten, ohne die Peitschenschläge der niedrigen Äste zu spüren, die gegen ihre Beine schlugen. Das Herz klopfte ihr zum Zerspringen, und sie war plötzlich wieder sechzehn Jahre alt.

Dann sah sie es.

Das große Fenster des Baumhauses war mit Staub bedeckt, der gelbe Lack des Rahmens abgeblättert. Kenly kletterte die Leiter hinauf. Den Schlüssel fand sie dort, wo er ihn immer aufbewahrt hatte, auf dem obersten Regalbrett, und während sie ihn zwischen Daumen und Zeigefinger rieb, fragte sie sich, wie oft er noch hierher gekommen war, nachdem sie fortgegangen war.

An einer Wand hingen noch einige Poster, aber die meisten hatten sich gelöst und lagen bis zur Unkenntlichkeit verblasst zu ihren Füßen. Kenly hob sie eines nach dem anderen vom Boden auf und legte sie in die Kiste in der Ecke.

Schließlich holte sie einmal tief Luft, griff über ihren Kopf nach oben, fand das lose Brett und stieß es zur Seite. Dann schob sie einen Arm durch die Öffnung und tastete mit der Hand über das Dach, bis sie etwas Hartes berührte. Mit klopfendem Herzen zog sie das Blechkästchen herunter. Ein paar welke Blätter und etwas Schmutz rieselten herab und setzten sich auf ihr Haar und ihre Unterarme, aber sie bemerkte es nicht.

Das Kästchen war unansehnlich geworden. Kenly wischte den Schmutz vom Deckel, schob dann den Schlüssel ins Schloss und sperrte auf. Als Erstes entdeckte sie einen Plastikbeutel mit einer Videokassette darin.

In diesem Moment fiel ihr Blick auf Tommys Collage an der gegenüberliegenden Wand, und sie kroch hin, um den Staub zu entfernen. Gesichter aus der Vergangenheit kamen langsam zum Vorschein. Tommy als kleiner Junge, Max mit seiner Frau Sophie, Jean, Florence, Becky und auch Walter. Schon hatte sie auch die restlichen Details freigewischt: ein Bild von Lexie und eines von sich, das sie noch nicht gesehen hatte. Und während sie mit den Fingern darüber strich, erinnerte sie sich an jenen Tag vor Jahren, als sie Tommy gefragt hatte, warum er die Collage nicht fertig stellte. »Ich hab einfach das Gefühl, dass noch was fehlt«, hatte er geantwortet.

Dann fiel ihr auf, dass er neben ihr Bild noch eine andere Person gezeichnet hatte. Wer ist das?, dachte sie, während sie die letzten Staubflocken wegwischte. Hatte er ein Bild von Bella gemalt?

Aber das Kind unter dem Staub war nicht Bella. Es war Connor, im Alter von vielleicht vier oder fünf Jahren. Einen Batman fest in beiden Händen haltend, zeigte die Zeichnung ihn ausgelassen lachend. Kenly presste unwillkürlich die Hand auf den Mund. Keuchend wich sie zurück und suchte an der Wand Halt. Auf der Zeichnung war Connors Oberkörper nackt, und auf seiner Brust klar und deutlich das Muttermal zu erkennen. Kenly ließ sich auf die Fersen zurücksinken und umschlang ihren Oberkörper fest mit beiden Armen. So verharrte sie für eine lange Weile, den Blick unverwandt auf die Wand gerichtet. Dann rollte sie sich zitternd und halb erstickt vor Scham auf dem Boden zusammen und zog die Knie an die Brust. Er hatte es die ganze Zeit gewusst …

26

Juli 2003
Barrington Hills, Illinois

Kenly trat mit dem Telefon in der Hand ans Wohnzimmerfenster und sah hinaus. Dann schob sie den Wäschekorb weg und setzte sich, die Hände zwischen die Knie gepresst, aufs Sofa.

Ross würde jeden Moment nach Hause kommen.

»Können wir das nicht am Sonntag bereden?«, fragte sie.

Connor seufzte am anderen Ende der Leitung. »Nein, Mama, der Trainer muss es heute Abend wissen.«

Sie rieb sich die Stirn. »Okay. Sag ihm, dass er für das Turnier mit mir rechnen kann und dass Dad was für die Tombola stiftet.«

»Danke.« Seine Stimme klang erleichtert.

»Gern geschehen.«

»Du, Mama?«

»Ja?«

»Wir haben sie heute vom Platz gefegt«, erzählte er und berichtete dann begeistert von Lukes Siegtor. Seine Stimme schnappte ein paarmal über, wie sie das neuerdings zu tun pflegte, wenn er in Erregung geriet.

Sie lächelte bei der Erinnerung an einen Moment kurz nachdem er zum Spielführer seiner Fußballmannschaft ernannt worden war. Er hatte im Flur vor dem Spiegel gestanden und sich, in dem Glauben, unbeobachtet zu sein, in seinem Trikot mit der Armbinde bewundert. Kenly tat jetzt abermals das, was sie schon damals getan hatte: Sie legte mit geschlossenen Augen den Kopf in den Nacken und sprach ein lautloses Gebet des Danks, dass ihr dieser Junge geschenkt worden war.

»Mama, ich muss Schluss machen.«

»In Ordnung, mein Großer. Bis Sonntag dann«, sagte sie und legte auf.

Sie wusste, dass er keine Ahnung hatte, wie sehr sie ihn liebte, und betete darum, dass das, was sie zu tun im Begriff war, nicht sein Leben ruinieren würde. Tommys Blechkästchen stand auf dem Tisch, verbeult und mit Rostflecken übersät, die sich nicht entfernen ließen. Kenly nahm sie in die Hand, und die innere Stimme meldete sich wieder einmal.

Warum jetzt? Nach so langer Zeit?

Weil ich es leid bin, wie mein Vater mit einer entsetzlichen Lüge zu leben.

Das ist doch Blödsinn …

Kenly schlug die Hände vor ihr Gesicht.

Es kann dir passieren, dass du beide verlierst, warnte die Stimme.

»Ich weiß«, flüsterte sie, aber dann fiel ihr etwas ein, was Tommy sinngemäß in seiner letzten MM-Kolumne geschrieben hatte. *Stell dir vor, du hättest nur noch sechs Monate zu leben. Frage dich, was du noch zu bereinigen hast, welche Probleme mit deinen Mitmenschen noch ungelöst sind. Kläre diese Dinge – und du wirst überrascht sein über den inneren Frieden, den du dadurch erlangt hast.*

Als Ross zur Tür hereinkam, war Kenly oben im Bad. Ihr war vor Angst und Aufregung so schlecht geworden, dass sie sich übergeben musste.

»Kenly? Alles in Ordnung?«, rief er durch die Tür.

Sie richtete sich auf und drehte das kalte Wasser an, um sich das Gesicht zu waschen. »Äh – ja, alles in Ordnung.«

Sie öffnete die Tür und ließ sich von Ross ins Wohnzimmer führen. Er musterte sie beunruhigt.

»Was ist los?«

Kenly wies auf das Blechkästchen auf dem Couchtisch und sagte mit mühsam beherrschter Stimme: »Tommy hat mir etwas hinterlassen.«

»Was ist es denn?«

»Eine Videokassette.«

Ross starrte sie verwundert an. Kenly presste eine Hand auf ihre Brust und vermied seinen Blick. Dann sagte sie hastig und so leise, dass es beinahe ein Flüstern war: »Ich wollte es dir immer ... ich meine, ich habe es nie ... Also, es gibt etwas, was ich dir schon vor Jahren hätte sagen müssen, aber ich habe es nie getan.«

Er runzelte die Stirn und wollte sie in den Arm nehmen, aber sie trat zurück. Den Blick jetzt starr auf ihn gerichtet, versank sie in Schweigen. Ich kann nicht glauben, dass ich dir das antue, dachte sie.

Es war still im Zimmer, und ein Ausdruck der Verwirrung flog über Ross' Gesicht. »Lieber Himmel, Kenly, was ist denn los? Nun sag schon, was ist?«

Sie ergriff das Blechkästchen, und ihre Stimme schoss in die Höhe, schrill und unkontrolliert. »Du bist nicht – also, ich meine – du bist nicht Connors Vater.«

Ross schüttelte verwirrt den Kopf. »W-was?«

Kenly geriet ins Stammeln und bat ihren Mann mit flehentlich ausgestreckten Armen, ihr zuzuhören. »Als ich damals schwanger wurde, glaubte ich aufrichtig, du wärst der Vater. Dass du es nicht bist, habe ich erst bei der Ultraschalluntersuchung erfahren. Als der genaue Zeitpunkt der Empfängnis festgestellt wurde.«

Ross wich zurück, als hätte sie ihn geschlagen, und Kenly begann schneller zu sprechen.

»Als der Arzt mir mitteilte, dass die Schwangerschaft schon sechs Wochen weiter war, als ich gedacht hatte, wusste ich nicht, wie ich es dir sagen sollte.«

Schock und Ungläubigkeit stritten in Ross' Gesicht, und er legte unwillkürlich die Hände an die Ohren, als wolle er das alles nicht hören. »Was zum Teufel redest du da, Herrgott noch mal?«

Sie zupfte am Zugband ihres Sweatshirts, wickelte es so fest um einen ihrer Finger, dass es schmerzte. »Es ist passiert, bevor wir uns kennen gelernt haben«, flüsterte sie. »Nur ein einziges Mal.«

Ross hob abwehrend eine Hand und wiederholte dann fassungslos ihre Worte. »Ich – ich bin nicht Connors Vater.«

Sein Gesicht war aschgrau, er sah krank aus.

»Ross«, stammelte Kenly. »Es tut mir so Leid! Ich wusste nicht, wie ich es dir sagen sollte.«

Sie wartete reglos auf ein Wort von ihm, irgendeins. Aber er umfasste nur stumm die Rückenlehne eines Stuhls, als suche er Halt, und starrte Kenly mit einem Gesichtsausdruck an, als kenne er sie nicht. »Du wusstest nicht, wie du es mir sagen solltest?«

Sie biss die Zähne aufeinander, um das aufsteigende Schluchzen zu unterdrücken, sah, wie seine Schultern herabfielen und wollte nach seiner Hand greifen. Aber er zog sie weg. Oh Gott, dachte sie, wie sollen wir das überleben?

Er schien etwas sagen zu wollen, doch dann überlegte er es sich anders. Kenly ließ sich auf das Sofa sinken, zog ein Kissen zu sich heran und presste es an sich, während sie sich vor und zurück wiegte und gegen eine neue Welle von Übelkeit kämpfte.

Ross blickte zu dem Blechkästchen, dann wieder zu ihr und schloss die Augen, als er begriff.

»Oh Gott«, sagte er leise. »Tommy ist der Vater von Connor?«

Der Abscheu in seiner Stimme tat so weh wie ein Schlag auf eine nicht verheilte Wunde. Kenly nickte und zuckte zusammen, als Ross den Stuhl hochriss und quer durch das Zimmer schleuderte. Er fiel krachend zu Boden.

»Ich kenne dich überhaupt nicht!«, schrie er, und Wut und Hass beherrschten sein Gesicht. Beide Hände in die Hüften gestemmt stand er schwer atmend da. »Unser ganzes Leben ist also nichts als eine einzige Lüge. So ist es doch, nicht wahr? Das versuchst du mir doch gerade beizubringen?«

Sie schüttelte stumm den Kopf, aber er schien es gar nicht zur Kenntnis zu nehmen.

»Und alles nur, weil du nicht den Mut hattest, mir vor fünfzehn Jahren die Wahrheit zu sagen!« Er schlug mit der Faust so heftig gegen die Wand, dass Bilderrahmen zu Boden fielen und Glas splitterte.

»Du hast *gewusst*, dass ich nicht sein Vater bin, aber du hast es mir nicht gesagt! Wofür hältst du dich eigentlich, verdammt noch mal? Für Gott?«

Sie starrte in ihren Schoß.

»Ich kann dich im Moment nicht mal *ansehen*.«

Er ging zur Tür, blieb dort mit dem Rücken zu ihr stehen und holte ein paarmal tief Luft. »Wenn Connor am Sonntag heimkommt, dann sag ihm, dass ich geschäftlich weg musste.«

Und wo bist du in Wahrheit?, wollte sie fragen.

»Und noch etwas, Kenly. Sieh zu, dass es glaubhaft klingt. Um seinetwillen.«

Sie vergrub ihr Gesicht im Kissen, und als die Tür zufiel, ließ sie ihn gehen, obwohl sie ihm viel lieber nachgelaufen wäre, ihn lieber angefleht hätte zu bleiben.

Zitternd und kraftlos ließ sie sich zu Boden gleiten und sammelte auf allen vieren die zerbrochenen Bilder ein, versuchte zu retten, was noch zu retten war. Schnappschüsse ihres gemeinsamen Lebens, zu zweit und mit Connor. Momente aus Zeiten, da sie unbesiegbar schienen. Und jetzt – alles zerstört, wie in einem bösen Traum.

Am nächsten Morgen erwachte sie im Wohnzimmer auf dem Sofa und streckte die Hand nach dem Telefon aus, um Ross anzurufen, bevor ihr alles wieder einfiel. Von Schmerz überwältigt ging sie nach oben, um zu duschen und sich anzukleiden. Sie war wie in Trance, und die ganze Zeit war ihr übel wie am Tag zuvor.

Überall wurde sie an Ross erinnert: durch seine Sachen im Kleiderschrank, seine Rasiercreme neben dem Waschbecken, durch einen Artikel aus der *Tribune* auf seinem Nachttisch, seinen Squash-Schläger hinter der Schlafzimmertür. Aber dann fiel ihr ein, dass er zurückkommen musste, um seine Sachen zu holen, und allein dieser Gedanke half ihr durch den Tag.

Gegen Mittag fühlte sie sich, als hätte ihr jemand die Arme abgehackt. Selbst Motley witterte, dass etwas nicht in Ordnung war, und trottete auf Schritt und Tritt hinter ihr her. Kenly erwog, Lexie anzurufen, aber sie wusste, dass sie in Tränen ausbrechen würde, sobald sie ihre Stimme hörte, und dann würde es einen Riesenwirbel geben. Lexie würde alles stehen und liegen lassen und sofort angefahren kommen, um Auskünfte zu verlangen, die Kenly nicht geben wollte.

Tommys Blechkästchen stand immer noch wie eine stumme Anklage auf dem Couchtisch. Um vier Uhr trank sie eine Tasse Kaffee und wischte anschließend rund um das Kästchen den Tisch. Danach begann sie, um sich irgendwie zu beschäftigen, einige Möbel zu verrücken. Sie schob und zerrte das Sofa keuchend durchs Wohnzimmer, bis es unter dem Erkerfenster stand, und erstarrte, als sie in der Ritze eine Sonnenbrille fand, die Ross vor Wochen verloren hatte.

Ab und zu flog Kenlys Blick zu dem Kästchen. Sie hatte bis jetzt nicht den Mut aufgebracht, sich die Kassette anzusehen. Hatte nicht den Mut, Tommy in die Augen zu blicken und den Zorn oder den Schmerz und die Enttäuschung zu sehen, die sich wahrscheinlich in seinem Blick spiegeln würden.

Es war zu still im Zimmer. Kenly stand auf und schaltete die Stereoanlage ein, setzte sich wieder hin, schlug die Beine übereinander. Draußen schien die Sonne, und der neue Zwergpudel der Nachbarn kläffte unaufhörlich. Motley lag auf der Terrasse, die Beine in die Luft gestreckt, ein Bild des Behagens.

Ich sollte es mir jetzt ansehen, dachte sie.

Du kannst es dir doch auch später anschauen, widersprach die innere Stimme feige.

Nein, ich sollte mir einen Drink machen und es mir jetzt ansehen.

Du trinkst doch sonst auch nie, sagte die Stimme.

Kenly klappte den Deckel des Kästchens auf und nahm die Kassette heraus. Sie drehte sie herum, schloss die Augen und schluckte. Plötzlich hörte sie Tommys Stimme, wie damals, als sie mit Connor in Athabasca gewesen waren. *Verlass dich auf deinen Instinkt.*

»Auf meinen Instinkt kann ich pfeifen«, flüsterte sie.

Sie stand auf, schob die Kassette in den Videorekorder und drückte auf der Fernbedienung auf *play*. Erst als sie sich wieder aufs Sofa gesetzt hatte, merkte sie, dass sie vergessen hatte, den Fernsehapparat einzuschalten.

»Mist«, schimpfte sie und stand wieder auf.

Das Telefon klingelte. Kenly fuhr zusammen, ließ die Fernbedienung fallen, stolperte in ihrer Hast, den Hörer zu erwischen, über Ross' Sessel.

»Hallo?«, sagte sie, sich mit einer Hand durch die Haare fahrend.

Nichts wünschte sie sich sehnlicher, als dass es Ross wäre. Dass sie gleich seine Stimme hören und er sagen würde, er sei auf dem Heimweg. Dass er mit ihr sprechen müsse, oder streiten ... ganz gleich was, Hauptsache, es war Ross.

Doch es war ein nervöses junges Mädchen, das Telefonwerbung für eine Teppichreinigung machte und einen Sonderpreis von 49 Dollar 95 anbot. Kenly schloss die Augen und rieb sich die Stirn. Ja, sie würde gern ihre Teppiche reinigen lassen, und wenn sie allen Dreck aus ihrem Haus fortgesaugt hatten – ob sie dann wohl auch gleich allen Schmerz und Kummer der Familie mitnehmen könnten?

»W-was?«, stotterte das Mädchen.

»Nichts«, flüsterte Kenly und legte auf.

Der Schlaf ließ in der zweiten Nacht lange auf sich warten, und als Kenly am Sonntagmorgen erwachte, war es schon zehn Uhr. Es war zu still im Haus, und sie wusste, dass sie nicht noch einen Tag drinnen verbringen konnte. Sie schnallte ihr Handy am Bund ihrer Boxershorts fest und ging in den Garten, um das Gras zu mähen und die Hecken zu schneiden. Aber Ross rief nicht an. Sie sagte sich, dass sie ihm Freiraum lassen musste. Sie konnte seine Reaktion verstehen, aber sie hoffte immer noch, er würde zurückkommen und ihr eine zweite Chance geben.

Tommys Kassette blieb den ganzen Tag im Rekorder, und Kenly hatte beinahe den Mut gefunden, sie sich anzusehen, als abermals das Telefon klingelte. Ihre Knie zitterten, als sie abhob.

»Hallo?«

Es war Connors Stimme, im Hintergrund war lautes Gejohle zu hören. »Mama? Hey, wir haben gewonnen! Unsere Mannschaft hat das Turnier gewonnen!«

Kenly nickte automatisch und zwang sich, etwas zu sagen. »Das ist ja großartig, Schatz. Tolle Neuigkeiten.«

»Ist Dad da?«

»Nein. Nein, er ist nicht da, aber ich wollte gerade los, um dich abzuholen. Ihr kommt früher, richtig?«

Als Kenly aufgelegt hatte und ihr Spiegelbild in der Glastür des Backofens sah, zuckte sie zusammen. Ihre Haare standen nach allen Seiten ab, und sie trug immer noch das alte Sweatshirt und die Boxershorts, die sie am Morgen in aller Eile angezogen hatte.

Auf dem Weg durch das Wohnzimmer nahm sie Tommys Kassette aus dem Rekorder und legte sie wieder in das Blechkästchen, ehe sie nach oben lief, um sich umzuziehen. Es fehlte gerade noch, dass die Kassette Connor in die Hände fiel, wenn er nachher nach Hause kam.

Zehn Minuten später nahm sie ihre Autoschlüssel, schaltete den Anrufbeantworter ein und schloss die Küchentür hinter sich.

27

Kurz bevor der Unfall geschah, ging Kenly noch durch den Kopf, dass sie Connor als Erstes sagen musste, sein Vater sei für ein paar Tage geschäftlich verreist.

Sekunden später geschah es. Es hatte schon eine Stunde zuvor zu regnen begonnen, jetzt aber goss es in Strömen, und Kenly musste sich mit zusammengekniffenen Augen über das Lenkrad beugen, um die Straße erkennen zu können. Der Regenmantel eines Kindes blitzte vor ihr auf. Ihre Reaktion war instinktiv und prompt. Sie trat die Bremse durch, verlor die Kontrolle über den Wagen, der sofort ins Schleudern geriet, und verfehlte knapp den orangefarbenen Müllsack, den sie für einen Kinderregenmantel gehalten hatte. Sie rutschte mit dem Auto seitlich über das nasse Pflaster und raste in eine Reihe Mülltonnen, die an der Seite eines Mietshauses standen.

Durch die Wucht des Aufpralls wurde ihr Kopf gegen das Seitenfenster geschleudert, der Airbag auf der Fahrerseite blähte sich auf und drückte sie in den Sitz. Ein Schlüssel, den sie auf das Armaturenbrett gelegt hatte, flog durch die Luft und landete an ihrer Stirn. Kenly hob stöhnend eine Hand zum Gesicht.

Als sie die Stirn mit den Fingern betastete, fühlte sie etwas Warmes, Klebriges und brauchte einen Moment, um zu begreifen, dass es Blut war.

Irgendwann muss doch alles besser werden, sagte sie sich. Es kann unmöglich noch schlimmer kommen.

Im St.-Joseph's-Krankenhaus roch es nach Desinfektionsmittel. Kenly spürte, wie ihr Magen sich schon wieder umzudrehen drohte, und warf einen zornigen Blick auf Lexie, die zum zweiten Mal ihr Kopfkissen aufschüttelte und ihre Bettdecke glatt zog.

»Würdest du bitte aufhören? Es geht mir gut.«

»Okay. Bleib locker. Ich hol jetzt Connor ab. Er ist bei seinem Trainer.«

Kenly setzte sich kerzengerade auf und sagte besorgt: »Versprich mir, dass du ihn mit dieser Geschichte nicht in Angst und Schrecken stürzt.«

»Könntest du vielleicht ein kleines bisschen Vertrauen zu mir haben?«

»Na ja, ich weiß doch, wie gern du übertreibst.«

»Okay. Wie wär's dann damit? Ich sage: ›Nur keine Panik, deiner Mama geht's gut‹. Dann erzähl ich ihm den Rest. Zum Beispiel, dass du ganz offensichtlich schon lange keine Nacht mehr durchgeschlafen hast und überhaupt nicht hättest fahren dürfen. Oder dass er sich keine Gedanken machen soll, wenn er dich mit zwei blau geschlagenen Augen sieht, weil es dir nämlich wirklich ganz prima geht.«

Kenly wies zur Tür. »Es ist mir egal, was du ihm sagst, Hauptsache, du übertreibst nicht.«

Lexie nahm ihren Mantel, beugte sich zu ihr hinunter, um ihr einen Kuss zu geben, und ging. Dann schaute sie aber doch noch einmal zur Tür herein. »Äh – rufst du Ross an oder soll ich das machen?«

Kenlys Stimme war ärgerlich. »Ich rufe ihn an.«

Aber sie tat es nicht. Lexie rief ihn an. Das Resultat war, dass Ross eine Stunde später in ihr Zimmer trat und am Fußende ihres Betts stehen blieb. Kenly sah ihn entgeistert an und hob hastig eine Hand zu ihrem Gesicht. Sie würde Lexie eigenhändig den Hals umdrehen, wenn sie das nächste Mal in ihre Nähe kam!

»Wie geht es dir?«, fragte er.

Sie wies mit einer hilflosen Geste zu ihrem Gesicht. »Ein bisschen mitgenommen, aber sonst geht's mir gut.«

Er warf ihr einen besorgten Blick zu, und als sie die Hand senkte, erschrak er sichtlich. »Das sieht aber ziemlich schlimm aus.«

Kenly nickte, in dem Bewusstsein, dass sich alles zwischen ihnen geändert hatte. Keine zwei Meter trennten sie voneinander, doch es war, als wären sie Meilen voneinander entfernt. Jetzt herrschten neue Regeln.

»Lexie hat gesagt, dass sie dich über Nacht hier behalten?«

»Nur zur Beobachtung«, antwortete sie und dachte, wie gut er aussah, trotz der Blässe in seinem Gesicht und der dunklen Ringe um die Augen.

Es blieb für einen Moment still zwischen ihnen, und aus lauter Angst, dass er gehen könnte, begann Kenly hastig von dem Unfall zu erzählen, plapperte ohne Punkt und Komma drauflos. Ross lehnte mit gekreuzten Armen am Fenster und sagte nichts. Als Letztes erzählte sie ihm, dass der Wagen nicht allzu viel abbekommen hatte.

»Wenigstens ist dir nichts Ernstes passiert«, sagte er, aber sie spürte eine Distanziertheit, die schmerzte.

Kenly faltete die Hände im Schoß und wandte sich

ab. Sie wusste, dass sie furchtbar aussehen musste, mit zwei blau geschlagenen Augen und der geschwollenen Nase. Wieder breitete sich ein unbehagliches Schweigen im Zimmer aus, bis sie sich räusperte und es brach.

»Was tun wir jetzt?«

Er wischte die Frage beiseite. »Darüber reden wir später. Connor und Lexie kommen gleich.«

Es war Kenly gleichgültig. Sie wollte jetzt reden, wollte sagen: Sag mir, wie dir zumute ist. Ich kann es ertragen. Aber Ross kehrte ihr den Rücken zu und sah zum Fenster hinaus.

Augenblicke später kam Connor mit Lexie im Gefolge zur Tür herein. Kenly war erschrocken, als sie die Zartheit und Verletzlichkeit in seinem Gesicht sah. Das war nicht mehr der selbstbewusste Vierzehnjährige, der vor zwei Tagen zum Fußballturnier gefahren war. Er war wieder ihr kleiner Junge, der unsicher wurde, wenn sie nicht die gewohnte Stärke bewies.

Sie lächelte. »In Ordnung, Schätzchen, pass auf: Du kannst näher kommen, wenn du mir versprichst, nicht zu fotografieren oder blöde Witze zu machen.«

Zaghaft lächelnd humpelte er durch das Zimmer zu ihr und umarmte sie, aber es dauerte nicht lange, da flachste er schon damit, dass sie einem Müllsack das Leben gerettet und sich selbst dabei einen neuen *look* verpasst hatte.

»Sehr schick, Mama«, sagte er, ihr das Haar zausend. »Da werde ich wohl eine Weile keine Freunde nach Hause einladen dürfen, hm?«

Sie verschränkte die Arme und zuckte mit den Schultern. »Tja, wenn du meinst ...«

Lexie trat mit einem Geschenkkorb vom Body Shop und einem schuldbewussten Lächeln ans Bett. »Make-up, um die blauen Flecken zu vertuschen, Hautpflegelotion und was du jetzt sonst noch alles an Verwöhnmittelchen brauchst«, sagte sie, stellte den Korb auf den Tisch und trat wieder zurück.

Kenly beugte sich vor und flüsterte: »Du glaubst doch nicht, dass so ein lumpiger Korb reicht, um mich zu besänftigen?«

Lexie versetzte ebenso leise: »Wir haben schon Schlimmeres überstanden. Ich bin sicher, wir werden auch das überstehen.«

Ross saß in einem Sessel auf der anderen Seite des Zimmers, den linken Ellbogen auf die Armlehne gestützt. Kenly bemerkte, wie sein Gesicht aufleuchtete, während er Connor zuhörte, der ihm irgendetwas mit lebhaften Gesten erzählte.

Kenly beobachtete die beiden mit tiefer Rührung. Sie waren einander so ähnlich! Beide verrückt auf Fußball und auf einander. Connor kippte seinen Stuhl auf zwei Beinen nach hinten ans Fensterbrett.

»Wie lange bleibst du zu Hause?«, fragte er.

Mit angehaltenem Atem wartete Kenly auf die Antwort.

»Kann sein, dass ich nächste Woche verreisen muss, aber ich weiß es noch nicht mit Sicherheit«, sagte Ross ruhig.

»Bist du zu den Relegationsspielen da?«

»Na, die werde ich mir doch nicht entgehen lassen!«

Connor lachte. »Klasse, Dad.«

Lexie ergriff ihre Tasche. »Ich muss gehen. Benjy und Bella werden denken, ich komme überhaupt nicht mehr nach Hause«, sagte sie und nahm Kenly kurz in die Arme.

Ross dankte ihr für ihre Hilfe, sah dann stirnrunzelnd auf seine Uhr und schlüpfte in seine Jacke. »Wir sollten besser auch gehen, Connor. Wir brauchen beide etwas zu essen und eine Mütze Schlaf.«

Kenly atmete erleichtert auf und verspürte gleichzeitig einen Anflug von Schuldgefühlen. Wegen ihres Unfalls schien Ross vorläufig in seine Rolle als Vater und Ehemann zurückzukehren.

»Hoffentlich wird das bald wieder gut, Mama«, sagte Connor mit einer Handbewegung zu ihrem Gesicht.

»Bestimmt. Holt euch jetzt eine Pizza, und wir sehen uns dann morgen.«

Connor setzte sich auf die Bettkante und umschlang sie mit beiden Armen. »Ich hab dich lieb, Mama.«

»Ich dich auch.«

Ross beobachtete sie, schien etwas sagen zu wollen, trat dann ans Bett und gab Kenly einen flüchtigen Kuss auf die Stirn. »Gute Nacht.«

Als sie weg waren, wurde es still und dunkel im Zimmer. Es sah nicht so aus, als würde der Regen bald nachlassen. Kenly starrte zum Fenster hinaus und wünschte, sie könnte irgendwo in all dieser grauen Farblosigkeit ein kleines Stückchen Blau erkennen.

Das Quietschen der Räder eines Rollwagens, den eine Schwester durch den Korridor schob, weckte Kenly am nächsten Morgen. Am liebsten hätte sie die Augen gar nicht geöffnet. Ihr Gesicht fühlte sich noch verschwollener an als am Tag zuvor, und sie hatte hämmernde Kopfschmerzen.

Als der Arzt einige Minuten später ins Zimmer kam, setzte sie sich auf und schob sich die Haare hinter die Ohren.

Er nickte ihr zu. »Guten Morgen.«

Sein Gesicht erinnerte sie an Abraham Lincoln, lang, scharf gemeißelt und von tiefen Furchen durchzogen. Kenly schloss die Augen und bemühte sich, tief durchzuatmen, da sie abermals Übelkeit verspürte.

»Wie fühlen Sie sich?«, fragte der Arzt.

Kenly öffnete ein Auge und lächelte. »Als hätte man mich durch die Mangel gedreht.«

Er blickte auf ihre Karte hinunter und runzelte die Stirn. »Und Ihr Rücken? Was macht Ihr Rücken?«

»Ich glaube ... der scheint in Ordnung zu sein.«

Der Arzt legte die Karte weg und bat Kenly, sich hinzulegen. Dann hob er ihr Nachthemd hoch und tastete mit sanftem Druck ihren Bauch ab.

»Befürchten Sie innere Verletzungen?«, fragte sie.

Er schüttelte den Kopf. »Ihren Röntgenbildern zufolge haben Sie keine«, sagte er. »Aber ich möchte sicherheitshalber bevor Sie gehen noch eine Ultraschalluntersuchung machen lassen.«

Kenly setzte sich aufrecht hin und zog ihr Nachthemd herunter. »Hauptsache, ich kann möglichst bald nach Hause.«

Er klappte die Karte zusammen und hob mahnend einen Finger. »Und natürlich nichts Schweres heben.«

Sie warf ihm einen verwunderten Blick zu.

»Ich bin sicher, dass es dem Baby gut geht, aber wir wollen kein unnötiges Risiko eingehen.«

Kenly starrte ihn fassungslos an. *Ich bin sicher, dass es dem Baby gut geht* ... Hatte sie richtig gehört?

»Alles in Ordnung?«, fragte er verwundert.

Kenly presste eine Hand auf ihren Mund. Ihre Stimme klang gedämpft und zittrig, als sie endlich antwortete. »Ja, ja, es geht mir gut. Aber – sind Sie sicher?«

»Dass mit dem Kind alles in Ordnung ist? Ich kann natürlich nichts garantieren, aber doch, ja, ich denke schon. Sie sollten in den kommenden Wochen alles etwas ruhiger angehen, bis das erste Drittel der Schwangerschaft vorüber ist, dann dürfte es eigentlich keine Probleme geben.«

Kenlys Unterlippe zitterte, und sie brachte kaum ein Nicken zustande.

»Na gut«, sagte er und wandte sich zum Gehen, offensichtlich leicht irritiert.

Als sich die Tür hinter ihm geschlossen hatte, legte sich Kenly wieder zurück und verharrte ganz still. Sie wagte kaum zu atmen. *Ich bin sicher, dass es dem Baby gut geht …*

Sie schob eine Hand zu ihrem Bauch hinunter und begann zu weinen, schluchzte, bis eine Schwester sie hörte und hereinkam, um nach ihr zu sehen.

Als vier Stunden später Ross und Connor kamen, hatte sich Kenly gerade mit Mühe angekleidet und protestierte nicht, als die Schwester darauf bestand, sie in einen Rollstuhl zu setzen.

»Mann, das sieht echt schlimm aus«, sagte Connor, den Mund voller Erdnüsse, während er neben ihr her durch den Korridor humpelte.

Kenly nickte, kramte ihre Sonnenbrille heraus und setzte sie auf. Sie wollte nur nach Hause und in ihr Bett. Ross und Connor stützten sie auf dem Weg zum Auto, und genau da überfiel sie eine neue Welle von Übelkeit.

Ross blieb stehen und gab Connor den Wagenschlüssel, bevor er Kenly hochhob und das letzte Stück des Weges trug. Es fiel ihr schwer, ihn anzusehen, und als er ihr vorn auf den Sitz geholfen hatte, murmelte sie leise: »Danke.«

Er sagte gar nichts, nickte nur und schlug die Tür zu.

Motley wartete an der Haustür, und Connor musste ihn am Halsband zurückhalten, um eine allzu stürmische Begrüßung zu verhindern.

»Der hat dich wirklich vermisst, Mama.«

Kenly lächelte nur. Vorsichtig bahnte sie sich ihren Weg durch diverses Hundespielzeug Richtung Treppe. Sie wollte auf dem schnellsten Weg nach oben, deshalb verlor sie kein Wort über das Durcheinander. Normalerweise hätte sie Connor dafür die Leviten gelesen, dass er Motleys Kram aus der Garage ins Haus geschleppt hatte, aber im Augenblick war es ihr gleichgültig.

Als das Telefon läutete, rannte Connor die Treppe hinauf. »Ich gehe dran!«, rief er, seine Jacke abwerfend.

Ross nahm Kenly beim Ellbogen und rief Connor nach: »Wenn es für dich ist, dann sag, dass du später zurückrufst. Du hast hier unten einiges aufzuräumen, und deine Jacke kannst du auch aufhängen.«

Irgendetwas Unverständliches brummend erschien Connor kurz darauf wieder und humpelte an ihnen vorbei zur Küche. Ross und Kenly tauschten einen Blick und ein halbes Lächeln. Hoffnung wallte in ihr auf, doch da wandte er sich schon wieder ab.

»Brauchst du noch was?«, fragte er, als sie im Schlafzimmer angekommen waren.

Sie schüttelte den Kopf, und als er sich zur Tür wandte, sagte sie: »Ich weiß, dass du am liebsten gar nicht hier sein willst. Wenn du also gehen möchtest, dann – dann versteh ich das.«

Er zögerte, eine Hand am Türknauf, dann ging er hinaus und schloss die Tür hinter sich.

Sie ging im Zimmer umher, berührte die gemeinsamen Dinge und seufzte tief auf. Ein Foto auf der Kommode zeigte sie alle drei. Es war im vergangenen Sommer aufgenommen worden, als sie nach Vermont gefahren waren. Daneben stand eines von Connor, wie er, gerade ein Jahr alt, auf Ross' Knöchel kaute. Kenly strich mit den Fingern über beide Aufnahmen, dann zog sie ein übergroßes T-Shirt aus ihrer Schublade und beschloss, ein heißes Bad zu nehmen.

Alle Glieder taten ihr weh, und ihr Kopf dröhnte,

aber sie mochte wegen des Kindes nichts einnehmen. Nachdem sie das Wasser aufgedreht hatte, hob sie ihr Gesicht zum Spiegel. Eine Frau blickte sie an, die sie kaum wiedererkannte: das eine Auge halb zugeschwollen, über dem anderen eine tiefe Platzwunde. Und rundherum, sogar die Nase hinunter, hässliche blaurote Blutergüsse. Kenly gelang ein schiefes Grinsen. Nicht zu fassen, dass ich noch mieser aussehen kann, als ich mich fühle.

Sie hockte sich auf den Rand der Badewanne, um das Wasser abzudrehen, und atmete den Dampf ein. Als Connor an die Tür klopfte, fuhr sie zusammen.

»Mama?«

»Ja?«

»Geht's dir gut?«

»Bestens, Schatz. Bestens«, sagte sie in möglichst fröhlichem Ton.

»Gut. Also – wenn du was brauchst, dann ruf einfach, ja?«

Er wirkte besorgter als nötig. Hatte er etwa schon gemerkt, wie es um sie und Ross bestellt war?

Sie legte ihre Kleider ab und ließ sich ins Wasser sinken. Mit geschlossenen Augen streckte sie sich aus und verharrte so für eine halbe Stunde, müde, von Schmerzen geplagt und todtraurig darüber, dass sie wohl nicht zu kitten vermochte, was sie zerbrochen hatte.

All die lieben Gewohnheiten, an denen sie hing und die sie nun wohl aufgeben musste ... Die Freitagabende zum Beispiel, wenn Connor freiwillig zu Hause blieb, Ross auf der Heimfahrt von der Arbeit einen Film auslieh, und sie, Kenly, Pizza bestellte. Dann pflegten sie alle drei zusammen den Film anzusehen, jeder an seinem Lieblingsplatz. Es war ein Ritual, das sie am Ende jeder Woche zelebrierten, und Kenly liebte es.

Es gab natürlich auch noch andere Dinge. Zum Beispiel, dass Connor hin und wieder morgens zu ihnen ins Schlafzimmer kam, um zu schwatzen, auch jetzt noch, mit vierzehn. Oder dass Ross manchmal sonntags vergaß, sich zu rasieren, und dann den ganzen Tag mit einem feinen Stoppelbart herumlief, der ihr Gesicht kratzte, wenn er sie küsste.

Und jetzt noch ein Kind, dachte Kenly, noch immer nicht fähig zu begreifen, dass es wirklich so war.

Das Wasser war kalt geworden. Sie stieg aus der Wanne, trocknete sich ab und kroch in ihr Bett – so erschöpft, dass sie innerhalb von Minuten eingeschlafen war.

Am nächsten Morgen saß Ross mit Connor unten beim Frühstück, als Kenly erwachte. Sie hörte, dass er mit dem Löffel gegen seine Cornflakes-Schale schlug, wie immer, wenn er versuchte, seiner Meinung im Gespräch Nachdruck zu verleihen.

Kenly wälzte sich auf die andere Seite. Ross' Kopfkissen war völlig zerknautscht gegen das Kopfende gedrückt, ein Zeichen, dass er schlecht geschlafen hatte. Die Tür des Kleiderschranks stand offen, und in der Luft hing der schwache Duft von Rasierwasser.

Er hat hier geschlafen, dachte sie und sagte sich gleich darauf, dass er es wahrscheinlich nur wegen Connor getan hatte. Trotzdem war sie erleichtert und lauschte den Geräuschen, die aus der Küche heraufklangen: Ross' kehliges Lachen, dann Connors sprudelndes Geplapper.

Sie schwang die Beine aus dem Bett, richtete sich auf und streckte den Rücken, ehe sie ins Badezimmer ging, um zu duschen. Als sie fünf Minuten später herauskam, war es still im Haus. Kenly schlüpfte in ihren Bademantel und ging nach unten. Die Küche war leer.

Auf dem Tisch lag ein Zettel von Ross. *Habe Connor zur Schule mitgenommen.*

Gut, dachte sie. Und wie geht es jetzt weiter? Soll ich die Luft anhalten und warten, ob du heute Abend nach Hause kommst oder nicht? Sie seufzte, wohl wissend, dass sie über seine Entscheidung keine Kontrolle hatte, und sie war auch nicht so dumm, sich etwas vorzumachen. Der dünne Hoffnungsstrahl, an den sie sich klammerte, konnte leicht zerbrechen. Viel wahrscheinlicher schien es, dass ihre Ehe diese Krise nicht überleben würde.

28

Kenly brachte den ganzen Morgen damit zu, sich innerlich auf das Schlimmste vorzubereiten, und das Ergebnis war, dass sie mittags erneut rasendes Kopfweh und quälende Gliederschmerzen hatte. Also kroch sie wieder in ihr Bett und schlief. Zwei Stunden später erwachte sie benommen und wirr im Kopf, überzeugt, dass sie unten Geräusche gehört hatte. Sie versuchte, sich zu erinnern, ob sie den Fernsehapparat angelassen hatte, und ging den Flur entlang zur Treppe, um zu lauschen.

Ross war zu Hause ... Kenly schlich die Treppe hinunter. Er saß im Wohnzimmer auf dem Sofa mit dem Rücken zu ihr. Der Fernsehapparat war eingeschaltet, der Ton leise gestellt. Ross las eine Zeitung. Neben ihm auf dem Sofa lag die Post, die Kenly am Morgen hereingeholt hatte.

Einen Moment lang stockte ihr der Atem. An diesem Tag war die *Athabasca Press* gekommen. Sie hatte sie aufgeschlagen, um Tommys letzte MM-Kolumne zu lesen, und hatte sie dann offen auf dem Couchtisch liegen gelassen. Kenly wollte den Artikel ausschneiden und in dem Blechkästchen aufbewahren, war aber noch nicht dazu gekommen.

Sie vermutete, dass Ross sie jetzt ebenfalls las und dass sie am besten ins Schlafzimmer zurückkehrte und ihn dies unbeobachtet tun ließ. Doch sie konnte den Blick nicht von ihm wenden. Als er mit der Lektüre fertig war, faltete er die Zeitung, fuhr sich mit beiden Händen durch die Haare und schien dann sekundenlang zu zögern, ehe er nach dem Blechkästchen griff.

Kenly sank auf die Knie und lehnte sich zitternd an die Wand. Sie wurde jedoch starr vor Angst, als er das Kästchen öffnete, die Kassette herausnahm und in den Rekorder schob.

Oh Gott …

Sie musste sich beherrschen, um nicht ins Zimmer zu gehen und sich neben ihn zu setzen. Stattdessen starrte sie wie gebannt durch das Treppengeländer auf den Bildschirm, auf dem jetzt Tommys Gesicht erschien.

Ross presste die Hände auf seine Schenkel, als wolle er jeden Moment aufspringen und gehen. Den Film anhalten, aufstehen und zur Tür hinausgehen.

Bitte nicht, wollte Kenly rufen, doch als sich Tommy der Kamera zuneigte, schien Ross genauso unfähig, sich zu bewegen, wie sie.

Tommy stellte irgendetwas an der Kamera ein, dann lehnte er sich zurück und räusperte sich. Er sah kleiner aus als in Wirklichkeit, zart und zerbrechlich.

Er trug ein Jeanshemd, das bis zum Hals geknöpft und so weit war, dass es die Wucherung auf der linken Seite seines Oberkörpers kaschierte. Sein Haar war länger als früher und in die Stirn gekämmt, um zu verbergen, was sich eigentlich nicht verbergen ließ. Er nickte in die Kamera und lächelte, wirkte plötzlich nervös und verlegen.

»Hallo, Kenly. Du weißt ja, dass ich nie ein großer Briefschreiber war, deshalb habe ich beschlossen, dir diese Kassette zu hinterlassen. Ich will mich von dir verabschieden, solange es noch möglich ist, und ich möchte dir ein paar Dinge sagen, die ich dir nie gesagt habe.

Zum Beispiel, dass es nur ein paar Stunden gedauert hat, dich zu vermissen, nachdem du abgereist warst, aber viel, viel länger, ehe ich mich daran gewöhnt hatte, dass du wirklich fort warst. Ich hoffte, du würdest es dir anders überlegen und zurückkommen, oder du würdest anrufen und sagen, dass du mich vermisst. Wenn man so verliebt ist, darf man sich solchen Hirngespinsten hingeben, finde ich.«

Er schüttelte ein wenig den Kopf, und sein Gesicht wurde weich. »Wie dem auch sei, mein Leben lief weiter wie zuvor, und mit der Zeit ging es mir wieder besser. Dennoch habe ich im Laufe der Jahre den Dienstag hassen gelernt. Du bist an einem Dienstag gegangen. Oscar ist an einem Dienstag gestorben. Und der Tag, an dem ich herausfand, dass ich einen Sohn habe, war auch ein Dienstag.«

Kenlys Lippen bebten. Tommy lehnte sich wieder zurück, senkte den Blick und schien zu überlegen, was er als Nächstes sagen wollte. »Dann hat Lexie angerufen und mir von Connors Unfall erzählt, und weißt du was? Er ist auch an einem Dienstag passiert.«

Ross presste die Hände auf seine Ohren und schüttelte den Kopf, als könne er nicht glauben, was er hörte.

»Natürlich hatte ich noch keine Ahnung, dass er mein Sohn ist, als du damals mit Ross und ihm zu Besuch kamst. Ich habe es erst ein paar Jahre später gemerkt, als Lexie Walter besuchte und mir eines Nachmittags ein paar Fotos gab. Da habe ich endlich einiges begriffen, zum Beispiel, warum du nicht so oft wiedergekommen bist, wie ich erwartet hatte. Ich dachte immer, du wolltest wegen der letzten Nacht im Baumhaus nicht mehr herkommen. Ich dachte, du würdest bereuen, was in jener Nacht passiert war und würdest dich so schämen, dass du mir nicht mehr ins Gesicht schauen könntest.«

Er senkte den Kopf.

»Das Muttermal sagte mir alles, was du mir nicht gesagt hast. Als ich es auf einem der Fotos auf Connors Brust entdeckte, starrte ich es so lange und so intensiv an, dass ich nicht mal zwinkern konnte. Dann fing ich an zu zittern und fragte Lexie, ob sie mir ein Glas Wasser holen könne. Ich bekam nicht richtig Luft, da ist sie zu mir nach Hause gerannt und hat Max angeschleppt. Sie haben mich an meine Sauerstoffflasche angeschlossen, und ich tat so, als wäre mir furchtbar übel, was mir unter den Umständen gar nicht schwer fiel. Dann habe ich mich ein für paar Stunden hingelegt. Das Foto habe ich behalten, aber das weißt du wohl inzwischen. Ich steckte es in meine Jacke und sprach mit keinem Menschen darüber. Später habe ich es in meinem alten Blechkästchen aufgehoben. Monatelang holte ich es fast jeden Tag vom Dach und sah mir meinen Sohn an.

Ach, Kenly, er war so schön, dass mir der Atem stockte. Wenn ich danach in den Spiegel schaute und *das* hier sah« – er deutete auf sein Gesicht – »war ich jedes Mal unglaublich dankbar, dass es ihm erspart geblieben ist und er kerngesund zur Welt kam. Irgendwann habe ich sein Bild dann in meine Collage im Baumhaus eingefügt. Dafür brauchte ich das Foto schon gar nicht mehr anzuschauen, ich habe jeden Strich aus dem Gedächtnis gemacht.

… Ach Kenly, du weißt nicht, dass ich vor Jahren einmal nach Chicago gekommen bin, um Connor zu sehen. Gleich nachdem er eingeschult worden war. Ich erklärte Max, ich müsse unbedingt zu einer Konferenz in Chicago, und überredete unseren Fotografen, Andrew, mitzukommen. Damals ging es mir gerade für eine Weile ziemlich gut, und ich konnte tun, was ich wollte, ohne dass Max und meine Mutter meinten, sie müssten mich begleiten. Sie haben sich bestimmt gedacht, dass ich nur einen Grund suchte, um dich zu sehen, aber wir haben nie darüber gesprochen.

Am ersten Tag der Konferenz sagte ich zu Andrew, er solle auf eigene Faust losziehen, weil ich mich nicht besonders wohl fühle. Dann bin ich mit dem Taxi nach Barrington gefahren und hab mich draußen vor Connors Schule gesetzt, um ihm beim Spielen zuzuschauen. Er war erst sechs, aber so voller Selbstvertrauen, Kenly. Ich habe beobachtet, wie die anderen Kinder ihm gefolgt sind, und nach einiger Zeit konnte ich sogar mit geschlossenen Augen sein Lachen von dem der anderen unterscheiden. Hier und da glaubte ich etwas von mir wieder zu erkennen: in seinen Bewegungen, vielleicht ein wenig sogar in seiner Haltung. An jenem Tag holte Ross ihn ab, und Connor hat sich so sehr gefreut, dass er ihm auf den Arm sprang. Als ich die beiden zusammen sah, wusste ich, dass ich niemals Ross' Platz würde einnehmen können.«

Kenlys Blick lag auf Ross. Sie sah, wie er die Hände vor das Gesicht schlug, wie sein ganzer Körper zuckte.

Tommy hielt einen Moment inne. Als er schließlich weitersprach, wurde sein Gesicht sehr weich.

»Nach Connors Unfall rief eines Morgens Lexie hier an, weil sie auf der Suche nach Walter war, und erwähnte, dass sie ein paar Tage mit Connor hierher kommen würde. Sie konnte natürlich nicht wissen, was für ein wunderbares Geschenk dieser Besuch für mich war, und du kannst dir gewiss vorstellen, dass ich alles tat, um Connor so oft wie möglich zu sehen. Lexie hatte ihn wohl auf mich vorbereitet, denn er begegnete mir ohne sichtbare negative Reaktion, auch wenn er mich am ersten Abend an der Feuerstelle jedes Mal anstarrte, wenn er meinte, ich würde es nicht merken.«

Tommy schlug das linke Bein über das rechte und lehnte sich auf seinem Stuhl zurück. »Er war hingerissen von Max, aber wer ist das nicht? Und es war herrlich zu sehen, wie meine Mutter mit Keksen und Kuchen um ihn herumschwirrte und er alles bis auf den letzten Krümel verdrückte. Zu Hause bekäme er nie so leckere Sachen, behauptete er, aber natürlich nur im Spaß. An dem letzten Abend am Feuer war es so kalt, dass ich eigentlich hätte ins Haus gehen sollen, aber keine zehn Pferde hätten mich von dort weggebracht. Dann wollte Lexie ins Bett, und Connor fragte sie, ob er noch eine Weile bleiben dürfe.«

In Tommys Stimme schwang jetzt eine starke innere Bewegung.

»Er ist dann noch eine ganze Stunde geblieben, Kenly. Sechzig Minuten, die ich um nichts in der Welt hergeben würde – in denen mir mein Sohn von seinem Leben erzählt hat, während ich fror wie der Teufel, aber glücklicher war als seit Jahren.

Ich glaube, ich kenne dich besser als du dich selbst, Kenly. Du bist jetzt wahrscheinlich völlig fertig, aber mach es dir nicht so schwer. Ich habe dir schon vor langer Zeit verziehen, und du musst dir auch verzeihen. Ich weiß, dass du mir nicht wehtun wolltest. Ich vermute, anfangs hast du unbedingt vermeiden wollen, *irgend*jemandem wehzutun, und hast deshalb einfach die ganze Geschichte verschwiegen und abgewartet – bis es immer schwieriger wurde, sie zu klären. Natürlich rechtfertigt das nicht, was du getan hast, es zeigt mir nur, dass du eine Riesendummheit gemacht hast. Ich hielt es wegen Connor für das Beste, die Sache auf sich beruhen zu lassen, auch wenn mich das eine Menge Vernunft und Beherrschung gekostet hat.«

Ross beugte sich vor. Er hatte die Ellbogen auf die Knie gestützt und wischte sich mit einer Hand die Tränen ab.

»Soll ich dir mal was sagen, Kenly?«, fragte Tommy. »In den letzten sieben, acht Jahren bedeutete Freiheit für mich, wenigstens ab und zu allein einen Spaziergang um den Block zu machen – ohne Begleitung und ohne die Sauerstoffflasche mitzuschleppen. Und an den wenigen Tagen, an denen mir das gelang, war es das Schönste, jemandem zu begegnen, der nicht bei meinem Anblick erschrak. Aber selbst an solchen Tagen habe ich später dieses Bild herausgeholt und mir Connor angesehen und Gott dafür gedankt, dass er das normale Leben führt, das du ihm ermöglichst.«

Er rückte ein wenig nach vorn. Seine Atmung war mühevoller als zu Beginn, und sein Gesicht blass und angespannt. »Der Rest der Kassette ist für Connor. Ich überlasse es dir zu entscheiden, ob und wann du sie ihm zeigen willst.« Tommy griff nach der Kamera, dann senkte er den Blick und lächelte still. »Weißt du was, Kenly? Ich verbringe auch jetzt noch die letzten Minuten jedes Tages mit dir.«

Der Bildschirm wurde schwarz, Knistern und Rauschen erklang statt seiner Stimme. Doch dann war er plötzlich wieder da, anders gekleidet und sichtlich ausgeruht. Diese Aufnahme war offenkundig an einem anderen Tag gemacht worden.

»Hallo, Connor. Wenn du dir diesen Film ansiehst, weißt du wahrscheinlich schon, dass ich dein Vater bin.«

Tommy hielt inne und begann zu lachen. »Mann, nie in meinem Leben war ich so nervös! Das heißt, wenn ich die ersten Male nicht mitzähle, als ich deiner Mama begegnet bin. Ich konnte mich nämlich auf nichts konzentrieren, wenn sie in meiner Nähe war.

Na ja, egal, ich könnte es jedenfalls verstehen, wenn du wütend wärst. Ich weiß, die meisten Menschen würden sich zu Tode schämen, wenn sie zugeben müssten, dass ihr Vater so aussieht wie ich. Aber ich fand es besser, diese Videokassette aufzunehmen – obwohl wir uns ja schon einmal gesehen haben –, als dir nur Bilder zu hinterlassen. So kannst du wenigstens meine Stimme hören.

Vielleicht erinnerst du dich an manche der Gespräche, die wir an der Feuerstelle geführt haben, als du damals hier warst. Du sollst wissen, dass diese Tage ein großes Geschenk für mich waren. So hatte ich die Gelegenheit, dir in die Augen zu blicken und zu sehen, wer du bist. Und ich konnte dir zeigen, dass ich in Wirklichkeit kein Monster bin – ich sehe nur so aus.«

Lockerer geworden, zuckte er spitzbübisch mit den Schultern und schob sein Gesicht direkt vor die Kamera, drehte es wie bei einer Aufnahme für die Verbrecherkartei zuerst nach links, dann nach rechts.

Dann senkte er für einen Moment den Blick, um sich zu sammeln. »Ich war sechzehn, als ich deine Mutter kennen gelernt habe. Wir hatten damals beide eine schwere Zeit und waren viel zusammen. Wir haben uns mein altes Baumhaus geteilt, und wir haben uns ein altes Blechkästchen geteilt, in dem wir alles aufbewahrten, was uns wichtig war.

Als deine Mutter von der Highschool abging und plante, nach Chicago zu ziehen, wussten wir beide nicht, wie lange ich noch leben würde, und das machte den Abschied umso schwerer. Unsere letzte Nacht verbrachten wir oben im Baumhaus, und ich habe nie bereut, was damals zwischen uns geschehen ist, denn wäre es nicht dazu gekommen, so wärst du nicht auf der Welt.«

Tommy blickte zu Boden, zögerte, richtete den Blick dann direkt in die Kamera. »Ich würde lügen, wenn ich behauptete, deinen Vater nicht zu beneiden. Ich bin ihm nur einmal begegnet, aber es war leicht zu erkennen, wie lieb er dich hat, und noch leichter zu erkennen, wie sehr du an ihm hängst. Ich habe einige Zeit gebraucht, aber schließlich habe ich es geschafft, meine Eifersucht zu beherrschen und dankbar dafür zu sein, dass du ihn hast.«

Tommy holte tief Atem. Dann lachte er leise und beugte sich nach vorn. »Okay, jetzt erzähl ich dir noch ein paar unnütze Dinge über mich, die du vielleicht später einmal wissen willst. Mein Lieblingsfilm ist *Forrest Gump*, und Billy Joel ist für mich so ziemlich der beste Sänger, der je gelebt hat. Meine Lieblingsfarbe ist Blau, Weihnachten ist ohne den Duft eines Tannenbaums nicht Weihnachten, und am allerliebsten erinnere ich mich an den Tag, an dem deine Mutter sich mit einem Hammer selbst k.o. geschlagen hat – der Tag, an dem ich mich in sie verliebt habe.

So, und jetzt kommt noch der Vortrag. Du weißt schon, der Teil, in dem ich dir einen weisen Rat mitgebe, den du dir für immer merken und nach dem du leben sollst. Connor, das wertvollste Werkzeug, das du jemals besitzen wirst, ist dein Geist. Halte ihn wach, gib ihm täglich Nahrung und denk daran, dass er nichts wert ist, wenn er nicht mit dem Herzen verbunden ist. Im Laufe der Jahre wirst du feststellen, dass auch gute Menschen manchmal schlimme Fehler machen – Fehler, die sie bedauern und die sie gern ungeschehen machen würden. Wir alle machen Fehler. Wir alle straucheln. Darum schaffe in deinem Herzen Platz für Vergebung, Connor. Deine Mutter wollte für dich nur das Beste. Ganz gleich, was du von ihrer Entscheidung hältst – vergiss nie, wie sehr sie dich liebt.«

Tommy nickte einmal kurz, senkte die Lider, und der Bildschirm wurde schwarz.

Kenly wischte sich die Tränen von den Wangen, richtete sich auf und blieb ans Treppengeländer gelehnt stehen.

Ross drehte sich um und entdeckte sie dort. Lange Zeit sprach er kein Wort, sah sie nur unter Tränen an. Sie wollte zu ihm gehen, aber ihre Beine versagten ihren Dienst. Ross nahm die Kassette aus dem Rekorder und legte sie in das Blechkästchen. Dann setzte er sich wieder auf das Sofa, mit dem Gesicht zu ihr, den Kopf in den Händen verborgen.

Sie meinte zu fühlen, wie er ihr entglitt, deshalb brach sie das Schweigen. »D-dir nichts zu sagen, war der größte Fehler meines Lebens.«

Ross schaute sie an und nickte. Die dunklen Ringe unter seinen Augen waren nicht zu übersehen. Sie wollte weitersprechen, doch da hob er die Hand und sagte mit kaum hörbarer Stimme: »Die meisten Familien würden so etwas nicht überstehen.«

Furcht ergriff sie, und sie schluckte, wollte ihm sagen, dass sie nicht wisse, wie sie ohne ihn leben sollte, dass sie nicht bereit sei, sich zu trennen, dass er ein wunderbarer Vater und Mann sei.

»Und wir?«, flüsterte sie stattdessen.

Es folgte wieder ein Schweigen, länger diesmal und bedrückender als zuvor. Eine Welle der Übelkeit überspülte sie, und sie drückte instinktiv eine Hand auf ihren Magen. Ross stand auf, ging ihr entgegen und bot ihr die Hand.

Danksagung

Dies ist mein erster Roman, den ich ohne die Hilfe und Unterstützung vieler nicht hätte schreiben können – ohne sie wäre er nichts weiter als ein Traum geblieben. Deswegen möchte ich jedem von ihnen danken:

Sean Henderson im Gedenken, einen mutigen und unvergesslichen Freund, der mich dazu inspirierte, die Figur Tommy Naylor zu erfinden.

Liza Dawson, meine Agentin und Beraterin in allem, was das Schreiben angeht. Danke, dass du an diese Romanidee geglaubt hast, dass du mich unter deine Fittiche genommen und dich so unermüdlich für mich und mein Buch eingesetzt hast. Andere Autoren können nur neidisch sein.

Chandler Crawford, die mit so großem Engagement (und Erfolg) bei ausländischen Verlagen für mein Buch geworben hat.

Charlie Newton (von Autor zu Autor), weil du mich auf dieser Reise von Anfang bis Ende begleitet und nie aufgehört hast, mich anzutreiben.

Linda Holeman für ihre freundliche und kontinuierliche Unterstützung und Ermunterung, seit alles in einem winzig kleinen Seminarraum an der Universität von Winnipeg seinen Anfang nahm.

Meinen Freunden, die ich unterwegs gewonnen habe und die alle eine Rolle spielen, auch wenn es ihnen zum Teil gar nicht klar sein mag: Denise Miller, Steve und Sally Weingartner, Lindsey Henderson, David Elias, Mary Beth Watt, Susan Wiggs und Ed Stackler.

Und vor allem meinen Kindern, Marcus und Thomas. Ihr seid die Größten.